高职高专医药类相关专业规划教材

● 供专科医学及相关专业用

BINGYUAN SHENGWUXUE YU MIANYIXUE

病原生物学与免疫学

主　编　吴役兵　潘丽红

副主编　张发苏　陶绍平

编　者（以姓氏笔画为序）

王慧勇（淮北职业技术学院）

张　伟（安庆医药高等专科学校）

张发苏（安徽医学高等专科学校）

吴役兵（安徽医学高等专科学校）

房功思（安徽医学高等专科学校）

陶绍平（铜陵职业技术学院）

涂龙霞（淮北职业技术学院）

楼　研（安徽医学高等专科学校）

韩　静（安徽医学高等专科学校）

潘丽红（安庆医药高等专科学校）

U0132824

时代出版传媒股份有限公司

安徽科学技术出版社

图书在版编目(CIP)数据

病原生物学与免疫学/吴役兵,潘丽红主编. —合肥:安徽科学技术出版社,2009.9
ISBN 978-7-5337-4484-7

Ⅰ.病… Ⅱ.①吴…②潘… Ⅲ.①病原微生物-高等学校:技术学校-教材②医药学:免疫学-高等学校:技术学校-教材 Ⅳ.R37 R392

中国版本图书馆 CIP 数据核字(2009)第 131486 号

病原生物学与免疫学　　　　吴役兵　潘丽红　主编

出 版 人:黄和平
责任编辑:何宗华
封面设计:朱　婧
出版发行:安徽科学技术出版社(合肥市政务文化新区圣泉路1118号
　　　　　出版传媒广场,邮编:230071)
电　　话:(0551)3533330
网　　址:www.ahstp.net
E - mail:yougoubu@sina.com
经　　销:新华书店
排　　版:安徽事达科技贸易有限公司
印　　刷:合肥东方红印务有限责任公司
开　　本:787×1092　1/16
印　　张:19.5
字　　数:450千
版　　次:2009年9月第1版　2009年9月第1次印刷
定　　价:38.00元

(本书如有印装质量问题,影响阅读,请向本社市场营销部调换)

高等医学专业规划教材建设

专家指导委员会

前　言

本书是按照国家高等职业教育的有关文件精神和护理人才的培养要求而组织编写的。

在编写内容上紧紧围绕护理人才的培养目标，本着"必须、够用、实用"的原则，注重为岗位需求和后续课程教学需要服务，在形式上力求简明扼要、通俗易懂、有趣味性，便于学生掌握理解。版面格式上力求新颖、活泼，对学生有吸引力。

在编写时充分考虑各个兄弟院校护理专业的教学计划、教学大纲要求，对教材内容进行了精心的安排，以满足护理专业的教学需要。

教材内容具有以下特色：①突出理论与实践之间的联系，注意以问题为中心编排教材内容；②版面上增加背景介绍、知识拓展、临床案例等相关链接；③每章配有学习目标、内容小结和复习题，使学生明确学习目的，帮助学生掌握重点内容，把握各知识点之间的联系，便于学生巩固知识，提高技能和解决实际问题的能力。

本书内容包括理论和实验两部分。理论共有 26 章，实验有 8 个。理论课注意从简单到复杂，循序渐进。实验课紧紧围绕护理专业职业能力培养，加强学生的动手能力培养。

本书在编写过程中得到了参编者单位领导和同行们的大力支持和帮助，在此致以衷心的感谢。由于本教材的编写是在国家大力提倡职业教育和教材改革的背景下进行的，没有固定成熟的模式，难免有欠缺之处，请广大师生在使用过程中多提宝贵意见。

编　者

目　录

绪　论 …………………………………………………………………………………… 1
　第一节　免疫学概述 …………………………………………………………………… 1
　第二节　微生物学概述 ………………………………………………………………… 4
　第三节　人体寄生虫学概述 …………………………………………………………… 6
　复习思考题 ……………………………………………………………………………… 7

第一章　抗　原 …………………………………………………………………………… 8
　第一节　抗原的概念及性能 …………………………………………………………… 8
　第二节　决定抗原物质免疫原性的条件 ……………………………………………… 8
　第三节　抗原的特异性与交叉反应 …………………………………………………… 9
　第四节　抗原的分类 …………………………………………………………………… 11
　第五节　医学上重要的抗原物质 ……………………………………………………… 12
　本章小结 ………………………………………………………………………………… 14
　复习思考题 ……………………………………………………………………………… 15

第二章　免疫球蛋白与抗体 ……………………………………………………………… 16
　第一节　免疫球蛋白的结构 …………………………………………………………… 17
　第二节　免疫球蛋白的生物学活性 …………………………………………………… 19
　第三节　五类免疫球蛋白的特性 ……………………………………………………… 20
　第四节　人工制备抗体的类型 ………………………………………………………… 22
　本章小结 ………………………………………………………………………………… 22
　复习思考题 ……………………………………………………………………………… 23

第三章　补体系统 ………………………………………………………………………… 24
　第一节　补体系统的组成和性质 ……………………………………………………… 24
　第二节　补体系统的激活与调节 ……………………………………………………… 25
　第三节　补体系统的生物学作用 ……………………………………………………… 28
　本章小结 ………………………………………………………………………………… 29
　复习思考题 ……………………………………………………………………………… 29

第四章　免疫系统 ………………………………………………………………………… 30
　第一节　免疫器官 ……………………………………………………………………… 30

第二节　免疫细胞 ································· 33

第三节　细胞因子 ································· 38

本章小结 ····································· 41

复习思考题 ···································· 41

第五章　主要组织相容性复合体 ······················ 42

第一节　主要组织相容性复合体 ······················ 42

第二节　MHC 分子 ······························· 44

第三节　HLA 在医学上的意义 ······················ 45

本章小结 ····································· 46

复习思考题 ···································· 47

第六章　适应性免疫应答 ·························· 48

第一节　概述 ·································· 48

第二节　B 细胞介导的体液免疫应答 ··················· 49

第三节　T 细胞介导的细胞免疫应答 ··················· 53

第四节　免疫耐受 ······························· 55

第五节　免疫调节 ······························· 55

本章小结 ····································· 56

复习思考题 ···································· 56

第七章　抗感染免疫 ···························· 57

第一节　固有免疫 ······························· 57

第二节　适应性免疫 ····························· 59

本章小结 ····································· 60

复习思考题 ···································· 61

第八章　超敏反应 ····························· 62

第一节　Ⅰ型超敏反应 ··························· 62

第二节　Ⅱ型超敏反应 ··························· 65

第三节　Ⅲ型超敏反应 ··························· 67

第四节　Ⅳ型超敏反应 ··························· 70

本章小结 ····································· 71

复习思考题 ···································· 72

第九章　免疫学应用 ···························· 73

第一节　免疫学诊断 ····························· 73

第二节 免疫预防 ……………………………………………………… 76
第三节 免疫学治疗 ……………………………………………………… 80
本章小结 ……………………………………………………… 81
复习思考题 ……………………………………………………… 82

第十章 细菌学概论 ……………………………………………………… 83
第一节 细菌的形态与结构 ……………………………………………………… 83
第二节 细菌的生理与变异 ……………………………………………………… 91
第三节 细菌的分布与消毒灭菌 ……………………………………………………… 99
第四节 细菌的致病性与感染 ……………………………………………………… 106
本章小结 ……………………………………………………… 113
复习思考题 ……………………………………………………… 114

第十一章 化脓性细菌 ……………………………………………………… 115
第一节 葡萄球菌属 ……………………………………………………… 115
第二节 链球菌属 ……………………………………………………… 118
第三节 肺炎链球菌 ……………………………………………………… 121
第四节 奈瑟菌属 ……………………………………………………… 122
第五节 假单胞菌属 ……………………………………………………… 124
第六节 化脓性细菌的微生物学检查及防治原则 ……………………………………………………… 125
本章小结 ……………………………………………………… 126
复习思考题 ……………………………………………………… 127

第十二章 消化道传播细菌 ……………………………………………………… 128
第一节 肠杆菌科细菌的生物学性状 ……………………………………………………… 128
第二节 肠杆菌科细菌的致病性与免疫性 ……………………………………………………… 130
第三节 弧菌属 ……………………………………………………… 134
第四节 其他消化道感染细菌 ……………………………………………………… 136
第五节 消化道感染细菌的微生物学检查及防治原则 ……………………………………………………… 137
本章小结 ……………………………………………………… 139
复习思考题 ……………………………………………………… 139

第十三章 呼吸道传播细菌 ……………………………………………………… 140
第一节 分枝杆菌属 ……………………………………………………… 140
第二节 棒状杆菌属 ……………………………………………………… 144
第三节 其他呼吸道传播的细菌 ……………………………………………………… 145
第四节 呼吸道感染细菌的微生物学检查及防治原则 ……………………………………………………… 147

本章小结 ……………………………………………………… 150
复习思考题 …………………………………………………… 150

第十四章　厌氧性细菌 ………………………………………… 151
第一节　厌氧芽胞梭菌 ……………………………………… 151
第二节　无芽胞厌氧菌 ……………………………………… 154
第三节　厌氧菌的微生物学检查及防治原则 ……………… 155
本章小结 ……………………………………………………… 157
复习思考题 …………………………………………………… 157

第十五章　动物源性细菌 ………………………………………… 158
本章小结 ……………………………………………………… 159
复习思考题 …………………………………………………… 160

第十六章　病毒学概论 ………………………………………… 161
第一节　病毒的生物学特性 ………………………………… 161
第二节　病毒的感染 ………………………………………… 167
第三节　病毒感染的检查与防治原则 ……………………… 171
本章小结 ……………………………………………………… 173
复习思考题 …………………………………………………… 173

第十七章　呼吸道病毒 ………………………………………… 174
第一节　流行性感冒病毒 …………………………………… 174
第二节　麻疹病毒 …………………………………………… 176
第三节　腮腺炎病毒 ………………………………………… 177
第四节　冠状病毒与 SARS 冠状病毒 ……………………… 178
第五节　风疹病毒 …………………………………………… 178
第六节　其他呼吸道病毒 …………………………………… 179
第七节　呼吸道病毒感染的防治原则 ……………………… 179
本章小结 ……………………………………………………… 180
复习思考题 …………………………………………………… 180

第十八章　肠道感染病毒 ………………………………………… 181
第一节　脊髓灰质炎病毒 …………………………………… 181
第二节　其他肠道病毒 ……………………………………… 182
第三节　轮状病毒 …………………………………………… 183
第四节　肠道感染病毒的防治原则 ………………………… 183

本章小结 ………………………………………………………… 184

复习思考题 ………………………………………………………… 184

第十九章　肝炎病毒 ………………………………………………… 185

第一节　甲型肝炎病毒 ……………………………………………… 185

第二节　乙型肝炎病毒 ……………………………………………… 187

第三节　丙型肝炎病毒 ……………………………………………… 190

第四节　丁型肝炎病毒 ……………………………………………… 191

第五节　戊型肝炎病毒 ……………………………………………… 191

第六节　庚型肝炎病毒(HGV) ……………………………………… 192

第七节　输血传播肝炎病毒(TTV) ………………………………… 192

第八节　肝炎病毒感染的检测方法及防治原则 …………………… 192

本章小结 ………………………………………………………… 194

复习思考题 ………………………………………………………… 194

第二十章　人类免疫缺陷病毒 …………………………………… 195

本章小结 ………………………………………………………… 199

复习思考题 ………………………………………………………… 199

第二十一章　其他病毒 …………………………………………… 200

第一节　流行性乙型脑炎病毒 ……………………………………… 200

第二节　单纯疱疹病毒 ……………………………………………… 201

第三节　水痘-带状疱疹病毒 ……………………………………… 202

第四节　狂犬病病毒 ………………………………………………… 202

第五节　出血热病毒 ………………………………………………… 203

第六节　朊粒 ………………………………………………………… 204

本章小结 ………………………………………………………… 205

复习思考题 ………………………………………………………… 205

第二十二章　其他微生物 ………………………………………… 206

第一节　真菌 ………………………………………………………… 206

第二节　放线菌 ……………………………………………………… 210

第三节　螺旋体 ……………………………………………………… 211

第四节　立克次体 …………………………………………………… 214

第五节　支原体 ……………………………………………………… 216

第六节　衣原体 ……………………………………………………… 217

本章小结 ………………………………………………………… 219

复习思考题 ·· 219

第二十三章 人体寄生虫学概述 ·· 220
  本章小结 ·· 224
  复习思考题 ·· 224

第二十四章 医学蠕虫 ·· 225
  第一节 线虫 ·· 225
  第二节 吸虫 ·· 234
  第三节 绦虫 ·· 240
  本章小结 ·· 244
  复习思考题 ·· 245

第二十五章 医学原虫 ·· 246
  第一节 叶足虫 ·· 246
  第二节 鞭毛虫 ·· 250
  第三节 孢子虫 ·· 253
  本章小结 ·· 258
  复习思考题 ·· 259

第二十六章 医学节肢动物 ·· 260
  第一节 概述 ·· 260
  第二节 常见医学节肢动物 ·· 263
  本章小结 ·· 264
  复习思考题 ·· 264

附　录 ·· 265

实验部分 ·· 266

参考文献 ·· 298

绪　论

学 习 目 标

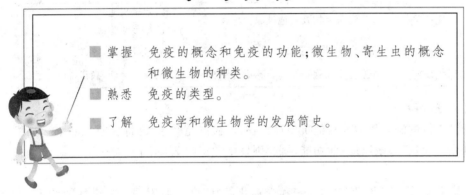

■ 掌握　免疫的概念和免疫的功能；微生物、寄生虫的概念和微生物的种类。

■ 熟悉　免疫的类型。

■ 了解　免疫学和微生物学的发展简史。

第一节　免疫学概述

免疫一词最早来源于拉丁语"immunis"，其意为"免除瘟疫"。很早以前，人们就发现人体患过某种传染病后，就会获得对该传染病的抵抗力。如天花患者病后一般不再感染天花，麻疹患者痊愈后也不会再得麻疹。人们将机体对传染病的这种抵抗能力称为免疫。随着医学的发展，人们对机体的免疫功能的认识进一步深入，发现免疫现象远远不局限于抵抗外来病原生物的感染，还承担着对体内一些衰老、损伤细胞及突变的细胞的清除作用；同时发现免疫对机体既有有利的一面，在某些情况下也能对机体造成损伤，并引起某些疾病。随着免疫的发展，形成了一门新的学科——免疫学。免疫学是生命科学的一个重要组成部分，主要涵盖有基础免疫学、免疫遗传学、免疫药理学、免疫病理学、移植免疫学等，现在免疫学已广泛地渗透到医学科学的各个领域。根据免疫学和临床医学的关系，将免疫学分为：基础免疫学和临床免疫学。基础免疫学主要是讲述免疫系统的组成，各种免疫分子及其作用，免疫应答的过程与机制等内容。临床免疫学和临床医学更为贴近，主要包括超敏反应、自身免疫病、免疫缺陷、肿瘤免疫及免疫学诊断与防治等内容。

一、免疫的概念与功能

（一）免疫的概念

传统的免疫的概念指的是机体的免疫系统对"自身"成分和外来的"非己"的抗原性异物具有识别功能，对入侵的病原生物能及时的产生免疫应答，最后清除，即抗感染作用。但现在发现机体的免疫功能远远超出抗感染的范围，现代的免疫的概念认为：免疫是机体识别和排除抗原性异物，以维护机体的生理平衡与功能稳定。在正常情况下，免疫功能对机体是有

利的,不可缺少的;但在病理情况下,免疫也能对人体组织造成损伤,引起疾病。

(二)免疫的功能

免疫的功能是免疫系统在发生免疫应答、清除抗原性异物过程中所发挥的生物学效应。正常情况下,对机体是有利的;某些情况下,对机体则有害。主要包括以下三个方面(表0-1):

表0-1　免疫功能及其正常表现和异常表现

免疫功能	正 常 表 现	异 常 表 现
免疫防御	清除病原生物及其他抗原性异物	过高:超敏反应 过低:免疫缺陷病
免疫自稳	清除衰老、损伤和变性的细胞	紊乱:自身免疫性疾病
免疫监视	清除突变细胞和被病毒感染的细胞	低下:发生肿瘤,病毒持续性感染

1.免疫防御

抵御入侵的病原生物及其他抗原性异物,使机体免受感染,即抗感染免疫。如果此反应过于强烈,可引起超敏反应;此功能过低,则发生免疫缺陷病。

2.免疫自稳

清除自身体内衰老、死亡的细胞和受理化、受感染等原因损伤或变性的细胞,以维持机体内环境的稳定。此功能如果紊乱,则可能发生自身免疫性疾病。

3.免疫监视

发现并清除体内突变的细胞或被病毒感染的细胞。此功能低下,易发生肿瘤和病毒持续性感染。

二、免疫的类型

按免疫的发生和特点可将机体的免疫分为固有免疫和适应性免疫两大类。

(一)固有免疫

固有免疫又称为先天性免疫或非特异性免疫。是生物种系在长期进化过程中形成的防御功能,人体出生时就有,遗传而来,对所有病原生物都有不同程度的防御作用。主要包括皮肤黏膜的屏障作用、吞噬细胞的吞噬作用、补体等的生物学作用。固有免疫是机体抗感染的第一道防线。

(二)适应性免疫

适应性免疫又称获得性免疫或特异性免疫。是个体发育过程中,机体接触抗原性异物,发生免疫应答而产生的免疫,这种免疫仅对引发其反应的抗原性异物起作用。适应性免疫又分为:体液免疫和细胞免疫。

机体的免疫是一个完整的系统,固有免疫和适应性免疫既相互合作,又共同完成免疫功能。

三、免疫学发展简史与现状

免疫学既是一门新兴的学科,也是一门古老的学科。16世纪我国就有文字明确记载接种"人痘"预防天花,中国古代医学用天花愈后患者皮肤上的结痂磨成碎末,吹至正常儿童鼻部的方法，来预防儿童患天花病，这是人工自动免疫的最早记录。此方法后来分别传到西亚、欧洲、东亚及东南亚各国，人痘的发明与使用是我国对世界医学的一大贡献，也是人类认识免疫学的开端(图0-1)。

图0-1　接种人痘

18世纪末，英格兰乡村医生E·Jenner发现给患有牛痘的病牛挤奶的姑娘感染牛痘后却不得天花，即在一男孩的手臂上接种牛痘而成功地预防了此男孩患天花病。此后，他又做了大量实验，并于1798年发表了关于接种牛痘预防天花的研究结果(图0-2)。这项研究成果是免疫学发展史上最重要的成就之一，意味着免疫学从经验免疫学时期进入到科学免疫学时期。

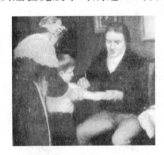

图0-2　接种牛痘

进入19世纪，微生物学的快速发展又带动了免疫学的进展。1880～1885年，法国著名微生物学家Pasteur培养出炭疽杆菌和狂犬病毒的减毒株，用于预防炭疽病和狂犬病。1890年，德国学者Behring和日本学者Kitasato用白喉减毒外毒素免疫动物，获得白喉抗毒素用于治疗白喉并获得成功。1890年，俄国学者Metchnikoff发现了白细胞的吞噬作用，提出了细胞免疫学说，认为机体的免疫是由吞噬细胞来完成的。1894年发现了补体，补体与抗体的共同作用可以溶解细菌；1897年，德国学者P.Ehrlich认为血清中的抗体是抗感染免疫的重要因素，提出了体液免疫学说。细胞免疫和体液免疫两大学说曾一度论战不休。直到1903年，Wright和Douglas研究吞噬作用时，发现抗体有助于吞噬细胞的吞噬作用。从而将两大学派逐步统一起来，使人们认识到机体既有细胞免疫也有体液免疫，两种免疫作用机制不同，但又互相联系。1901年，奥地利科学家Landsteiner发现人类红细胞ABO血型，大大减少了因输血错误引起的死亡。1902年，Riohet和Portite发现经海葵提取液注射后未死亡的狗数周后再次接受极小量的海葵注射液，少数狗会立即死亡，提出了过敏反应即病理免疫的概念。1939年，Tiselius和Kabat用电泳技术鉴定，证明抗体是γ-球蛋白。

进入20世纪中叶，免疫学又有了一系列的重要发现。1941年，发现细胞内抗原与抗体的存在；1942年，发现迟发型超敏反应可通过细胞转移；1945年，提出了免疫识别和自身耐受的问题；1948年，证明淋巴细胞经抗原刺激后转化成浆细胞，由浆细胞分泌抗体；1957年，澳大利亚科学家Burnet提出抗体产生的克隆选择学说。克隆选择学说的核心论点是：①带有各种受体的免疫活性细胞克隆早已存在，抗原的作用只是选择并激活相应的克隆；②细胞受体和该细胞后代所分泌的产物(抗体)具有相同的特异性。细胞克隆选择学说不仅说明了抗体形成的机制，也解释了不少免疫学现象，如免疫系统对抗原的识别、免疫记忆、自身耐受、自身免疫等一系列重大问题。此学说的提出，奠定了现代免疫学的基础。

半个世纪以来，由于分子生物学的迅速发展，基因的深入研究，免疫学的发展更是突飞猛进。先后揭示了B细胞、T细胞抗原识别受体(BCR、TCR)多样性产生机制；提出了免疫网络学说，抗体多样性的遗传控制；证明了细胞毒性T细胞导致靶细胞发生程序性死亡的信号转导途径，等等。

人物介绍

李河民,1956年开始,他带领几名青年助手,在设备简陋的实验室里,进行了多年的研制乙型脑炎活疫苗的工作。终于在1966年培育出稳定性和免疫性都好的乙脑活疫苗弱毒株 SA5-3 株。这种疫苗经 300 多万人接种观察,证明是安全的,并有一定的免疫力,取得了初步的成功。李河民根据他们自己的科学实践经验,采用乳小白鼠皮下连续传代的方法,使免疫性显著提高,再经蚀斑技术,终于成功地筛选到一株高度减毒、稳定性好、不易返祖而免疫原性良好的弱毒株 SA14-14-2 株。李河民等人的这项科研成果属于国际首创,这项科研课题的研究论文发表后,引起了美国、德国和日本专家的重视,纷纷来信索取资料。美国学者对此项成果给予高度评价,并向世界卫生组织建议大量生产该乙脑活疫苗供发展中国家使用(图0-3)。

免疫学既有自身的理论体系,也是生物学、医学的一个分支。现代免疫学的研究已经从细胞水平发展到分子和基因水平,仅从医学角度来说,已渗入到临床医学和基础医学的各个领域。产生了免疫血液学、免疫药理学、免疫病理学、生殖免疫学、移植免疫学、肿瘤免疫学、抗感染免疫学等免疫学分支。

免疫学的发展也促进了整个生命科学的发展。随着科学的进步,新技术的发明和使用,免疫学必将取得更大的成就,为人类控制和战胜各种传染病、自身免疫病、免疫缺陷及肿瘤等疾病作出更大的贡献。

新中国成立以来,我国在免疫学领域的研究也有长足的进步。在生物制品方面,我国研制的多数产品接近或达到世界先进水平。我国病毒学家李河民在乙脑病毒疫苗方面的研究更是世界首创,取得世界领先水平,对降低乙型脑炎的发病率作出了巨大贡献。因人工免疫的普及,我国已和世界各国一起消灭了天花,基本消灭了脊髓灰质炎病毒,控制了鼠疫、霍乱等烈性传染病,大大降低了白喉、百日咳、麻疹、乙脑等疾病的发病率。

图 0-3　李河民

第二节　微生物学概述

一、微生物的概念与种类

(一)微生物的概念

微生物(microorganism)是一群个体微小,结构简单,肉眼看不见,必须通过光学显微镜或电子显微镜将其放大几百倍、几千倍甚至几万倍才能看见的微小生物。微生物广泛分布于土壤、水、空气和自然环境的各个角落,也分布于人、动物体表以及与外界相通的腔道内。

(二)微生物的种类

微生物的种类繁多,至少10万种以上。按其大小、结构和化学组成的不同可分为三个型别。

1. 非细胞型微生物

体积最小,需用电子显微镜才能观察到;无细胞结构,能通过滤菌器,缺乏产生能量的酶系统,必须在活细胞内才能增殖。病毒属之。

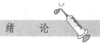

2.原核细胞型微生物

细胞分化程度较低,仅有原始核质,无核膜、核仁,缺乏完整的细胞器。此型微生物中有细菌、放线菌、衣原体、支原体、立克次体和螺旋体。

3.真核细胞型微生物

细胞核的分化程度较高,具有核膜、核仁和染色体,细胞质中具有完整的细胞器。真菌属之。

二、微生物与人类的关系

绝大多数微生物对人类和动植物的生存、自然界物质循环是有益的和必需的,与工农业生产、人类生活关系密切。极少数微生物可引起人类和动植物疾病,这些微生物称为病原微生物。研究微生物的形态结构、生命活动、分类以及与人类和动植物相互关系的科学称为微生物学;研究病原微生物的形态、生物学特性、致病性、免疫性、微生物学诊断和防治的科学称为医学微生物学。

三、微生物学发展简史与现状

古代人类早已凭感性认识将微生物知识运用于工农业生产和疾病的防治中。如民间常用的盐腌、糖渍、风干、烟熏等方法来保存食物,就是防止微生物生长繁殖引起食物的腐败;北宋的刘真人认识到肺痨由"虫"引起;明朝的李时珍在《本草纲目》中指出,患者的衣服蒸过再穿就不会传染一些疾病,是对消毒的感性认识。直到1676年,荷兰人列文·虎克自制了世界上第一台显微镜,人类才第一次观察到微生物。

> **知识链接**
>
> **第一台显微镜的诞生**
>
> 列文·虎克(Leeuwen Hoek,1632~1723),荷兰人。童年时对一切自然现象都有浓厚的兴趣。列文·虎克16岁那年在一家布店当学徒,却从眼镜店学会了磨制镜片。1676年,他用自己磨制的镜片制成了世界上第一台显微镜。这台显微镜能放大270倍,他用此显微镜观察到污水、牙垢、粪便中存在大量的微小生物。这是人类第一次看见微生物,为微生物学的发展奠定了基础。(图0-4)

19世纪中叶的法国科学家巴斯德(Louis Pasteur,1822~1895)首先证明有机物质的发酵是由微生物引起的。巴斯德为防止酒类的变质创用的加温处理法,是至今仍沿用于酒类和乳类的巴氏消毒法。巴斯德开创了微生物的生理学时代,也创立了一门新的学科——微生物学。德国学者郭霍(Robert Koch,1843~1910)也是一位微生物学的奠基人,他在确立传染病病原体方面做了大量工作,他创用的固体培养基和染色技术,使病原菌的分离培养和鉴定成为可能,并先后确定了多种传染病的病原菌。1892年,俄国学者伊凡诺夫斯基发现了烟草花叶病毒,这是人类发现的第一个病毒。

20世纪后,随着科学技术的发展,尤其是生物化学、遗传学、细胞生物学、分子生物学等学科的发展,以及电子显微镜、色谱、免疫标记技术、分子生物学技术的进步,大大促进了医学微生物学的发展,类病毒、朊粒等逐渐被认识,并发现了许多新的病原微生

图0-4　列文·虎克和他的第一台显微镜

物,如军团菌、弯曲菌、人类免疫缺陷病毒、新型冠状病毒等。此外,完成了多种病毒和细菌的基因测序工作;新型疫苗不断问世;实验检测技术更是突飞猛进,向着快速、准确、微量、高度灵敏、特异与自动化的方向发展。

医学微生物学迅速的发展,有些疾病如天花已被消灭,有些疾病如脊髓灰质炎已完全被控制;但是原有的一些传染病的病原体变异频繁、耐药菌株的日益增多,新的传染病不断出现,由病原微生物引起的多种传染病仍严重威胁人类的健康,距离控制和消灭传染病的目标还有很大距离。21世纪是生命科学飞速发展的时代,医学微生物学将在控制、消灭传染病,保障人类健康方面作出更大贡献。

第三节 人体寄生虫学概述

人体寄生虫学是研究感染人的寄生虫和寄生虫病的科学。主要研究与医学有关的寄生虫形态结构、生理、生活史、寄生虫与宿主的相互关系、寄生虫病的流行因素、致病机制、实验诊断与防治原则。

一、寄生虫的概念与种类

寄生虫是指长期或短暂地依附于另一种生物体内或体表,获得营养,并造成宿主损害的低等无脊椎动物和单细胞原生生物。由三部分组成:

(1)医学蠕虫 为软体的多细胞无脊椎动物,借助肌肉的伸缩而蠕动。包括线虫纲、吸虫纲和绦虫纲。

(2)医学原虫 为单细胞真核动物,个体微小,结构简单。具有运动、消化、排泄、生殖等生理功能,有根足虫纲、鞭毛虫纲、纤毛虫纲和孢子虫。

(3)医学节肢动物 是指通过吸血、螫刺、传播疾病等方式直接或间接危害人类健康的节肢动物,主要有昆虫纲、蛛形纲、甲壳纲、唇足纲等。

二、人体寄生虫学的发展概况与现状

人类对寄生虫的认识由来已久,显微镜的使用对寄生虫学的发展起到了极大的推动作用。1860年,形成了一门独立的学科——寄生虫学。由于各种新技术的开发应用,特别是电子显微镜的使用和分子生物学的发展,使得对寄生虫的研究深入到分子水平和基因水平,对寄生虫的致病机制、诊断和防治方面的研究取得了显著成绩。

建国前和建国初期,很多寄生虫病,如血吸虫病、疟疾、丝虫病、黑热病在我国肆意横行,危害非常严重。建国后,国家非常重视对寄生虫病的防治工作,对多种寄生虫病有针对性地开展防治工作,取得了非常显著的成就。黑热病、丝虫病得到全面控制或消灭,血吸虫病和疟疾的感染率和发病率大幅下降。但我国幅员辽阔,寄生虫病分布广泛,各地区的经济发展不平衡,有些寄生虫病尚未完全控制,如血吸虫病在部分地区的疫情仍有反复,恶性疟疾在部分地区的疫情还十分严峻,因此我国控制和消灭寄生虫病的任务还十分艰巨。

复习思考题

1. 什么是免疫、免疫有哪些功能？
2. 什么是微生物、微生物有哪些型别和种类？
3. 什么是寄生虫？

（陶绍平）

第一章 抗 原

学 习 目 标

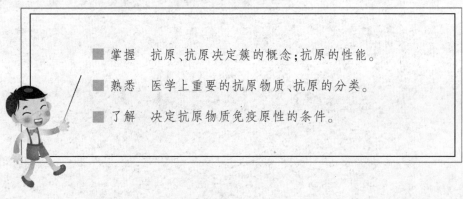

■ 掌握　抗原、抗原决定簇的概念；抗原的性能。

■ 熟悉　医学上重要的抗原物质、抗原的分类。

■ 了解　决定抗原物质免疫原性的条件。

第一节　抗原的概念及性能

抗原(antigen,Ag)是能刺激机体的免疫系统发生免疫应答,产生抗体和(或)致敏淋巴细胞,并能与相应抗体和(或)致敏淋巴细胞发生特异性结合反应的物质。

抗原具有两种性能:①免疫原性(immunogenicity),即刺激 B 细胞使之活化、增殖、分化,最终产生抗体,或刺激 T 细胞最终成为致敏淋巴细胞,从而诱导体液免疫或细胞免疫的性能;②免疫反应性(immunoreactivity),即与相应抗体或致敏淋巴细胞发生特异性结合反应的性能。具有此两种性能的物质称为完全抗原,只有免疫反应性而无免疫原性的物质称为不完全抗原或半抗原。

第二节　决定抗原物质免疫原性的条件

一、异物性

异物性指的是抗原物质与自身组织结构间存在的差异。

异物性是抗原物质具备免疫原性的首要条件,通常抗原物质的来源与宿主的亲缘关系越远,组织差异就越大,免疫原性就越强;反之,亲缘关系越近,组织差异就越小,免疫原性就越弱。例如,将鸡血清注入鸭体内,产生的抗体和致敏淋巴细胞就会较少,而鸡血清注入兔子体内,则产生较多的抗体和致敏淋巴细胞。人体进行器官移植时,用其他哺乳动物的器官,诱发的免疫应答很强,极难成活。自身的某些组织细胞在有些情况下也有可能成为"异物"。

二、大分子物质

具有免疫原性的物质一般在 10 000 以上,分子量越大,免疫原性越强,而分子量低于 4 000 的物质一般无免疫原性,无机物不具有免疫原性。因为分子量大的物质化学结构复杂,含有抗原决定簇的数量和种类多,对免疫细胞的刺激作用大;大分子物质结构稳定,在体内代谢速度慢,存留时间长,与免疫细胞接触机会多,能够有效地刺激机体产生抗体和致敏淋巴细胞。

三、化学组成与结构

抗原物质需具有复杂的化学组成与结构。如明胶分子量可达 100 000,但其免疫原性反而不如分子量仅为 5 734 的胰岛素,这是因为明胶分子量虽大,但是,为直链的氨基酸,空间构型比较简单,物质表面抗原决定簇少,在体内易被水解;而胰岛素虽然分子量小,却有两条多肽链,含有芳香族氨基酸,空间构型比较复杂,稳定而不易被水解。

四、分子构象与易接近性

抗原分子表面化学基团要与免疫细胞表面的受体结合才能引起免疫应答。这些化学基团与细胞表面的受体是否吻合,以及与受体接触的难易程度也是影响抗原免疫原性的一个因素。某些理化因素使抗原分子构象发生改变后,该抗原的免疫原性也会发生改变或丧失。在抗原物质内部的化学基团不能与免疫细胞的受体接触,就不表现出免疫原性。

抗原的免疫原性还受抗原物质进入机体的途径、剂量以及机体的遗传因素、年龄、生理状态等因素影响。多数抗原物质经皮内、皮下或肌肉注射等途径进入机体,免疫原性好,而经口服途径,抗原物质经胃酸或消化液的作用被破坏或消化成小分子物质而失去免疫原性。

第三节　抗原的特异性与交叉反应

一、抗原的特异性

特异性即免疫反应的对应性、专一性。抗原的特异性既表现在免疫原性上也表现在免疫反应性上,即一种抗原物质可刺激机体产生特定的抗体或致敏淋巴细胞,也只能与其刺激机体产生的抗体或致敏淋巴细胞结合,而不能与其他抗原刺激机体产生的抗体或致敏淋巴细胞结合,就如一把钥匙开一把锁的关系。如甲肝病毒感染后刺激机体产生抗甲肝病毒的抗体,只能与甲型肝炎病毒结合,仅对甲肝病毒的再感染有免疫力,而不能与乙型肝炎病毒结合,也不可能与其他病毒或细菌结合。抗原的特异性是免疫反应的重要特点,免疫学诊断方法就是建立在抗原特异性的基础之上的。

(一)抗原决定簇的概念

抗原决定簇(antigenic determinant,AD)是存在于抗原分子中决定抗原特异性的特殊化学基团(又称表位或抗原决定基)。一个抗原决定簇一般由 5～8 个氨基酸残基、葡萄糖残基或核苷酸残基组成。一个抗原物质可有一种或多种不同的抗原决定簇。分子量越大、结构越复杂的抗原物质抗原决定簇就越多。抗原决定簇的性质、数目和空间构型决定了抗原的特异性。位于抗原物质表面的决定簇易被相应的淋巴细胞识别,具有易接近性,容易启动免疫应答,称为功能性抗原决定簇。有些抗原决定簇位于抗原物质的内部,不易与淋巴细胞接触,不能直接引起免疫应答,称为隐蔽的抗原决定簇。同一种抗原物质,未经理化因素处理,其功能抗原决定簇可刺激产生免疫应答;若经处理,隐蔽抗原决定簇暴露成为新的功能性抗原决定簇也可刺激机体产生免疫应答。抗原结合价(antigenic valence)是指一种抗原物质能和抗体分子特异性结合的抗原决定簇的总数。多数天然抗原物质结构复杂,抗原决定簇的种类很多,为多价抗原,能刺激产生多种抗体。如细菌、病毒等具有多种结构,抗原决定簇数量和种类都很多,都是多价抗原。

(二)抗原决定簇对抗原特异性的影响

抗原决定簇的化学组成、排列和空间构象决定着抗原的特异性。用连接有不同化学基团的苯胺衍生物制备成不同的合成抗原,将其分别免疫动物得到相应的抗体,这些抗体再与上述合成抗原在体外结合。结果表明,各种合成抗原只能与相应的抗体结合(表1-1)。

表1-1 不同化学基团对抗原特异性的影响

各类抗体	各种合成抗原			
	苯胺 NH_2	对氨基苯甲酸 NH_2 ... COOH	对氨基苯磺酸 NH_2 ... SO_3H	对氨基苯砷酸 NH_2 ... ASO_2H_3
苯胺抗体	+	—	—	—
对氨基苯甲酸抗体	—	+	—	—
对氨基苯磺酸抗体	—	—	+	—
对氨基苯砷酸抗体	—	—	—	+

二、共同抗原与交叉反应

天然抗原物质结构复杂,具有多种抗原决定簇。不同的抗原物质具有不同的抗原决定簇,故各具特异性。一种抗原物质上既有其特有的抗原决定簇,也可能具有与其他抗原物质相同的抗原决定簇。不同抗原物质上具有相同的抗原决定簇称为共同抗原。共同抗原刺激机体产生的抗体,可出现交叉反应。如甲抗原物质上有抗原决定簇1、2、3,乙抗原物质上有抗原决定簇3、4、5,其中抗原决定簇3就是这两种抗原物质的共同抗原。两种抗原物质上的抗原决定簇3都能刺激机体产生抗体3,甲抗原物质刺激机体产生的抗体3也可以和乙抗原物质上的抗原决定簇3结合,反之亦然。这就是交叉反应(如图1-1)。由此可知,抗原的特异性实际上是指抗原决定簇的特异性。

天然抗原物质之间常有共同抗原的存在,故发生交叉反应也比较常见。存在于同一生物种属中的共同抗原称为类属抗原,存在于不同生物种属之间的共同抗原称为异嗜性抗原(详见本章第五节)。

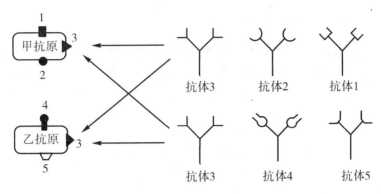

图 1-1 交叉反应示意图

第四节 抗原的分类

抗原的分类方法主要有以下几类:

一、根据抗原刺激机体发生免疫应答是否需要 T 细胞辅助分类

(一)胸腺依赖性抗原(thymus dependent antigen,TD - Ag)

这类抗原既有 T 细胞抗原决定簇,也有 B 细胞抗原决定簇。在刺激机体产生抗体的过程中,要被 T 细胞抗原受体结合,经 T 细胞的辅助才能刺激 B 细胞产生抗体。大多数天然抗原(细菌、病毒、异种蛋白等)都是 TD - Ag。此类抗原既能刺激机体产生体液免疫应答,也能诱导细胞免疫应答,有免疫记忆。

(二)胸腺非依赖性抗原(thymus independent antigen,TI - Ag)

此类抗原只含 B 细胞抗原决定簇,不需 T 细胞的参与,直接激活 B 细胞,产生抗体。天然抗原中 TI - Ag 比较少,主要有细菌的脂多糖、荚膜多糖等。此类抗原激活的是未成熟的 B 细胞,产生的抗体仅为 IgM 类,无免疫记忆。由于没有 T 细胞抗原决定簇,一般不能引起细胞免疫应答。

二、根据抗原的性能分类

(一)完全抗原(complete antigen)

完全抗原是既有免疫原性又有免疫反应性的物质。细菌、病毒、其他微生物、细菌外毒素、动物免疫血清及其他异种蛋白等都是完全抗原。

(二)不完全抗原(incomplete antigen)

不完全抗原是只有免疫反应性而没有免疫原性的物质,又称半抗原(hapten)。多为小分子物质,如多糖、类脂、某些药物等。不完全抗原在体内单独作用时不能刺激机体产生免疫应答,当与机体的蛋白质等大分子物质结合后便获得免疫原性,可刺激机体产生抗体。机体与之发生结合的大分子物质称为半抗原的载体。

三、根据抗原与机体的亲缘关系分类

主要有异种抗原、同种异型抗原、自身抗原和异嗜性抗原(详见本章第五节)。

还有一些其他分类方法,如根据抗原的化学组成分为蛋白质抗原、脂蛋白抗原,糖蛋白抗原、核蛋白抗原和多糖抗原等;根据抗原的获得方式分为天然抗原、人工抗原和合成抗原等;根据是否在抗原提呈细胞内合成分为内源性抗原和外源性抗原。

第五节　医学上重要的抗原物质

一、异种抗原

(一)病原生物及其代谢产物

病原生物包括病原微生物和人体寄生虫。病原微生物,如细菌、病毒、螺旋体等,从生物角度来看虽然微小,结构简单,但从分子水平来看,却是极为复杂的,是具有多种抗原成分的复合体。如细菌有菌体抗原、鞭毛抗原等,病毒有衣壳蛋白质抗原、包膜抗原、核心抗原等。这些抗原均能不同程度地刺激机体的免疫系统产生免疫应答。故病原微生物感染后都会有相应的免疫反应发生。人体寄生完整的虫体及寄生虫的分解产物都能成为抗原,刺激机体产生免疫应答。

外毒素是细菌的代谢产物,为蛋白质,具有很强的免疫原性,能刺激机体产生抗体(称抗毒素)。抗毒素能特异性地与相应的外毒素结合,中和外毒素的毒性,达到保护作用。如果将外毒素经 $0.3\%\sim0.4\%$ 的甲醛处理后,可使其失去毒性,但免疫原性不改变,称为类毒素。类毒素注入人体不会引起毒性作用,但可刺激人体产生抗毒素,在预防某些疾病(如破伤风、白喉等)中起重要作用。

(二)动物免疫血清

在临床上常用一些抗毒素来紧急预防或治疗破伤风、白喉等疾病。这些抗毒素是用类毒素免疫马等动物,取这些动物的血清精制而成的抗体称为动物免疫血清。这种来源于动物的抗体对人体有二重性:一方面,它本身是抗体,注入人体后可以中和相应的外毒素,以达到紧急预防或治疗的目的;另一方面,动物的抗体是异种蛋白质,具有免疫原性,能刺激机体产生抗体,称为"抗抗体"。当再次注射动物免疫血清时,"抗抗体"可以与其发生特异性结合,导致超敏反应的发生。

二、同种异型抗原

同种异型抗原是指来源于同一种属不同个体之间的抗原。

(一)红细胞抗原

1.ABO血型抗原

根据人类红细胞表面的 A 和 B 抗原的不同,可将人的红细胞血型分为 A 型、B 型、AB型和 O 型四种。A 型红细胞上有 A 抗原,B 型红细胞上有 B 抗原,AB 型红细胞上有 A 和 B两种抗原,而 O 型红细胞上既无 A 抗原,也无 B 抗原。人体血清中含有 IgM 类天然血型抗体,A 型血的人含有抗 B,B 型血的人含有抗 A,AB 型血的人无抗 A 和抗 B,而 O 型血的人既有抗 A,也有抗 B。在输血时,如果血型不符,可发生严重的输血反应(见超敏反应),故在输血前必须做交叉配血试验。

ABO 血型抗原物质不仅存在于红细胞的表面,也存在于胃、十二指肠、胰腺等组织细胞上。在唾液、泪液、尿液、胃液、精液、胆汁、羊水中也可检出 ABO 血型物质。

2.Rh 血型抗原

99％以上的中国人红细胞上有 Rh 抗原(Rh$^+$)。人体血清中不存在天然的 Rh 抗体。Rh 阴性的人在输入 Rh 阳性血后,可刺激机体产生 IgG 类抗体。当再次输入 Rh 阳性血时,也可引起输血反应。

(二)人类白细胞抗原(人类主要组织相容性抗原)

人类白细胞抗原是存在于人体有核细胞上的糖蛋白物质。因首先发现于白细胞表面,所以称为人类白细胞抗原(human leukocyte antigen,HLA)。此抗原系统非常复杂,除同卵双生者外,不同个体的人 HLA 完全相同几乎不可能。移植排斥反应主要与此抗原有关(详见第三章)。此类抗原参与免疫应答、免疫调节等过程。

三、自身抗原

自身抗原是指能够诱导机体发生免疫应答的自身物质,主要包括修饰抗原和隐蔽抗原。

(一)修饰抗原

在正常情况下,自身组织没有免疫原性,不能诱导免疫应答。但在病原微生物感染、物理因素(如辐射)或化学因素(如药物)等的作用下,自身组织细胞的分子结构发生改变,形成新的抗原决定簇或使分子或细胞内部的抗原决定簇暴露,可刺激自身的免疫系统产生免疫应答,产生抗自身组织细胞的抗体或致敏淋巴细胞,诱发自身免疫性疾病。临床上,某些人服用甲基多巴或氨基匹林等药物后,可改变红细胞或粒细胞表面的化学结构,出现新的抗原决定簇,从而引起自身免疫性贫血或粒细胞减少症。

(二)隐蔽抗原

正常情况下,人体的某些自身组织与免疫细胞相对隔绝,从未与其接触过。由于感染、外伤、手术不慎等原因使这些组织成分释放,与免疫细胞接触,则可刺激产生针对这些隐蔽抗原的抗体或致敏淋巴细胞,诱发自身免疫性疾病。如一只眼外伤时,眼葡萄膜色素或眼晶体蛋白释放入血,即可刺激产生相应的抗体,导致另一只眼睛的视力下降甚至双目失明,称为交感性眼炎;男性精子也是和血液隔绝的,如外伤导致精子入血,则诱发产生抗精子抗体,可能导致男性不育;手术不慎使甲状腺球蛋白抗原释放,可引起桥本甲状腺炎。

如果免疫细胞受某些因素作用而出现异常时,则有可能将正常的组织细胞当成"异物",诱发产生自身免疫应答,引起自身免疫性疾病。

四、异嗜性抗原

异嗜性抗原是存在于人、动物、植物和微生物不同生物种属之间的共同抗原。异嗜性抗原首先由 Forssman 发现,故又称为 Forssman 抗原。如溶血性链球菌的多糖和蛋白质抗原与人体的心肌、心瓣膜及肾小球基膜之间有共同抗原的存在,当人体感染了溶血性链球菌后,这些抗原刺激机体产生抗体,该抗体能够与心肌、心瓣膜或肾小球的相应成分发生特异性结合,导致这些组织的损伤,引起风湿病、肾小球肾炎等。大肠埃希菌 O_{14} 的脂多糖与人结肠黏膜之间有共同抗原,这与溃疡性结肠炎的发病机制有关。

五、肿瘤抗原

肿瘤抗原是细胞在癌变过程中出现的新抗原物质或过度表达的抗原物质的总称。一般分为肿瘤特异性抗原和肿瘤相关抗原两类。

(一)肿瘤特异性抗原(tumor specific antigen,TSA)

肿瘤特异性抗原只存在于肿瘤细胞表面的特异性抗原。TSA 在动物肿瘤实验中证实较多,近年来应用单克隆抗体技术已在人类黑色素瘤、结肠癌、乳腺癌等肿瘤细胞表面检测出此类抗原。

(二)肿瘤相关抗原(tumor associated antigen,TAA)

这类抗原为非肿瘤细胞特有,正常细胞也能微量表达,但一般方法难以检测出。在细胞癌变时,其含量明显增高。此类抗原无严格的肿瘤特异性,只表现出量的变化,故称为肿瘤相关抗原。比较典型的肿瘤相关抗原主要有胚胎抗原和病毒诱发的抗原两类。

1.胚胎抗原

此类抗原最常检测的是甲胎蛋白(alpha - fetoprotein,AFP)和癌胚抗原(carcinoembryonic antigen,CEA)。AFP 是胎儿卵黄囊细胞和肝细胞合成的一种糖蛋白,出生后迅速下降,成年人含量极微($<20\mu g/L$)。当机体发生原发性肝癌时,血清中 AFP 含量显著增高($>300\mu g/L$)。因此,检测出 AFP 对辅助诊断原发性肝癌有重要意义。CEA 是一种与消化道肿瘤有关的抗原,检测 CEA 有助于辅助直肠癌、结肠癌的诊断。

2.病毒诱发的肿瘤抗原

大量研究表明,鼻咽癌和非洲儿童恶性淋巴瘤(Burkitt 淋巴瘤)与 EB 病毒密切相关;宫颈癌与人类乳头瘤病毒、单纯疱疹病毒感染有关;肝癌与乙肝病毒关系密切。这些肿瘤细胞中可检出相应的病毒基因和抗原,患者血清中能检测到较高滴度的相关病毒抗体。

小贴士

超抗原

超抗原是一类由细菌外毒素和逆转录病毒蛋白构成的不同于促有丝分裂原的抗原性物质。这类抗原作用不受 MHC 限制,无严格的抗原特异性,只需极低浓度即可激活多克隆 T 细胞,产生很强的免疫应答,称为超抗原。超抗原主要包括有金黄色葡萄球菌肠毒素、链球菌致热外毒素、毒性休克综合征毒素及次要淋巴细胞刺激抗原等。

本章小结

能刺激机体的免疫系统发生免疫应答,产生抗体和(或)致敏淋巴细胞,并能与相应抗体和(或)致敏淋巴细胞发生特异性结合反应的物质称为抗原。抗原具有免疫原性和免疫反应性。决定抗原物质免疫原性的条件有异物性、大分子物质、化学组成和结构、分子构象与易接近性。抗原决定簇决定抗原的特异性。医学上重要的抗原物质有异种抗原、同种异型抗原、自身抗原、异嗜性抗原和肿瘤抗原。

复习思考题

1.什么叫抗原的特异性？举例说明。

2.为什么说动物免疫血清对人而言既是抗体，又是抗原？

3.决定抗原物质免疫原性的条件有哪些？

4.医学上重要的抗原物质有哪些？

（陶绍平）

第二章　免疫球蛋白与抗体

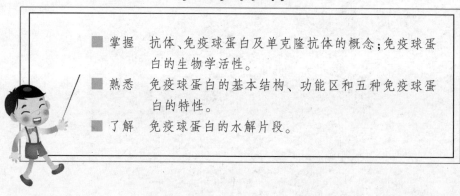

学 习 目 标

- ■ **掌握**　抗体、免疫球蛋白及单克隆抗体的概念；免疫球蛋白的生物学活性。
- ■ **熟悉**　免疫球蛋白的基本结构、功能区和五种免疫球蛋白的特性。
- ■ **了解**　免疫球蛋白的水解片段。

抗体（antibody，Ab）是指 B 细胞识别抗原后活化、增殖、分化为浆细胞，由浆细胞产生的一类能与相应抗原发生特异性结合的球蛋白。抗体主要存在于血清中，也见于其他体液和外分泌液中，故以抗体为主介导的免疫应答称为体液免疫。Tiselius 和 Kabat 证明抗体活性与 γ-球蛋白（丙种球蛋白）组分有关。此后又发现，α-球蛋白和 β-球蛋白（甲种及乙种球蛋白）也含有部分抗体活性。

免疫球蛋白（immunoglobulin，Ig）具有抗体活性或化学结构与抗体相似的球蛋白。免疫球蛋白是化学结构的概念，而抗体是生物学功能的概念。所有的抗体都是免疫球蛋白，但免疫球蛋白不都具有抗体活性。免疫球蛋白可分为分泌型（sIg）和膜型（mIg），前者主要存在于体液中，具有抗体功能；后者为 B 细胞的抗原受体，执行特异性识别抗原的功能。

> **知识链接**
>
> ### 免疫球蛋白从哪来？
>
> 1.来自母体：从胎儿期到出生后六个月，免疫球蛋白的来源主要依赖于母体。母乳中含有丰富的免疫球蛋白，故民间常说"吃奶的孩子少生病"。
>
> 2.体内免疫器官合成：人体所需免疫球蛋白大部分都依赖于免疫器官的合成。儿童期（6个月到 6 岁）合成免疫球蛋白的数量少，15 岁左右基本上达到成人的水平，到 22 岁时免疫器官功能最旺盛，合成免疫球蛋白能力也最强，随后免疫器官开始萎缩，55 岁以后有些免疫器官甚至完全退化，免疫球蛋白合成数量减少。
>
> 3.体外补充：在人的不同生命阶段，免疫器官合成免疫球蛋白的能力不同，因此体外适当补充免疫球蛋白是一种可行的预防疾病方式，如体外注射丙种球蛋白。

第一节　免疫球蛋白的结构

一、免疫球蛋白的基本结构

(一)免疫球蛋白单体

免疫球蛋白的基本结构是由二硫键连接的四条多肽链组成的单体分子,是免疫球蛋白的基本功能单位。两条多肽链分子量较大(为50~75 000),每条链由450~550个氨基酸残基组成,称为重链(H链),重链间由二硫键相连。H链根据免疫原性的差异分为 α、μ、γ、δ 和 ε 链,免疫球蛋白根据组成的重链不同分为 IgA、IgM、IgG、IgD 和 IgE 五类。两条多肽链分子量较小(约为25 000),每条链约含214个氨基酸残基,称为轻链(L链),并以二硫键与重链相连。L链根据免疫原性不同分为 κ 型和 λ 型(图2-1)。

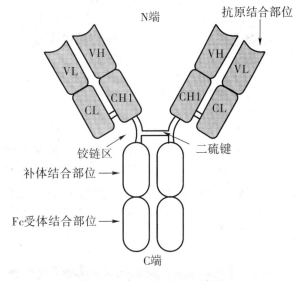

图2-1　IgG 分子结构示意图

(二)免疫球蛋白分区

1.可变区和恒定区

在多肽链的 N 端,L 链的1/2和H链的1/4或1/5的区段内,氨基酸的种类和排列顺序因抗体特异性的不同而变化,称为可变区(variable region, V区),此区是抗体分子与抗原结合的部位。L 链和 H 链的 V 区分别称为 VL 和 VH;H 链与 L 链的其他区段氨基酸的种类和排列顺序变化不大,称为恒定区(constant region, C 区),L 链和 H 链的 C 区分别称为 CL 和 CH。

2.高变区

VH 和 VL 各有三个区域的氨基酸残基,其组成和排列顺序高度易变,称为高变区(hypervariable region, HVR),为抗体与抗原结合的部位,分别用 HVR1、HVR2 和 HVR3 表示。

3.铰链区

铰链区是介于 Ig CH1 与 Ig CH2 之间的肽链,该区含丰富的脯氨酸和二硫键,富有弹性,使两个与抗原结合的 V 区段易于伸展弯曲,可与不同距离的抗原决定簇结合。

(三)免疫球蛋白的其他结构

1.连接链(joining chain,J 链)

连接链是由浆细胞合成的一条富含半胱氨酸的多肽链,具有连接免疫球蛋白单体的作用,使其成为多聚体。IgM 五聚体和 IgA 二聚体均含 J 链。

2.分泌片(secretory piece,SP)

分泌片是由黏膜上皮细胞合成和分泌的多肽,以非共价键与 IgA 二聚体结合成分泌型

IgA(SIgA)。分泌片功能是保护 SIgA 免受蛋白酶降解;介导 IgA 二聚体从黏膜转运到黏膜表面。

二、免疫球蛋白的功能区

免疫球蛋白分子的每条肽链以一定的方式折叠成几个球形的功能区,每个功能区约由110 个氨基酸残基组成。轻链有 VL 和 CL 两个功能区;IgG、IgA 和 IgD 重链有四个功能区,分别为 VH、CH1、CH2、CH3;IgM 和 IgE 重链有五个功能区,比 IgG 多一个 CH4。功能区的作用:①VH 和 VL 是结合抗原的区位,其中高变区是 V 区中与抗原决定簇互补结合的部位;②CL 和 CH1 是抗体分子的遗传标记所在部位;③IgG 的 CH2 和 IgM 的 CH3 是补体C1q 结合位点,可启动补体经典激活途径;④IgG 的 CH3 可与单核细胞、中性粒细胞、巨噬细胞、B 细胞和 NK 细胞表面的 IgGFc 受体(FcγR)结合;⑤IgE 的 CH2 和 CH3 可与肥大细胞和嗜碱性粒细胞表面的 IgEFc 受体(FcεR)结合。

三、免疫球蛋白的水解片段

(一)木瓜蛋白酶水解片段

木瓜蛋白酶可于 H 链链间二硫键近 N 端水解 Ig,获得 2 个 Fab 段和 1 个 Fc 段。Fab段(抗原结合片段)由一条完整的轻链和重链的 VH 和 CH1 功能区组成,可结合一个相应的抗原决定簇。Fab 段为单价,与抗原结合后,不能形成凝集现象或沉淀现象。Fc 段(可结晶片段)相当于 IgG 的 CH2 和 CH3 功能区,是 IgG 分子与效应分子或效应细胞相互作用的部位。(图 2-2)

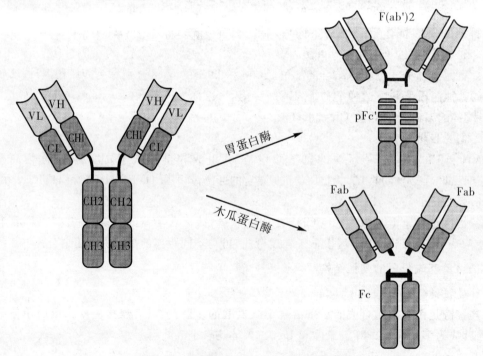

图 2-2 免疫球蛋白(IgG)水解片段示意图

（二）胃蛋白酶水解片段

胃蛋白酶可在 H 链链间二硫键近 C 端水解 IgG，获得一个 F(ab')2 和一个小分子片段 pFc'。F(ab')2 可同时结合两个抗原决定簇，故可发生凝集现象或沉淀现象。pFc' 没有生物学活性。

第二节 免疫球蛋白的生物学活性

一、特异性结合抗原

特异性结合抗原是免疫球蛋白的重要功能，在体内可产生多种免疫效应，如中和毒素、中和病毒等，在体外可引起多种抗原-抗体反应。抗体的 V 区与相应抗原表位互补，借静电引力、氢键和范德华力等发生结合。

二、激活补体

IgG 和 IgM 与相应抗原特异性结合后，抗体发生变构，Fc 段上的补体结合位点暴露，从而激活补体经典途径，产生多种效应功能。聚合的 IgA 和 IgG4 可通过旁路途径激活补体，引起一系列的免疫学效应。

三、与 Fc 受体结合

免疫球蛋白的 Fc 段与多种细胞表面的 Fc 受体结合，产生多种效应。

（一）调理作用

调理作用指抗体、补体等调理素与细菌等其他颗粒性抗原结合，促进吞噬细胞对细菌或其他颗粒性抗原的吞噬作用。IgG 类抗体的 Fc 段与中性粒细胞、巨噬细胞表面的 IgGFc 受体（FcγR）结合，从而增强吞噬细胞的吞噬作用。SIgA 也具有调理作用。

（二）抗体依赖细胞介导的细胞毒作用（ADCC）

ADCC 指效应细胞通过识别抗体的 Fc 段，直接杀伤被抗体结合的靶细胞。IgG 的 Fc 段与巨噬细胞、NK 细胞等细胞表面的 IgGFc 受体（FcγR）结合，发挥杀伤作用，将 IgG 抗体结合的靶细胞杀灭。

（三）介导Ⅰ型超敏反应

IgE 的 Fc 段可与肥大细胞和嗜碱性粒细胞表面的 IgEFc 受体（FcεR）结合，使细胞致敏。当致敏细胞表面结合的 IgE 再次与相应抗原结合时，触发这些细胞脱颗粒并释放多用生物活性介质，引发Ⅰ型超敏反应（见第八章）。

四、通过胎盘

IgG 是人类唯一能从母体胎盘转移到胎儿体内的免疫球蛋白，对新生儿抗感染具有重要作用。

第三节 五类免疫球蛋白的特性

一、IgG

IgG 通常以单体形式存在于血液与其他体液中,有 IgG1、IgG2、IgG3 和 IgG4 四个亚类,出生后 3 个月即开始合成,5 岁时达到成人水平,是血清中含量最高的免疫球蛋白,占血清总 Ig 的 75%～80%,其中以 IgG1 含量最多。IgG 的半衰期最长,20～23d。

IgG 在细胞外液和血清中的分布各占 50%,是机体再次体液免疫应答的主要抗体,发挥重要的免疫学效应:①参与 ADCC 作用;②参与调理吞噬作用;③通过经典途径激活补体;④IgG是唯一能通过胎盘的抗体,对防止新生儿感染起重要作用。

IgG 是抗感染的主要抗体,抗毒素、抗菌和抗病毒抗体多为 IgG。某些自身抗体,如抗核抗体、抗甲状腺球蛋白抗体等,引起Ⅱ、Ⅲ型超敏反应的抗体也多属于 IgG。

IgG 的 Fc 段还能与金黄色葡萄球菌 A 蛋白(SPA)结合,Fab 段再与相应特异性抗原结合,出现金黄色葡萄球菌凝集现象,即协同凝集试验,用于免疫学检验。

二、IgM

IgM 分子是由五个 IgM 单体借一个 J 链和若干个二硫键连接而成的五聚体(图 2-3),分体量最大,称为巨球蛋白,占血清 Ig 的 5%～10%。

五聚体结构使 IgM 一般不易透过血管壁,主要存在于血液中,在防止发生菌血症方面起重要作用。IgM 在胎儿晚期就能合成,是个体发育中最早合成的免疫球蛋白,但不能通过胎盘,若新生儿脐带血中出现高浓度IgM,表示有宫内感染的可能(如梅毒螺旋体、风疹或巨细胞病毒等感染)。机体受抗原刺激后,最先产生的抗体是 IgM,在机体早期免疫防护中占有重要地位。IgM 在体内半衰期短(约 5d),因此 IgM 类的特异性抗体阳性是近期感染或正直感染的指征。天然血型抗体是 IgM。

IgM 是高效能的抗菌抗体,在早期抗感染中发挥重要作用,理论上抗原结合价应为 10价,但与大分子抗原结合时,因空间位阻作用,往往只表现 5 价。IgM 的激活补体、溶菌与杀菌作用,以及凝集作用比 IgG 强,但中和毒素和中和病毒作用低于 IgG。

三、IgA

IgA 有两种:血清型 IgA 和分泌型 IgA(SIgA)。血清型 IgA 主要存在于血清中,占血清Ig 的 10%～20%,多为单体的形式存在,具有中和毒素和调理吞噬等作用。SIgA(图 2-3)由 J 链连接的双体和分泌片组成,主要分布在呼吸道、消化道和泌尿生殖道黏膜表面,以及初乳、唾液和黏膜相关的外分泌液中,是机体黏膜局部免疫的主要抗体,通过与相应病原生物结合,阻止病原生物吸附到易感细胞上,从而在局部抗感染中发挥重要作用。

SIgA 在婴儿出生半年左右形成,也可从母乳中获得,对婴儿抗呼吸道和消化道病原微生物感染具有重要作用,是临床上提倡母乳喂养婴儿的原因之一。

四、IgD

IgD 分子结构与 IgG 相似,在血清中含量很低,约占血清总 Ig 的 1%。IgD 以单体的形式存在于血清中,铰链区较长,对蛋白酶水解敏感,半衰期短(3d),在个体发育任何时间产生。血清中 IgD 免疫功能尚不清楚。B 细胞表面的 SmIgD 可作为 B 细胞分化发育成熟的标志,成熟 B 细胞可同时表达 SmIgM 和 SmIgD,未成熟 B 细胞仅表达 SmIgM。

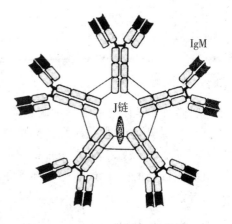

五、IgE

IgE 是正常人血清中含量最少的免疫球蛋白,占血清总 Ig 的 0.002%,但在过敏性疾病和某些寄生虫感染的患者血清中,含量明显增高。在个体发育中合成较晚,为单体。IgE 可通过 Fc 段与嗜碱性粒细胞和肥大细胞表面的 FcεR 结合,当结合在肥大细胞和嗜碱性粒细胞表面的 IgE 与相应抗原结合后,引起 Ⅰ 型超敏反应。IgE 可介导 ADCC 效应,在抗机体寄生虫感染中发挥重要作用。

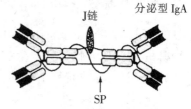

图 2-3 IgM 和 SIgA 结构示意图

人各类免疫球蛋白的理化特性和生物学特性比较见表 2-1。

表 2-1 人各类免疫球蛋白的理化特性和生物学特性比较

特 性	IgG	IgA	IgM	IgD	IgE
重链	γ	α	μ	δ	ε
主要存在形式	单体	单体、双体	五聚体	单体	单体
抗原结合价	2	2、4	5~7	2	2
占血清 Ig 总量(%)	75~80	10~20	10	<1	<0.001
开始合成时间	出生后 3 个月	出生后 4~6 个月	胚胎后期	任何时间	较晚
通过胎盘	+	-	-	-	-
结合肥大细胞和嗜碱性粒细胞	-	-	-	-	+++
结合 SPA	+	-	-	-	-
免疫作用	抗毒素、抗菌、抗病毒,自身抗体	黏膜局部免疫作用	早期防御作用,溶血、溶菌,天然血型抗体,B 细胞抗原受体	SmIgD 为成熟 B 细胞抗原受体	抗寄生虫感染,Ⅰ 型超敏反应

第四节　人工制备抗体的类型

一、多克隆抗体

多克隆抗体是体内多个 B 细胞克隆,针对抗原物质上不同决定簇所产生的抗体混合物,分泌到血清或其他体液中。大多数抗原分子具有多个抗原决定簇,每一种抗原决定簇可刺激机体的一个 B 细胞克隆产生一种特异性抗体。

二、单克隆抗体

单克隆抗体(Monoclone antibody, McAb)是由单一 B 细胞克隆产生的识别抗原分子上一种抗原决定簇的抗体,其结构高度均一、特异性强、性质纯、效价高。

> **知识链接**
>
> **多克隆丙种球蛋白病**
>
> 是指血清中两个克隆以上的浆细胞同时增生,体内多种免疫球蛋白异常增多。多继发于以下疾病:①慢性感染性疾病(结核病、梅毒等),不同病原体诱发的高免疫球蛋白血症的类型有所不同,寄生虫感染以 IgM 为主,细菌性感染以 IgG 为主;②自身免疫性疾病(类风湿关节炎、系统性红斑狼疮等),类风湿关节炎多为 IgM,系统性红斑狼疮患者血清中的免疫球蛋白为 IgG;③肝脏疾病。

Kohler 和 Milstein 首创杂交瘤细胞技术和单克隆抗体技术。这种技术的基本原理是小鼠骨髓瘤细胞在体内和体外可无限增殖,但不能分泌抗体;经抗原免疫的小鼠脾细胞能产生抗体,但在体外不能无限增殖;用抗原免疫小鼠的脾细胞与小鼠骨髓瘤细胞融合后,在特殊的选择培养基中,融合细胞存活和增殖,而未融合的脾细胞和骨髓瘤细胞死亡。融合的杂交细胞称为杂交瘤细胞,该细胞保存了肿瘤细胞在体外无限繁殖的特性,又继承了 B 细胞合成和分泌特异性抗体的能力。单克隆抗体已广泛应用到生命科学各个领域:①用于检测各种抗原;②抑制同种异体移植排斥反应或治疗自身免疫病;③与抗癌药物、毒素或核素偶联成导向药物用于肿瘤的治疗,称为生物导弹疗法。

本章小结

抗体是指 B 细胞识别抗原后活化、增殖、分化为浆细胞,由浆细胞产生的一类能与相应抗原发生特异性结合的球蛋白。所有的抗体都是免疫球蛋白,但免疫球蛋白不是都具有抗体活性。免疫球蛋白的生物学活性包括:特异性结合抗原、激活补体、与细胞表面 Fc 受体结合及通过胎盘和黏膜。五类免疫球蛋白(IgG、IgM、IgA、IgD、IgE)的功能与特性。人工制备抗体的类型主要有多克隆抗体、单克隆抗体及基因工程抗体。

复习思考题

1. 什么是抗体、免疫球蛋白？什么是抗体的调理作用？
2. 免疫球蛋白的功能区有哪些？简述其主要功能。
3. 免疫球蛋白有哪些生物学功能？
4. 免疫球蛋白可分为几类？各类免疫球蛋白有何生物学特性？

你一定能做对！

（王慧勇）

第三章 补体系统

补体(complement，C)是存在于人和脊椎动物血清与组织液中的一组与免疫有关、经活化后具有酶活性的蛋白质，包括30余种可溶性蛋白与膜结合蛋白，故称为补体系统。补体系统广泛参与机体特异性与非特异性免疫，参与免疫防御、免疫调节及介导免疫病理损伤性反应，是体内具有重要生物学作用的效应系统和效应放大系统。

> **知识链接**
>
> **补体的发现**
>
> 比利时医生 Bordet 在研究机体防御细菌侵染的机制时，发现了在正常的新鲜血清中有一类与免疫密切相关的成分，这些成分与抗体不同。抗体在体外能与抗原结合，包括与细菌和细胞结合，并发生凝集反应，但细胞并不受到反应的破坏。如果把新鲜的血清、抗菌抗体及细菌混合在一起，在 37 ℃条件下会导致细菌的溶菌死亡。这种对热很不稳定，只存在于新鲜血清中，有辅助抗体进行溶细胞作用的成分称为补体。

第一节　补体系统的组成和性质

一、补体系统的组成

根据补体系统各成分的生物学功能，可分为三大类：

(一)补体的固有成分

参与三条补体激活级联反应的补体成分，包括参与经典激活途径的 C1、C2、C3、C4、C5、C6、C7、C8、C9，其中 C1 由 C1q、C1r、C1s 三个亚单位组成；参与甘露聚糖结合凝集素(mannan‐binding lectin，MBL)激活途径的 MBL 和 MBL 相关的丝氨酸蛋白酶(MASP)；参与旁路激活途径的 B 因子、D 因子。

(二)补体调节蛋白

主要包括备解素(P因子)、C1抑制物、C4结合蛋白、I因子、H因子、S蛋白、促衰变因子、同种限制因子、膜辅助因子蛋白、膜反应溶解抑制因子等。

(三)补体受体(CR)

存在细胞膜上,介导补体活性片段或调节蛋白发挥生物学效应,包括CR1~CR5、C3aR、C2aR、C4aR等。

二、补体的性质

补体各成分的化学组成均为糖蛋白,约占血清球蛋白总量的10%,多数为β-球蛋白,少数属于γ-球蛋白或α-球蛋白,在血清中C3含量最高。补体对许多理化因素敏感,多数补体成分对热很敏感,56℃30min可使补体大部分组分丧失活性。室温下也易失活,0~10℃时活性仅能保持3~4d,若保存应在−20℃下。机械震荡、紫外线照射、强碱、强酸、乙醇及蛋白酶也可使补体失活。

第二节 补体系统的激活与调节

在生理情况下,血清中的大多数补体成分均以类似于酶原的非活性状态存在。补体的激活是在某些激活物的作用下,各补体成分按一定顺序,以连锁反应方式依次激活,而产生各种生物学效应。补体激活途径包括三条:经典途径、MBL途径和旁路途径。

一、经典激活途径

参与补体经典激活途径的补体成分包括C1~C9,其中C1活化是由抗原抗体复合物启动的。IgG或IgM类抗体与相应抗原结合形成的复合物是经典激活途径的主要激活物。整个激活过程分为三个阶段:识别阶段、活化阶段和膜攻击阶段。

(一)识别阶段

C1识别免疫复合物形成活化的C1s酯酶阶段。C1有三个亚单位组成,包括C1q、C1r和C1s,其中C1q分子量最大,由6个相同亚单位组成,每个亚单位羧基末端卷曲成球形(图3-1)。当抗体与抗原结合形成免疫复合物后,抗体的Fab段高变区与抗原决定簇互补性结合,铰链区发生构型改变,位于Fc段的补体结合位点(IgG为CH_2,IgM为CH_3)暴露,C1q球形结构与之结合,导致C1q构象改变,进而裂解C1r,即为激活的C1r,表现酶活性,C1r将C1s裂解为两个片段,小片段C1s具有酶活性,作用的天然底物是C4和C2。1个C1q分子中必须有两个以上的球形结构与免疫球蛋白的Fc段结合,才能使C1活化。IgG为单体,只有两个以上的

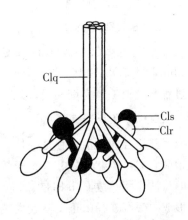

图3-1 C1分子结构示意图

IgG分子与抗原结合时,才能提供两个相邻补体结合位点。IgM为五聚体,所以1个IgM分

子与抗原结合即可激活补体。

(二)活化阶段

C3 转化酶和 C5 转化酶形成阶段。C1s 裂解 C4 成小片段 C4a 和大片段 C4b,C4a 释放到液相,C4b 与抗原抗体复合物所在的靶细胞膜结合,未被结合的 C4b 迅速失去结合能力。在 Mg^{2+} 存在时,C2 与 C4b 结合,被 C1s 裂解为 C2b 和 C2a,C2a 释放入液相。C2b 与 C4b 结合于靶细胞膜表面,形成 C4b2b,即 C3 转化酶。C3 被 C3 转化酶裂解成 C3a 释放入液相,大片段 C3b 与靶细胞膜上 C4b2b 结合,形成 C4b2b3b,即 C5 转化酶。

(三)膜攻击阶段

C5 转化酶裂解 C5 为 C5a 和 C5b,C5a 释放入液相,发挥生物学活性,C5b 与细胞膜结合,并依次与 C6 和 C7 结合成 C5b67,插入细胞膜脂质双层中。C5b67 与 C8 结合形成 C5b678。C5b678 可牢固附着在细胞表面,通常与 12～15 个 C9 分子结合成 C5b6789,即膜攻击复合物(membrane attack complex,MAC)。在 MAC 中,C9 聚合体插入靶细胞的脂质双层,形成跨膜孔道,使得小分子和离子等从胞内逸出,而蛋白质类大分子难以逸出,大量水分子进入胞内,导致细胞膨胀而裂解。

二、旁路激活途径

旁路途径又称为替代途径,由 C3、B 因子、D 因子参与,不需要 C1、C4、C2 参与的补体活化过程。C3 是启动旁路途径并参与其后级联反应的关键分子。激活物主要是脂多糖、酵母多糖、葡聚糖、凝聚的 IgA 和 IgG4 等物质。

(一)C3 转化酶的形成

在生理状态下,C3 可受蛋白酶作用,持续缓慢地产生少量 C3b,游离的 C3b 很快被体液中的 I 因子所灭活。当激活物存在时,C3b 与其结合而不易被灭活,在 Mg^{2+} 存在时,B 因子与 C3b 结合,并被 D 因子裂解成 Ba 和 Bb 两个片段。小片段 Ba 游离于液相,大片段 Bb 和 C3b 结合形成 C3bBb 复合物,即为旁路途径的 C3 转化酶。C3 转化酶极易被降解,而与血清中的 P 因子结合后较稳定。

(二)C5 转化酶形成

C3bBb 裂解 C3 产生 C3a 和 C3b,C3b 沉积在颗粒表面并与 C3bBb 结合形成 C3bBb3b(C3nBb 或 C3nBbP),即为旁路途径的 C5 转化酶,可使 C5 裂解成 C5a 和 C5b,其后的激活过程与经典途径完全相同,形成 MAC,导致靶细胞溶解。

(三)C3b 正反馈途径

旁路途径的激活过程是补体系统重要的放大机制。在激活物存在条件下,C3bBb 可不断地裂解 C3,产生的 C3b 沉积于颗粒物质表面,与 Bb 结合形成更多的 C3 转化酶,可放大起初的激活作用。故 C3b 即是 C3 转化酶的组成部分,又是 C3 转化酶作用生成的产物,此过程形成了旁路途径的正反馈放大机制。

三、MBL 激活途径

MBL 途径是由甘露聚糖结合凝集素(MBL)与细菌甘露糖残基和丝氨酸蛋白酶结合而

启动的补体激活途径。MBL 是一种糖蛋白,属于凝集素家族,正常血清中含量极低,在病原微生物感染早期,肝细胞合成和分泌 MBL 增加。MBL 可与细菌的甘露糖残基结合,再与丝氨酸蛋白酶结合,形成 MBL 相关的丝氨酸蛋白酶(MBL - associated serine protease,MASP - 1、MASP - 2)。MASP 具有与活化 C1q 相同的活性,裂解 C4 和 C2,产生 C4b 和 C2b,形成 C3 转化酶。此后的活化机制与经典途径相同。(表 3 - 1、图 3 - 2)

表 3 - 1　三条激活途径比较

项　目	经典途径	旁路途径	MBL 途径
激活物	抗原抗体复合物	脂多糖、酵母多糖、葡聚糖、凝聚的 IgA 和 IgG4 等物质	MASP
起始因子	C1q	C3	C4、C2
参与的补体成分	C1～C9	C3,C5～C9,B 因子,D 因子,P 因子	C2～C9
所需离子	Ca^{2+},Mg^{2+}	Mg^{2+}	Mg^{2+}
C3 转化酶	$C\overline{4b2b}$	$C\overline{3bBb}$或 $C\overline{3bBbP}$	$C\overline{4b2b}$
C5 转化酶	$C\overline{4b2b3b}$	$C\overline{3bnBb}$或 $C\overline{3bnBbP}$	$C\overline{4b2b3b}$
生物学作用	参与适应性体液免疫的效应阶段,感染后期发挥作用	参与固有免疫,可被直接活化,自身放大,在感染早期起作用	参与固有免疫,在感染早期起作用

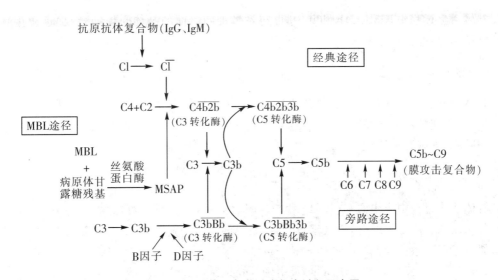

图 3 - 2　补体三条激活途径全过程示意图

正常情况下,补体的活化及其末端效应是在严密的调控下进行的,以防止补体成分过度消耗和对自身组织的损伤。补体的调节包括两个方面:①自身衰变调节,是补体自身控制的重要机制;②调节因子作用,如 I 因子可降解 C4b 和

遗传性血管神经性水肿

本病大多与遗传有关,是 C1INH 基因缺乏造成的。本病患者可因感染、应激、运动等诱因,头面部及四肢皮下出现局部性和持续性的轻度水肿,水肿无疼痛和瘙痒感,7 d 后自行消退,但可复发。有些患者可发生腹痛、腹泻、呕吐、肠梗阻。还有的患者可出现黏膜咽喉处水肿,严重者可窒息而亡。本病的治疗主要是对症治疗,如给患者输注新鲜血浆或补充提纯的 C1INH;出现咽喉水肿时要确保呼吸道通畅等。

C3b,使其裂解为没有活性的片段;H 因子、CR1 和 DAF(衰变加速因子)可与 B 因子或 Bb 竞争结合 C3b,从而抑制旁路途径 C3 转化酶的组装;C1 抑制分子(C1INH)可与 C1r 和 C1s 结合,使其失去酶解正常底物的能力。

第三节 补体系统的生物学作用

一、溶解细胞作用

补体系统激活后可在靶细胞表面形成膜攻击复合物,导致靶细胞溶解,是机体抵抗病原感染的重要防御机制。在某些病理情况下,补体系统可引起自身细胞溶解,导致组织细胞损伤。

二、调理作用

补体活化过程中,C3b、C4b 和 iC3b 可与吞噬细胞表面的补体受体结合,促进微生物与吞噬细胞黏附,并被吞噬杀灭。

三、清除免疫复合物

补体成分参与清除免疫复合物的机制为:①补体与免疫球蛋白分子结合可抑制免疫复合物形成,或使免疫复合物解离;②通过 C3b 与表达相应受体的红细胞结合,形成较大的聚合物,被吞噬细胞吞噬清除。

四、过敏毒素作用及趋化作用

补体活化过程中产生的 C3a、C4a 和 C5a 具有过敏毒素活性,可与肥大细胞和嗜碱性粒细胞等表面的相应受体结合,释放组胺等生物活性物质,使血管扩张、血管通透性增加、内脏平滑肌收缩等过敏反应。

C3a、C5a、$\overline{C5b7}$具有趋化作用,可吸引中性粒细胞向炎症部位聚集。

表 3-2 补体的生物学作用

功　能	补体成分	机　制
溶细胞作用	C5～C9	MAC 形成，导致靶细胞溶解
调理作用	C3b、iC3b、C4b	微生物表面的 C3b 与吞噬细胞表面的 CR1 结合，促进吞噬
过敏毒素作用	C5a、C3a、C4a	刺激肥大细胞释放组胺等血管活性物质，引起相应病理改变
趋化作用	C5a	吸引中性粒细胞，致炎症细胞聚集，促进吞噬细胞的氧化代谢
清除免疫复合物	C3b	抑制免疫复合物形成；免疫复合物上的 C3b 通过与红细胞表面的 CR1 结合，运送至肝脾后，被巨噬细胞清除

本 章 小 结

　　补体是一种存在于人和脊椎动物血清与组织液中经活化后具有酶活性的蛋白质，对热很敏感。补体的活化途径有三条：经典途径、旁路途径和 MBL 途径。补体的生物学活性包括溶解细胞作用、调理作用、清除免疫复合物、过敏毒素作用、趋化作用及免疫调节作用。

复习思考题

1. 补体系统的概念。
2. 比较补体三条激活途径的异同。
3. 补体系统被激活后发挥哪些生物学效应？

你一定能做对！

（王慧勇）

第四章 免疫系统

学 习 目 标

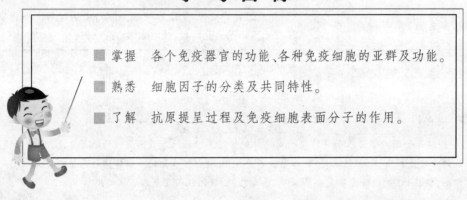

■ 掌握 各个免疫器官的功能、各种免疫细胞的亚群及功能。

■ 熟悉 细胞因子的分类及共同特性。

■ 了解 抗原提呈过程及免疫细胞表面分子的作用。

免疫系统由免疫器官、免疫细胞和免疫分子组成,具有识别和清除抗原性异物,维持机体内环境稳定和生理平衡的功能,是机体识别"自己"和"非己"功能的执行者。

第一节 免疫器官

免疫器官按其功能不同分为中枢免疫器官和外周免疫器官。

一、中枢免疫器官

中枢免疫器官包括骨髓、胸腺和禽类的腔上囊,是免疫细胞产生、分化与成熟的场所,对外周免疫器官的发育具有促进作用。

(一)骨髓

骨髓是人与其他哺乳动物的造血器官,也是多种血细胞的发源地。在哺乳类动物中,骨髓是B细胞产生、分化与成熟的器官。多能造血干细胞分化形成的淋巴样干细胞,在骨髓环境中,分化成熟为具有免疫功能的B细胞。在B细胞发育成熟过程中,约75%的B细胞识别自身抗原后发生细胞凋亡,只有不到25%的B细胞发育成熟为B细胞。

(二)胸腺

新生儿胸腺重10～15 g,随后逐渐长大,青春期时最重(为30～40 g)。青春期后,胸腺

小贴士

腔上囊

位于禽类泄殖腔背侧,由意大利解剖学家和外科医生H.法布里齐乌斯发现,故又称法氏囊,是禽类B细胞分化成熟的场所,也是禽类特有的中枢免疫器官。来自骨髓的淋巴样干细胞在腔上囊微环境中,分化成熟为具有免疫活性的B细胞。

逐步退化,老年期时胸腺的大部分组织被脂肪组织代替,但仍保留有一定的功能(图4-1)。

胸腺是T细胞发育、分化与成熟的中枢免疫器官。始祖T细胞随血液迁入胸腺后即称胸腺细胞。胸腺细胞在胸腺微环境作用下,从皮质向髓质迁移,约95%以上胸腺细胞发生细胞凋亡,仅约5%的胸腺细胞发育为成熟T细胞。

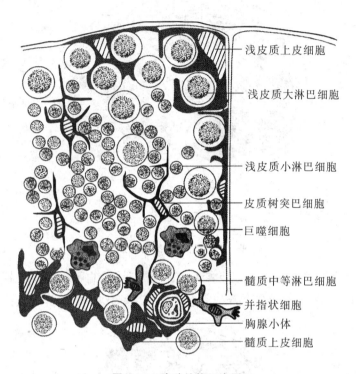

图4-1　胸腺结构示意图

浅皮质上皮细胞

浅皮质大淋巴细胞

浅皮质小淋巴细胞

皮质树突巴细胞

巨噬细胞

髓质中等淋巴细胞

并指状细胞

胸腺小体

髓质上皮细胞

二、外周免疫器官

外周免疫器官包括淋巴结、脾脏和黏膜相关淋巴组织,是免疫细胞定居、增殖及接受抗原刺激产生特异性免疫应答的场所。

(一)淋巴结

淋巴结位于淋巴循环的交界处,分布于颈部、腋窝、腹股沟、纵隔和腹腔等,用以收集机体浅表和深部的淋巴液,以保护机体的各个部位。淋巴结内T细胞约占75%,主要分布于深皮质区,称胸腺依赖区;B细胞约占25%,主要分布于浅皮质区,称胸腺非依赖区。淋巴结可过滤淋巴液,是淋巴液的有效滤器;是血液中淋巴细胞进入淋巴系统完成淋巴细胞再循环的重要场所;是产生体液免疫和细胞免疫应答的场所(图4-2)。

(二)脾　脏

脾脏是体内最大的免疫器官,具有造血、贮血和过滤的作用。脾脏的T细胞区位于包绕中央小动脉的淋巴鞘中,相当于淋巴结的深皮质区,为脾的胸腺依赖区;B细胞区位于淋巴鞘外周的淋巴小结,为脾的胸腺非依赖区。入侵血液中的病原体或衰老的血细胞可被其中巨噬细胞和树突状细胞吞噬、杀灭或捕捉。脾脏中T细胞约占35%,B细胞约占55%,巨噬

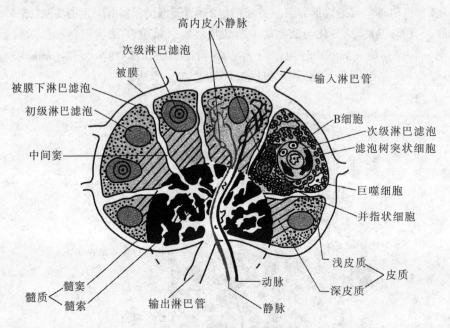

图 4－2　淋巴结结构示意图

细胞约占 10％。脾脏功能包括：在胚胎期具有造血功能；是血液的主要滤器；是 T 细胞和 B 细胞定居和接受抗原刺激后发生免疫应答及产生免疫效应的场所（图 4－3）。

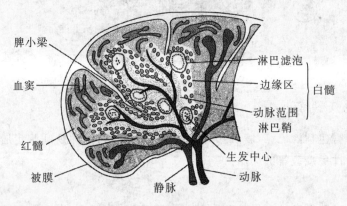

图 4－3　脾脏结构示意图

(三)黏膜相关淋巴组织

黏膜相关淋巴组织是在呼吸道、消化道与泌尿生殖道的黏膜固有层聚集的无被膜淋巴组织,有些可形成完整的淋巴滤泡,如扁桃体、阑尾及小肠的派氏集合淋巴结。这些淋巴组织内有 B 细胞、T 细胞、浆细胞和巨噬细胞。主要防御入侵黏膜表面的病原微生物。

三、淋巴细胞再循环

外周免疫器官的淋巴细胞可经淋巴循环通过胸导管进入血液循环于全身,又可通过毛细血管返回到外周免疫器官,从而保持淋巴细胞在周身的循环,这种现象称淋巴细胞再循环。参与再循环的淋巴细胞主要是 T 细胞,约占 80％以上,循环一周需 18～24 h。淋巴细胞再循环的意义在于增加了淋巴细胞与抗原的接触机会,保证更多的带有不同抗原受体的淋巴细胞有机会接触抗原,引起免疫应答;同时使分散在全身各处的淋巴细胞构成一个统一体,加强全身免疫器官之间的信息互通,使机体免疫系统成为有机的整体。

第二节 免疫细胞

免疫细胞指参与免疫应答或与免疫应答相关的细胞,包括 T 细胞、B 细胞、NK 细胞、树突状细胞、巨噬细胞等。免疫活性细胞是一群具有免疫潜能的淋巴细胞,能特异地识别抗原,接受抗原刺激,并通过增殖、分化产生免疫应答。

在免疫应答过程中,抗原提呈细胞(antigen-presenting cell,APC)首先对抗原进行加工、处理,并将抗原信息提呈给 T 细胞,T 细胞和 B 细胞通过其表面特异的抗原受体识别抗原,而后自身活化、增殖、分化为效应细胞和记忆细胞或产生效应分子,最终清除抗原。T 细胞、B 细胞是免疫应答的核心细胞,其他免疫细胞在免疫应答过程中发挥辅助和调节作用。下面根据各类免疫细胞在免疫应答过程中参与的时相进行介绍。

一、抗原提呈细胞

抗原提呈细胞(APC)是指参与免疫应答,能够捕获、加工处理抗原,并将抗原提呈给抗原特异性淋巴细胞的一类免疫细胞。APC 分为专职性 APC 和非专职性 APC 两类,前者包括单核巨噬细胞、树突状细胞和 B 细胞,能表达 MHC II 类分子;后者包括内皮细胞、上皮细胞、成纤维细胞以及活化的 T 细胞等,不表达 MHC II 类分子,无抗原提呈能力,但在炎症过程中如受到 IFN-γ 的诱导也可表达 MHC II 类分子并能处理和提呈抗原。此外,所有表达 MHC I 类分子并具有提呈内源性抗原能力的靶细胞均可被视为 APC。

(一)抗原提呈细胞的种类

1. 巨噬细胞(macrophage,Mφ)

巨噬细胞是重要的 APC,可摄取、加工处理、提呈抗原并激发免疫应答;具有吞噬杀伤作用、免疫调节作用、抗肿瘤作用。

2. 树突状细胞(dendritic cell,DC)

树突状细胞简称 D 细胞,因其细胞膜向外伸出形成许多树状突起而得名,是抗原提呈能力最强的细胞。树突状细胞来源于骨髓,未成熟树突状细胞具有吞噬等主动摄取抗原的能力,但提呈抗原能力较弱;成熟树突状细胞捕获和处理抗原的能力降低,而提呈抗原能力明显增加。

3. B 细胞

B 细胞是抗原提呈细胞中提呈效率最高的提呈细胞,没有吞噬能力,主要通过表面的抗原受体特异地摄取可溶性、低浓度抗原。

(二)抗原提呈过程

不同来源的抗原被提呈的方式不同,包括内源性抗原提呈和外源性抗原提呈。

1. 内源性抗原提呈

内源性抗原,如病毒蛋白、肿瘤抗原等由自身细胞合成产生的抗原,被细胞质中蛋白酶

体降解为 5～15 个氨基酸残基的抗原肽。在内质网膜抗原肽转运体的作用下,将抗原肽转运到内质网中,加工修饰后与 MHC Ⅰ 类分子结合,形成抗原肽-MHC Ⅰ 类分子复合物,通过高尔基体,经分泌小泡表达于细胞表面,提呈给 CD8$^+$ T 细胞识别。

2.外源性抗原提呈

抗原提呈细胞通过吞噬或胞饮等方式摄入胞外抗原,细胞膜将抗原包围,在胞质内形成囊泡,称内体。内体逐渐向胞质深部移动与细胞内初级溶酶体融合形成内体溶酶体,又称次级溶酶体。在内体溶酶体中,摄入的抗原被多种水解酶降解为 12～30 个氨基酸残基的抗原肽。同时 MHC Ⅱ 类分子从内质网向内体溶酶体转运,与抗原肽结合为抗原肽-MHC Ⅱ 类分子复合物,MHC Ⅱ 类分子携带抗原肽表达于抗原提呈细胞表面,提呈给 CD4$^+$ T 细胞识别。

二、T 淋巴细胞

T 淋巴细胞起源于骨髓造血干细胞,在胸腺发育成熟,故又称胸腺依赖性淋巴细胞,简称为 T 淋巴细胞或 T 细胞。成熟 T 细胞离开胸腺到外周血液中,占淋巴细胞总数的 60%～70%,随血流至外周免疫器官分布于 T 细胞区,间歇性地进入再循环,执行特异性细胞免疫功能。

(一)T 细胞分化发育

T 细胞在胸腺,经历双阴性(CD4$^-$ CD8$^-$)、双阳性(CD4$^+$ CD8$^+$)和单阳性(CD4$^+$ CD8$^-$ 或 CD4$^-$ CD8$^+$),三个不同的分化阶段。其中 T 细胞经历两次选择过程,即阳性选择和阴性选择。

1.阳性选择

早期胸腺细胞位于胸腺皮质,但不表达 CD4 和 CD8 分子,为双阴性细胞,随着胸腺细胞向皮质深层转移,TCRαβ 基因重排及表达,逐渐发育为 CD4$^+$ 和 CD8$^+$ 双阳性细胞。双阳性细胞 TCR 与胸腺皮质细胞表面自身 MHC 分子以适当亲和力结合,即分化为 CD4$^+$ 或 CD8$^+$ 单阳性细胞。若双阳性细胞不能与 MHC 分子有效结合,则在胸腺皮质中发生凋亡。阳性选择的意义是使成熟的 T 细胞只识别抗原提呈细胞表面自身 MHC 分子提呈的抗原肽。

2.阴性选择

经历阳性选择的 T 细胞必须通过阴性选择,才能发育为成熟的,且能识别外来抗原的 T 细胞。T 细胞在胸腺发育过程中,通过 TCR(T 细胞抗原受体)识别胸腺树突状细胞或巨噬细胞表面 MHC 分子提呈的自身抗原肽,即被激活发生程序性死亡或成为无能状态,而不识别自身抗原的 T 细胞才能继续发育。胸腺细胞通过阴性选择使能与自身组织成分发生结合反应的 T 细胞死亡或成为无能状态,从而使机体获得自身耐受性。

在 T 细胞分化成熟过程中,5% T 细胞发育成为成熟 T 细胞即单阳性 T 细胞,95% T 细胞发生凋亡。外周血液 CD4$^+$ T 细胞占 65%,CD8$^+$ T 细胞占 30%,CD4$^+$ T 细胞与 CD8$^+$ T 细胞的比值约为 2:1。

(二)T 细胞表面膜分子

1.T 细胞抗原受体(T cell receptor,TCR)

TCR 是 T 细胞特征性标志,为 T 细胞特异性识别抗原的受体。TCR 是由 α、β 或 γ、δ

两条糖蛋白链以二硫键连接组成的异二聚体,具有两种形式,即 TCRαβ 和 TCRγδ。TCR 与 CD3 分子以非共价键结合,形成 TCR-CD3 复合体。

TCRαβ 由 α 链和 β 链组成,其膜外各含有两个免疫球蛋白样结构域:膜远端的可变区和膜近端的恒定区。可变区决定 T 细胞识别抗原的多样性和特异性,并对多种抗原产生特异性应答。TCRαβ⁺ T 细胞占外周血 T 细胞 90% 以上(图 4-4),是执行适应性免疫应答的 T 细胞。

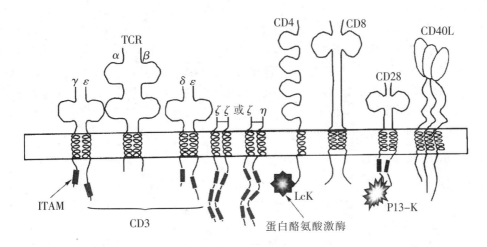

图 4-4 T 细胞表面的主要 CD 分子

TCRγδ 由 γ 链和 δ 链组成,具有丰富的连接多样性。TCRγδ⁺ T 细胞多见于胸腺内早期 T 细胞,末梢血中仅有少量的 T 细胞(2%~7%)表达 TCRγδ,具有非特异性杀伤功能,参与免疫防御。

2. CD3

主要存在于外周成熟 T 细胞和部分未成熟 T 细胞表面,以非共价键与 TCR 结合形成 TCR-CD3 复合体,将 TCR 与抗原结合所产生的活化信号传递到细胞内。

3. CD4/CD8 分子

成熟的 T 细胞只能表达 CD4 分子或 CD8 分子,即 CD4⁺ T 细胞或 CD8⁺ T 细胞。CD4 为单链跨膜蛋白,CD8 为双链跨膜蛋白,两者胞外区有类似免疫球蛋白结构域。胞质区与蛋白酪氨酸激酶 Lck 相连,参与 T 细胞活化信号的转导。CD4⁺ T 细胞,主要为辅助性 T 细胞 (helper T lymphocte, Th);CD8⁺ T 细胞为细胞毒 T 细胞(eytolytie T cell, Tc 或 CTL)。CD4、CD8 分子分别是 MHCⅡ、Ⅰ类分子的受体。它们可加强和稳定 T 细胞表面 TCR 与抗原提呈细胞或其他靶细胞表面抗原肽-MHC 分子复合物结合,使 T 细胞活化信号产生。

4. 协同刺激分子

CD28 由两条肽链组成,抗原提呈细胞表面的 B7(CD80)分子是其配体。CD28 分子胞质区带有免疫受体酪氨酸活化基序,参与传递 T 细胞活化的第二信号。活化 T 细胞表达 CTLA-4,其胞质区带有免疫受体酪氨酸抑制基序,可被细胞内蛋白酪氨酸磷酸酶(PTP)活化,传递抑制信号,抑制 T 细胞活化。

CD40L(CD154)静止 T 细胞不表达,主要表达在活化 T 细胞。CD40L 与 B 细胞表面的 CD40 结合,参与传递 B 细胞活化第二信号。

CD2 分子也称淋巴细胞功能相关抗原-2(LFA-2),因其能与绵羊红细胞结合又称为绵羊红细胞受体(E受体)。LFA-2能与APC表面LFA-3相互作用,促进T细胞对抗原的识别和产生协同刺激信号。E受体是人类T细胞特有的重要表面标志之一。在一定的实验条件下,T细胞与绵羊红细胞结合可形成玫瑰花样的花环,称E花环,该实验称为E花环形成试验。常用于检测外周血T细胞的数量,可间接反映机体免疫功能。正常人外周血淋巴细胞E花结形成率为60%～80%。

5.丝裂原受体

丝裂原是指能非特异性刺激细胞发生有丝分裂的物质。包括植物血凝素(PHA)、刀豆蛋白A(Con-A)、美洲商陆(PWM)。T细胞表面有PHA受体、Con-A受体及PWM受体,接受相应丝裂原刺激,发生有丝分裂,转化为淋巴母细胞。据此,在体外建立淋巴细胞增殖(转化)试验,在一定程度上可反映T细胞的免疫功能。正常人T细胞转化率在60%～80%。

T细胞表面还具有细胞因子受体、病毒受体及MHC抗原等。

(三)T细胞亚群及功能

T细胞是不均一的群体,目前将具有CD4分子的T细胞称为$CD4^+$T细胞,将具有CD8分子的Tc细胞和抑制性T细胞(suppressor T lymphocyte,Ts)称为$CD8^+$T细胞。

1.$CD4^+$T细胞

主要为Th细胞,识别抗原肽-MHCⅡ类分子复合物。Th细胞根据分泌的细胞因子不同分为Th1细胞和Th2细胞。Th1细胞与抗原接触后,主要分泌IL-2、IFN-γ、TNF-β等因子,介导细胞毒作用和迟发超敏性炎症反应。在抗胞内寄生病原感染的免疫中具有主要作用,故又称炎性T细胞;Th2细胞主要分泌IL-4、IL-5、IL-6、IL-10、IL-13,诱导B细胞增殖分化,分泌抗体,引起体液免疫应答,在抗胞外病原感染中发挥作用。

2.$CD8^+$T细胞

主要为细胞毒T细胞(Tc或CTL),识别抗原肽-MHCⅠ类分子复合物,通过使靶细胞裂解或靶细胞凋亡的机制,特异性杀伤肿瘤细胞和病毒感染的细胞。

三、B淋巴细胞

B淋巴细胞因在骨髓发育成熟,故称为骨髓依赖性淋巴细胞,简称为B淋巴细胞或B细胞。成熟的B细胞离开骨髓到外周血液中,占淋巴细胞总数的10%～15%,并移居于外周免疫器官定居,执行体液免疫功能。

(一)B细胞发育

B细胞在外周免疫器官中发育过程为抗原依赖性;在骨髓中发育过程是抗原非依赖性。在骨髓内的发育经历了始祖B细胞、前B细胞、未成熟B细胞和成熟B细胞几个阶段。未成熟B细胞在骨髓若识别自身抗原肽即发生细胞凋亡,以清除大多数对自身反应的B细胞克隆。成熟B细胞在B细胞区识别抗原,增殖、分化为浆细胞,产生抗体,抗体进入血液循环发挥特异性体液免疫。

(二)B 细胞表面膜分子

1.B 细胞抗原受体(B cell receptor，BCR)

BCR 是 B 细胞表面特异识别抗原的免疫球蛋白,称为膜表面免疫球蛋白(SmIg)。BCR 既是 B 细胞表面受体,又是表面抗原,能与抗免疫球蛋白抗体特异性结合,故可用免疫荧光素标记抗免疫球蛋白抗体检测 B 细胞(图 4-5)。

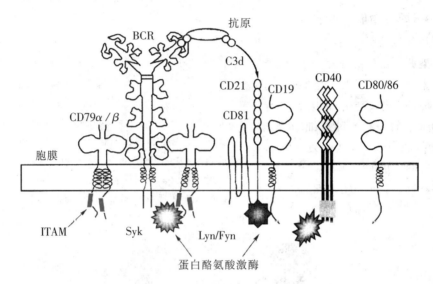

图 4-5　B 细胞表面主要的 CD 分子

2.协同刺激分子

B 细胞表面的协同刺激分子有 CD40、B7(CD80/CD86)等。CD40 恒定表达于成熟 B 细胞表面,其配体为 T 细胞表面的 CD40L,两者结合是 B 细胞活化的第二信号。B7 的配体为 T 细胞表面的 CD28 分子,B7 与 CD28 结合是 T 细胞活化的第二信号。

B 细胞表面还具有 CD79 分子、CD19/CD21/CD81 复合体、IgGFc 受体、补体受体、促分裂原受体、白介素受体(IL-R)及 HLA 抗原等。

(三)B 细胞亚群及功能

根据 B 细胞表面 CD5 表达与否,将 B 细胞分为 B1 细胞和 B2 细胞。

1.B1 细胞

细胞表面表达 CD5,由于发育在先称为 B1 细胞。主要识别多糖抗原,不需要 Th 细胞辅助,对 TI 抗原产生应答,主要产生 IgM 类为主的低亲和力抗体,不产生免疫记忆,无再次应答效应。

2.B2 细胞

通常所指的 B 细胞,CD5⁻ 主要识别蛋白质抗原,在 Th 细胞辅助下对 TD 抗原产生应答,主要产生 IgG 类为主的高亲和力抗体,能产生记忆细胞,可引起再次应答,具有抗原提呈,分泌细胞因子作用,参与免疫调节。

四、NK 细胞

自然杀伤细胞(natural killer cell，NK)是第三类淋巴细胞,不依赖抗原刺激,能自发地溶解病毒感染的细胞和肿瘤细胞。

(一)NK 细胞表面膜分子

NK 细胞表面主要有 CD2、CD16 和 CD56 等。CD16 是 NK 细胞表面的 IgGFc 受体,当 IgG 与靶细胞表面相应抗原特异结合后,抗体的 Fc 段与 IgGFc 受体Ⅲ型结合,使 NK 细胞产生定向非特异性杀伤作用。

(二)NK 细胞功能

1.非特异性杀伤作用

在感染的早期发挥作用,没有抗原的特异性和 MHC 限制。NK 细胞可通过其表面的 FcγR 与 IgG 结合,介导杀伤病毒感染的细胞或肿瘤细胞等靶细胞(即 ADCC 效应),从而发挥抗肿瘤、抗感染的作用(图 4-6)。与 CTL 细胞的特异性杀伤形成互补效应。

知识链接

LAK细胞

(淋巴因子激活的杀伤细胞)

指在较高浓度的 IL-2 培养刺激后,可大大增强非特异性杀伤肿瘤细胞活性的淋巴细胞,是一种具有杀伤活性的淋巴细胞。与 NK 细胞相比,LAK 细胞的细胞毒活性较高,杀伤肿瘤细胞的范围较广。因此将这种细胞称为淋巴因子激活的杀伤细胞,简称 LAK 细胞。LAK 细胞已在临床上试用于治疗癌症。

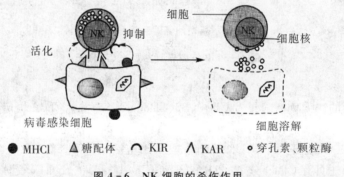

● MHCl　▲ 糖配体　⌒ KIR　∧ KAR　∘ 穿孔素、颗粒酶

图 4-6　NK 细胞的杀伤作用

2.免疫调节

通过分泌 IFN-γ、TNF-β 等细胞因子对免疫应答进行调节,其他细胞产生的 IL-2、IL-12 等细胞因子可激活 NK 细胞的杀伤活性。

第三节　细 胞 因 子

一、概念及特性

细胞因子(cytokine, CK)是由机体多种细胞产生的小分子、可溶性信号蛋白,在细胞间进行信息传递,具有调节细胞生长、分化成熟、调节免疫应答、参与炎症反应等功能。

细胞因子的特性:①低分子量糖蛋白;②以旁分泌(作用于邻近细胞)或自分泌(作用于产生细胞因子的细胞)的方式发挥作用;③细胞因子作用于靶细胞,无抗原特异性和 MHC 限制;④一种细胞因子对多种靶细胞作用,产生多种生物学效应;⑤几种不同的细胞因子对同一靶细胞作用,产生相似或相同的生物学效应;⑥细胞因子作用不是孤立的,而是通过相互间的调节和制约构成细胞因子的网络;⑦在生理条件下,可发挥免疫调节、抗感染及抗肿瘤等作用;但也可以诱导肿瘤和自身免疫反应等发生。

二、细胞因子种类

(一)白细胞介素(interleukin,IL)

IL 是一组由淋巴细胞、单核吞噬细胞及其他非免疫细胞产生,在白细胞和其他细胞间发挥作用的细胞因子。目前报道的 IL 有 30 多种。

(二)干扰素(interferon,IFN)

IFN 由多种细胞产生,可干扰病毒感染和复制。分为 α、β 及 γ 三种类型,其中 IFN-α 和 IFN-β 称为 I 型干扰素,主要发挥抗肿瘤和抗病毒作用,同时具有免疫调节作用;IFN-γ 又称为 II 型干扰素,以免疫调节作用为主,同时具有抗肿瘤和抗病毒作用。

(三)肿瘤坏死因子(tumor necrosis factor,TNF)

因 TNF 能造成肿瘤组织出血坏死得名,分为 TNF-α 和 TNF-β 两种。TNF-α 主要由单核吞噬细胞产生,又称恶病质素;TNF-β 主要由活化的 T 细胞产生,又称淋巴毒素。主要功能包括:抗肿瘤作用、免疫调节作用、抗病毒作用、促炎症反应、致热作用及引起恶病质。

(四)集落刺激因子(colony stimulating factor,CSF)

CSF 是指能刺激造血干细胞和不同发育阶段的造血细胞的增殖分化的细胞因子。包括粒细胞集落刺激因子(G-CSF)、巨噬细胞集落刺激因子(M-CSF)、粒细胞-巨噬细胞集落刺激因子(GM-CSF)、红细胞生成素(erythropoietin,EPO)、血小板生成素(TPO)等。

(五)趋化性细胞因子(chemokine factor,CF)

由白细胞与造血微环境中的基质细胞分泌的具有趋化作用的蛋白质家族。

(六)生长因子(growth factor,GF)

GF 具有刺激细胞生长作用的细胞因子,包括转化生长因子(TGF)、表皮生长因子(EGF)、血管内皮生长因子(VEGF)、神经生长因子(NGF)等。

三、细胞因子的生物学作用

(一)参与免疫应答

免疫细胞间存在着复杂的调节关系,细胞因子是传递这种调节信号的信息分子。如在免疫应答过程中 T、B 细胞的活化、增殖、分化离不开巨噬细胞及 Th 细胞产生的 IL-1,IL-2、IL-4 及 IL-6 等细胞因子的作用。细胞因子可通过细胞因子网络对免疫应答发挥双向调节作用。

(二)抗感染抗肿瘤作用

IL-1、IL-12、TNF 及 IFN 等细胞因子具有抗感染、抗肿瘤作用。有些可以直接作用于组织或肿瘤细胞产生效应,亦可通过激活效应细胞间接发挥作用。

（三）刺激造血功能

有些细胞因子可刺激造血干细胞和不同发育阶段造血细胞的增殖分化。如红细胞生成素（EPO）对红系干细胞起作用。

（四）介导炎症反应

IL－1、IL－8 和 TNF－α 等细胞因子能够吸引单核吞噬细胞和中性粒细胞等炎性细胞聚集，并可激活这些炎性细胞和血管内皮细胞使之表达黏附分子和释放炎症介质，引起或加重炎症反应。此外，IL－1 还可直接作用于下丘脑体温调节中枢引起体温升高，并刺激肝细胞分泌急性期蛋白（如 C 反应蛋白），从而表现出急性炎症的特征。

四、主要的细胞因子

常见细胞因子的种类及生物学作用见下表 4－1。

表 4－1　常见细胞因子的种类及生物学作用

名称	主要产生细胞	生物学作用
IL－2	活化 T 细胞、NK 细胞	诱导 T、B 细胞活化、增殖及分化，产生细胞因子；增强 NK 细胞杀伤活性
IL－4	活化 T 细胞、肥大细胞	促进 T、B 细胞增殖分化；IgE 类别转换
IL－5	活化 T 细胞	促进 B 细胞和嗜酸性粒细胞的生长与分化
IL－6	活化 T 细胞、巨噬细胞、成纤维细胞	促进 T、B 细胞增殖分化；引起发热
IL－10	活化 T 细胞、巨噬细胞	抑制巨噬细胞、Th1 及 NK 细胞，促进 B 细胞增殖产生抗体
IL－12	单核吞噬细胞	促进 B 细胞合成分泌免疫球蛋白及其类型转换，促进 Tc 和 NK 细胞增殖分化，增强杀伤能力
IL－13	活化 T 细胞	诱导 B 细胞增殖分化，抑制单核巨噬细胞合成分泌炎性因子
IFN－α/β	白细胞、成纤维细胞	抗肿瘤、抗病毒（强），免疫调节作用（弱）
IFN－γ	活化 T 细胞、NK 细胞	免疫调节作用（强），抗病毒及抗肿瘤（弱）
TNF－α	单核吞噬细胞	诱发炎症反应；抗肿瘤、抗病毒及免疫调节作用；引起恶病质
TNF－β	活化 T 细胞	与 TNF－α 生物学作用相似，但只在局部发挥效应
G－CSF	成纤维细胞、单核吞噬细胞	刺激中性粒细胞的发育和分化
M－CSF	单核吞噬细胞、成纤维细胞	促进单核吞噬细胞增殖分化，延长其存活时间，并增强其功能
EPO	肾小管周围间质细胞	刺激红细胞前体细胞的分化成熟

本章小结

免疫系统由免疫器官、免疫细胞和免疫分子组成。免疫器官包括中枢免疫器官和外周免疫器官。免疫细胞包括抗原提呈细胞、T细胞、B细胞、NK细胞及LAK细胞,参与调节特异性免疫及非特异性免疫。细胞因子包括白介素、干扰素、肿瘤坏死因子、集落刺激因子、趋化性细胞因子及生长因子,具有抗感染、抗肿瘤、免疫调节及参与炎症反应等生物学作用。

复习思考题

1. 简述中枢免疫器官的组成及其功能。
2. NK细胞与CTL细胞的杀伤作用有何区别?
3. 细胞因子分为哪几类? 其生物学作用有哪些?

你一定能做对!

(王慧勇)

第五章　主要组织相容性复合体

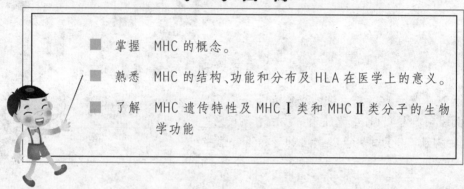

学习目标

■ 掌握　MHC 的概念。

■ 熟悉　MHC 的结构、功能和分布及 HLA 在医学上的意义。

■ 了解　MHC 遗传特性及 MHC Ⅰ 类和 MHC Ⅱ 类分子的生物学功能

不同种属或不同个体动物间进行组织或器官移植时，会出现强而快的排斥反应。这种能引起迅速而强烈排斥反应的抗原系统称为主要组织相容性抗原(major histocompatibility antigen,MHA)系统。编码 MHA 的基因群称为主要组织相容性复合体(major histocompatibility complex,MHC)。因为人的 MHA 最先在白细胞表面发现，故又称人类白细胞抗原(human leucocyte antigen,HLA)，而将编码 HLA 的基因群称为 HLA 复合体。

第一节　主要组织相容性复合体

一、MHC 的结构

人类 MHC 位于第 6 号染色体短臂上，DNA 片断全长 3 600 kb～4 000 kb。MHC 根据其编码产物不同，可分为三类基因区(图 5 - 1)。

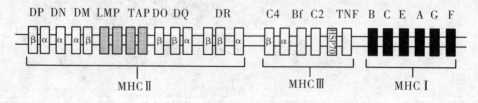

图 5 - 1　人类 MHC 结构示意图

(一)MHC Ⅰ 类基因区

经典的 Ⅰ 类基因包括 A、B、C 三个基因座位，集中在远离着丝点的一端，其编码的产物称为 MHCⅠ类抗原或Ⅰ类分子。

(二)MHCⅡ类基因区

经典的Ⅱ类基因包括 DP、DQ、DR 三个亚区的基因,集中在接近着丝点的一端,结构最为复杂,其编码的产物称为 MHCⅡ类抗原或Ⅱ类分子。

(三)MHCⅢ类基因区

位于Ⅰ类和Ⅱ类基因区之间,主要包括编码血清补体成分、TNF 以及热休克蛋白 70 等成分。

二、MHC 的遗传特征

(一)高度多态性

指 MHC 每个基因座位上拥有多个等位基因。对每一个体,任一基因座位都只有分别来自父母双方的两个等位基因,这些等位基因均能得到充分表达,称为共显性,增加了人群中 HLA 表型的多样性。而在群体中,同一基因座位可存在多个等位基因,又称复等位基因,编码多种产物,这是 HLA 高度多态性的最主要的原因。

(二)单倍型遗传

MHC 在一条染色体上的基因组合称为单倍型。MHC 是一组紧密连锁的基因群,很少发生同源染色体的交换,在遗传过程中,是以单倍型完整的由亲代传给子代,称为单倍型遗传。人体细胞为二倍体细胞,MHC 单倍型一条来自父亲,一条来自母亲。在同胞之间,两个单倍型完全不相同的概率为 25%,两个单倍型完全相同的概率为 25%,有一个单倍型相同的概率为 50%(图 5-2)。

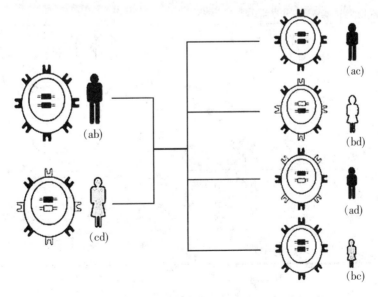

图 5-2　单倍型遗传示意图(其中 a、b、c、d 为单元型)

(三)连锁不平衡

是指两个基因座位上的等位基因,同时出现在一条染色体上的实际频率与理论上随机出现的频率之间的差异。出现这种差异,是因为某两个基因可能总是连锁在一起进行遗传的。例如,在北欧白人中,MHC-A1 和 MHC-B8 频率分别为 0.17 和 0.18,如果随机组合,两个基因同时出现在一个单倍型的预期频率为两个频率的乘积 0.0306,可实际测得它们连锁在一起的频率是 0.088,因而认为 MHC-A1、MHC-B8 之间存在连锁不平衡。

第二节　MHC 分子

由 MHC 编码的蛋白分子称为 MHC 分子或 MHC 抗原,在人类也称为人类白细胞抗原(HLA)。

一、MHC Ⅰ类和 MHC Ⅱ类分子的分布

MHC Ⅰ类分子分布广泛,表达于人体各种有核细胞,包括血小板和网织红细胞表面,而在成熟红细胞、神经细胞和滋养层细胞表面未表达。

MHC Ⅱ类分子分布不如Ⅰ类分子广泛,主要分布于抗原提呈细胞(如 B 细胞、巨噬细胞、树突状细胞)以及胸腺上皮细胞和某些活化的 T 细胞表面。

另外,在血清、唾液、精液和乳汁等体液中,也发现有 MHC Ⅰ类和 MHC Ⅱ类分子,称为分泌型或可溶型 MHC Ⅰ类和 MHC Ⅱ类分子。

二、MHC Ⅰ类和 MHC Ⅱ类分子的结构

MHC Ⅰ类分子的 α 链和 MHC Ⅱ类分子的 α 链、β 链都由细胞质区、跨膜区、免疫球蛋白样区和肽结合区四个功能区构成(图 5-3)。免疫球蛋白样区是 MHC 分子与 T 细胞结合的部位,肽结合区是 MHC 分子与抗原肽结合的部位。

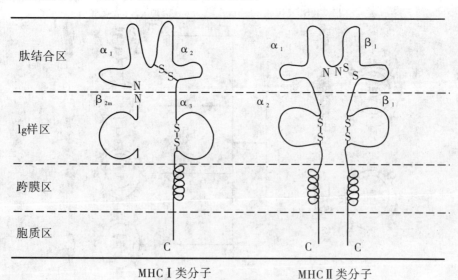

图 5-3　MHC Ⅰ、Ⅱ类分子结构示意图

MHC Ⅰ类分子是由 α 链和 β 链经非共价键连接形成的异二聚体糖蛋白分子。重链 α 链为跨膜糖蛋白,由 MHC-A、MHC-B、MHC-C 基因编码,由细胞内延伸到胞膜外,在膜外

区形成 α_1、α_2、α_3 三个结构域;另一条 β 链为轻链,由第 15 号染色体基因编码,具有维持稳定 Ⅰ 类分子天然构型的作用,因其可在血清中自由存在,电泳位于 β_2 位置,故名 β_2 微球蛋白。

MHC Ⅱ 类分子是由 α 链和 β 链经非共价键连接组成的异二聚体糖蛋白分子,两条链分别由 MHC-DR、MHC-DP、MHC-DQ 基因编码。两条链均为跨膜蛋白,在膜外区分别形成 α_1、α_2 与 β_1、β_2 结构域。

三、MHC Ⅰ 类和 Ⅱ 类分子的生物学功能

(一)参与抗原提呈作用

在免疫应答中,MHC Ⅰ 类和 Ⅱ 类分子均有结合、提呈抗原的作用。借助抗原肽结合槽,Ⅰ 类分子与内源性抗原肽、Ⅱ 类分子与外源性抗原肽结合,形成抗原肽-MHC Ⅰ 类和抗原肽-MHC Ⅱ 类分子复合体。前者呈递给 CD8[+] T 细胞,后者呈递给 CD4[+] T 细胞。

(二)制约免疫细胞间的相互作用

在免疫应答中,T 细胞抗原受体(TCR)识别抗原肽的同时,还要识别 APC 或靶细胞表面与抗原肽结合的 MHC 分子,这一现象称 MHC 限制性。即 CD8[+] T 细胞识别抗原肽的同时,还需识别 MHC Ⅰ 类分子,CD4[+] T 细胞识别抗原肽的同时,还需识别 MHC Ⅱ 类分子。因此,抗原呈递细胞与 CD4[+] T 细胞的相互作用受 MHC Ⅱ 类分子的制约,CD8[+] T 细胞作用于靶细胞受 MHC Ⅰ 类分子的制约。

(三)参与 T 细胞分化过程

早期 T 细胞在胸腺中发育为成熟 T 细胞的过程,伴随着一系列表面标志的变化。MHC 分子对 T 细胞的分化发育起着重要作用。早期 T 细胞必须与表达 MHC Ⅰ 和 Ⅱ 类分子的胸腺上皮细胞接触才能分别分化成 CD8[+] T 细胞或 CD4[+] T 细胞。

(四)引发移植排斥反应

在同种异体间进行器官移植时,MHC 分子作为同种异型抗原,可刺激机体产生强烈的移植排斥反应。

第三节　HLA 在医学上的意义

一、HLA 与疾病的关联

通过调查发现 500 多种疾病与一种或多种 HLA 抗原相关。研究 HLA 有助于某些疾病发病机制的研究及诊断、分类和判断预后。与 HLA 强关联的常见疾病见表 5-1。

表 5-1　与 HLA 强关联的常见疾病

疾　　病	HLA 抗原	相对风险(RR)
强直性脊柱炎	B27	89.8
急性前葡萄膜炎	B27	10.0
多发性硬化症	DR2	4.8

续　表

疾　　病	HLA 抗原	相对风险（RR）
突眼性甲状腺肿	DR3	3.7
重症肌无力	DR3	2.5
乳糜泻	DR3	10.8
系统性红斑狼疮	DR3	5.8
胰岛素依赖性糖尿病	DR3/DR4	25.0
类风湿关节炎	DR4	4.2

二、HLA 与移植排斥反应

同种异体器官移植时，供、受者之间 HLA 型别吻合的程度决定着移植物存活率的高低。移植手术前进行 HLA 配型是寻找合适供体的主要依据。同卵双生两个体 HLA 完全相同，所以在他们间进行器官和骨髓移植时，移植物可长期存活。同胞间 HLA 基因完全相同的概率为 25%，器官移植时应首先从同胞兄弟姐妹间寻找配型。移植物存活率的顺序分别是：同卵双胞胎＞同胞＞亲属＞无亲缘关系个体。

三、HLA 异常表达与疾病

HLA 分子表达升高或降低都可导致疾病。许多肿瘤细胞表面 HLA-Ⅰ类分子减少或缺失，不能被 CD8+ T 细胞有效识别，从而逃脱免疫监视。相反，某些自身免疫病的靶细胞，可异常表达 HLA-Ⅱ类分子，将自身抗原呈递给免疫细胞，从而诱导异常的自身免疫，形成自身免疫病。

四、HLA 与法医学

因为 HLA 复合体高度多态性，因而在无血缘关系的人群中，HLA 表型完全相同的可能几乎为零。而且每个人在出生后，他的 HLA 基因型和表型就已确定，因此该项技术已成为法医学识别个体特异性遗传标记的重要手段。另外，由于 HLA 的多态性及单倍型遗传的特点，使 HLA 成为亲子鉴定的重要依据。

本章小结

人体主要组织相容性复合体由 MHCⅠ类基因、MHCⅡ类基因、MHCⅢ类基因区组成。MHCⅠ类、MHCⅡ类基因的结构及 MHCⅠ类、MHCⅡ类分子的分布和功能行使各有特点，在适应性免疫应答中发挥重要作用；MHCⅢ类基因区主要包括补体基因、TNF 基因等，较多参与调节固有性免疫应答。MHC 分子的主要生物学功能有抗原提呈作用、制约免疫细胞间的相互作用、参与 T 细胞分化过程及引发移植排斥反应。HLA 和器官移植成功与否及临床疾病的发生关系密切。

复习思考题

1. 比较 MHC Ⅰ 类、MHC Ⅱ 类分子的结构、分布和生物学功能的特点。

2. HLA 在医学上有何意义?

（涂龙霞）

第六章　适应性免疫应答

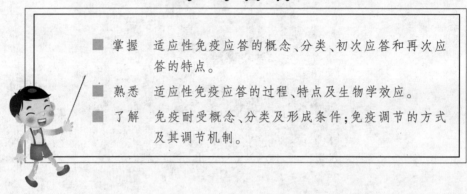

学 习 目 标

■ 掌握　适应性免疫应答的概念、分类、初次应答和再次应答的特点。

■ 熟悉　适应性免疫应答的过程、特点及生物学效应。

■ 了解　免疫耐受概念、分类及形成条件；免疫调节的方式及其调节机制。

第一节　概　　述

一、适应性免疫应答的概念

适应性免疫应答是机体识别和清除抗原性异物的全过程，具体包括免疫细胞对抗原分子的识别、活化、增殖、分化，进而产生免疫物质发生免疫效应的过程。

二、适应性免疫应答的类型

(1)根据介导免疫效应的免疫活性细胞不同可分为 T 淋巴细胞介导的细胞免疫应答和 B 淋巴细胞介导的体液免疫应答两种类型。

(2)根据抗原刺激机体顺序(如初次刺激、再次刺激或多次刺激)而产生不同的免疫应答效果，可分为初次应答和再次应答两类。一般来说，不论是细胞免疫还是体液免疫，初次应答效果较缓和，而再次应答效果较快速、激烈。

(3)根据机体对抗原刺激的反应状态，分为正免疫应答和负免疫应答两种类型。在正常情况下，机体对非己抗原产生排异反应，如抗感染和抗肿瘤，即正免疫应答，通常称为免疫应答。对自身抗原表现为不应答状态，即负免疫应答或自身免疫耐受。

三、适应性免疫应答的过程

适应性免疫应答又称特异性免疫应答，是多种免疫细胞和细胞因子参加并受到严格调控的复杂过程，为了便于理解，可人为地分为紧密相连的三个阶段。

(一)识别和活化阶段

是指抗原提呈细胞捕获、加工、处理、提呈抗原和抗原特异性淋巴细胞(T、B细胞)识别抗原阶段,称抗原识别阶段。

(二)增殖分化阶段

是指T、B淋巴细胞接受相应抗原刺激后,活化、增殖、分化为效应淋巴细胞,即效应T细胞和浆细胞的阶段。在此阶段,一部分淋巴细胞中途停止分化,变成静止状态的记忆淋巴细胞,可游出淋巴组织进行再循环。当再次遇到相同抗原时,这些长寿命的记忆细胞可迅速增殖分化为效应淋巴细胞,发挥特异性免疫应答。

(三)效应阶段

是免疫细胞产生免疫物质发生免疫效应的阶段,包括两个方面:①由B细胞活化而来的浆细胞分泌抗体进行体液免疫应答;②活化的效应T细胞直接作用及通过释放细胞因子进行细胞免疫应答。

四、适应性免疫应答的特点

不论T细胞介导的细胞免疫还是B细胞介导的体液免疫都存在着一些共同的特点,其中特异性、放大性、记忆性和MHC限制性是免疫应答的主要特点。

(一)特异性

即免疫应答具有很强的针对性。如注射乙型肝炎疫苗机体会产生抗HBs抗体,此种中和抗体只能抵抗乙型肝炎病毒的感染,而对甲型肝炎、丙型肝炎病毒并无中和作用。

(二)放大性

即机体的免疫系统对抗原的刺激所发生的免疫应答在一定条件下可以扩大,少量的抗原进入即可引起全身性的免疫应答。

(三)记忆性

即免疫系统对抗原刺激具有记忆性,较长时间后,当同一抗原再次进入机体时,免疫系统可迅速产生免疫效应。这种记忆性可维持很久。免疫应答的记忆性是再次应答效果强于初次应答的一个重要原因。

(四)MHC限制性

免疫细胞相互作用时只有当双方的MHC分子一致时,免疫应答才能发生,这一现象称为MHC限制性。

第二节　B细胞介导的体液免疫应答

B细胞主要依赖抗体发挥免疫效应,而抗体存在于血清等体液中,故B细胞介导的免疫应答被称为体液免疫。体液免疫可由TD抗原和TI抗原诱发,这两类抗原分子结构组成特征不同,激发免疫应答的机制及所需免疫细胞的种类有很大的差异,简略过程如图6-1。

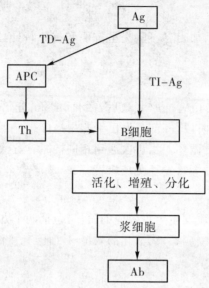

图 6-1 Th 细胞与 APC 相互作用示意图

一、TD 抗原诱导的体液免疫应答

TD 抗原对 B 淋巴细胞的激活需要 T 细胞的辅助,在 Th 细胞和细胞因子辅助下 B 淋巴细胞活化、增殖、分化为浆细胞产生抗体发挥免疫效应。

(一)识别活化阶段

APC(巨噬细胞/B 淋巴细胞)将抗原加工处理后,以抗原肽-MHCⅡ类复合物的形式表达于细胞表面。Th 细胞活化需要双信号,即:①CD4$^+$ Th 细胞通过表面 TCR 与 APC 表面抗原肽-MHCⅡ类分子复合体的抗原肽结合,CD4 分子与 APC 细胞表面抗原肽-MHCⅡ类分子复合体的 MHCⅡ类分子结合,产生 Th 细胞活化第一信号;②通过 T 细胞表面协同刺激分子受体与 APC 表面的协同刺激分子间相互作用,产生协同刺激信号,主要是 B7 与 CD28 的结合,为 CD4$^+$ Th 细胞活化第二信号。同时,巨噬细胞作为 APC 在与 CD4$^+$ Th 细胞相互作用时,可产生 IL-1、IL-12 等多种细胞因子,促进 T、B 淋巴细胞活化。活化的 CD4$^+$ Th 细胞可表达 CD40L 和 IL-2、IL-4、IL-12 等多种细胞因子受体,且可分泌IL-2、IL-4 等多种细胞因子,诱导 T、B 细胞的增殖、分化。(图 6-2)

B 细胞的活化同样也需要双信号的激活,即:①B 细胞通过表面抗原受体 BCR 结合抗原,产生活化第一信号;②通过 B 表面 CD40 等协同刺激分子与 CD4$^+$ Th 细胞表面相应配体,即 CD40L 等协同刺激分子结合并相互作用,产生 B 细胞活化第二信号。活化 B 细胞表面可表达 IL-2、IL-4、IL-5、IL-6 等多种细胞因子受体,以接受 Th 细胞产生细胞因子的刺激。

(二)增殖分化阶段

T、B 细胞通过双信号的刺激而活化,在细胞因子作用下增殖和分化成为效应细胞。①活化的 CD4$^+$ Th 细胞通过与 IL-4 等细胞因子结合,增生分化为 CD4$^+$ Th2 细胞,同时产生大量IL-4、IL-5、IL-6、IL-10 等细胞因子,为进一步活化 B 细胞准备了必要条件。部

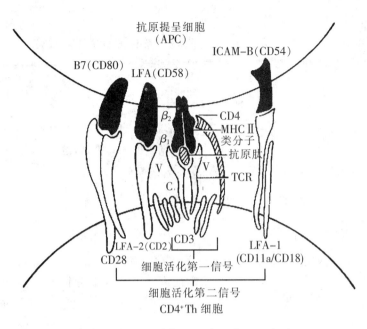

图 6 - 2　Th 细胞与 APC 相互作用示意图

分 Th 细胞分化为记忆性 T 细胞(Tm),当再次接触相同抗原时,可直接活化,产生效应。②活化的 B 细胞通过表面 IL-2、IL-4、IL-5、IL-6 等细胞因子受体与活化 CD4+ Th2 细胞产生的 IL-2,IL-4、IL-5、IL-6 及 IFN 等细胞因子的作用下,B 细胞分化为浆细胞。部分 B 细胞分化为记忆性 B 细胞(Bm),当再次受到相同抗原刺激时可直接活化、增殖、分化为浆细胞,产生大量的抗体,发挥免疫效应(图 6-3)。

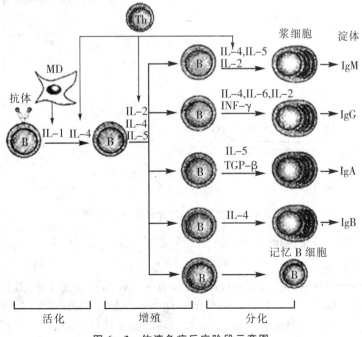

图 6 - 3　体液免疫反应阶段示意图

(三)效应阶段

是浆细胞分泌的抗体发挥免疫效应的阶段。抗体与抗原结合,发挥中和、调理吞噬、ADCC 等多种生物学活性。

二、TI 抗原引起的体液免疫应答

TI 抗原引起体液免疫的特点是在没有 Th 细胞和 APC 参与的情况下,直接刺激 B 细胞使之活化产生抗体。对 TI 抗原产生免疫应答的细胞是 B1 细胞,这种 B 细胞只能产生 IgM 类抗体,不能形成记忆细胞,也不能发生再次应答。

三、抗体产生的一般规律

(一)初次应答

某种抗原首次进入机体,需经过一定的潜伏期(一般为 1~2 周)才在血液中出现特异性抗体,2~3 周达到高峰,潜伏期长短与抗原性质有关。初次应答特点是:①潜伏期长;②产生的抗体滴度低;③在体内持续时间短;④抗体与抗原的亲和力低;⑤以 IgM 为主,随后出现 IgG。

(二)再次应答

相同抗原再次进入机体后,免疫系统可迅速、高效地产生特异性应答。再次应答的基础是在初次应答的过程中形成了记忆性 B 细胞。其应答特点是:①潜伏期短,一般为 1~3d 血液中即出现抗体;②产生的抗体滴度高;③在体内持续时间长;④抗体亲和力高;⑤抗体类型以 IgG 为主,而 IgM 含量与初次应答相似(图 6-4)。

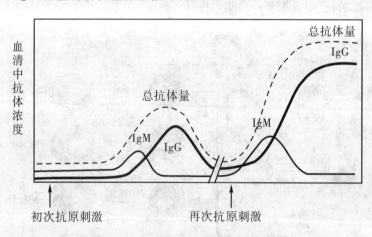

图 6-4 初次和再次免疫应答示意图

掌握抗体产生的一般规律,在医学实践中具有重要的意义。疫苗接种或制备免疫血清,应采用再次或多次免疫的方法,以产生高滴度、高亲和力的 IgG 抗体,获得高效、长久的免疫效果;在免疫应答中,IgM 产生早,消失快,因此临床上检测特异性 IgM 可作为病原微生物近期感染的诊断指标;在检测特异性抗体 IgG 的含量作为某种病原微生物感染的辅助诊断时,需在疾病的早期和恢复期抽取患者的双份血液标本作抗体检查,一般抗体滴度增长 4 倍以上有诊断意义。

第三节　T细胞介导的细胞免疫应答

T细胞介导的免疫应答简称细胞免疫,细胞免疫通常由TD抗原引起,在多种免疫细胞协同作用下完成。其中包括:①抗原提呈细胞,如巨噬细胞、树突细胞、肿瘤细胞和病毒感染的靶细胞等;②具有免疫调节作用的CD4$^+$Th细胞;③效应T细胞,即引起炎症反应或迟发型超敏反应的CD4$^+$炎性T细胞(Th1细胞)和对靶细胞产生特异性杀伤作用的CD8$^+$效应Tc细胞(CTL)等共同完成。

T细胞介导的免疫效应有两种基本形式:一个是通过Th1细胞释放淋巴因子引起以单核-巨噬细胞和淋巴细胞浸润为主的炎症反应,另一个是Tc细胞释放穿孔素和丝氨酸蛋白酶等因子直接特异性杀伤靶细胞(图6-5)。

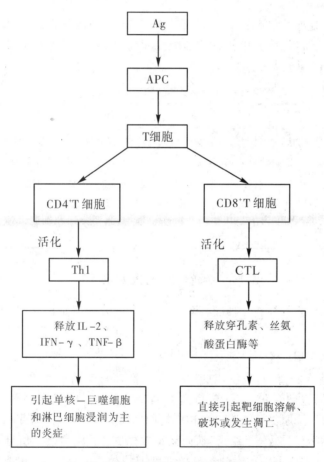

图6-5　细胞免疫应答示意图

一、CD4$^+$炎性T细胞(Th1细胞)介导的细胞免疫应答

CD4$^+$炎性T细胞是由体内的CD4$^+$Th细胞被抗原提呈细胞(APC)激活后,在IL-12为主的细胞因子作用诱导下形成的。CD4$^+$炎性T细胞介导的细胞免疫应答基本过程可分为识别活化、增殖分化和效应三个阶段。

(一)识别活化阶段

APC 将抗原加工处理后,以抗原肽-MHC Ⅱ类复合物的形式表达于细胞表面。随后,CD4⁺ Th 细胞细胞被活化,其活化需要双信号的激活,即:①CD4⁺ Th 细胞通过 TCR 与 APC 表面相应抗原肽-MHC Ⅱ类分子的抗原肽特异性结合,CD4 分子与 APC 表面相应配体(MHC Ⅱ类分子 Ig 样区)作用下产生活化第一信号;②APC 与 CD4⁺ Th 细胞表面多种黏附分子(CD28 与 B7 等)相互作用产生协同刺激信号,即 CD4⁺ Th 细胞活化第二信号。

(二)增殖分化阶段

在上述双信号刺激下 CD4⁺ Th 细胞活化表达 IL-2、IL-4、IL-12 等受体,在 APC(如巨噬细胞)释放的 IL-1、IL-12 等细胞因子作用下,可增殖分化为 CD4⁺ 炎性 T 细胞,又称 Th1 细胞。

(三)效应阶段

CD4⁺ 炎性 T 细胞通过释放 IL-2,IFN-γ 和 TNF-β 等细胞因子,发挥细胞免疫效应,使局部组织产生以淋巴细胞和单核吞噬细胞浸润为主的慢性炎症反应或迟发型超敏反应。主要细胞因子生物学作用见表 6-1。

表 6-1 主要的细胞因子及其作用

细胞因子	主　要　作　用
IL-2	刺激 CD8⁺ Tc 细胞增殖分化为致敏 Tc 细胞;增强 NK 细胞,Mφ 细胞杀伤活性;刺激 CD4⁺ T 细胞增殖分化,分泌 IL-2,IFN-γ 和 TNF-β;诱导 LAK 细胞的抗肿瘤活性
IFN-γ	活化增强 Mφ 细胞吞噬杀伤活性;增强 NK 细胞杀伤肿瘤细胞和病毒感染细胞活性;增强 MHC Ⅱ/Ⅰ类分子表达,提高抗原呈递能力
TNF-β	抗病毒作用;产生炎症作用和杀伤靶细胞;激活中性粒细胞,Mφ 细胞,释放 IL-1、IL-6,IL-8

二、CD8⁺ Tc 细胞(CTL)介导的细胞免疫应答

CD8⁺ Tc 细胞介导的细胞免疫应答基本过程也可分为识别活化、增殖分化和效应三个阶段。

(一)识别活化阶段

APC 将抗原加工处理后,以抗原肽-MHC Ⅰ类复合物的形式表达于细胞表面。随后,静止的 CD8⁺ Tc 细胞被活化,其活化也需要两个信号(图 6-6):CD8⁺ Tc 细胞通过表面 TCR 分子与靶细胞/抗原提呈细胞表面相应抗原肽特异性结合,同时 Tc 细胞表面的 CD8 分子与靶细胞上的 MHC Ⅰ类分子结合,从而获得 Tc 细胞活化的第一信号,此信号经 CD3 分子传入细胞内。Tc 细胞上的黏附分子与靶细胞上的相应配体分子(主要是 CD28 与 B7)结合,形成 Tc 细胞活化的第二信号。

(二)增殖分化阶段

Tc 细胞受到上述两个信号的刺激,在 Th 细胞协助下活化、增殖、分化为效应 Tc 细胞。

(三)效应阶段

Tc 细胞可通过分泌穿孔素、丝氨酸蛋白酶等细胞毒性物质,使靶细胞溶解破坏或发生细胞凋亡。

1.穿孔素

是储存在 Tc 细胞细胞质颗粒内的一种蛋白,又称 C9 相关蛋白或溶细胞素。在 Ca^{2+} 存在时,穿孔素可穿入靶细胞膜内并聚合成管状多聚穿孔素,导致靶细胞溶解破坏。

2.丝氨酸蛋白酶

丝氨酸蛋白酶也是储存在 Tc 细胞细胞质颗粒内的一种物质。当穿孔素在靶细胞膜上形成"孔道"后,丝氨酸蛋白酶进入靶细胞内,通过激活内切酶系统,使细胞 DNA 断裂,导致细胞凋亡。

3.Fas 分子

Fas 分子(CD95)是存在于多种细胞膜上的一种跨膜受体分子,Tc 细胞表面可表达 FasL(CD95L)是 Fas 分子的配体。Tc 细胞表面的 FasL 与靶细胞表面 Fas 分子结合可导致靶细胞凋亡。

第四节　免疫耐受

一、免疫耐受的概念

免疫耐受是指机体免疫系统在接触某种抗原后产生的特异性无应答状态(负免疫应答),表现为当再次接触同一种抗原时,不发生免疫应答,但对其他抗原仍保持正常免疫应答。自身抗原或外来抗原均可诱导产生免疫耐受,这些抗原称为耐受原。由自身抗原诱导产生的免疫耐受称为天然耐受或自身耐受;由外来抗原诱导产生的免疫耐受称为获得性耐受或人工诱导的免疫耐受。

二、研究免疫耐受的意义

免疫耐受的研究不论在理论上还是在医学实践中均有重要意义。免疫学理论的核心问题之一就是机体如何识别"自身"和"非己"。如前所述,在胚胎期能够识别自身抗原成分的自身反应性细胞克隆已被清除,是形成自身耐受的重要因素。该种认识不仅较好地解释了机体何以能够"识别"并消除"非己"成分,而对自身抗原不应答的现象,而且还为阐明免疫应答和免疫调节的机制提供了依据。

免疫耐受的诱导、维持和破坏与许多临床疾病的发生、发展和转归有关。因此人们正在研究通过诱导和维持免疫耐受的方法来防治超敏反应、自身免疫性疾病和器官移植排斥反应;而对某些传染性疾病和肿瘤等,则可通过解除免疫耐受,激发免疫应答来促进机体对病原体的清除和对肿瘤的控制。

第五节　免疫调节

免疫调节是指免疫应答过程中免疫细胞之间、免疫细胞与免疫分子之间以及与神经内分泌等系统之间通过相互作用共同调节免疫应答全过程,使免疫应答保持适当的强度,保证机体内环境的稳定。免疫调节包括基因水平、细胞水平、分子水平、神经-内分泌-免疫系统

的相互调节。

　　基因水平上的调节控制基因主要有两大类:一是编码识别抗原分子的基因,二是编码控制免疫应答分子的基因。

　　细胞水平上的调节包括 T 细胞的免疫调节和独特型网络调节。

　　分子水平上进行免疫调节的分子主要是抗体、补体和细胞因子。

　　上述的免疫调节并非各自独立存在,而是相互影响、共同协作,并且在整体上受神经-内分泌系统的调节,构成复杂的神经-内分泌-免疫调节网络,共同维持机体内环境的稳定。

本章小结

　　免疫应答是机体受抗原刺激后产生的以排斥、清除抗原为目的的反应过程,分为紧密相关的三个阶段即:识别活化、增殖分化和效应三个阶段。根据介导免疫效应的免疫细胞不同可分为体液免疫和细胞免疫。

　　体液免疫主要由 B 细胞介导。B 细胞接受抗原刺激后分化为浆细胞分泌抗体,发挥免疫效应。抗体的产生遵循初次应答和再次应答的规律。

　　细胞免疫主要由 T 细胞介导。$CD4^+$ Th1 细胞产生以淋巴细胞、单核吞噬细胞浸润为主的炎症反应来进行细胞免疫应答;$CD8^+$Tc 细胞分泌穿孔素、丝氨酸蛋白酶等细胞毒性物质,使靶细胞溶解破坏或发生细胞凋亡。

　　免疫耐受是指机体免疫系统在接触某种抗原后产生的特异性无应答状态。免疫调节使免疫应答保持适当的强度,保证机体内环境的稳定。

复习思考题

　　1.人类免疫缺陷病毒(human immunodeficiency virus,HIV)侵犯以 $CD4^+$ 细胞为主的细胞,对感染者的免疫状况将有何影响?

　　2.简述初次应答和再次应答的特点及临床意义。

你一定能做对!

(房功思)

第七章 抗感染免疫

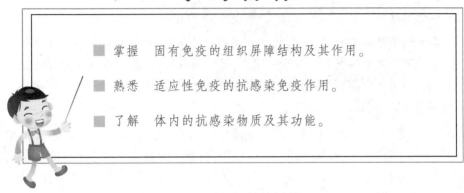

学 习 目 标

■ 掌握 固有免疫的组织屏障结构及其作用。

■ 熟悉 适应性免疫的抗感染免疫作用。

■ 了解 体内的抗感染物质及其功能。

抗感染免疫是机体抵抗病原生物感染的防御功能,包括固有免疫和适应性免疫两大类。在抗感染免疫过程中,固有免疫发生在前,适应性免疫发生在后,两者相辅相成、紧密配合,共同完成抗感染免疫作用。

第一节　固　有　免　疫

固有免疫又称非特异性免疫,是人类在长期的种系发育和生物进化过程中逐渐形成的一种天然防御功能。其特点是:①与生俱来,可以遗传,个体差异不明显;②作用无特异性,对各种病原生物都有一定的防御功能。机体的非特异性免疫由机体的组织屏障结构、吞噬细胞及体液中的抗感染物质组成。

一、组织屏障结构

(一)皮肤黏膜屏障

覆盖于体表的皮肤及与外界相通腔道内衬的黏膜共同构成皮肤黏膜屏障,帮助机体抵抗病原生物的侵袭。其功能如下:

1. 物理屏障作用

由致密上皮细胞构成的皮肤和黏膜组织构成机体抗感染的第一道防线。另外呼吸道黏膜表面分泌的黏液可黏附微生物,上皮细胞纤毛由下而上的定向摆动,有助于呼吸道病原生物的排除。

2. 化学屏障作用

皮肤或黏膜能分泌多种抑菌杀菌的分泌液,如皮肤的汗腺能分泌乳酸,使汗液呈酸性(pH5.2~5.8),不利于细菌的生长;胃黏膜分泌胃酸对肠道致病菌有很强的杀灭作用;唾液、泪液、乳汁等分泌液中的溶菌酶,能溶解革兰阳性菌。这些分泌液在皮肤黏膜表面构成了抵抗感染的化学屏障。

3. 生物拮抗作用

存在于皮肤黏膜上的正常菌群,可通过与病原生物竞争结合上皮细胞或争夺营养,或通过分泌杀菌物质、抑菌物质对病原生物有强大的拮抗作用,如肠管中的大肠埃希菌分解糖类产酸,抑制痢疾志贺菌和金黄色葡萄球菌的生长;口腔中的唾液链球菌产生 H_2O_2,抑制和杀伤白喉棒状杆菌和脑膜炎球菌。

(二)血-脑屏障

血-脑屏障组织结构致密,病原菌及其他大分子物质通常不易通过,故能保护中枢神经系统。血-脑屏障是随个体发育而逐步成熟的,婴幼儿由于血-脑屏障尚未发育完善,所以较易发生脑膜炎、脑炎等中枢神经系统感染。

(三)胎盘屏障

胎盘屏障又称血-胎屏障,可防止母亲血液中的病原生物或其毒性产物进入胎儿体内,保护胎儿在宫内正常发育。妊娠早期(前3个月),胎盘屏障尚未发育完全,此时母体若感染某些病毒(如巨细胞病毒、风疹病毒等),可导致胎儿流产、畸形甚至死胎,孕妇在妊娠早期尽量避免到人群聚集的地方,以防止感染病原微生物。

知识链接

胎 盘

胎盘,是胎儿与母体间进行物质交换的重要屏障,也是胚胎与母体组织的结合体。胎盘具有极其复杂的作用。它不仅代替了胎儿时期的呼吸、消化和泌尿系统的功能,还是一个重要的内分泌器官,能产生内分泌激素,如绒毛膜促性腺激素、胎盘生乳素和孕激素等。此外,胎盘还能产生许多酶和特殊性蛋白。

胎盘具有防御功能,作为一个屏障能很好地保护胎儿。但是,这个屏障并非疏而不漏。

胎盘对某些细菌和更大的病原体有一定的阻隔作用。但有些病毒,如流感病毒、风疹病毒、艾滋病病毒等,均可以直接通过胎盘影响胎儿,导致宫内感染、发育畸形甚至死胎。细菌、弓形虫、衣原体、螺旋体可在胎盘部位形成病灶,破坏绒毛结构后再进入胎体感染胎儿,影响发育,出现器官缺损、听力视力受限和发生某些先天性疾病。

另外,胎盘也无法滤去乙醇、尼古丁、麻醉剂以及其他人工毒物。所以,母体血液中的这些物质进入胎盘后,会通过脐带这一"黄金通道"无情地毒害胎儿。女性妊娠期间吸毒,胎儿娩出后即可有毒瘾发作;某些药物,如巴比妥类、吗啡、氯丙嗪、抗菌药物等,均可通过胎盘进入胎儿体内。如孕期服用四环素,有可能影响胎儿的牙齿和骨骼发育;服用治疗甲状腺功能亢进的硫脲嘧啶,会使胎儿患甲状腺肿等。故孕妇用药应考虑对胎儿的影响。

二、吞噬细胞

当病原生物突破机体屏障结构进入机体内时,吞噬细胞即可发挥强大的吞噬作用。体内具有吞噬功能的细胞统称吞噬细胞。

(一)吞噬细胞的种类

机体内吞噬细胞有两类:一类是小吞噬细胞,即外周血中的中性粒细胞;另一类是大吞噬细胞,即单核吞噬细胞系统,包括血液中的单核细胞和遍布全身组织器官的巨噬细胞。

(二)吞噬过程

吞噬细胞的吞噬和杀菌过程一般分为三个阶段：

1. 募集和迁移

感染发生时，在局部某些细菌或其产物(如 LPS)、某些补体裂解片段(如 C3a、C5a)和促炎细胞因子(如 IL-1、IL-2、MCP-1、TNF 等)作用下，吞噬细胞可穿越血管内皮细胞和组织间隙，迁移募集至感染部位。

2. 识别

吞噬细胞通过表面模式识别受体(PRR)与病原微生物表面相应配体(病原相关分子模式)结合，或通过表面调理性受体与和病原微生物结合的 IgG 和 C3b 结合，启动吞噬细胞杀菌效应。

3. 吞噬与杀菌

病原微生物及其产物被吞噬细胞表面受体识别并结合，通过内化而被摄入细胞内，形成吞噬体，通过氧依赖和非氧依赖杀菌系统杀伤病原体，并在多种水解酶的作用下，将其消化降解。

三、体液中的抗感染物质

正常人体血液、淋巴液等体液中存在多种抗感染物质，其中重要的有补体、干扰素、溶菌酶、乙型溶素等。

(1)补体是具有溶解细菌或病毒作用的球蛋白，在机体早期抗感染免疫过程中具有重要意义；在适应性免疫中，辅助抗体清除抗原性异物。

(2)防御素是一组耐受蛋白酶的多肽，对细菌、真菌、有包膜的病毒有直接杀伤活性。

(3)溶菌酶是一种低分子碱性蛋白质，广泛存在于人体的组织及体液(血液、唾液、呼吸道分泌液)中，主要作用于革兰阳性菌细胞壁的肽聚糖，使细胞壁受损进而溶解细菌。

第二节 适应性免疫

适应性免疫又称特异性免疫，是指个体发育和生活过程中与病原生物及其代谢产物等抗原物质接触后获得的免疫。其特点是：①后天获得，是出生后经抗原刺激(感染或接种疫苗)后产生；②有明显的特异性，只对相应的病原生物感染有防御作用。

适应性免疫是在固有免疫基础上建立起来的，由 B 细胞介导的体液免疫和 T 细胞介导的细胞免疫两部分组成，在抗感染免疫中占有重要的地位。

一、体液免疫的抗感染免疫作用

(一)中和作用

中和作用包括抗毒素中和外毒素及抗体中和病毒两方面的作用。抗毒素与游离的外毒素结合，使之不能发挥毒性作用，此即抗毒素对外毒素的中和作用。抗体对病毒的中和作用是指特异性抗体与相应病毒结合后，使病毒丧失感染易感细胞能力的作用。

(二)激活补体作用

抗体(IgG、IgM)与细菌等抗原结合形成免疫复合物，可通过经典途径活化补体导致细菌、细胞溶解。

(三)调理作用

吞噬细胞对微生物的吞噬作用可因抗体、补体的作用而增强。

1. 抗体的调理作用

IgG 的 Fab 段与细菌表面相应的抗原决定簇结合后,其 Fc 段与吞噬细胞表面的 Fc 受体结合,IgG 抗体在细菌与吞噬细胞间形成桥梁,促进吞噬细胞吞噬和杀菌。

2. 联合补体的调理作用

抗体(IgG、IgM)与细菌抗原特异性结合后,激活补体产生 C_{3b}/C_{4b},C_{3b}/C_{4b} 一端结合于细菌表面,另一端与吞噬细胞表面的 C_{3b}/C_{4b} 受体结合,从而促进对细菌的吞噬。

(四)ADCC 作用

抗体的 Fab 段与肿瘤细胞、病毒感染等抗原细胞上的抗原决定簇结合,Fc 段与 NK 细胞的 Fc 受体结合,通过 ADCC 作用破坏肿瘤细胞和受病毒感染的靶细胞。

二、细胞免疫的抗感染作用

某些胞内菌,如结核分枝杆菌、伤寒沙门菌、布鲁菌、病毒、真菌及寄生虫等,体液免疫对这类细菌的作用不大,主要依靠细胞免疫将其杀灭。但细胞免疫不像体液免疫那样迅速产生效应,因此胞内寄生菌感染常呈慢性过程。

(一)$CD8^+$ 效应 Tc 细胞的杀伤作用

$CD8^+$ Tc 细胞接受抗原刺激后,可增殖分化为 $CD8^+$ 效应 Tc 细胞。这种 Tc 细胞能够识别并直接对相应表面带有特异性抗原的组织细胞发挥特异性杀伤作用,使病毒丧失生存的场所,从而有利于机体对病毒的清除。

(二)$CD4^+$ 炎性 T 细胞(Th1 细胞)的作用

致敏 Th1 细胞与相应微生物抗原结合,通过释放多种细胞因子,增强吞噬细胞的吞噬、杀菌能力,如结核分枝杆菌在活化的巨噬细胞内可被杀灭。

本 章 小 结

抗感染免疫是机体抵抗病原生物感染的防御功能,包括非特异性免疫和特异性免疫两大类。

非特异性免疫是机体在长期的种系发育和生物进化过程中逐渐形成的一种天然防御功能,与生俱来,可以遗传,个体差异不明显,作用无特异性。机体的非特异性免疫由组织屏障结构、吞噬细胞及体液中的抗感染物质组成。

特异性免疫是指出生后在生活过程中与病原生物及其代谢产物等抗原物质接触后获得的免疫,后天获得,有明显特异性。特异性免疫由体液免疫和细胞免疫两部分组成,在抗感染免疫中占有重要的地位。

复习思考题

1. 人体三大屏障是哪些？分别有哪些功能？
2. 为什么孕期妇女要远离猫、狗等宠物？
3. 简述适应性免疫的抗感染免疫作用。

你一定能做对！

（房功思）

第八章　超敏反应

　　超敏反应（hypersensitivity）是机体的免疫系统受到某些抗原刺激时，发生以生理功能紊乱或组织细胞损伤为主的特异性免疫应答，又称变态反应。

　　引起超敏反应的抗原称为变应原。变应原种类很多，可以是完全抗原，也可以是半抗原；可以是外来的抗原，也可以是自身的抗原。接触变应原的人群一般只有少数人会发生超敏反应，临床上称为过敏体质，多有家族史。

　　超敏反应是一类异常的免疫应答，可引起多种临床疾病，称为超敏反应性疾病。根据其发生机制和临床特点分为四型：Ⅰ型超敏反应，即速发型超敏反应；Ⅱ型超敏反应，即细胞毒型或细胞溶解型超敏反应；Ⅲ型超敏反应，即免疫复合物型或血管炎型超敏反应；Ⅳ型超敏反应，即迟发型超敏反应。

第一节　Ⅰ型超敏反应

　　Ⅰ型超敏反应，又称过敏反应，可发生于局部，也可发生于全身。其主要特点有：①反应发生快，消退也快；②主要由 IgE 抗体介导；③多引起生理功能紊乱，一般无明显组织细胞损伤；④具有明显个体差异和遗传倾向。

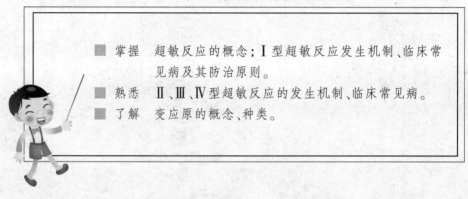

案例分析

　　患者，男，8岁。主诉：发热，咳嗽1天。查体：双侧扁桃体中度肿大，双肺呼吸音粗，可闻及干啰音。临床诊断为：扁桃体炎，支气管炎。用青霉素治疗。既往有青霉素过敏史。患者在青霉素皮试5min后出现局部皮肤发痒，继而发生头晕、胸闷、气促等症状，经急救后脱离危险。

　　讨论：该患者出现了什么情况？如何急救？原则是什么？对该患者应该采取何种治疗原则？应该如何预防？

一、发生机制

Ⅰ型超敏反应的发生机制根据其发生过程可分为以下阶段。

(一)致敏阶段

变应原进入机体后,可选择诱导特异性B细胞产生IgE类抗体。IgE类抗体以其Fc段结合于肥大细胞和嗜碱性粒细胞表面IgEFc受体,使机体处于致敏状态。表面结合特异性IgE的肥大细胞或嗜碱性粒细胞,称为致敏肥大细胞或致敏嗜碱性粒细胞,简称致敏靶细胞。通常致敏状态可持续几个月甚至更长。致敏状态持续期内,如果再次接触相同变应原即有可能发生过敏反应,如果长期不再接触相应变应原,致敏状态可逐渐消失。

(二)发敏阶段

当机体处于致敏状态期间,有相同变应原再次进入时,与肥大细胞或嗜碱性粒细胞表面的IgE结合,引起一系列反应,导致细胞膜通透性增强,细胞质内颗粒脱出,释放出原发性颗粒如组胺、肝素、嗜酸性粒细胞趋化因子等,并迅速释放新合成的颗粒如前列腺素、白三烯、血小板活化因子等。

生物活性颗粒作用于效应组织和器官,引起局部或全身的生理功能紊乱,基本作用可概括为:①作用于毛细血管:使毛细血管扩张,通透性增强,导致血浆外渗,局部水肿及以嗜酸性粒细胞浸润为主的炎症;②作用于平滑肌:使平滑肌发生痉挛,尤其以气管、支气管和胃肠道平滑肌为主;③作用于黏膜腺体:使腺体分泌增加(图8-1)。

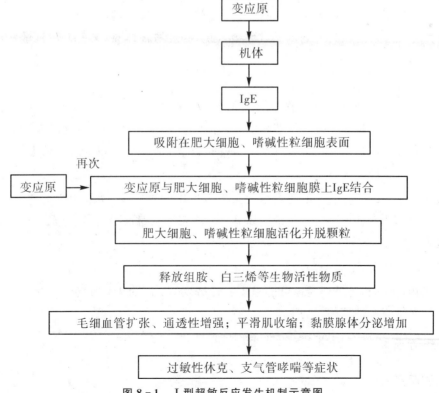

图8-1 Ⅰ型超敏反应发生机制示意图

根据效应发生的快慢及持续时间的长短,可分为早期反应和晚期反应。早期反应一般在接触变应原数秒内发生,可持续数小时。此种反应主要由组胺、前列腺素等引起,表现为血管通透性增强,平滑肌快速收缩。晚期反应主要发生在变应原刺激 6～12 h,可持续几天或更长时间。该反应主要是由新合成的脂类颗粒引起的。

二、临床常见疾病

(一)全身过敏性休克

过敏性休克是最严重的一种过敏反应。多在再次接触相应变应原后数秒或数分钟内发生。患者出现胸闷,气急,呼吸困难,面色苍白,出冷汗,手足发凉,脉搏细速,甚至血压下降,意识障碍或昏迷。如果抢救不及时,可迅速死亡。常见的过敏性休克有两类:

1.药物过敏性休克

以青霉素过敏性休克最为常见。青霉素是半抗原,本身无免疫原性,但它容易发生降解,其降解产物青霉烯酸或青霉噻唑醛酸易与组织蛋白结合成为完全抗原,诱发过敏性休克。青霉素制剂在弱碱性溶液中易形成青霉烯酸,因此使用新鲜配制的青霉素或提高其质量是预防青霉素过敏性休克的有效措施。临床发现少数人在初次注射青霉素也可发生过敏性休克,可能与其曾经使用过被青霉素污染的注射器等医疗器械,或吸入空气中青霉菌孢子,或皮肤黏膜接触过青霉素及降解产物使机体处于致敏状态有关。其他药物,如头孢菌素、链霉素等,也可引起过敏性休克。

2.血清过敏性休克

临床再次使用动物免疫血清,如破伤风抗毒素、白喉抗毒素紧急预防或治疗疾病时,有些患者可因曾经注射过相同的制剂已被致敏,而引起过敏性休克,又叫血清过敏症,重者可在短时间内死亡。

(二)呼吸道过敏反应

变应原为花粉、尘螨、真菌孢子、毛屑等,当机体再次吸入时,可迅速引起支气管哮喘或过敏性鼻炎等。支气管哮喘既有早期相反应,特点是发生快,消失也快;也有晚期相反应,特点是发生慢,持续时间长,局部出现以嗜酸性粒细胞和中性粒细胞浸润为主的炎症。

(三)消化道过敏反应

少数人进食鱼、虾、蟹、蛋、奶等食物后可发生过敏性胃肠炎,主要表现为恶心、呕吐、腹痛、腹泻等症状,严重者也可发生过敏性休克。口服青霉素对已含有抗青霉素抗体的患者也可引起过敏反应。

(四)皮肤过敏反应

某些药物、食物和肠道寄生虫可引起皮肤过敏反应,主要表现为皮肤荨麻疹、特应性皮炎(湿疹)和血管神经性水肿。

三、防治原则

(一)查明变应原

查明变应原并避免接触是预防Ⅰ型超敏反应最有效的方法。可通过询问病史和皮肤试验来确定变应原。皮肤试验通常是将容易引起过敏反应的药物、生物制剂或其他可疑变应原稀释后,取 0.1 ml 在受试者前臂内侧做皮内注射,15～20 min 后观察结果。若注射局部皮肤出现红晕、风团直径大于 1 cm 者,为皮试阳性。

(二)脱敏治疗

1.异种免疫血清脱敏疗法

对抗毒素皮试阳性又必须使用免疫血清治疗的患者,可采用小剂量、短间隔(20～30 min)、连续多次注射的方法,可避免发生过敏反应,称为脱敏治疗。其机制可能是小剂量变应原进入体内与少量致敏靶细胞上 IgE 结合,释放少量生物活性颗粒,不足以引起明显临床症状,而且颗粒作用时间短,无累积效应。因此短时间、小剂量、多次注射变应原可使体内靶细胞分期分批脱敏,最终全部解除致敏状态。此时大剂量注射抗毒素血清就不会发生过敏反应。但是这种脱敏状态是暂时的,机体很快会恢复致敏状态,以后再用异种动物免疫血清时,仍然要做皮试。

2.特异性变应原脱敏疗法

对一些已查明变应原,却难以避免再接触的物质(如花粉、尘螨等),可采用小剂量、长间隔(1 周左右)、逐渐增加、多次皮下注射的方法,达到减敏的目的。其作用机制可能是通过改变抗原进入途径,诱导机体形成大量特异性 IgG 类抗体,降低 IgE 抗体应答;这种 IgG 类抗体可通过与相应变应原结合,从而影响或阻断变应原与致敏靶细胞上的 IgE 结合,因此这种 IgG 抗体又称封闭抗体。

(三)药物治疗

治疗的原则是:根据发病机制采取相应的药物。用药物阻断或干扰 Ⅰ 型超敏反应的某个环节,可防止或减轻反应的发生:

(1)抑制生物活性物质释放的药物:如肾上腺糖皮质激素、色甘酸二钠、氨茶碱等,可通过稳定细胞膜和提高细胞内 cAMP 浓度抑制靶细胞脱颗粒、释放生物活性物质。

(2)拮抗生物活性物质作用的药物:如扑尔敏、苯海拉明、异丙嗪等,与组胺竞争性结合靶细胞上的组胺受体,从而阻断组胺的作用;乙酰水杨酸可拮抗缓激肽的作用。

(3)改善效应器官反应性的药物:肾上腺素不仅可解除支气管痉挛,还可使外周毛细血管收缩,血压升高,所以在抢救过敏性休克时具有重要作用。葡萄糖酸钙、氯化钙、维生素 C 等除可解痉外,还可以降低毛细血管通透性和减轻皮肤与黏膜的炎症反应。

(四)免疫新疗法

现在人们试图应用下述一些免疫新方法进行治疗:①将起佐剂作用的 IL-12 等分子与变应原共同使用,可使 Th2 型免疫应答向 Th1 型转换,减少 IgE 的形成;②重组可溶型 IL-4受体与 IL-4 结合,阻断其生物学效应,降低 Th2 细胞的活性,减少 IgE 抗体的形成。

第二节　Ⅱ型超敏反应

Ⅱ型超敏反应是由 IgM 或 IgG 类抗体与靶细胞表面相应抗原结合后,在补体、吞噬细胞和 NK 细胞参与下,引起的以细胞溶解和组织损伤为主的病理性免疫应答,又称为细胞毒型或细胞溶解型超敏反应。其特点是:①靶细胞主要是血细胞和某些自身组织细胞;②抗体主要为 IgG 或 IgM；③补体、吞噬细胞和 NK 细胞参与反应，使靶细胞破坏。

一、发生机制

诱发Ⅱ型超敏反应的靶细胞抗原主要有：①正常存在于血细胞表面的同种异型抗原，如 ABO 血型抗原、Rh 抗原、HLA 抗原等；②病原微生物与组织细胞间具有的异嗜性抗原；③感染或理化因素所致免疫原性改变的自身抗原；④吸附在自身组织细胞表面的药物半抗原或抗原-抗体复合物。

参与Ⅱ型超敏反应的抗体主要是 IgG 和

案例分析

一 Rh 阴性血型母亲，ABO 血型为 O 型。4 年前分娩第一胎时发生胎盘剥离，产下一 Rh 阳性男婴。前两天又生产一女婴，可新生儿出现黄疸、肝脾肿大、贫血等症状。

讨论：① 该新生儿的病因诊断可能是什么？最有意义的诊断指标是什么？ ② 该新生儿为何会出现此种症状？发病机制是什么？

IgM，靶细胞的溶解和破坏可由以下三种机制引起：①活化补体，溶解靶细胞；②激活吞噬细胞，吞噬杀灭靶细胞，发挥调理吞噬作用；③激活 NK 细胞，ADCC 作用，杀伤靶细胞(图 8 - 2)。

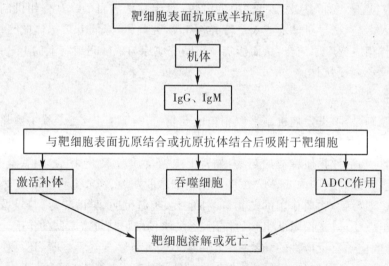

图 8 - 2　Ⅱ型超敏反应发生机制示意图

二、临床常见疾病

(一)输血反应

一般发生于 ABO 血型不符时的输血。人体血清中存在天然的血型抗体(属 IgM 类)，例如 A 型人血清中含抗 B 抗体，B 型人血清含抗 A 抗体，O 型人血清含抗 A 和抗 B 抗体，而 AB 型人血清不含抗 A 抗体和抗 B 抗体。若将 A 型血输给 B 型患者，供者红细胞表面 A 抗原与受者血清中抗 A 抗体结合，可激活补体而引起溶血性输血反应。

(二)新生儿溶血症

多发生于 Rh⁻ 孕妇所生的 Rh⁺ 胎儿。第一胎分娩，胎儿 Rh⁺ 红细胞进入母体，可刺激母体产生抗 Rh 抗体(属 IgG 类)。当再次妊娠，如胎儿仍为 Rh⁺ 时，母体抗 Rh 抗体可通过胎盘进入胎儿体内,与胎儿 Rh⁺ 红细胞结合,激活补体,导致新生儿红细胞溶解,引起流产或新生儿溶血症。可在 Rh⁻ 初产妇分娩后 72h 内注射抗 Rh 抗体,以阻断 Rh⁺ 红细胞对母体的致敏,可以防止再次妊娠时新生儿溶血症的发生。

新生儿溶血症也可发生于 ABO 血型不符的母亲和胎儿之间,多发生于孕妇血型为 O 型,胎儿为 A 型、B 型或 AB 型,但症状较轻,因胎儿血清及其他组织中存在的 A、B 型抗原物质能吸附抗体。

(三)肺-肾综合征

又称"Goodpasture"综合征。目前病因尚未清楚,可能是因为病毒感染或吸入有机溶剂使机体产生针对基膜抗原的自身抗体。由于肺泡基膜和肾小球基膜有共同抗原,此种抗体能同两种组织的基膜结合,激活补体或吞噬作用,导致肺出血和肾炎。

(四)药物过敏性血细胞减少症

青霉素、磺胺等药物抗原表位能与血细胞膜蛋白或血浆蛋白结合获得免疫原性,从而刺激机体产生相应抗体。这种抗体与药物结合的红细胞、粒细胞或血小板作用,或药物半抗原和相应抗体形成免疫复合物黏附于血细胞,可引起药物溶血性贫血、粒细胞减少症和血小板减少性紫癜。

(五)自身免疫性溶血性贫血

服用甲基多巴类药物或某些病毒(如流感病毒、EB 病毒等)感染后,可使红细胞膜表面成分改变;形成自身抗原,刺激机体产生抗红细胞的自身抗体,与红细胞结合后导致自身免疫性溶血性贫血。

(六)甲状腺功能亢进

甲状腺功能亢进,又称 Graves 病,是一种特殊的 Ⅱ 型超敏反应,即抗体刺激型超敏反应。该病患者体内产生抗甲状腺细胞表面甲状腺刺激素受体的自身抗体。该种抗体能与甲状腺细胞表面甲状腺刺激素受体结合,可刺激甲状腺细胞合成分泌大量甲状腺素,引起甲状腺功能亢进。因此,这种自身抗体被称为长效甲状腺刺激素。

第三节　Ⅲ型超敏反应

Ⅲ型超敏反应又称免疫复合物(immune complex,IC)型或血管炎型超敏反应,其特点是:可溶性抗原与 IgG、IgM、IgA 类抗体在血流中结合形成中等大小免疫复合物,在一定条件下沉积于局部或全身毛细血管基膜,通过激活补体并在血小板、中性粒细胞参与下,引起以充血水肿、局部坏死和中性粒细胞浸润为主要特征的炎症反应和组织损伤。其特点是:①可溶性抗原与抗体形成中等大小的免疫复合物,是引起 Ⅲ 型超敏反应的关键;②抗体以 IgG、IgM 为主;③补体参与反应。

一、发生机制

(一)中等大小可溶性免疫复合物形成与沉积

可溶性抗原与相应抗体结合可形成抗原-抗体复合物,即免疫复合物(IC)。正常状态下,IC 的形成有利于机体对抗原性异物的清除。但在某些异常情况下,IC 也可引起疾病。免疫复合物形成的大小与抗原和抗体的比例有关:当抗原抗体比例适宜时,可形成大分子 IC,可被机体内吞噬细胞吞噬清除;当抗原或抗体过剩时,形成小分子可溶性 IC,可通过肾小球滤过随尿排出,因此二者均无致病作用。仅当抗原量略多于抗体时,形成中等大小可溶性 IC,不容易被单核-巨噬细胞吞噬清除,也不能通过肾小球随尿液排出,长时间存在于血液循环中才能沉积于毛细血管基膜引起Ⅲ型超敏反应。可溶性 IC 的沉积与血管通透性、局部解剖和血流动力学等因素有关。

(二)免疫复合物沉积后引起的组织损伤

1.补体的作用

沉积的 IC 可激活补体系统,产生膜攻击复合物和过敏毒素(C3a、C4a、C5a)。膜攻击复合物可导致局部组织损伤;过敏毒素可刺激肥大细胞和嗜碱性粒细胞释放组胺、血小板活化因子等生物活性介质,使局部血管通透性增高,渗出增多,出现水肿。同时 C5a 趋化中性粒细胞在 IC 沉积部位聚集。

2.中性粒细胞的作用

聚集的中性粒细胞在吞噬沉积的 IC 过程中,释放溶酶体酶、蛋白水解酶、胶原酶、弹性纤维酶和碱性蛋白等,造成血管基膜和邻近组织损伤。

3.血小板的作用

在局部聚集和激活的血小板,可释放血管活性胺类,加重局部炎性渗出,并激活凝血过程,形成微血栓,引起局部缺血、出血及坏死(图 8-3)。

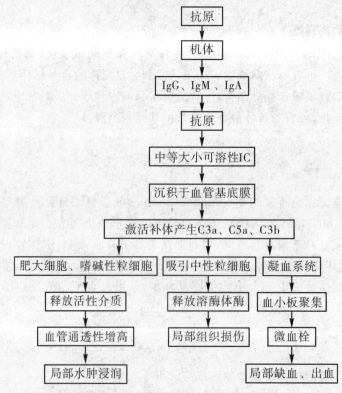

图 8-3 Ⅲ型超敏反应发生机制示意图

二、临床常见疾病

Ⅲ型超敏反应所致疾病统称为免疫复合物病,有局部和全身两类,前者发生在抗原进入部位;后者因免疫复合物在血流中播散而产生多部位沉积的全身免疫复合物病。

(一)局部免疫复合物病

1. Arthus 反应

系 1903 年 Arthus 和 Breton 两人在给家兔反复皮下注射正常马血清 5~6 次后,发现家兔皮肤出现质硬、肿胀甚至坏死。此现象称为 Arthus 反应。这是由于抗原在注射局部与相应抗体结合形成 IC,沉积于局部血管内皮细胞而激活补体,通过一系列反应导致局部炎症。

2. 类 Arthus 反应

可见于胰岛素依赖型糖尿病患者,其局部反复注射胰岛素后可刺激机体产生相应 IgG 类抗体,若此时再继续注射胰岛素,即可在注射局部出现红肿、出血和坏死等与 Arthus 反应类似的局部炎症反应。

(二)全身免疫复合物病

1. 血清病

通常是在初次大量注射异种动物免疫血清后,经过 7~14 d,某些个体出现局部红肿、皮疹、关节肿痛、淋巴结肿大、发热及蛋白尿等症状,称为血清病。原因是一次性大量注射抗毒素血清后,刺激机体产生抗马血清抗体,与体内残留的马血清结合,形成中等大小的免疫复合物沉积引起发病。此外,大剂量使用青霉素、磺胺等药物,也可引起类似血清病样反应,称为药物热。

2. 链球菌感染后肾小球肾炎(免疫复合物型肾小球肾炎)

一般多发生在链球菌感染后 2~3 周,此病由链球菌可溶性抗原与相应抗体形成循环 IC,沉积于肾小球基膜所致。其他微生物,如葡萄球菌、肺炎链球菌、某些病毒或疟原虫等感染也可引起类似疾病。

3. 类风湿性关节炎

病因尚未查明,可能与病毒或支原体的持续感染有关。目前认为,病原体或其代谢产物能使体内 IgG 分子发生变性,从而刺激机体产生抗变性 IgG 的自身抗体。此类自身抗体以 IgM 为主,也可以是 IgG 或 IgA 类抗体,称为类风湿因子(rheumatoid factor,RF)。患者自身变性 IgG 与类风湿因子结合形成 IC,并反复沉积于小关节滑膜,即可引起类风湿关节炎。

4. 系统性红斑狼疮

病因未明。患者体内常出现抗核抗体,与循环中的核抗原形成可溶性循环免疫复合物,反复沉积在肾小球、关节、皮肤或其他部位的血管壁内,引起肾小球肾炎、关节炎、皮肤红斑和多部位的脉管炎等。疾病常反复发作,经久不愈。

第四节　Ⅳ型超敏反应

Ⅳ型超敏反应又称迟发型超敏反应，是由效应 T 细胞再次接触相同抗原后所引起的以单个核细胞浸润和组织损伤为主要特征的炎症反应。其特点是：①反应发生慢（24～72h），消退也慢；②病变特征是单个核细胞浸润和组织损伤为主的炎症反应；③无抗体和补体参与；④无明显个体差异。

一、发生机制

诱发Ⅳ型超敏反应的抗原主要有病毒、胞内寄生菌、细胞抗原（如肿瘤抗原）和某些化学物质等。参与反应的效应 T 细胞包括 CD4$^+$Th1 细胞与 CD8$^+$Tc 细胞。

（一）CD4$^+$Th1 细胞介导的炎症反应和组织损伤

CD4$^+$Th1 细胞再次与相应抗原结合后，可释放 IFN-γ、TNF-β、IL-2 等细胞因子，在抗原存在部位形成以单个核细胞浸润和组织损伤为主的炎症反应。

（二）CD8$^+$Tc 细胞介导的细胞毒作用

CD8$^+$Tc 细胞与靶细胞表面相应抗原结合后，可释放穿孔素和颗粒酶等介质，或通过 FasL/Fas 途径，导致靶细胞溶解、凋亡。（图8-4）

Ⅳ型超敏反应的发生机制与细胞免疫应答完全相同，只是前者给机体带来损伤，而后者产生对机体有利的结果。

二、临床常见疾病

（一）传染性超敏反应

某些胞内寄生菌、病毒、真菌及某些原虫可作为过敏原，使机体发生Ⅳ型超敏

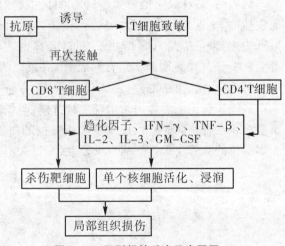

图8-4　Ⅳ型超敏反应示意图图

反应。由于该种超敏反应是在感染过程中发生的,故称传染性超敏反应。如肺结核继发感染时,病灶局限,很少播散,但局部组织损伤较重,可发生坏死、液化和空洞等,一般认为前者归于细胞免疫效应,而后者是由Ⅳ型超敏反应所致。

(二)接触性皮炎

接触性皮炎是机体再次接触相同抗原所引发的以皮肤损伤为主要特征的迟发型超敏反应。变应原多为某些药物、染料、油漆、农药及化妆品等小分子半抗原。这些半抗原可与表皮细胞角质蛋白结合成完全抗原,使T细胞致敏。此时同一变应原再次进入机体,即可诱发接触性皮炎,表现为局部皮肤红肿、硬结、水泡,严重者可发生剥脱性皮炎。

(三)移植排斥反应

进行同种异体组织或器官移植时,因供者与受者之间组织相容性抗原(HLA)不同,可刺激受者机体产生Ⅳ型超敏反应,2~3周后移植物被排斥、坏死、脱落。

根据超敏反应的发生机制和参与反应的效应成分不同将其划分为四型。但临床的实际情况非常复杂,某些超敏反应性疾病并非由单一型别机制引起,可几型同时存在而以某一型为主。即使在同一疾病的不同阶段,参与免疫损伤的机制也可能各异。另外,由于进入机体的途径不同,同一变应原对不同个体或同一个体可引起不同类型的超敏反应。

本 章 小 结

型 别	参加成分	发病机制	临床常见疾病
Ⅰ型超敏反应(速发型)	IgE(IgG4)	IgE黏附于肥大细胞/嗜碱粒细胞表面的FcεR上,变应原与细胞表面IgE结合,靶细胞脱颗粒,释放生物活性介质,作用于效应器官	药物过敏性休克、血清过敏性休克、支气管哮喘、花粉症、变应性鼻炎、荨麻疹、食物过敏症
Ⅱ型超敏反应(细胞毒型)	IgG、IgM、补体、吞噬细胞、NK细胞	在补体、巨噬细胞、NK细胞等协同作用下溶解靶细胞	输血反应、新生儿溶血症、肺-肾综合征、药物过敏性血细胞减少症、自身免疫性溶血性贫血、甲状腺功能亢进
Ⅲ型超敏反应(免疫复合物型)	IgG、IgM、IgA、补体、中性粒细胞	中等大小的免疫复合物沉积于血管壁基膜激活补体,吸引中性粒细胞、释放溶酶体酶,引起炎症反应	血清病、免疫复合物型肾小球性肾炎、系统性红斑狼疮、类风湿关节炎
Ⅳ型超敏反应(迟发型)	T细胞	致敏T细胞再次与抗原相遇,直接杀伤靶细胞或产生各种淋巴因子,引起炎症	传染性变态反应、接触性皮炎、移植排斥反应

复习思考题

1. 以青霉素过敏性休克为例，说明Ⅰ型超敏反应发病机制如何？简述其防治方法及原理。

2. 以结核杆菌感染为例，简述Ⅳ型超敏反应的发生机制与其他三型有何不同？

3. 临床使用青霉素，有可能会出现哪些型别的超敏反应？

（涂龙霞）

第九章　免疫学应用

学 习 目 标

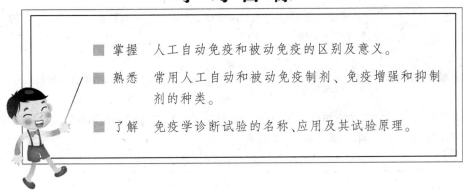

■ 掌握　人工自动免疫和被动免疫的区别及意义。

■ 熟悉　常用人工自动和被动免疫制剂、免疫增强和抑制剂的种类。

■ 了解　免疫学诊断试验的名称、应用及其试验原理。

免疫学的临床应用主要包括两方面：一是应用免疫学原理来阐明许多疾病的发病机制和发展规律，二是应用其原理和技术来诊断和防治疾病。

第一节　免疫学诊断

免疫学诊断是根据免疫学原理设计的实验方法，辅助诊断某些传染病或进行流行病学调查。免疫学检测方法具有高度的特异性及敏感性，已广泛应用于许多疾病的诊断、发病机制的研究、免疫状态监测及疗效评估。常用的免疫学诊断方法有抗原或抗体的检测及免疫细胞数量及功能检测两大类。

一、抗原或抗体检测

(一)抗原抗体反应原理

抗原与抗体能发生特异性结合，在体外一定的条件下出现可见反应（凝集、沉淀等）。通过对这些反应结果的观察、分析，可鉴定相应的抗原或抗体，即用已知的抗原检测未知抗体，或用已知抗体检测未知抗原。由于抗体主要存在于血清中，试验时多采用血清作为标本，所以常把检测抗原、抗体的试验称为血清学反应。随着免疫学技术的发展，如单克隆抗体技术的使用，抗体不一定来自血清，故现在多以抗原抗体反应代替血清学反应一词。

抗原抗体反应具有特异性、可逆性、比例性等特点，并易受电解质、温度、酸碱度等因素的影响。

(二)常见抗原抗体反应的类型

1.凝集反应

颗粒性抗原与相应抗体结合后，在适当的电解质参与下形成肉眼可见的凝集团块，称为

凝集反应。常见技术类型及用途见表9-1。

表9-1　凝集反应常见技术类型及用途

凝集反应类型	机　　制	应　　用
直接凝集反应	细菌、螺旋体、红细胞等颗粒性抗原与相应抗体直接结合而出现的凝集现象	人类红细胞血型鉴定及菌种鉴定、肥达氏反应
间接凝集反应	将可溶性抗原吸附于与免疫无关的载体颗粒上,形成致敏载体,再与相应抗体反应出现肉眼可见的凝集现象	ASO抗体、类风湿因子检测
反向间接凝集反应	将已知抗体吸附于载体颗粒表面,检测未知抗原的凝集反应	钩体病、乙型肝炎表面抗原检测
间接凝集抑制反应	将未知可溶性抗原与已知抗体预先混合作用后,再加被已知抗原致敏的载体,如已知抗体与未知可溶性抗原结合,则不出现凝集现象	胶乳间接凝集抑制试验检测早期妊娠孕妇尿中的绒毛膜促性腺激素

2.沉淀反应

可溶性抗原(如细菌的培养滤液、细胞或组织的浸出液、血清蛋白等)与相应抗体在适当电解质存在下,出现肉眼可见的沉淀现象,称为沉淀反应。常见技术类型及用途见表9-2。

表9-2　沉淀反应常见技术类型及用途

沉淀反应类型	机　　制	应　　用
环状沉淀反应	将抗原溶液叠加在细小玻璃管中抗体溶液上面,因抗血清蛋白浓度高比重大,在两液交界的清晰界面上形成白色沉淀环为阳性反应	定性试验,可用于法医血迹鉴定等
单向琼脂扩散试验	将定量抗体混匀在琼脂凝胶,继而加待测的抗原溶液使其单独在凝胶中扩散,在抗原抗体相遇比例合适的部位,两者形成沉淀环,沉淀环直径与抗原浓度成正比(图9-1)	定量试验,可用于各类免疫球蛋白或补体含量的测定
双向琼脂扩散试验	将抗原和抗体溶液分别放在凝胶不同的对应孔中,让两者均在凝胶中自由扩散,当抗原与抗体相遇,在比例合适时形成白色沉淀线	定性试验,可测定抗原抗体及判断免疫血清的效价
火箭电泳技术	实际上是一种通过电泳进行加速的单向琼脂扩散试验。加入抗原后,将琼脂板置电场中,通电后抗原由负极向正极定向扩散,与板中抗体结合形成火箭形沉淀峰,故称为火箭电泳。沉淀峰的高度与抗原浓度成正比(图9-2)	用于快速测定抗原含量,应用范围与单扩相似

3.免疫标记技术

是用酶、荧光素、放射性核素、胶体金等标记物标记抗原或抗体的试验技术。通过检测能显示的标记物来检测微量抗体或抗原。本法特异性强,敏感性高。常用的方法见表9-3。

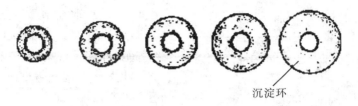

图 9-1　单向琼脂扩散实验

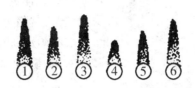

图 9-2　火箭电泳图

①②③为标本,④⑤⑥为标准抗原

表 9-3　免疫标记技术常见技术类型及用途

免疫标记技术类型	机　制	应　用
酶免疫技术	以酶标记的抗体(或抗原)作为试剂,通过酶作用于底物后显色反应,对标本中待检抗原(或抗体)定性、定位或定量分析,应用最广泛的是酶联免疫吸附试验(ELISA),技术类型包括竞争法、双抗体夹心法、间接法、捕获法等	乙肝两对半、丙型肝炎等测定
荧光免疫技术	用荧光素标记的抗体(或抗原)作为标准试剂进行的抗原抗体反应。常用的荧光素有异硫氰酸荧光素、罗丹明等	常用于各种微生物的快速诊断和鉴定,寄生虫感染的诊断,以及组织切片中抗原或抗体的定性、定位检查
放射免疫技术	用放射性核素标记抗原(或抗体)进行的抗原或抗体反应,常用的放射性核素有^{125}I和^3H等	主要用于激素的测定和违禁药物的测定等
金免疫技术	金免疫技术是以胶体金作为标记物的免疫检测技术。胶体金是由金盐还原成金后形成的金颗粒悬液	目前应用广泛、简便、快速的检验方法,用于 HCG、HIV 抗体的快速检测等

二、细胞免疫功能检测

特异性细胞免疫是由 T 细胞介导的,通过检测 T 细胞的数量及功能,了解机体的细胞免疫状态,为某些疾病的诊断及预后分析提供参考。

(一)细胞免疫体外检测法

1. T 细胞总数测定

(1)E 花环试验:将外周血中分离的淋巴细胞与绵羊红细胞按一定的比例混合,温育后

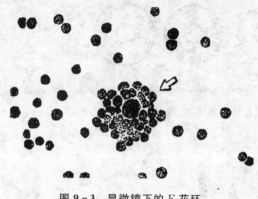

图9-3 显微镜下的E花环

置4℃过夜,取细胞悬液涂片、染色、计数淋巴细胞,凡结合有3个或3个以上绵羊红细胞的淋巴细胞即为T细胞(图9-3)。由此计算出T细胞占淋巴细胞的百分数,正常值为60%～80%。

(2)T细胞特异性抗原的检测:T细胞表面特异性抗原成分CD3分子,可用相应的单克隆抗体进行检测。常采用间接免疫荧光法,正常值为60%～80%。

2.T细胞亚群测定

T细胞可分为 CD4$^+$ T细胞和CD8$^+$T细胞两个亚群,可采用间接免疫荧光法检测,正常人 CD4$^+$ T细胞为 55%～60%,CD8$^+$ T细胞为 20%～30%,CD4$^+$ T细胞与 CD8$^+$ T细胞比值约为 2:1。

3.淋巴细胞转化试验

T细胞在体外培养时,受到非特异性有丝分裂原,如植物血凝素(PHA)、刀豆蛋白(ConA)等刺激后,能转化为淋巴母细胞,根据T细胞的转化率,判断机体的细胞免疫功能。T细胞转化率正常值为70%,临床主要用于检测机体细胞免疫功能和判断恶性肿瘤患者的疗效和预后。

(二)细胞免疫体内检测法

细胞免疫的体内检测可在一定程度上反映机体的细胞免疫水平,但临床上更为常用的是体内皮试法。此试验反应机制为迟发型超敏反应。细胞免疫功能正常者,当再次接触相同抗原时,皮肤上会出现红肿、硬结,呈阳性反应;细胞免疫功能低下者反应微弱或阴性。临床上用于诊断某些传染病或判断肿瘤患者的细胞免疫功能状态、疗效及预后。

1.PHA皮肤试验

PHA是非特异性有丝分裂原,注射于前臂屈侧皮内,一般注射后6～12 h出现红斑、硬结,24～48 h达高峰,硬结直径＞1.5 cm为阳性。PHA皮试敏感性高,比较安全可靠,临床用于检测机体的细胞免疫水平。

2.结核菌素试验

是用结核菌素作为抗原来测定肿瘤患者细胞免疫功能的一种试验。常用的结核菌素有旧结核菌素(OT)、纯蛋白衍生物(PPD)两种,目前多用PPD。在特异性抗原皮试中,若受试者从未接触过所试抗原,则多不出现阳性反应,因而往往做两种以上抗原皮试,综合分析判断。

第二节 免疫预防

病原体感染机体后,机体能产生特异性抗体和效应T细胞,提高对该病原体的免疫力。根据这一原理,可采用人工免疫的方法使机体获得特异性免疫力,达到预防疾病的目的,称为免疫预防。人工免疫是指人为地给机体输入抗原或抗体等生物制品,使机体获得特异性免疫性免疫的方法。人工免疫用的疫苗、类毒素、免疫血清以及免疫诊断用品(诊断血清、诊断菌液等)都来源于生物体,故称为生物制品。根据给机体输入物质的不同,将人工免疫分为人工自动免疫(人工主动免疫)和人工被动免疫。二者的区别见表9-4。

表9-4 人工自动免疫与人工被动免疫的区别

区 别 点	人工自动免疫	人工被动免疫
输入物质	抗原	抗体或细胞因子
免疫力出现时间	慢,接种后2~3个月	快,接种后立即生效
接种次数	1~3次	1次
免疫力维持时间	长,数月至数年	短,2~3周
主要用途	基础预防、治疗	治疗和紧急预防

一、人工自动免疫

人工自动免疫是用人工的方法向机体输入疫苗、类毒素等抗原制品,刺激机体产生特异性免疫力从而预防感染,故又称预防接种。其特点是免疫力出现较慢,但维持时间长,可达数月至数年,传统上主要用于疾病的基础预防,近年来已用于病毒性疾病、自身免疫病和肿瘤的治疗。

(一)人工自动免疫制品

1.疫苗

国内常把用细菌制成的人工自动免疫生物制品称为菌苗,把用病毒、立克次体等制成的生物制品称为疫苗,而国际上把细菌性制剂、病毒性制剂以及类毒素统称为疫苗。

(1)死疫苗:用物理或化学的方法将病原微生物杀死而制备的制剂,称死疫苗或灭活疫苗。死疫苗进入机体后不能生长繁殖,对机体的免疫作用弱,要获得强而持久的免疫力,常需多次注射,且注射量相对较大。但死疫苗稳定、易保存、无毒力回复突变的危险。常用的死疫苗有伤寒、乙型脑炎、百日咳、钩体病、狂犬病疫苗等。

(2)活疫苗:用人工变异或从自然界筛选出来的减毒或基本无毒的活的病原微生物制成的疫苗,称活疫苗或减毒活疫苗。活疫苗进入人体后可生长繁殖,持续刺激免疫系统引起较强的免疫应答,故只需接种一次,用量较小。但活疫苗稳定性差,不易保存,有毒力回复突变的可能,故制备和鉴定必须严格控制质量。常用的活疫苗有卡介苗、麻疹减毒活疫苗、脊髓灰质炎减毒活疫苗糖丸等。死疫苗与活疫苗的比较见表9-5。

表9-5 死疫苗与活疫苗的比较

区 别 点	死 疫 苗	活 疫 苗
制剂特点	强毒株灭活制成	无毒或弱毒株
接种方式	皮下注射	口服,吸入,皮内注射等
接种次数及剂量	2~3次,量较大	1次,量较小
保存及有效期	易保存,有效期约1年	不易保存,4℃冰箱数周
免疫效果	较低,维持数月至两年	较好,维持3~5年
常见疫苗	狂犬病疫苗,伤寒、副伤寒疫苗	卡介苗,麻疹疫苗,脊髓灰质炎疫苗

（3）类毒素：是将细菌外毒素用 0.3‰～0.4‰甲醛处理后，使其失去毒性，保留其免疫原性，即为类毒素。若在类毒素中加入适量的磷酸铝或氢氧化铝等吸附剂，则为吸附精制类毒素，机体接种后能产生抗毒素。常用的制剂有白喉类毒素，破伤风类毒素等。类毒素与灭活疫苗混合制成联合制剂使用，如百日咳杆菌灭活疫苗与白喉类毒素、破伤风类毒素混合制成的百白破三联疫苗。

2.新型疫苗

近年来，随着免疫学、分子生物学等技术的飞速发展，已研制成功或开始使用许多高效、安全、廉价的新型疫苗。主要有：①亚单位疫苗：提取病原微生物有效抗原成分而制成的疫苗。我国目前广泛使用的乙型肝炎疫苗，就是分离纯化乙型肝炎病毒表面抗原（HBsAg）制成的亚单位疫苗；②基因工程疫苗：是利用 DNA 重组技术生产的疫苗。如重组乙型肝炎疫苗、口蹄疫疫苗等；③结合疫苗：是将细菌荚膜多糖的水解物化学连接于白喉类毒素制成的疫苗，如肺炎球菌疫苗；④合成疫苗：是用人工合成的多肽抗原连接适当载体，再加入佐剂制成的疫苗。如乙型肝炎病毒合成肽疫苗。

（二）计划免疫

计划免疫是根据某些特定传染病的疫情检测和人群免疫状况分析，有计划地进行预防接种，提高人群免疫水平，达到控制以至最终消灭相应传染病的重要措施。免疫程序的制订和实施是计划免疫工作的重要内容。我国目前儿童计划免疫程序见表 9－6。

表 9－6　我国推荐儿童计划免疫程序表

年　　龄	接　种　疫　苗
出生时	卡介苗，乙型肝炎病毒疫苗 1
1 个月	乙型肝炎病毒疫苗 2
2 个月	三价脊髓灰质炎疫苗 1
3 个月	三价脊髓灰质炎疫苗 2，百白破联合疫苗 1
4 个月	三价脊髓灰质炎疫苗 3，百白破联合疫苗 2
5 个月	百白破联合疫苗 3
6 个月	乙型肝炎病毒疫苗 3
8 个月	麻疹疫苗
1.5 岁～2 岁	百白破联合疫苗 4，三价脊髓灰质炎疫苗
4 岁	三价脊髓灰质炎疫苗，麻疹疫苗，乙型肝炎病毒疫苗
7 岁	白喉破伤风联合疫苗

　　＊注：疫苗后的数字代表接种的次数；百白破联合疫苗、脊髓灰质炎疫苗 3 次免疫接种时间最短间隔时间为 28 d；卡介苗接种 1 次，三价脊髓灰质炎疫苗 3 次，白百破疫苗 3 次和麻疹疫苗 1 次为基础免疫，以后为加强免疫。

(三)预防接种注意事项

1.接种对象

凡免疫功能低下、与病原微生物接触机会多、疾病危害大、流行地区的易感者均应接种。

2.接种剂量、次数与间隔

在一定范围内,免疫力的产生与接种的剂量成正比,但剂量不能过大,否则反应过于强烈,使机体发生免疫麻痹或抑制现象。

因此预防接种剂量、次数与间隔须严格按生物制品使用规定或使用说明书进行。

3.接种途径

疫苗接种途径多样,如死疫苗用皮下注射,活疫苗可皮内注射、皮上划痕和自然途径接种,脊髓灰质炎疫苗以口服为佳,流感、腮腺炎疫苗以雾化吸入为好。

4.接种后反应

常见的为接种后 24 h 发生,表现为局部红肿、疼痛、淋巴结肿大,全身可出现短时间发热、头痛、恶心等。一般症状较轻,1～2 d 后即恢复正常。个别接种者反应较剧烈,甚至出现过敏性休克、接种后脑炎等,应严格观察、随访、及时救治。

5.禁忌证

凡高热、严重心血管疾病、急性传染病、恶性肿瘤、甲亢、活动性肺结核、糖尿病和免疫缺陷病等患者,均不宜接种疫苗,以免病情恶化。为防止流产或早产,孕妇应暂缓接种。

知识链接

疫苗注射禁忌证

几种常见疫苗注射禁忌证:

1.活疫苗接种的禁忌证:凡患有免疫缺陷病、白血病和恶性肿瘤以及因放射治疗、脾切除而使免疫功能受到抑制者,均不能使用活疫苗。活疫苗也不能用于孕妇,在妊娠早期可能引起胎儿畸形。

2.百白破三联疫苗:既往有神经系统疾患或脑病史者禁用。接种该疫苗后出现严重的异常反应,应停止接种。肾炎的恢复期及慢性肾炎患者禁用白喉疫苗。

3.卡介苗:患有湿疹、化脓性中耳炎或其他严重皮肤病者禁用。下列情况暂不接种卡介苗:早产及难产儿,具有明显症状的分娩创伤;结核菌素试验阳性者;免疫缺陷者。

4.脊髓灰质炎疫苗:对牛乳及牛乳制品过敏者禁服糖丸剂型疫苗。严重的腹泻患者可在疾病康复后服用。

5.麻疹疫苗:对鸡蛋过敏者禁用。

6.甲肝疫苗:正在患急性传染病或其他严重疾病者、免疫缺陷或正接受免疫抑制药物治疗者、过敏性体质者、孕妇等禁用。

二、人工被动免疫

人工被动免疫是指用人工的方法向机体输入含有抗体或细胞因子等免疫产物,使机体立即获得特异性免疫力的方法。其特点是免疫作用快,输入后立即获得,但维持时间短,一般只有 2～3 周,主要用于传染病的治疗和紧急预防。

(一)人工被动免疫制品

1.抗毒素

是使用类毒素多次免疫动物(如马)后,取动物血清分离纯化而制成的抗血清制剂,主要用于某些细菌外毒素所致疾病的治疗,如白喉抗毒素、破伤风抗毒素等。

2. 正常人丙种球蛋白和胎盘球蛋白

正常人丙种球蛋白是正常人血浆提取物,而胎盘球蛋白则是健康孕妇胎盘血液提取物。由于多数成人已隐性感染或显性感染过麻疹、脊髓灰质炎和甲型肝炎等传染病,血清中含有一定量的相应抗体,因此两种丙种球蛋白可用于上述疾病的治疗或紧急预防。

3. 人特异性免疫球蛋白

来源于恢复期患者、高效价特异性抗体供血者以及接受类毒素、疫苗免疫者的血浆。由于含有高效价的特异性抗体,人特异性免疫球蛋白的免疫效果较丙种球蛋白好,同时人特异性免疫球蛋白在人体停留时间长,不易发生超敏反应,更适用于对动物血清过敏或使用丙种球蛋白效果不佳人群。常用的人特异性免疫球蛋白有乙型肝炎人免疫球蛋白、破伤风人免疫球蛋白等。

(二)人工被动免疫注意事项

1. 防止超敏反应

动物免疫血清对人体来讲具有两面性,即既是具有治疗功效的抗体,又可能是引发超敏反应的变应原。因此在使用前应详细询问病史,进行皮试,防止过敏反应的发生。

2. 注意早期和足量

使用抗毒素治疗外毒素引起的疾病一定要在外毒素尚未结合组织细胞前使用,才能发挥其中和毒素作用,若毒素已与组织细胞结合,抗毒素就不能再发挥其作用。

3. 不滥用丙种球蛋白

使用丙种球蛋白在注射处有时可出现红肿、疼痛、硬结等局部反应;反复应用时,偶然可发生呼吸困难、紫绀、休克等过敏反应。给儿童注射丙种球蛋白预防麻疹,虽能推迟发病年龄,但较大年龄发病时症状较重、并发症多。因此,必须严格控制丙种球蛋白的使用。

第三节 免疫学治疗

免疫治疗是应用某些生物制剂或药物来改变机体的免疫状态,达到治疗疾病的目的。免疫治疗除上述人工被动免疫法外,免疫增强剂及免疫抑制剂也在临床中应用。

(一)免疫增强剂

免疫增强剂是增强、促进和调节机体免疫功能的制剂,通常对免疫功能正常者无影响,而对免疫功能异常,特别是免疫功能低下者有促进或调节作用。主要用于恶性肿瘤、免疫缺陷病和传染病的辅助治疗。

(二)免疫抑制剂

免疫抑制剂是一类抑制机体的免疫功能的制剂。主要用于自身免疫病、移植排斥反应、超敏反应性疾病及感染性炎症的治疗。

常用的免疫增强剂和免疫抑制剂见表 9-7。

表 9-7 免疫增强和抑制剂分类

分 类	举 例
免疫增强剂 细胞因子制剂 微生物制剂	IL-2、TNF、IFN 卡介苗、短小棒状杆菌、脂磷壁酸
化学制剂 多糖类制剂	左旋咪唑、西咪替丁 茯苓多糖、人参多糖
免疫抑制剂	
抗生素	环孢霉素 A、FK-506
单克隆抗体制剂	抗 T 细胞及亚群单抗 抗 MHC 单抗、免疫毒素 抗 IL 抗体和抗 IL 受体抗体
激素 烷化剂 抗代谢药	肾上腺皮质类固醇 环磷酰胺 硫唑嘌呤、5-氟尿嘧啶

本 章 小 结

免疫学的临床应用主要集中在两方面:一是应用免疫学原理来阐明许多疾病的发病机制和发展规律,二是应用其原理和技术来诊断和防治疾病。

免疫学诊断是根据免疫学原理设计的实验方法,辅助诊断某些传染病或进行流行病学调查。常用的免疫学诊断方法有抗原或抗体的检测及免疫细胞数量及功能检测两大类。抗原、抗体检测方法包括凝集反应、沉淀反应、电泳试验、标记技术等。免疫学检测方法具有高度的特异性及敏感性,已广泛应用于疾病诊断、发病机制研究、免疫状态监测及疗效评估等方面。

免疫学预防分为人工自动免疫和被动免疫两类。人工自动免疫制剂主要有疫苗、类毒素等,发挥基础预防和治疗的作用;人工被动免疫制剂主要有抗毒素、丙种球蛋白和胎盘球蛋白等,发挥紧急预防或治疗的作用。

免疫学治疗制剂包括免疫增强剂和免疫抑制剂,免疫增强剂包括卡介苗、干扰素等,用于恶性肿瘤、免疫缺陷病和传染病的辅助治疗;免疫抑制剂包括环孢霉素 A、环磷酰胺等,用于用于自身免疫病、移植排斥反应、超敏反应性疾病及感染性炎症的治疗。

复习思考题

1.名词解释　人工自动免疫　　人工被动免疫

2.狂犬病疫苗多采用肌肉注射法,于 1、3、7、14、30 日时注射,每次 2 ml,并可视咬伤情况增加注射总数至 8 次。为什么采用如此频繁的免疫方法?

3.汶川 512 大地震中,不少伤员由于房屋倾倒、山体滑坡等情况导致骨折,对于开放性骨折患者应尽快进行手术治疗,并使用抗生素和破伤风抗毒素。试问破伤风抗毒素使用时应注意哪些问题?(注:破伤风抗毒素多为马血清制品)

（房功思）

第十章 细菌学概论

学习目标

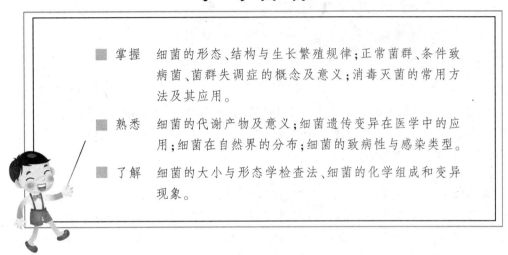

■ 掌握 细菌的形态、结构与生长繁殖规律;正常菌群、条件致病菌、菌群失调症的概念及意义;消毒灭菌的常用方法及其应用。

■ 熟悉 细菌的代谢产物及意义;细菌遗传变异在医学中的应用;细菌在自然界的分布;细菌的致病性与感染类型。

■ 了解 细菌的大小与形态学检查法、细菌的化学组成和变异现象。

第一节 细菌的形态与结构

细菌属于原核细胞型微生物,在自然环境下具有一定的形态、结构,了解这些对我们研究细菌的生理特性、致病性、免疫性以及细菌的鉴别和细菌性疾病的诊断和防治具有重要意义。

一、细菌的大小和形态

(一)细菌的大小

细菌个体微小,需借助显微镜放大数百、数千倍才能看见。衡量一个细菌的大小常用微米(μm)为单位。不同种类的细菌大小不一,一般球菌直径 $1\ \mu m$ 左右,中等大小的杆菌一般长 $2\sim 3\ \mu m$,同种细菌在不同环境和不同菌龄大小也有差异。

(二)细菌的形态

细菌的基本形态可分为球形、杆状和螺形三种,所以根据形态可将细菌分为球菌、杆菌和螺形菌三类(图 10 - 1)。

1.球菌

菌体呈球形或近球形,按细菌增殖时细胞分裂平面和分裂后的排列不同可将球菌分为以下三种:

(1)双球菌:细菌在一个平面上分裂,分裂后两个菌体成对排列,如脑膜炎奈瑟菌、肺炎

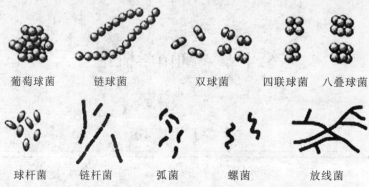

葡萄球菌　链球菌　双球菌　四联球菌　八叠球菌

球杆菌　链杆菌　弧菌　螺菌　放线菌

图 10-1　各种细菌的形态

链球菌。

(2)链球菌:细菌在一个平面上分裂,分裂后多个菌体粘连呈链状,如溶血性链球菌。

(3)葡萄球菌:细菌在多个不同的平面上分裂,分裂后多个菌体无规则地黏附在一起呈葡萄串状,如金黄色葡萄球菌。

2.杆菌

杆菌的种类、形态多样。大的杆菌长可达 3～10 μm,小的杆菌只有 0.4～1.5 μm。多数杆菌呈直杆状,也有菌体略弯;大多菌体两端钝圆,也有两端平齐(如炭疽芽胞杆菌)或两端尖细(如梭杆菌);有的杆菌末端膨大呈棒状,称棒状杆菌;有的菌体短小,中间略膨大呈椭圆形,称球杆菌;有的呈分枝生长,称分枝杆菌;少数杆菌呈链状排列,称链杆菌。

3.螺形菌

菌体有弯曲,根据弯曲的数量多少可分为以下两类:

(1)弧菌:菌体只有一个弯曲,呈弧形或逗点状,如霍乱弧菌。

(2)螺菌:菌体有多个弯曲,如鼠咬热螺菌。

二、细菌的结构

细菌虽是单细胞生物,仍具有一定的结构和功能。根据特点可分为基本结构和特殊结构。基本结构是所有细菌都具有的,包括细胞壁、细胞膜、细胞质和核质;特殊结构是某些细菌所特有的,包括荚膜、鞭毛、菌毛和芽胞(图 10-2)。

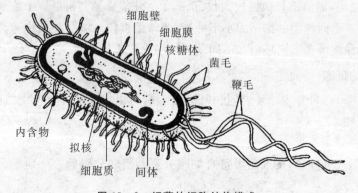

细胞壁
细胞膜
核糖体
菌毛
鞭毛
内含物
拟核
细胞质
间体

图 10-2　细菌的细胞结构模式

（一）基本结构

1.细胞壁

位于细菌的最外层，坚韧而有弹性。

（1）功能：①保护细菌抵抗外界的低渗环境，维持细菌的固有形态；②参与细菌与外界的物质交换；③与细菌的抗原性有关；④与细菌的致病性有关；⑤参与细菌的分裂增殖。

（2）化学组成：细胞壁的化学组成比较复杂，用革兰染色可将细菌分为革兰阳性菌和革兰阴性菌。这两类细菌细胞壁的化学成分和结构有较大差异（表10-1）。

表 10-1 革兰阳性菌与革兰阴性菌细胞壁结构的比较

特 征	革兰阳性菌	革兰阴性菌
强度	较坚韧	较疏松
厚度	厚，20～80nm	薄，10～15nm
肽聚糖层数	多，可达50层	少，1～3层
肽聚糖含量	多，可占胞壁干重的50%～80%	少，占胞壁干重的10%～20%
磷壁酸	有	无
外膜	无	有
结构	三维空间（立体结构）	二维空间（平面结构）

①肽聚糖：又称黏肽，是细菌细胞壁的主要成分，革兰阳性菌与革兰阴性菌都具有，但结构有差异（图10-3）。肽聚糖是由N-乙酰葡糖胺和N-乙酰胞壁酸两种氨基酸经β-1,4糖苷键连接间隔排列形成聚糖骨架。在N-乙酰胞壁酸分子上连接四肽侧链，肽链之间再由肽桥或肽链联系起来，组成一个机械性很强的网状结构。各种细菌细胞壁的聚糖骨架均相同，但在四肽侧链的组成及其连接方式随菌种而异。

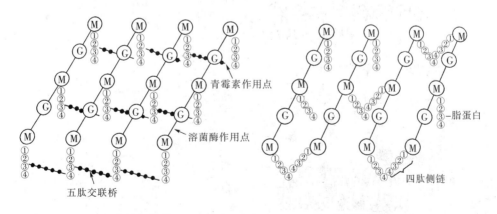

青霉素作用点

溶菌酶作用点

五肽交联桥

-脂蛋白

四肽侧链

（a）革兰阳性菌　　　　　　　　　（b）革兰阴性菌

图 10-3 细菌细胞壁肽聚糖结构示意图

革兰阳性菌的四肽侧链氨基酸由L-丙氨酸、D-谷氨酸、L-赖氨酸和D-丙氨酸组成。肽桥是一条5个甘氨酸的肽链，交联时一端与侧链第三位上赖氨酸连接，另一端与相邻侧链第四位D-丙氨酸连接，形成坚固致密的三维立体网状结构。革兰阴性菌的四肽侧链中第三

位的氨基酸被二氨基庚二酸(DAP)所取代,以肽链直接与相邻四肽侧链中的 D -丙氨酸相连,没有五肽交联桥,形成二维平面结构,所以其结构较革兰阳性菌疏松。

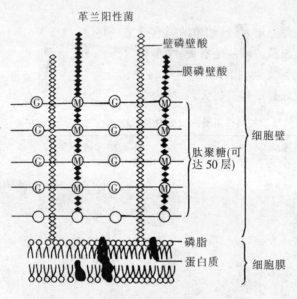

图 10 - 4　革兰阳性菌细胞壁结构模式图

②革兰阳性菌的特有成分:革兰阳性菌除了具有较厚的肽聚糖外,细胞壁中还含有大量的磷壁酸,按其部位不同可分为壁磷壁酸和膜磷壁酸。磷壁酸是革兰阳性菌重要的表面抗原,某些参与构成细菌的侵袭力(图10 - 4)。此外,还有一些革兰阳性菌细胞壁表面具有一些特殊的蛋白质,如 A 群链球菌的 M 蛋白,金黄色葡萄球菌的 A 蛋白(SPA)。

③革兰阴性菌的特有成分:革兰阴性菌细胞壁除少量的肽聚糖外,其主要成分就是外膜。它占细胞壁干重的 80%。由内到外分别是脂蛋白、脂质双层、脂多糖。脂多糖(LPS)是由类脂 A、核心多糖和特异多糖组成,其实就是革兰阴性菌内毒素的主要成分,与细菌的致病性有关(图 10 - 5)。

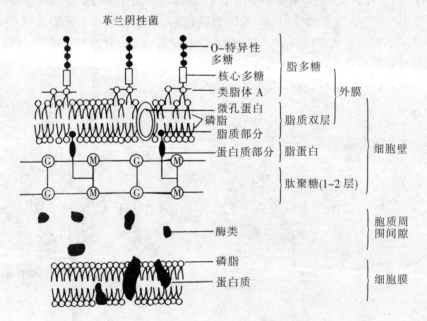

图 10 - 5　革兰阴性菌细胞壁模式图

革兰阳性菌和革兰阴性菌的细胞壁结构不同,导致两类细菌在染色性、免疫原性、致病性以及对药物的敏感性等方面均有很大差异。如革兰阳性菌细胞壁结构致密,脂类含量少,乙醇不易渗入脱色,故保留初染紫色;革兰阴性菌细胞壁结构疏松,脂质含量高,乙醇易渗入菌体内脱色,被复染成红色;如溶菌酶能切断肽聚糖中 N-乙酰葡萄糖胺和 N-乙酰胞壁酸之间的 β-1,4 糖苷键之间的连接,破坏肽聚糖支架,引起细菌裂解。青霉素能与革兰阳性菌竞争合成胞壁过程所需的转肽酶,抑制四肽侧链上 D-丙氨酸与五肽桥之间的连接,使革兰阳性菌不能合成完整的细胞壁,而导致细菌死亡。革兰阳性菌肽聚糖含量高,故对青霉素、溶菌酶敏感;革兰阴性菌细胞壁的结构无五肽桥,故对青霉素不敏感,又因其有外膜保护,溶菌酶对其作用甚微。

2.细胞膜

与一般细胞的细胞膜基本相同,由脂质双分子层构成骨架,其中镶嵌具有特殊功能的蛋白质。主要功能有:①与细胞壁共同完成物质转运功能;②参与细胞的呼吸作用;③具有生物合成功能;④参与细胞的分裂增殖。

细菌细胞膜可形成一种特殊结构,称中介体。中介体是细胞膜向内凹陷、折叠形成的囊状物,多见于革兰阳性菌,功能类似于线粒体(图 10-6)。

3.细胞质

由细胞膜包裹的透明胶质物,其中含有很多重要结构。

(1)核糖体:游离于细胞质中的微小颗粒,数量可达数万个。沉降系数为 70S,由 50S 和 30S 两个亚基组成(真核细胞为 80S,由 60S 和 40S 组成),核糖体是细菌合成蛋白质的场所。有些抗生

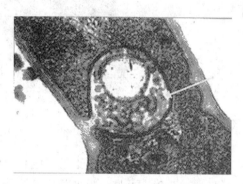

图 10-6 中介体

素,如链霉素、红霉素能分别与细菌的 50S 和 30S 亚基结合,干扰其蛋白质的合成而导致细菌死亡,但对人体细胞无作用。

(2)质粒:是细菌染色体外的遗传物质,为闭合环状双股 DNA,带有遗传信息,质粒能自行复制,并随细菌分裂转移到子代细菌,也可以通过接合或转导方式在细菌之间传递。质粒种类很多,医学上比较重要的有 F 质粒、R 质粒、Vi 质粒等。

(3)胞质颗粒:细菌细胞质中含有多种颗粒,大多为贮存的营养物质,如糖原、多糖、脂类、磷酸盐等。其中较常见的是异染颗粒,嗜碱性强,用甲基蓝染色呈深紫色。多见于白喉杆菌,位于菌体两端,有鉴别意义。

4.核质

细菌是原核细胞型微生物,无核膜与核仁,故称核质或拟核。核质由双股 DNA 组成单一环状,反复卷曲回旋盘绕成松散的网状结构,与细胞质界限不明显,多位于菌体中部。功能上与一般细胞核相似,是细菌遗传变异的物质基础。

(二)特殊结构

1.荚膜

某些细菌在细胞壁外分泌一层黏液性物质,厚度≥0.2 μm,界限清晰的称荚膜(图 10-7);厚度<0.2 μm 称微荚膜。荚膜的化学成分主要是多糖,少数是多肽(如炭疽杆菌)。碱性染料对其亲和力低,不易着色,普通染色法只能见到菌体周围有未着色的透明圈,用特殊的荚膜染色法可将荚膜染成与菌体不同的颜色。荚膜的功能:①抗吞噬作用,是病原菌的重要毒力因子;②抗有害物质的损伤作用,保护细菌避免或减轻溶菌酶、补体和药物的损伤作

用;③黏附作用,荚膜可黏附于组织细胞或无生命物体表面,形成生物膜,是引起感染的重要因素;④荚膜具有免疫原性,根据抗原性的不同,可作为细菌鉴别和分型的依据,如肺炎链球菌可根据荚膜多糖抗原不同分为 85 个血清型。

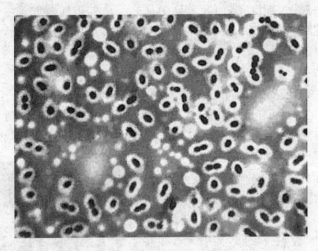

图 10 - 7　肺炎链球菌荚膜

2.鞭毛

某些细菌菌体上附着的细长呈波状弯曲的丝状物,称鞭毛(图 10 - 8)。经特殊的鞭毛染色后普通显微镜下可见。根据鞭毛的数量和位置,可将有鞭毛菌分为 4 类:①单毛菌,只有一根鞭毛,位于菌体的一端,如霍乱弧菌;②双毛菌,菌体两端各有一根鞭毛,如空肠弯曲菌;③丛毛菌,菌体一端或两端有一丛鞭毛,如绿脓杆菌;④周毛菌,菌体周身遍布很多鞭毛,如伤寒沙门菌。

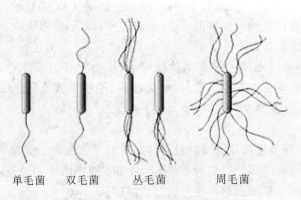

单毛菌　　双毛菌　　丛毛菌　　　　周毛菌

图 10 - 8　细菌各型鞭毛模式图

鞭毛的意义:①鞭毛是细菌的运动器官,有鞭毛的细菌能位移运动;可作为鉴别细菌的一个指标。如伤寒沙门菌与志贺菌形态相似,但前者有鞭毛能运动,后者无鞭毛不能运动,借此可区别两菌;②鞭毛的化学成分主要是蛋白质,具有免疫原性,通常称为 H 抗原,对细菌的鉴别、分型具有一定意义;③有些细菌的鞭毛与致病性有关,如霍乱弧菌可借助鞭毛的运动穿透小肠黏膜表面的黏液层,使细菌黏附于上皮细胞上而导致病变。

3. 菌毛

许多革兰阴性菌和少数革兰阳性菌表面存在一种比鞭毛更细、更短而直的细丝,称菌毛(图 10 - 9)。菌毛必须借助电子显微镜才能看到,其与细菌的运动无关。

图 10 - 9　细菌的普通菌毛和性菌毛

根据菌毛的功能分为普通菌毛和性菌毛两类。①普通菌毛:每个细菌可有数百根。它是细菌的黏附结构,某些细菌借助菌毛黏附在呼吸道、消化道和泌尿生殖道的黏膜上,是细菌侵入机体引起感染致病的第一步。病原菌一旦失去菌毛,其致病力也随之消失。②性菌毛:仅见于少数革兰阴性菌,每个细菌只有 1~4 根,它比普通菌毛长而粗,中空呈管状。性菌毛的产生受 F 质粒的控制,具有性菌毛的细菌称 F⁺ 菌或雄性菌,无性菌毛的细菌称 F⁻ 菌或雌性菌。当 F⁺ 菌与 F⁻ 菌相遇时,F⁺ 菌的性菌毛可与 F⁻ 菌的相应受体结合,F⁺ 菌体内的质粒或核质片段等遗传物质可通过中空的性菌毛传递到 F⁻ 菌体内,这个过程称接合。细菌的毒力、耐药性等性状都可通过此方式传递。

4. 芽胞

某些革兰阳性菌在一定环境条件下,能在菌体内形成一个圆形或卵圆形小体,称芽胞(图 10 - 10)。芽胞折光性强,壁厚,不易着色,需经特殊染色后才能在光学显微镜下观察到。芽胞是细菌抵抗不良环境形成的休眠体,不能分裂繁殖。在适宜的条件下芽胞发芽能形成细菌的繁殖体,繁殖体大量繁殖可致病。一个细菌只能形成一个芽胞,一个芽胞发芽后也只能形成一个繁殖体,所以芽胞的形成和发芽都不是细菌的繁殖方式。

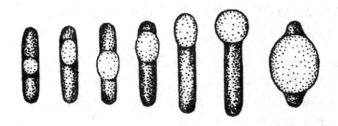

图 10 - 10　细菌芽胞的形态位置模式图

芽胞的意义:①芽胞的大小、形态、位置随菌种而异,具有重要的鉴别意义。②芽胞对热力、干燥、辐射、化学消毒剂等理化刺激均有很强的抵抗力,一般细菌繁殖体在 80 ℃水中迅速死亡,而细菌的芽胞可耐煮沸数小时。芽胞在自然界分布广泛,可存活几年至数十年,一旦进入机体后可发育为繁殖体,迅速大量繁殖引起疾病。故在临床护理实践中应防止芽胞污染伤口和医疗用品。芽胞抵抗力强与其结构和成分有关:芽胞含水量少,故蛋白质受热不易变性;芽胞具有致密的多层膜结构,通透性低,化学消毒剂等不易渗入;芽胞核心和皮质中含有大量的吡啶二羧酸(DPA),吡啶二羧酸与钙结合生成吡啶二羧酸钙盐,能提高芽胞中各种酶的耐热性。③因芽胞具有很强的抵抗力,所以医疗器械、敷料、培养基等进行灭菌时,就以是否杀死芽胞作为指标。

三、细菌的形态学检查法

(一)显微镜检查法

细菌微小,人的肉眼不能分辨,必须借助显微镜的放大才能看到,常用的显微镜有如下几种。

1.普通光学显微镜

人眼在 25 cm 的明视野距离内,只能分辨相距 0.1～0.2 mm 的物体。普通光学显微镜以日光或灯光为光源,波长 0.4～0.7 μm,平均 0.5 μm,其分辨距离是光波波长的一半,即 0.25 μm,在油镜放大 1 000 倍后成 0.25 mm,人肉眼便能看到。一般细菌均大于 0.25 μm,故可用光学显微镜予以观察。

2.电子显微镜

电子显微镜由电子流代替可见光,由磁场代替透镜,让电子的运动代替光子(电子波长极短,约 0.005 nm),放大倍数可达数十万倍,能分辨 1 nm 的粒子。这样不仅能看清细菌的内部结构,也可以看到病毒、朊粒等更微小的生物。

此外,还有暗视野显微镜、相差显微镜、荧光显微镜等,可在不同情况下观察细菌的形态或结构。

知识链接

电子显微镜

电子显微镜显示的影像可投射到荧光屏上,也可照相拍摄,还可用磷钨酸或钼酸铵做负染色,或以金属喷涂投影,增强对比度。用冰冻蚀刻法可更清晰地显示细菌内部结构。扫描电镜用电子流对物体表面进行扫描,可清晰地显示其立体形象。但电子显微镜必须要在真空干燥的环境下检查,所以不能观察活的微生物。

(二)不染色标本检查法

不染色标本检查法是直接用普通显微镜或暗视野显微镜观察活菌的形态大小以及运动情况,主要用于观察细菌的动力。常用的方法有压滴法和悬滴法。

(三)染色标本检查法

细菌一般都是无色透明的,在光学显微镜下很难分辨,需经过染液的着色,才可看清细菌的形态和结构。由于细菌的等电点在 pI2～5,在中性、碱性或弱酸性溶液中多带负电荷,易与带正电荷的碱性染料结合,所以细菌染色多用碱性苯胺染料,如美蓝、碱性复红、结晶紫等。常用的染色法有以下几种。

1.单染色法

只用一种染料进行染色,细菌被染成一种颜色,若美蓝染色法,主要用于观察细菌的大小、形态和排列,不能分辨细菌的结构和染色性。

2.复染色法

用两种或两种以上的染料进行先后染色。可将不同的细菌染成不同的颜色,既可以观察细菌的形态结构,又可以辨别细菌的染色性。常用的有革兰染色法、抗酸染色法。

(1)革兰染色法:是丹麦细菌学家革兰(Gram)于1884年创用的,是细菌学上最常用、最经典的染色法。具体方法是:①细菌标本涂片固定后,先用结晶紫(或龙胆紫)初染;②加碘液媒染;③用95%乙醇脱色;④用稀释复红复染。经染色后可将细菌分成两大类:不被乙醇脱色而保持紫色者为革兰阳性菌;被乙醇脱色后染成红色者为革兰阴性菌。革兰染色法在研究细菌的致病性、鉴别细菌和选择抗菌药物等方面都有很重要的意义。

革兰染色原理有几种假说:①细胞壁结构学说:革兰阳性菌细胞壁结构较致密,肽聚糖层厚,脂类含量低,因此乙醇不易渗入而脱色;②等电点学说:革兰阳性菌等电点在pI2～3,比阴性菌(pI4～5)为低,在相同pH环境中,革兰阳性菌所带负电荷比革兰阴性菌多,因此与带正电荷的碱性染料(结晶紫)结合牢固不易脱色;③化学性学说:革兰阳性菌含有大量核糖核酸镁盐,易与结晶紫-碘复合物牢固结合而不易脱色,而革兰阴性菌只有少量的核糖核酸镁盐,因此易于脱色。

(2)抗酸染色法:用于鉴别抗酸性细菌和非抗酸性细菌的染色法。将固定的标本经石炭酸复红加温染色,再用盐酸酒精脱色,最后用美蓝复染。因抗酸性细菌含有大量分枝菌酸,与石炭酸复红结合牢固,不易被盐酸酒精脱色而染成红色,其他细菌或细胞都被染成蓝色。

3.特殊染色法

为了便于观察细菌的某些特殊结构,必须要用一些特殊染色法才能看清。如鞭毛染色法、荚膜染色法、芽胞染色法等。

第二节　细菌的生理与变异

一、细菌的化学组成

细菌的主要化学成分包括水、无机盐、蛋白质、糖类、脂类和核酸等。

水约占细菌重量的80%。芽胞含水量少,仅占芽胞重量的40%。水是细菌所有营养物质的载体,也是细菌进行生化反应的基础。无机盐占细菌固体成分的10%左右,其中以磷为最多,其次为钾、镁、钙、硫、钠等。蛋白质占细菌固体成分的50%～80%,既有简单蛋白,如白蛋白,又有复合蛋白,如核蛋白等。糖类占细菌固体成分的10%～20%,主要存在于细胞壁和荚膜中。脂类占菌体固体成分的1%～7%,可游离存在,或与糖类、蛋白质结合成脂多糖、脂蛋白;核酸约占菌体固体成分的13%。RNA主要存在于胞质中,约占细菌干重的10%;DNA存在于核质和质粒中,占细菌固体成分的3%左右。

细菌尚含有一些原核细胞型微生物所特有的化学成分,如肽聚糖、胞壁酸、D-氨基酸、磷壁酸、二氨基庚二酸、吡啶二羧酸等。

二、细菌的生长繁殖

细菌的生长繁殖受环境的影响很大,在不同的环境中,细菌的繁殖速度和生长现象都有很大的不同。了解细菌生长繁殖的条件、规律和代谢产物,有助于我们对细菌进行人工培

养、分离和鉴别,也对病原菌的致病机制及细菌性疾病的诊断和防治产生重大意义。

(一)细菌生长繁殖的条件

1. 营养物质

营养物质是细菌生长繁殖的原料,也是细菌生理活动所需能量的来源。一般细菌所需的营养物质有:①水:水是细菌的重要组成成分,细菌与外界的物质转运及代谢过程的生化反应都需要水的参与;②碳源:各种无机或有机的含碳化合物(CO_2、碳酸盐、糖、脂肪等)都能被细菌吸收利用,作为合成菌体所必需的原料,同时也作为细菌代谢的主要能量来源;③氮源:分子态氮和复杂的含氮化合物都可被不同的细菌利用,主要用于合成蛋白质,构成菌体细胞质及其他结构;多数病原菌是利用有机氮化物如氨基酸、蛋白胨作为氮源,少数细菌(如固氮菌)能以空气中的游离氮或无机氮,如硝酸盐、铵盐等为氮源;④无机盐:细菌需要磷、钾、钠、镁、硫、铁等无机盐成分,其作用是构成菌体成分;调节菌体内外渗透压;激活酶的活性或作为酶的组成部分;某些元素与细菌的生长繁殖及致病性密切相关;⑤生长因子:某些细菌在其生长过程中还必须一些自身不能合成的有机化合物,称为生长因子;生长因子必须从外界得以补充,其中包括 B 族维生素、氨基酸、脂类、嘌呤、嘧啶等。

2. 酸碱度

细菌生长需合适的酸碱度,大多数细菌最适酸碱度为 pH7.2～7.6。也有少数细菌比较特殊,如霍乱弧菌的最适酸碱度为 pH8.4～9.2,结核杆菌的最适酸碱度是 pH6.5～6.8。

3. 温度

各种细菌对温度的要求不同,如耶尔森菌最适温度是 28 ℃,空肠弯曲杆菌则是 42 ℃,但大多病原菌在长期进化过程中已适应了人体环境,所以最适温度就是人体体温,即 37 ℃。

4. 气体

细菌的生长还需要一定的气体,主要是氧和二氧化碳。根据细菌对氧的需要不同,可将细菌分为四类:①专性需氧菌:具有完善的呼吸酶系统,需分子氧作为受氢体来完成需氧呼吸,在无氧的环境下不能生长,如结核分枝杆菌、枯草芽胞杆菌;②微需氧菌:细菌在低氧压(5%～6%)的环境中生长最好,氧压超过 10%会抑制生长,如空肠弯曲菌、幽门螺杆菌;③兼性厌氧菌:在有氧或无氧的环境中都能生长,大多数病原菌都属此类;④专性厌氧菌:缺乏完善的呼吸酶系统,只能在无氧的环境下生长,如破伤风芽胞梭菌、肉毒梭菌。一般细菌在代谢过程中自身产生的二氧化碳即可满足需要。某些细菌,如脑膜炎奈瑟菌、淋病奈瑟菌在初次分离培养时,必须供给 5%～10%的二氧化碳才能生长。

(二)细菌繁殖的方式与速度

1. 繁殖方式

细菌一般以二分裂的方式进行无性繁殖。球菌可从不同平面分裂,分裂后形成不同的排列形式;杆菌沿横轴分裂,结核杆菌可有分支繁殖方式。

2. 繁殖速度

在适宜的条件下,多数细菌繁殖速度很快,每 20～30 min 分裂 1 次。个别细菌繁殖较缓慢,如结核杆菌需 18～20 h 才能分裂 1 次。

3. 细菌的繁殖规律

细菌的繁殖速度极快,如按每 20 min 繁殖一代计算,10 h 后 1 个细菌可繁殖出 10 亿多个细菌,但实际上由于营养物质的消耗、毒性代谢产物的增多以及环境酸碱度的变化,细菌不可能始终以极速增殖,而是有一定的规律。将一定量的细菌接种于适宜的液体培养基中进行培养,与不同时间采样计算细菌数量,以生长时间为横坐标,培养物中活菌数的对数为纵坐标,可得出一条曲线,称为生长曲线(图 10-11)。从曲线上看,细菌的生长繁殖可分为4期。①迟缓期:是细菌进入新环境的适应阶段,细菌体积增大,但分裂迟缓,繁殖极少,主要是为大量繁殖做好准备。时长 1～4 h。②对数生长期:在培养后 8～18 h,细菌繁殖迅速,菌数以几何倍数增长。该期细菌的形态、染色、生理特性都比较典型,对抗生素等外界因素的刺激也比较敏感,所以

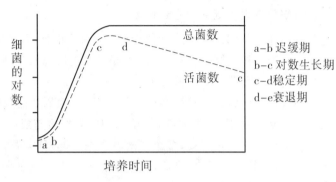

图 10-11　细菌生长曲线

研究细菌的性状应选择此期的细菌。③稳定期:对数期后,由于营养物质的消耗、有害代谢产物的增多及培养环境的 pH 下降,细菌的繁殖速度逐渐减慢,死亡数逐步增多,细菌的繁殖数与死亡数大致平衡。此期细菌形态和生理常有变化,如革兰阳性菌染色可变为革兰阴性,一些细菌的外毒素、抗生素及芽胞也在此期出现。④衰亡期:稳定期后,细菌死亡数越来越多,繁殖越来越慢,死亡的菌数多于繁殖的菌数,细菌总数逐渐下降。此期细菌形态变化很大,出现菌体变长、肿胀、扭曲及自溶,难以鉴别。

三、细菌的人工培养

为了解细菌的生理活动规律,掌握细菌生长繁殖的特性,我们可用人工方法提供细菌所需的条件来培养细菌,以供人类研究和利用。人工培养的基础就是培养基。

(一)培养基的种类

培养基是人工配制的适于细菌生长繁殖的营养基质。培养基有以下类型。

1. 按理化性状分为三类

①液体培养基:呈流动的液态,用于大量增菌或生化鉴别;②半固体培养基:在液体培养基中加入 0.2％～0.5％的琼脂即成半固体培养基,用于观察细菌动力及短期保存菌种;③固体培养基:在液体培养基中加入 2％～3％的琼脂即成固体培养基,用于细菌的分离纯化和菌种的保存。

2. 按用途不同可分为五类

①基础培养基:含一般细菌生长繁殖所需的基本营养物质。常用的有肉汤培养基和普通琼脂培养基,成分主要是牛肉膏、蛋白胨、NaCl、磷酸盐等,溶于水,调节 pH 至 7.2～7.6。大多对营养要求不高的细菌都能在此培养基中生长繁殖。②营养培养基:在基础培养基的基础上再添加一些其他营养物质,如葡萄糖、血液、血清、蛋黄、酵母浸膏等,用于那些对营养要求较高的细菌生长,如溶血性链球菌、结核杆菌等。③选择培养基:在培养基中加入某些化学物质,以促进一类细菌的生长繁殖,而抑制其他细菌的生长,从而将前者从混合菌群中分离出来,如用于肠管致病菌分离的 SS 琼脂培养基。④鉴别培养基:利用各种细菌的生化

反应特性不同,在培养基中加入特定的作用底物,根据细菌对底物的作用现象不同来鉴别细菌,如糖发酵培养基、H_2S 培养基等。⑤厌氧培养基:用于培养专性厌氧菌的培养基,制作方法有两种,一是将培养基放在无氧的环境中培养,如厌氧袋、厌氧罐;二是在培养基中加入还原剂以降低其中的氧化还原电势,并用石蜡或凡士林封闭,如庖肉培养基。

(二)细菌在培养基中的生长现象

将细菌通过不同的接种法接种于培养基中,置于 37 ℃温箱中培育 18～24 h 后,即可看到细菌在培养基中不同的生长现象,通过这些生长现象有助于细菌的鉴别。

1.在固体培养基中的生长现象

用划线接种法将细菌接种在固体培养基上,因划线的分散作用,使细菌细胞在固体培养基上分散开来,经 18～24 h 培养后,单个细菌分裂增殖成一堆肉眼可见的细菌集团,称菌落;如细菌在培养基上密集生长,多个菌落融合在一起,称菌苔。各种细菌的菌落在大小、形状、颜色、气味、透明度、光滑度、湿润度、边缘整齐度以及在血平板上是否溶血等方面,均有不同表现,这些都有助于细菌的鉴别。

2.在半固体培养基中的生长现象

以穿刺接种法将细菌接种到半固体培养基中,因半固体培养基琼脂含量少,黏度低,有鞭毛的细菌可在培养基中自由游动,细菌则由穿刺线向周围扩散生长,这个培养基呈云雾状混浊不清,穿刺线模糊;无鞭毛细菌只能沿穿刺线呈线性生长,周围培养基仍澄清透明。故半固体培养基常用于细菌的动力检查。

3.在液体培养基中的生长现象

细菌在液体培养基中可有三种生长现象:①均匀混浊:经过培育后,整个培养基混浊不清,大多数细菌都属此类;②沉淀:培养后细菌在液体培养基的底部形成沉淀物,培养液仍较清,一般呈链状排列的细菌属于此类;③菌膜:细菌只在液面上生长形成菌膜,菌膜下的液体仍澄清透明,一般专性需氧菌属于此类。

(三)人工培养细菌的意义

1.细菌的鉴别与研究

对细菌进行鉴定,研究其形态、生理、抗原构造、致病性、遗传与变异等生物学特性,均需要人工培养细菌才能实现。

2.细菌性疾病的诊断与防治

细菌引起的疾病,需从患者体内分离出病原菌才能确诊。同时,对分离出的细菌做药敏试验,帮助临床选择有效药物进行治疗。

3.生物制品的制备

人工分离培养的纯种菌及其代谢产物,可制备成疫苗、类毒素、诊断用标准菌液,或经类毒素、纯种菌免疫动物后制备的抗毒素及诊断血清,用于细菌性疾病的诊断、预防和治疗。

4.在其他方面的应用

由于细菌繁殖快,容易培养,故在基因工程中常用细菌作为载体。如将人或动物细胞中编码胰岛素的基因重组到质粒上,再导入大肠埃希菌体内,就能从大肠埃希菌的培养液中获得大量基因工程胰岛素。目前应用基因工程已成功制备胰岛素、干扰素、乙型肝炎疫苗等。在工农业生产中利用细菌培养和发酵,可提纯精制出抗生素、维生素、氨基酸、醇类、味精等,还可用于石油脱蜡、污水处理、制造菌肥。

(四)细菌的代谢产物及意义

细菌在生长繁殖过程中都在不断地进行着分解和合成代谢。通过分解代谢将营养物质分解为小分子化合物,并产生能量;通过合成代谢将小分子物质合成为菌体成分和酶,并消耗能量。两种代谢都会产生多种代谢产物,其中有些在医学上具有重要的意义。

1.细菌的分解代谢产物

各种细菌所具有的酶不完全相同,对各种营养物质的分解能力也不同,因而产生不同的代谢产物。通过生化试验的方法检测细菌代谢产物的试验,称为细菌的生化反应,常用于鉴定细菌。生化试验大多利用化学指示剂以利观察,主要有糖发酵试验、吲哚试验、甲基红试验、V-P试验、枸橼酸盐利用试验、尿素酶试验、硫化氢试验。

吲哚试验、甲基红试验、V-P试验、枸橼酸盐利用试验可缩写为 IMViC 试验。大肠杆菌的 IMViC 结果为++——;产气杆菌为——++。

2.细菌的合成代谢产物

(1)热原质:大多数革兰阴性菌和少数革兰阳性菌合成的一种多糖,注入人体或动物体内可引起发热反应,故称为热原质。革兰阴性菌的热原质就是细胞壁中的脂多糖。热原质耐高温,不被高压灭菌法所破坏,玻璃器皿须在 250 ℃高温下干烤才能破坏热原质。因此,在生物制品或注射用制剂的生产使用中,应注意无菌操作,防止注射用药剂被细菌污染。

(2)毒素及侵袭性酶:病原性细菌能合成对人和动物有毒性的物质,称为毒素,包括内毒素和外毒素。内毒素是革兰阴性菌细胞壁的脂多糖,其毒性存在于类脂 A 部分,当细菌死亡或崩解后才释放出来;外毒素是大多数革兰阳性菌和少数革兰阴性菌合成并分泌释放到菌体外的蛋白质。某些细菌还能产生对人体有损伤作用的侵袭性酶,如葡萄球菌的血浆凝固酶、链球菌的透明质酸酶等。

(3)色素:不同的细菌会产生不同颜色的色素,可用于鉴别细菌。细菌的色素有两种,一种是脂溶性色素,只使菌落着色;另一种是水溶性色素,可使整个培养基都着色。

> **知识链接**
>
> **输液反应**
>
> 在临床护理中常出现患者在输液过程中出现发热、寒战,并伴有恶心、呕吐、头痛、周身不适等症状,这称为输液反应。其中常见原因就是因药品或输液用具被热原质污染所致。所以为防止输液反应的发生,应保持药品的纯净,注射用水要用无热原质的蒸馏水,液体中的热原质需用离子交换剂和特殊石棉滤板除去,蒸馏法效果更好。输液器具要彻底清洁和灭菌,玻璃器皿可用 250 ℃高温干烤破坏热原质,临床护理中要严格无菌操作,防止细菌污染,保证无热原质存在。

(4)抗生素:某些微生物在代谢过程中会产生一种可以抑制或杀死某些病原生物或肿瘤细胞的物质,称抗生素。抗生素大多由放线菌和真菌产生,少数由细菌产生。有些已能人工合成。目前已广泛用于临床治疗细菌感染性疾病和肿瘤。

(5)细菌素:是某些细菌产生的仅对近缘菌株具有抗菌作用的蛋白质。细菌素不同于抗生素,其作用范围较窄且具有型特异性,目前在治疗上价值不大,多用于细菌的分型鉴定和流行病学调查。

(6)维生素:细菌合成的维生素除供自身所需外,还能分泌至周围环境。如人肠管内的大肠埃希菌,能合成 B 族维生素和维生素 K 为人体利用。

四、细菌的遗传和变异

细菌和其他微生物一样，具有遗传性和变异性。细菌的形态、结构、新陈代谢、抗原性、毒力以及对药物的敏感性等都是由细菌的遗传物质所决定的。在一定的培养条件下这些性状在亲代与子代间表现为相似性，即遗传。然而也可出现亲代与子代间的性状发生差异，称变异。如果细菌的变异是由细菌所处外界环境条件的作用而引起细菌生理性状出现的差异，则称为表型变异。表型变异因并未发生细菌基因型的改变，不能遗传，所以是非遗传变异。而由于细菌基因结构发生变化引起的变异，称基因变异。变异的性状是可以传给子代的。遗传使细菌保持种属的相对稳定性，而基因型变异则使细菌产生变种与新种，有利于细菌的生存及进化。

(一)遗传的物质基础

1.染色体

细菌染色体是环状双螺旋 DNA，不含有组蛋白，控制细菌的各种遗传特性。复制过程中如子代 DNA 碱基发生变化，就会使子代发生变异而出现新的生物性状。

2.质粒

质粒是能自主复制的染色体以外的双股环状 DNA，携有遗传信息，控制非细菌存活所必需的某些特定性状。细菌的质粒具有自我复制、传给子代、自然丢失，以及可通过接合或转化转移至受体菌等特性。医学上重要的质粒有：①F 质粒：也称致育质粒，具有 F 质粒的细菌可产生性菌毛，称为雄性菌(F^+菌)。无 F 质粒的细菌不能产生性菌毛，成为阴性菌(F^-菌)；②R 质粒：也称耐药质粒，它决定细菌耐药性的产生；③Vi 质粒(毒力质粒)：编码与细菌致病性有关的毒力因子，如致病性大肠埃希菌的肠毒素、破伤风梭菌的痉挛毒素等；④细菌素质粒：编码各种细菌产生的细菌素，如 Col 质粒编码大肠埃希菌的大肠菌素。

3.噬菌体

噬菌体是寄生于细菌、真菌、放线菌等微生物的病毒。噬菌体有严格的宿主特异性，因能裂解细菌，故称噬菌体。其形态有三种，即蝌蚪形、微球形和纤线形。大多数噬菌体呈蝌蚪形，由头部和尾部两部分组成。头部为双辐射状的六棱柱体；尾部呈管状由尾髓、尾鞘、尾板组成。尾板附有尾刺和尾丝，是噬菌体和细菌细胞接触的部位。

核酸
蛋白质外壳
尾领
尾髓
尾鞘
尾刺
尾板
尾丝

图 10-12　噬菌体模式图

噬菌体主要由核酸和蛋白质组成，核酸存在于头部核心，为 DNA 或 RNA。头部的外壳和尾部均由蛋白质组成。(图 10-12)。

噬菌体根据其与宿主菌的相互关系，可分为两种类型。一种能在宿主菌细胞内复制增殖，产生许多子代噬菌体，并最终裂解细菌，称毒性噬菌体。另一种噬菌体是其基因可与宿主菌基因整合，不产生子代噬菌体，但随着细菌 DNA 而进行复制传代，称为温和噬菌体。整合在细菌 DNA 上的噬菌体基因称为前噬菌体。带有前噬菌体的细菌称为溶原性细菌。溶原性细菌中有个别细菌，可中止溶原状态，即前噬菌体脱离细菌 DNA，并在菌体内复制增殖，最后导致细菌裂解。所以温和噬菌体既有溶原周期又有裂解周期，而毒性噬菌体只有裂解周期。

（二）细菌的变异现象

1.形态结构的变异

细菌的形态,常因外界环境发生改变而发生变异。

细菌在生长繁殖过程中受到不利因素的影响,如不适宜的温度、酸碱度、化学药品、抗生素和免疫血清等,常可发生形态结构的改变。如鼠疫耶尔森菌在含有 $3\% \sim 6\%$ 的 NaCl 培养基中,可由卵圆形杆菌变成哑铃形、球形、球拍形等多种形态;某些细菌在青霉素、溶菌酶等的作用下,细胞壁被破坏或细菌合成肽聚糖障碍,形成没有细胞壁的细菌。这些失去细胞壁的细菌在高渗环境中仍可生存。因其在 Lister 研究院发现而称为 L 型细菌。由于细胞壁的缺失不能维持其固有的形态,菌体呈现圆球形、长丝状或多形性,需在高渗低琼脂含血清的培养基中生长,且生长缓慢,形成中间较厚、四周较薄的油煎蛋状细小菌落,革兰染色阴性(图 10-13)。

细菌的某些特殊结构,如荚膜、芽胞、鞭毛等也可发生变异。如有鞭毛的变形杆菌在 0.1% 石炭酸琼脂培养基上生长,可失去鞭毛,称为 H-O 变异。

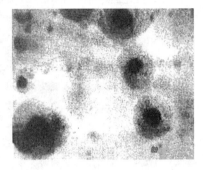

图 10-13　L 型细菌油煎蛋样菌落

2.菌落的变异

细菌的菌落可分为光滑型(S)、黏液型(M)和粗糙型(R)三类。当细菌菌落由 S 型变为 R 型时,细菌的毒力和抗原性等常会发生改变,这种变异称为 S-R 变异。一般而言,S 型菌的致病性强,故从标本分离致病菌时应挑取 S 型菌落做纯培养,但也有少数细菌例外,如结核分枝杆菌、炭疽芽胞杆菌的 R 型菌致病性强。

3.毒力的变异

细菌毒力的变异表现为细菌毒力的减弱或增强。将细菌长期培养在人工培养基中,培养基中加入少量化学物质、抗生素或免疫血清等可降低细菌的毒力。如用于预防结核病的卡介苗(BCG),就是将有毒力的牛型结核杆菌在含有胆汁、马铃薯和甘油的培养基中,培养13 年,传递 230 代,获得的一株毒力减弱、抗原性完整的细菌变异种;无毒力的白喉棒状杆菌,当感染了 β-棒状杆菌噬菌体后,可获得产生白喉毒素的能力,变为有毒株。

4.耐药性变异

原来对某种药物敏感的细菌,可以发生变异而形成耐药性。如金黄色葡萄球菌对常用的青霉素可产生耐药性。对链霉素敏感的痢疾杆菌,如长期在含有链霉素的培养基中培养,可以形成对链霉素的耐药性,甚至转变成必须有链霉素存在才能生长的链霉素依赖性菌株。耐药株的出现,给临床感染性疾病的治疗带来一定困难。

（三）细菌变异的机制

1.突变

突变是细菌基因结构发生稳定性的改变,导致遗传性状的变异。突变包括基因突变和染色体畸变两种。基因突变发生在 DNA 中一对或少数几对碱基的置换、插入或缺失,称为点突变。染色体畸变则涉及大段的 DNA 发生易位、缺失、重复或倒位等变化,经常导致细菌的死亡。

2.细菌基因的转移与重组

两个不同性状的细菌之间通过遗传物质的转移与重组,可以发生遗传型变异。基因转移中提供DNA的细菌为供体菌,接受DNA的细菌为受体菌。基因转移与重组的方式有以下几种:

(1)接合:供体菌通过性菌毛将遗传物质(质粒)转移给受体菌,从而使受体菌获得新的遗传性状。能通过接合方式转移的质粒有:F质粒、R质粒、Col质粒和毒力质粒等。

(2)转化:供体菌游离的DNA片段直接进入受体菌,并与受体菌的基因组整合,使受体菌获得新的遗传性状。

细菌的突变

细菌的自发突变率是很低的,如加入突变剂可诱导突变率提高10~1 000倍。有人认为所谓自发突变实际上是由细菌自身代谢产物诱导产生的。突变是随机的、不定向的,外界因素不能决定细菌的形状如何改变,发生突变的细菌实际上已经存在于大量菌群中。这可以用彷徨试验和影印培养试验证明。

(3)转导:以温和噬菌体为媒介,将供体菌DNA转移到受体菌中,使受体菌获得新的性状。

(4)溶原性转换:当噬菌体感染细菌时,噬菌体DNA整合到宿主菌DNA上,使宿主菌成为溶原状态并获得新的性状称为溶原性转换。例如β-棒状噬菌体感染了白喉棒状杆菌,处于溶原状态,由于噬菌体基因组带有编码毒素的基因,使无毒的白喉棒状杆菌获得产生白喉毒素的能力,成为有毒力的白喉棒状杆菌。

(四)细菌遗传变异的实际意义

1.在疾病的诊断、治疗、预防中的应用

(1)诊断方面:细菌的变异可发生在形态结构、生化反应、免疫原性和毒力等方面,造成性状不典型,常给细菌鉴定工作带来困难。例如,细菌L型在体内外、人工诱导或自然情况下均能产生,临床上常引起尿路感染、骨髓炎、心内膜炎等疾病,临床上有明显症状而标本常规细菌培养阴性者,应考虑L型细菌感染的可能性,宜作L型细菌的专门分离培养。故掌握细菌变异的规律,对细菌感染的患者做出正确的诊断尤为重要。

(2)预防方面:菌苗的注射是提高机体特异性免疫和预防传染性疾病的有效措施。用人工方法促进细菌变异,使其毒力减低而保持其抗原性,用以制备细菌减毒活疫苗,如卡介苗、炭疽减毒活疫苗等。

(3)治疗方面:由于临床上抗菌药物广泛使用,从患者体内分离到的耐药性菌株日益增多。如目前90%以上的葡萄球菌都对青霉素耐药。为提高抗生素的治疗效果,应在治疗前分离病原菌,并做药敏试验,指导选择细菌敏感药物。

2.在测定致癌物质中的应用

肿瘤的发生一般认为是细胞内遗传物质发生了改变,使正常细胞变为转化细胞,因此凡能诱导细菌发生突变的物质都有可能是致癌物质。Ames试验就是根据能导致细菌基因突变的物质均为可疑致癌物的原理设计的。选用几株鼠伤寒沙门菌的组氨酸营养缺陷型(his⁻)作试验菌,以被检测的可疑化学物质作诱变剂。因his⁻菌在组氨酸缺乏的培养基上不能生长,若发生突变成为his⁺菌则能生长。比较含有被检物的试验平板与无检物的对照平板,计数培养基上的菌落数,凡能提高突变率、诱导菌落生长较多者,证明被检物有致癌的可能。

3.在流行病学中的应用

分子生物学分析方法已被用于细菌感染的流行病学调查。采用质粒指纹图将不同来源细菌所携带的质粒 DNA、毒力基因或耐药性基因等,经同一限制性内切酶切割后进行琼脂糖凝胶电泳,通过比较所产生的数目和大小是否相同或相近,可确定某一爆发流行菌株或相关基因的来源。也可用于调查医院感染的各种细菌的某种耐药质粒的传播扩散情况。

4.基因工程中的应用

基因工程是根据遗传变异中的细菌因基因转移和重组而获得新性状的原理,从供体细胞切取所需基因,结合到载体上,再转移到受体菌内,通过受体菌的表达与扩增,得到大量的基因产物。目前,应用基因工程技术已能使细菌大量产生胰岛素、生长激素、干扰素和凝血因子等。

(张 伟)

第三节 细菌的分布与消毒灭菌

一、细菌的分布

细菌不仅广泛分布于土壤、水、空气等自然界中,而且存在于人体的体表及其与外界相通的腔道中。了解细菌的分布对环境保护、树立无菌观念、严格无菌操作、预防医院感染等具有重要意义。

(一)细菌在自然界的分布

1.土壤中的细菌

土壤具有细菌生长繁殖所需要的各种条件,所以土壤中的细菌不仅数量大,而且种类多,几乎各种已知的种类都有。土壤各层都存在有细菌,以距地面 10～20 cm 深的土壤中细菌数量最多,1 g 肥沃的土壤中细菌量可达 1 亿个以上。

土壤中细菌大多数对人类有利,在自然界的物质循环中起着重要的作用。但是,土壤中也有来自人和动物的排泄物以及死于传染病的人、畜尸体的病原菌。这些病原菌在土壤中大多数容易死亡,只有能形成芽胞的细菌,在形成芽胞后,可存活几年或几十年,如破伤风梭菌、产气荚膜梭菌、炭疽芽胞杆菌等。因此,在治疗被泥土污染的创伤时,要特别注意预防破伤风和气性坏疽等病的发生。

2.水中的细菌

水是细菌生存的天然环境,水中的细菌的种类和数量很多,但几乎不含有致病菌。水中的致病菌,主要来自土壤、人和动物的排泄物。若如水中发现病原菌,即表明水被土壤和粪便污染。水中常见的病原菌有伤寒沙门菌、痢疾志贺菌、霍乱弧菌等,可引起消化道传染病的流行。因此,加强粪便和水源管理,搞好饮水卫生,在控制和消灭消化道传染病方面具有重要意义。

3.空气中的细菌

空气中缺乏营养物质,且受阳光照射,细菌不易繁殖。但由于人和动物的呼吸道及口腔的细菌经飞沫、唾液不断排出,土壤中的细菌随尘土飞扬在空气中,因此空气中可存在不同种类的细菌。尤其在人口密集的公共场所或医院,空气中细菌的种类和数量更多。常见的病原菌有金黄色葡萄球菌、结核分枝杆菌、乙型溶血性链球菌、肺炎链球菌等,可引起呼吸道传染病或伤口感染。空气中的非病原菌，又常是培养基、生物制品、医药制剂污染的来源。因此，手术室、病房、制剂室、细菌接种室等都应经常进行空气消毒，这对于预防疾病的发生和流行以及保证药物制剂生产质量有着重要意义。

（二）细菌在正常人体的分布

1. 正常菌群

正常人体的体表以及与外界相通的腔道黏膜上存在着不同种类和数量的细菌，这些细菌通常对人体无害，故称为正常菌群。分布于人体各部位的正常菌群见表10-2。

表 10-2　人体常见的正常菌群

部　位	主　要　菌　类
皮　肤	葡萄球菌、类白喉棒状杆菌、铜绿假单胞菌、丙酸杆菌、白假丝酵母菌、非结核分枝杆菌
眼结膜	葡萄球菌、干燥棒状杆菌
外耳道	葡萄球菌、类白喉棒状杆菌、铜绿假单胞菌、非结核分枝杆菌
口　腔	葡萄球菌、甲型和丙型链球菌、肺炎链球菌、奈瑟菌、乳杆菌、类白喉棒状杆菌、梭杆菌、螺旋体、白假丝酵母菌、放线菌、类杆菌
鼻咽腔	葡萄球菌、甲型和丙型链球菌、肺炎链球菌、奈瑟菌、类杆菌
胃	一般无菌
肠　道	大肠埃希菌、产气肠杆菌、变形杆菌、铜绿假单胞菌、葡萄球菌、肠球菌、类杆菌、产气荚膜梭菌、破伤风梭菌、双歧杆菌、乳杆菌、白假丝酵母菌
阴　道	乳杆菌、大肠埃希菌、类杆菌、白假丝酵母菌
尿　道	葡萄球菌、类白喉棒状杆菌、非结核分枝杆菌

2. 正常菌群的生理意义

正常菌群不仅与人体保持一个平衡状态，而且菌群之间也相互制约，以维持相对的平衡。在通常情况下，正常菌群中的细菌一般对人不致病，并且对人体还起着有益的作用。

（1）生物拮抗作用：正常菌群能通过竞争营养或产生细菌素等方式拮抗病原菌。如大肠埃希菌产生的大肠菌素，可抑制痢疾志贺菌的生长；口腔中的唾液链球菌产生的过氧化氢，能抑制脑膜炎奈瑟菌与白喉棒状杆菌的生长。

（2）营养作用：正常菌群参与机体的物质代谢、营养转化和合成。如大肠埃希菌能合成维生素B族、维生素K等，供机体利用。

（3）免疫作用：正常菌群可促使机体免疫器官的发育和成熟；正常菌群具有免疫原性，可刺激免疫系统发生免疫应答，产生的效应物质抑制或杀灭具有交叉抗原的病原菌。

此外，正常菌群还有一定的抗癌作用，其机制可能是将某些致癌物质转化为非致癌物质；肠道正常菌群中的双歧杆菌还有抗衰老作用等。

3. 条件致病菌

在正常情况下，正常菌群相对稳定，不表现致病作用，但在特定条件下可引起疾病，这些能引起疾病的正常菌群称为条件致病菌或机会致病菌。其特定的条件有：

（1）寄居部位的改变：当某一部位的正常菌群由于一些特殊的原因进入其他非正常寄居部位时，可引起疾病。如外伤、手术、留置导尿管等使大肠埃希菌进入腹腔、泌尿道或血液，可引起相应部位的病变。

(2)机体免疫功能低下：如大面积烧伤、过度疲劳、慢性消耗性疾病、使用大剂量的皮质激素或抗肿瘤药物、放射治疗等导致机体免疫功能降低时，正常菌群中的某些细菌可引起感染而出现各种疾病。

(3)菌群失调：由于某些因素使正常菌群中各种细菌的种类、数量和比例发生较大的变化，称菌群失调。严重的菌群失调可产生一系列临床表现，称为菌群失调症。在临床上，菌群失调多由不适当使用抗菌药物引起。长期应用广谱抗生素的患者，机体正常菌群，如大肠埃希菌、类杆菌等，被大量杀灭，而对抗生素耐药菌株，如金黄色葡萄球菌、白假丝酵母菌等，趁机大量繁殖而引起假膜性肠炎、鹅口疮等。菌群失调症往往是在抗菌药物治疗原有感染性疾病过程中产生的另一种新感染，故临床上又称二重感染。若发生二重感染，应停用原来的抗生素，进行药敏试验，选择有效的药物治疗。在临床护理工作中，对长期使用抗生素或激素患者，应注意口腔护理，防止发生真菌感染。

二、消毒与灭菌

微生物受外界环境因素的影响，当环境适宜时，就能促进其生长繁殖；当环境不太适宜时，就会发生变异来适应新的环境；当环境变化剧烈时，微生物的生长繁殖就会受到抑制甚至死亡。根据此现象，可采用多种物理、化学或生物学的方法来抑制或杀灭环境中的病原微生物，达到控制和消灭传染病的目的。此外，杀灭物品和器械上的微生物，可防止微生物实验室和外科手术室的污染或传染。

(一)基本概念

1.消毒

消毒是指杀灭物体上或环境中病原微生物的方法。通常采用化学方法消毒，用以消毒的化学药品称为消毒剂。一般消毒剂通常在常用的浓度下，只对细菌繁殖体有效，如要杀死芽胞则需要提高消毒剂浓度及延长作用时间。

2.灭菌

灭菌是指杀灭物体上所有微生物的方法。灭菌比消毒要求高，包括杀灭细菌芽胞在内的全部病原微生物和非病原微生物。

3.防腐

防腐是指防止和抑制微生物生长繁殖的方法。细菌一般不死亡。

4.无菌及无菌操作

物体中无活的微生物存在，称为无菌。防止微生物进入机体或物体的操作方法，称为无菌操作。在医疗护理实践中，医护工作者必须牢固树立无菌观念，在进行外科手术及其他各种诊疗技术操作过程中，均需严格执行无菌操作。

(二)物理消毒灭菌法

1.热力灭菌法

高温使蛋白质和酶类凝固变性导致细菌死亡。热力灭菌法分湿热灭菌和干热灭菌两类。在同一温度下，湿热的杀菌效果比干热好，原因是：湿热的穿透力比干热强；湿热中细菌菌体吸收水分，蛋白质含水量越多，遇热后越易凝固变性；热蒸汽接触到被灭菌物品由气态

变为液态时放出潜热,能迅速提高被灭菌物品的温度。常用方法有:

1)干热灭菌法

干热灭菌是通过脱水干燥和大分子变性导致细菌死亡。

(1)焚烧:直接点燃或在焚烧炉内焚烧,适用于被病原微生物污染的废弃物品或动物尸体等。

(2)烧灼:直接用火焰灭菌,适用于微生物学实验室的接种环、试管口、瓶口等的灭菌。

(3)干烤:利用干烤箱灭菌,通常加热至 160~170 ℃,经 2 h,可达到灭菌的目的。适用于高温下不变质、不损坏、不蒸发的物品,如玻璃器皿、瓷器、金属物品、某些粉剂药物等的灭菌。

2)湿热消毒灭菌法

是最常用的消毒灭菌方法。

(1)高压蒸汽灭菌法:是一种最常用、最有效的灭菌方法。高压蒸汽灭菌器是一种密闭的容器,蒸汽压力越大,则内部的温度越高,杀菌力也越强。通常压力在 103.4 kPa 时,灭菌器内温度可达 121.3 ℃,维持 15~20 min,即可杀灭所有细菌的繁殖体和芽胞,达到灭菌的目的。此法适用于耐高温、耐潮湿的物品,如手术衣、敷料、手术器械、生理盐水及普通培养基等。

(2)巴氏消毒法:由法国科学家巴斯德创用得名。是用较低温度杀灭液体中的病原菌或特定微生物(如结核分枝杆菌等),而不影响被消毒物品的营养成分的消毒方法。加热温度为 62 ℃ 30 min 或 71.7 ℃ 15~30 s,常用于牛奶、酒类的消毒。

(3)煮沸法:煮沸 100 ℃ 5 min,可杀死细菌的繁殖体,杀死芽胞则需 1~2 h。如在水中加入 2%碳酸氢钠可提高沸点达 105 ℃,既可提高杀菌力,又能防止金属器械生锈。此法主要用于食具、饮水、刀剪、注射器和一般外科器械的消毒。

(4)流通蒸汽消毒法:利用蒸笼或阿诺蒸锅进行消毒。温度不超过 100 ℃,经 15~30 min 可杀死细菌繁殖体,但不能杀死细菌的芽胞。此法可用于一般外科器械、注射器、食具等的消毒。

(5)间歇灭菌法:把经过流通蒸汽消毒的物品放置 37 ℃孵箱过夜,使芽胞发育成繁殖体,次日再经流通蒸汽加热杀灭,如此重复 3 次以上,可达到灭菌的目的。此法适用于不耐高温的含糖、牛奶等培养基的灭菌。

2.辐射杀菌法

(1)日光与紫外线:波长在 200~300 nm 的紫外线,具有杀菌作用,其中以 265~266 nm 杀菌力最强。紫外线杀菌的机制是:细菌吸收紫外线后,DNA 复制受到干扰,导致细菌变异或死亡。紫外线穿透力弱,普通玻璃、纸张、尘埃等均能阻挡紫外线,故只适用于手术室、婴儿室、烧伤病房、传染病房、无菌制剂室、微生物接种室的空气消毒和物品的表面消毒。一般用于消毒的紫外线,都是由人工紫外线灯产生的。用于室内空气消毒时,有效距离不超过 2 m,照射时间不少于 30 min。杀菌波长的紫外线对眼睛和皮肤有损伤作用,所以不要在紫外线灯照射下工作。

日光消毒是最简便、最经济的方法,日光主要依靠其中的紫外线起杀菌作用。患者的衣服、被褥、书报等经日光直接曝晒数小时,可杀死大部分微生物。

(2)电离辐射:包括高速电子、X 射线、γ 射线等,具有较高的能量和穿透力,对各种细菌均有致死作用。其杀菌机制主要是：足够剂量的电离辐射能破坏细菌的 DNA。常用于一次性医用塑料制品的消毒；亦可用于食品、药品、生物制品的消毒，而不破坏其营养成分。

（3）微波：是波长为 1～1 000 mm 的电磁波，可穿透玻璃、陶瓷和薄塑料等物质，但不能穿透金属表面。微波主要靠其热效应灭菌，但其热效应不均匀，灭菌效果不可靠。主要用于食品、检验室用品、非金属器械、无菌室和病室的食品用具及其他用品的消毒。微波的热效应消毒必须在有一定含水量的条件下才能显示出来，在干燥条件下，即使再延长消毒时间也不能达到有效灭菌。

3. 超声波杀菌法

超声波是不被人耳感受的高于 20 kHz 的声波。其杀菌机制是：超声波通过液体时发生的空化作用（声波在液体中造成压力的改变，形成空腔）破坏了原生质的胶体状态导致菌体的死亡。超声波可裂解多数细菌，尤其是革兰阴性细菌对其更为敏感，但消毒不彻底，往往有残存者。目前超声波主要用于粉碎细胞，以提取细胞组分或制备抗原等。

4. 滤过除菌法

滤过除菌是用滤菌器阻留过滤液体和气体中的细菌，以达到无菌的目的。滤菌器的除菌性能，与滤菌器材料的特性、滤孔的大小、静电作用等因素有关。常用滤菌器有石棉滤菌器、玻璃滤菌器、薄膜滤菌器等。主要用于不耐热的血清、抗毒素、生物药品以及空气等的除菌（但不能除去更小的病毒、支原体和有些 L 型细菌）。

手术室、烧伤病房及无菌制剂室，已采用高效滤菌器除去空气中小于 $0.3~\mu m$ 的微粒，从而保证室内无菌环境。

5. 干燥与低温抑菌法

（1）干燥：有些细菌的繁殖体在空气中干燥时会很快死亡，如脑膜炎奈瑟菌、淋病奈瑟菌、霍乱弧菌等。但有些细菌的抗干燥力较强，如溶血性链球菌在尘埃中可存活 25 d，结核分枝杆菌在干痰中数月不死。芽胞的抵抗力更强，如炭疽芽胞杆菌的芽胞可耐干燥 20 余年。干燥法常用于保存食物。浓渍或糖渍食品可使细菌体内水分逸出，造成生理性干燥，使细菌的生命活动停止，从而防止食物变质。

（2）低温：低温可使细菌的新陈代谢减慢，故常用作保存细菌菌种。当温度回升至适宜范围时，细菌又能恢复生长繁殖。为避免解冻时对细菌的损伤，可在低温状态下真空抽去水分，此法称为冷冻真空干燥法。该法是目前保存菌种的最好方法，一般可保存微生物数年至数十年。

（三）化学消毒灭菌法

1. 消毒剂

消毒剂对细菌和人体细胞都有毒性作用，所以只能外用，主要用于体表、医疗器械、排泄物和周围环境的消毒。

1）常用消毒剂的作用机制

（1）促使菌体蛋白质变性或凝固：大多数重金属盐类、氧化剂、醇类、醛类、酚类、酸、碱、龙胆紫等，能改变蛋白质的构形或使蛋白质变性；或与菌体蛋白质结合使之丧失功能；

（2）干扰或破坏细菌的酶系统和代谢：如某些氧化剂、重金属盐类与细菌酶蛋白中的巯基结合，使酶失去活性；

（3）改变细菌细胞壁或细胞膜的通透性：如酚类、表面活性剂、脂溶剂等能损伤细菌的胞膜;阳离子表面活性剂可与细胞膜磷脂结合,增强膜的通透性,使胞内重要代谢物质逸出;酚类化合物能和胞浆结合,使细胞膜的氧化酶和脱氢酶失活,导致细菌死亡。

2)常用消毒剂的种类与用途

如下表10-3所示。

表10-3 常用消毒剂的种类、浓度与用途

类 别	常用消毒剂	用 途
1.重金属盐类	2%红汞	皮肤黏膜的小创伤消毒
	0.1%硫柳汞	皮肤、手术部位消毒
	1%硝酸银	新生儿滴眼预防淋球菌感染
2.氧化剂	0.1%高锰酸钾	皮肤黏膜、蔬菜、水果、食具等消毒
	3%过氧化氢	皮肤黏膜、创口消毒
	0.2%~0.5%过氧乙酸	塑料、玻璃器材消毒
	2.0%~2.5%碘酒	皮肤消毒
	$(2\sim5)\times10^{-7}$氯	饮水及游泳池消毒
	10%~20%漂白粉	地面厕所与排泄物消毒
3.醇类	70%~75%乙醇	皮肤、体温表消毒
4.醛类	10%甲醛	物品表面、空气消毒
	2%戊二醛	精密仪器、内镜等消毒
5.酚类	3%~5%石炭酸	地面、器具表面的消毒
	2%来苏水	皮肤消毒
6.表面活性剂	0.05%~0.1%新洁尔灭	外科手术洗手,皮肤黏膜消毒,浸泡手术器械
	0.05%~0.1%杜灭芬	皮肤创伤冲洗,金属器械、塑料、橡皮类消毒
7.酸碱类	5~10ml/m³ 醋酸加等量水蒸发	空气消毒
	生石灰按1:4或1:8比例加水配成糊状	排泄物及地面消毒
8.染料类	2%~4%龙胆紫	浅表创伤消毒

3)影响消毒剂作用的因素

(1)消毒剂的性质、浓度和作用时间:各种消毒剂的理化性质不同,对微生物作用大小也不一样,如表面活性剂对革兰阳性菌的杀菌效果比对革兰阴性菌好;龙胆紫对葡萄球菌作用强。一般消毒剂浓度越大,作用时间越长,消毒效果也越好。但95%的乙醇消毒效果反不如75%为好,因高浓度乙醇使菌体蛋白表面迅速凝固,影响乙醇继续进入菌体内发挥作用。

(2)微生物的种类与数量:不同微生物对同一消毒剂的敏感性不同,如一般消毒剂对结核分枝杆菌的作用要比对其他细菌繁殖体的作用差;70%乙醇可杀死一般细菌繁殖体,但不能杀灭细菌的芽胞。必须根据消毒对象选择合适的消毒剂。此外,细菌的数量越大,所需消毒的时间就越长。

（3）环境因素：环境中的有机物对细菌有保护作用，并同时与消毒剂发生化学反应，因而减弱消毒剂的杀菌效力。故在临床护理工作中，消毒皮肤及器械时，须先清洁干净再消毒。对痰、粪便等的消毒，应选用受有机物影响小的消毒剂，如漂白粉、生石灰、酚类化合物为宜。

此外，温度、湿度、酸碱度、穿透力等因素都对消毒剂的效果有一定影响。

2.防腐剂

用于防腐的化学药物称防腐剂。防腐剂与消毒剂之间并无严格的区别，同一种化学药品在低浓度是防腐剂，在高浓度时便为消毒剂。某些低浓度的消毒剂可用作防腐，如3％～5％的石炭酸用于消毒，而0.5％的石炭酸则用于防腐。在生物制品中，如疫苗、类毒素等常加入防腐剂，以防杂菌生长。常用的防腐剂有0.1％硫柳汞、0.5％石炭酸和0.1％～0.2％甲醛等。

（四）生物抗菌法

利用生物之间的拮抗作用，使用某些微生物的代谢产物、植物成分等抑制或杀灭病原微生物，以防治传染病。

1.抗生素

抗生素是某些微生物在代谢过程中产生的一类能抑制或杀死其他微生物和肿瘤细胞的物质。抗生素多数由放线菌或真菌产生，少数由细菌产生，如多黏菌素、杆菌肽等。目前抗生素已广泛用于临床治疗感染性疾病和肿瘤。抗生素的种类很多，有些已能人工合成。

抗生素在临床上广泛的应用，在治疗传染病上起到了积极作用，但病原菌的耐药菌株日益增多。从患者标本中分离细菌做药物敏感试验，以选用对致病菌敏感的抗生素治疗，是减少耐药菌株和提高抗生素疗效的有效措施之一。

2.噬菌体

具有一定的形态结构和严格的寄生性，需在活的易感细胞内增殖，并常将细菌裂解导致细菌死亡。

3.中草药

很多中草药具有抑制和杀灭微生物的作用，如黄连、黄檗、黄芩、连翘、金银花、板蓝根等。

小贴士

开水烫碗其实并不能消毒

现在，许多人外出到餐馆尤其是小餐馆吃饭，喜欢在饭前用开水烫碗，以为这样就可以杀菌消毒。对餐具来说，高温煮沸确实是最常见的消毒方式，但是要真正达到效果必须具备两个条件，一个是作用的温度，另一个是作用时间。所以，吃饭前用开水烫碗，因作用温度和作用时间不足，只能杀死极少数微生物，并不能保证杀死大多数致病性微生物。要达到效果，煮沸、流通蒸汽或使用红外线消毒碗柜等都是可选的方法。如果采用煮沸，要想做到真正消毒，一定要多煮一会儿，用红外线消毒碗柜一般要维持15~30min。

第四节　细菌的致病性与感染

一、细菌的致病性

细菌的致病性是指细菌能引起宿主感染致病的性能。具有致病性的细菌称为致病菌或病原菌。细菌的致病性是对特定的宿主而言,有的细菌仅对人有致病性;有的细菌只对某些动物有致病性;有的则对人和动物均有致病性。如伤寒沙门菌引起人类伤寒,结核分枝杆菌则引起结核病。细菌的致病性与其本身的毒力、侵入数量和侵入途径有着密切的关系。

$$
细菌的致病因素 \begin{cases} 毒力 \begin{cases} 侵袭力 \begin{cases} 菌体表面结构:荚膜、微荚膜、黏附素 \\ 侵袭性酶类:血浆凝固酶、透明质酸酶等 \end{cases} \\ 毒素 \begin{cases} 内毒素 \\ 外毒素 \end{cases} \end{cases} \\ 侵入数量 \\ 侵入途径 \end{cases}
$$

(一)细菌的毒力

毒力是指病原菌致病能力的强弱程度。各种病原菌的毒力不尽一致,即使同种细菌也因菌型或菌株的不同而有差异。毒力是量的概念,常用半数致死量(LD50)或半数感染量(ID50)表示,即在一定时间内,通过指定的感染途径,能使一定体重或年龄的某种实验动物半数死亡或感染所需要的最小细菌数或毒素量。构成细菌毒力的物质基础是侵袭力和毒素。

1.侵袭力

病原菌突破机体的防御功能,侵入机体并在体内一定部位定居、繁殖和扩散的能力,称侵袭力。构成侵袭力的物质基础是菌体表面结构和侵袭性酶类。

1)菌体表面结构

(1)荚膜和微荚膜:细菌的荚膜具有抵抗吞噬细胞的吞噬和阻抑体液中杀菌物质的作用,使致病菌能在宿主体内大量繁殖并产生病变。如有荚膜的肺炎球菌只需数个可杀死一只小鼠,而失去荚膜后的则需数亿个才能产生同样效果。细菌的微荚膜,如金黄色葡萄球菌的 A 蛋白、A 群链球菌的 M 蛋白、伤寒沙门菌的 Vi 抗原及大肠埃希菌的 K 抗原等,有类似于荚膜的功能。

(2)黏附素:具有黏附作用的细菌结构,称为黏附素。细菌引起感染首先借黏附素黏附在宿主的呼吸道、消化道或泌尿生殖道等黏膜上,以抵抗黏液的冲刷、呼吸道纤毛运动、肠蠕动、尿液冲洗等,使细菌在局部定居繁殖,产生毒素或侵入组织细胞,引起感染。

2)侵袭性酶

某些病原菌在代谢过程中能产生一种或多种胞外酶,能在感染过程中协助病原菌抗吞噬或扩散。具有抗吞噬作用的酶,如金黄色葡萄球菌产生的血浆凝固酶;具有协助病原菌扩散的酶,如 A 群链球菌产生的透明质酸酶、链激酶、链道酶等。此外,有些细菌还能产生磷脂酶、蛋白分解酶等,这些酶均能增强细菌的侵袭力。

2.毒素

细菌毒素按其来源、性质和作用不同,分为外毒素和内毒素两类。

1）外毒素

外毒素是某些细菌在代谢过程中产生并分泌到菌体外的毒性物质。外毒素主要是革兰阳性菌产生，如破伤风梭菌、肉毒梭菌、产气荚膜梭菌、白喉棒状杆菌、金黄色葡萄球菌等。某些革兰阴性菌也可产生外毒素，如痢疾志贺菌、霍乱弧菌、铜绿假单胞菌等。大多数外毒素是细菌合成后分泌到胞外，但也有少数外毒素存在于菌体内，当菌体死亡溶解后释出，如痢疾志贺菌和肠产毒型大肠埃希菌的外毒素。外毒素的化学成分大多是蛋白质，性质不稳定，易被热、酸及蛋白酶破坏，如破伤风外毒素加热 60 ℃20 min 即破坏，但葡萄球菌肠毒素例外，能耐 100 ℃ 30 min。外毒素的毒性很强，极少量即可使易感动物死亡。如 1 mg 纯化的肉毒梭菌外毒素纯品能杀死 2 亿只小白鼠。外毒素免疫原性强，经 0.3%～0.4% 甲醛处理后可失去毒性而保留免疫原性成为类毒素，能刺激机体产生具有中和外毒素毒性的抗体即抗毒素。类毒素和抗毒素在防治外毒素引起的疾病中有着重要意义。前者用于预防接种，后者用于治疗和紧急预防。外毒素对机体的组织器官具有选择性的毒性作用，引起特殊的临床症状。如破伤风痉挛毒素作用于脊髓前角运动神经细胞，引起肌肉强直性痉挛。肉毒毒素作用于神经纤维末梢，引起肌肉麻痹症状。

根据外毒素对靶细胞的亲和性及作用机制不同，可将其分为细胞毒素、神经毒素和肠毒素三大类（见表 10-4）。

表 10-4　主要的细菌外毒素

类　型	产生细菌	毒素名称	作用机制	症状和体征
细胞毒素	白喉棒状杆菌	白喉毒素	抑制细胞蛋白质合成	肾上腺出血，心肌损伤，外周神经麻痹
	A 群链球菌	红疹毒素	血管扩张，破坏毛细血管内皮细胞	猩红热皮疹
神经毒素	破伤风梭菌	痉挛毒素	阻断神经元之间抑制性冲动传递	骨骼肌强直性痉挛
	肉毒梭菌	肉毒毒素	抑制胆碱能神经释放乙酰胆碱	肌肉松弛性麻痹
肠毒素	霍乱弧菌	肠毒素	激活腺苷酸环化酶，提高 cAMP 水平	小肠上皮细胞过度分泌，腹泻、呕吐
	产肠毒素大肠埃希菌	肠毒素	不耐热肠毒素同霍乱肠毒素，耐热肠毒素使细胞内 cAMP 升高	同霍乱肠毒素
	产气荚膜梭菌	肠毒素	同霍乱肠毒素	呕吐、腹泻
	金黄色葡萄球菌	肠毒素	作用于呕吐中枢	呕吐为主、腹泻

2）内毒素

内毒素是革兰阴性菌细胞壁中的脂多糖成分，只有当细菌死亡裂解或用人工方法破坏菌体后才能释放出来。螺旋体、衣原体、立克次体等细胞壁中也有内毒素样物质，具有内毒素活性；内毒素的化学成分为脂多糖，内毒素耐热，需加热 160 ℃ 2～4 h 才能被破坏；内毒素免疫原性弱，不能用甲醛脱毒制成类毒素。

内毒素的主要毒性成分是类脂 A，其毒性作用相对较弱，对机体组织器官的选择性不强，引起的病理变化和临床表现大致相似。①发热反应：极微量（1～5ng/kg）内毒素入血，即可引起发热反应。其机制是内毒素为外源性热原质，作用于中性粒细胞和巨噬细胞等使之释放内源性热原质，再刺激下丘脑体温调节中枢所致。②白细胞反应：内毒素能使白细胞黏

附于毛细血管壁,先引起血循环中白细胞暂时减少,继而由于脂多糖可诱生中性粒细胞释放细胞因子刺激骨髓,使骨髓中性粒细胞大量入血,导致中性粒细胞的数量显著增加。但伤寒沙门菌内毒素例外,它始终使血循环中的白细胞数减少,机制尚不清楚。③内毒素血症与内毒素休克:当细菌释放大量内毒素入血时,可导致内毒素血症。内毒素作用于白细胞、血小板、补体系统和激肽系统等,形成和释放组胺、5-羟色胺、前列腺素、激肽等血管活性介质,引起小血管功能紊乱而造成微循环障碍和低血压为特征,表现为组织器官有效循环血量灌注不足导致休克。④弥散性血管内凝血(DIC):在内毒素休克的基础上,通过启动凝血系统导致该系统发生连续反应,在小血管内形成大量微血栓,微血栓形成中消耗了大量凝血因子和血小板,继发性纤维蛋白溶解功能增强,引起广泛性出血,进行性器官缺血、坏死,功能衰竭。

外毒素与内毒素的主要区别见表10-5。

表 10-5 外毒素与内毒素的主要区别

区别要点	外 毒 素	内 毒 素
来源	革兰阳性菌及部分革兰阴性菌分泌或溶解后释放	革兰阴性菌细胞壁成分,菌体裂解后释放
化学成分	蛋白质	脂多糖
稳定性	不耐热,加热60℃ 30min 被破坏	耐热,160℃ 2~4h 被破坏
免疫原性	强,刺激机体产生抗毒素。甲醛处理脱毒而保留其免疫原性形成类毒素	较弱,甲醛液处理不形成类毒素
毒性作用	强,各种细菌外毒素对组织器官有选择性毒害作用,引起特殊的临床症状	较弱,各种细菌内毒素的毒性作用大致相同,引起发热、白细胞变化、微循环障碍、休克、DIC 等

(二)细菌的侵入数量

病原菌入侵机体引起感染,除必须具有一定的毒力外,还需要足够的数量。一般是细菌毒力愈强,引起感染所需的菌量愈小;反之则需菌量愈大。如毒力强的鼠疫耶尔森菌,在无特异性免疫力的机体中,只需几个菌侵入就可发生感染;而毒力弱的沙门菌,则需摄入数亿个细菌才能引起急性胃肠炎。

(三)细菌的侵入途径

有了一定毒力和足够数量的病原菌,若侵入易感机体的部位不适宜,仍然不能引起感染。一般一种致病菌只有一种侵入门户,如破伤风梭菌及其芽胞,必须侵入缺氧的深部创口才能致病;痢疾志贺菌需经口侵入肠道才能增殖引起痢疾。也有一些病原菌可有多种侵入门户,如结核分枝杆菌可经呼吸道、消化道、皮肤创伤等多个门户侵入引起感染。各种病原菌需特定的侵入门户,这与病原菌生长繁殖需要一定的微环境有关。

二、细菌的感染

病原菌在一定条件下,突破机体防御功能,侵入机体,与机体相互作用而引起的不同程度的病理过程称为感染。细菌侵入机体能否引起疾病,与细菌的致病因素、机体的防御力和环境等因素有关。

(一)感染的来源

1. 外源性感染

来源于宿主体外的感染称外源性感染。外源性感染有：

(1)患者：是传染病的主要传染源，从疾病的潜伏期到恢复期，都可能具有传染性。对患者及早做出诊断、隔离和治疗是控制传染病的根本措施。

(2)带菌者：有些人带有病原菌但无临床表现，称带菌者。带菌者能将病原菌传给他人，是很重要的传染源，如白喉、痢疾、伤寒等。带菌者因其不出现临床症状，不易被察觉，在疾病的传播上危害性甚于患者。因此，及时发现带菌者并对带菌者进行隔离治疗，对于预防控制传染病的流行具有重要意义。

(3)患病或带菌动物：一些人畜共患的传染病，其病原菌能由被感染的动物传给人，引起人发病，如鼠疫、炭疽、布氏菌病等。故对动物传染源应加强管理。

2. 内源性感染

感染来自机体内正常菌群及以隐伏状态留居的病原菌。当机体大量使用广谱抗生素导致菌群失调或长期应用免疫抑制类药物，使机体免疫功能降低，正常菌群成为条件致病菌而致病。

(二)传播途径

主要指外源性感染途径，不包括内源性感染途径，可归纳为五种感染途径：

1. 呼吸道感染

肺结核、白喉、百日咳等呼吸道传染病，由患者或带菌者通过咳嗽、喷嚏或大声说话等，将含有病原菌的飞沫或呼吸道分泌物散布到空气中，被易感者吸入而感染。此外，亦可通过吸入含有病原菌的尘埃而引起。

2. 消化道感染

伤寒、痢疾、霍乱及食物中毒等胃肠道传染病，大多是因为经消化道摄入被患者或带菌者排泄物污染的食物、饮水而感染。苍蝇、污染的饮、食具和手等是消化道传染病传播的重要媒介。

3. 皮肤黏膜创伤感染

化脓性细菌，如葡萄球菌、铜绿假单胞菌等，可侵入皮肤黏膜的微小伤口，引起化脓性感染。深部创伤被带有厌氧芽胞梭菌的泥土等污染后，芽胞发芽形成繁殖体，细菌大量繁殖产生外毒素，使机体致病。

4. 接触感染

通过与患者或带菌动物的密切接触而引起的感染。其方式可为直接接触感染或通过用具等的间接接触感染。如淋病、梅毒、布鲁菌病等。

5. 虫媒感染

有些传染病可通过吸血昆虫叮咬传播。如鼠蚤叮人吸血可传播鼠疫。

有些微生物可经多种途径感染，如结核分枝杆菌。

(三)感染的类型

在感染过程中，病原菌的致病力和机体的抗感染防御功能是矛盾的两个方面，而感染的结果决定于两个方面的各种因素。根据双方力量对比以及环境因素的改变，感染可出现隐

性感染、显性感染和带菌状态三种类型,这三种类型处于相互转化的动态之中。

1.隐性感染

当机体的免疫力较强,或侵入的病原菌数量少、毒力弱,感染后对机体的损害较轻,不出现明显的临床症状时,称为隐性感染或称亚临床感染。隐性感染后,机体一般可获得特异性免疫,常能抵抗同种细菌的再感染。但也可携带病原菌作为重要的传染源。结核、伤寒常有隐性感染。

2.显性感染

当机体的免疫力较弱,或侵入的病原菌数量较多、毒力较强,感染后对机体组织细胞产生不同程度的病理损害或生理功能的改变,出现明显的临床症状和体征时,称为显性感染,通称传染病。

(1)根据病情缓急不同,可分为:

①急性感染:发病急,病程短,一般数日至数周。病愈后,病原菌从宿主体内消失。如霍乱弧菌引起的霍乱,脑膜炎奈瑟菌引起的流脑等。

②慢性感染:发病缓慢,病程较长,常持续数月至数年。引起慢性感染的病原菌多为细胞内寄生的病原菌,如结核分枝杆菌、麻风分枝杆菌。

(2)根据感染部位不同,可分为:

①局部感染:病原菌侵入机体,局限在一定部位生长繁殖,引起局部病变。如金黄色葡萄球菌引起的疖、痈等。

②全身感染:感染发生后,病原菌及其毒素向全身扩散,引起全身症状。临床上有以下几种情况:

a.菌血症:病原菌由原发部位一时或间断性进入血流,在血流中不繁殖,称为菌血症。如伤寒早期的菌血症。

b.毒血症:病原菌在入侵的局部组织生长繁殖,细菌不侵入血流,只有其产生的外毒素进入血流,引起特殊的临床症状,称为毒血症。如白喉、破伤风等。

c.内毒素血症:革兰阴性细菌在宿主体内感染使血液中出现内毒素引起的症状。其症状可轻可重,因血液中内毒素量的不同而异,轻则仅发热或伴轻微不适,重则出现严重症状,如 DIC、休克甚至死亡。

d.败血症:病原菌侵入血流,并在其中生长繁殖,产生毒素,引起严重的全身中毒症状,如高热、白细胞增多、皮肤和黏膜淤斑、肝脾肿大等,称为败血症。如化脓性链球菌引起的败血症。

e.脓毒血症:化脓性细菌引起败血症时,由于细菌随血流播散,在全身多种器官引起新的化脓病灶,称为脓毒血症。如金黄色葡萄球菌引起的脓毒血症,常导致多发性肝脓肿、皮下或肾脓肿等。

3.带菌状态

机体在显性感染或隐性感染后病原菌并不及时消失,而在体内继续存留一定时间,与机体免疫力处于相对平衡,并不断向外排菌,称带菌状态。处于带菌状态的人称为带菌者。带菌者有两种:

(1)健康带菌者:即机体内带有病原菌的健康人。

(2)恢复期带菌者:即患传染病后,在短期内机体仍保留有病原菌者。伤寒、白喉等病后常出现带菌状态。

带菌者经常或间歇排出病原菌,成为重要传染源之一。因此,及时检出带菌者并进行隔离和治疗,对于控制传染病的流行和消灭传染病具有重要意义。

感染过程的发生、发展与结局,除与上述病原菌和机体等各种因素有关外,也与社会因素(社会制度、生活方式、卫生状况等)及自然因素(气候、季节、温度、湿度和地理条件等)有密切关系。如劳动和生活条件的改善,可使许多传染病被控制或消灭。季节不同,流行的传染病种类就不同,冬季易发生呼吸系统疾病;夏季易发生消化系统疾病。

三、医院感染

医院感染又称医院内感染或医院内获得性感染。医院感染是指包括医院内各类人群(患者、医院工作人员、陪护和探视者等,但主要是住院患者)所获得的感染。它主要是指患者在住院期间出现的及出院不久才发病的感染,但不包括患者在入院前已开始的或入院时已处于潜伏期的感染。

(一)医院感染发生的原因

(1)住院患者由于患有不同的疾病或因年老体弱使得机体免疫力下降易被感染。

(2)各种插入性操作,如导尿和动、静脉插管等;移植及侵入性技术(如器官移植、安装心脏起搏器、人工关节等)的应用,增加了感染机会。

(3)传染源集中(多为患者)且接触密切。

(4)抗生素的不合理使用,可导致正常菌群失调及耐药菌株的产生,这些病原体可反复在人群中传播,增加了医院感染的机会。

知识链接

医院感染学

据 WHO 调查结果显示,世界医院感染率为 3%～20%,平均为 9%。如美国医院感染率约为 5%,每年有 7 万～8 万人因医院感染死亡,由此而额外支出的医疗费用约为 40 亿美元。据近年我国全国医院感染监控网监测统计报告,我国医院感染率约为 4.6%,每年发生的病例约 500 万,医疗费用达 10 亿元人民币。因此,医院感染在现代临床医学中占有重要地位。目前,"医院感染学"已作为一门新兴学科被提出。

(二)医院感染的危害

医院感染随着医院的出现而发生,其感染率随着医院现代化的发展而迅速增长。医院感染的发生增加了患者的痛苦和经济负担;同时加重了医疗护理任务并影响病床周转率;严重的医院感染可使患者所患的疾病不能达到预期的疗效,甚至产生难以治疗的后遗症或死亡;产生的健康和经济损失颇为惊人。

(三)医院感染的分类

1.外源性医院感染又称交叉感染

指患者在医院内受到非自身存在的微生物的感染。可由患者之间或患者与医院工作人员(包括护理人员)直接或间接接触引起。此外,环境(如水、空气、医疗用具及其他物品)中的致病微生物也可引起外源性医院感染。外源性医院感染的感染源主要有患者、带菌者和周围环境。

2.内源性医院感染又称自身医院感染或自身感染

指患者在医院内由体内正常菌群在一定条件下转变为机会致病菌而引起的感染。

医院感染的部位十分广泛,医院不同,感染部位也不同。目前,在国内,医院感染的发生

率以下呼吸道感染为第一位,其次为泌尿道感染,胃肠道感染居第三,第四为外科切口感染和烧伤部位感染。

(四)医院感染常见的病原微生物

引起医院感染的病原体种类很多,包括细菌、支原体、衣原体、病毒、真菌以及寄生虫等。病原体可以是致病微生物,如肝炎病毒、结核分枝杆菌等。但以机会致病菌和耐药菌为多见,如葡萄球菌、大肠埃希菌、铜绿假单胞菌、肠球菌、白假丝酵母菌等(表10-6)。

表10-6 常见医院感染病原微生物的分布

感 染 类 型	常见病原微生物
呼吸道感染	流感嗜血杆菌、金黄色葡萄球菌、肺炎链球菌、肠杆菌科细菌、呼吸道病毒等
泌尿道感染	大肠埃希菌、沙雷菌、变形杆菌、克雷伯菌、铜绿假单胞菌、肠球菌、白假丝酵母菌等
胃肠道感染	沙门菌、宋内志贺菌、肠道病毒、甲肝病毒等
伤口及皮肤感染	金黄色葡萄球菌、大肠埃希菌、变形杆菌、厌氧菌、铜绿假单胞菌、凝固酶阴性葡萄球菌等

(五)医院感染的预防和控制

1.加强管理,提高认识

各级卫生行政部门和医务人员必须高度重视,完善组织机构,由专职人员负责制订控制感染规划、执行监控制度、定期监测,调查分析和提出改进措施,并加强对医护人员感染业务的培训和教育,提高医务人员素质,使患者和医务人员都能充分认识到医院感染的危害性和广泛性,认真执行有关制度,最终达到控制传染源、切断传播途径及减少医院感染的发生。

2.严格消毒灭菌,执行无菌操作

要严格遵守卫生部颁布的《医院感染管理规范(试行)》规定的"消毒灭菌原则"。医院供应室必须实行消毒灭菌质量控制,定期进行消毒灭菌效果监测。

为防止微生物进入机体引起感染,避免给患者造成不良影响,在临床护理工作中必须严格执行无菌操作。如在进行外科手术时,手术室的空气要经常消毒,手术器械要严格灭菌,手术者(包括器械护士)要清洗、消毒双手,戴无菌手套、帽子、口罩,穿无菌手术衣等。在给患者的伤口换药时,除要防止外界微生物进入伤口引起感染外,还要防止已感染伤口中的微生物通过被污染的医疗器械、敷料等引起其他患者伤口的感染。

此外,在进行导尿术、注射或输液、微生物学检验标本采集等操作中均应严格执行无菌操作。

3.隔离预防

隔离预防是防止病原体从患者或带病原者传给其他人群的一种保护性措施。医院感染的隔离预防应以切断传播途径作为制定措施的依据,同时考虑病原体和宿主因素的特点,可分为严格隔离、接触隔离、呼吸道隔离、结核病隔离、肠道隔离、引流物-分泌物隔离和血液-体液隔离七类。

4.合理使用抗菌药物

抗菌药物是医院内应用最广泛的一类药物,抗菌药物使用不当是造成医院感染的重要原因。加强抗菌药物应用的管理是降低医院感染率的有效手段,合理使用抗菌药物是预防和控制医院感染的重要措施。医院应根据情况制定抗生素合理使用原则，尽量减少全身性抗生素应用。根据药敏试验结果，严格选药，规范给药途径，避免耐药菌株产生。护士应了解各种抗生素的药物作用和配伍要求，准确执行医嘱，并观察患者用药后的反应。

本章小结

细菌是个体微小的原核细胞型微生物，根据形态可分为球菌、杆菌和螺形菌三类。

细菌的基本结构由细胞壁、细胞膜、细胞质和细胞核组成。革兰阳性菌与革兰阴性菌细胞壁的化学成分和结构都有很大的不同；某些细菌还有特殊结构，分别是荚膜、鞭毛、菌毛和芽胞。这些结构在医学上的意义都很重要。

细菌个体微小，只能借助显微镜才能看到。为了便于观察，常对细菌进行染色，其中最常用的是革兰染色法。

细菌的生长繁殖需要充足的营养物质、合适的酸碱度、适宜的温度以及必要的气体。细菌以二分裂方式进行繁殖，繁殖速度很快。

为便于细菌的研究，我们常用不同的培养基进行细菌的人工培养，不同的细菌在培养基中会有不同的生长现象，有利于细菌的鉴别。

细菌在生长过程中会产生出多种代谢产物，其中与细菌致病性有关的有毒素、侵袭性酶和热原质；能被人类利用的有抗生素、维生素；与细菌鉴别有关的是色素、糖类和蛋白质的分解产物。

细菌遗传和变异的物质基础是染色质、质粒和噬菌体。细菌常见的变异现象有形态结构的变异、菌落的变异、毒力的变异和耐药性的变异。研究细菌的遗传和变异对疾病的诊断、治疗与预防方面、在测定致癌物质方面、在流行病学调查方面以及基因工程方面都具有重要的意义。

微生物分布于土壤、水、空气等自然界，以及正常人体的体表及与外界相通的腔道中。正常人体的体表以与外界相通的腔道黏膜上存在着对人体无害的细菌，称为正常菌群。正常菌群中各种细菌的种类、数量和比例发生较大的变化，称菌群失调。严重的菌群失调可产生一系列临床表现，称为菌群失调症。正常菌群在寄居部位改变、机体免疫功能低下、菌群失调时引起疾病，这些能引起疾病的正常菌群称为条件致病菌或机会致病菌。

消毒、灭菌、防腐、无菌和无菌操作是含义不同的几个概念，消毒灭菌的方法很多，其中常用的有高压蒸汽灭菌法、煮沸法、紫外线和使用消毒剂等。

细菌的致病性与其本身的毒力、侵入数量和侵入途径有着密切的关系。

病原菌在一定条件下，突破机体防御功能，侵入机体，与机体相互作用而引起的不同程度的病理过程称为感染。感染可分为隐性感染、显性感染和带菌状态三种类型。全身感染可分为菌血症、毒血症、内毒素血症、败血症和脓毒血症。

医院感染是指包括医院内各类人群所获得的感染。分为外源性医院感染和内源性医院感染。预防和控制医院感染的措施有：加强管理，提高认识；严格消毒灭菌，执行无菌操作；隔离预防；合理使用抗菌药物。

复习思考题

1. 比较革兰阳性菌与革兰阴性菌细胞壁的区别及医学意义。

2. 细菌的特殊结构有哪些？有何医学意义？

3. 人工培养细菌有哪些实际意义？

4. 细菌有哪些代谢产物？有何医学意义？

5. 细菌遗传变异的实际意义有哪些？

6. 何谓消毒、灭菌、无菌和无菌操作、防腐？

7. 试述内、外毒素的主要区别。

8. 何谓毒血症、败血症、内毒素血症、菌血症、脓毒血症？

9. 病原菌侵入机体后一定能引起疾病吗？为什么？

10. 何谓感染、医院感染？如何控制医院感染？

（潘丽红）

第十一章　化脓性细菌

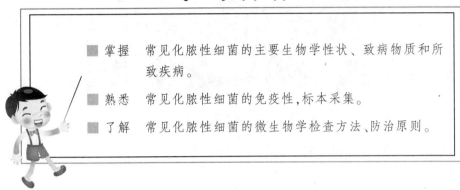

学习目标

■ 掌握　常见化脓性细菌的主要生物学性状、致病物质和所致疾病。

■ 熟悉　常见化脓性细菌的免疫性，标本采集。

■ 了解　常见化脓性细菌的微生物学检查方法、防治原则。

化脓性细菌是一大群通过创伤感染、消化道、呼吸道等途径引起局部组织器官的化脓性病变，并可进一步扩散导致全身感染的细菌，种类较多，在此主要介绍化脓性球菌和铜绿假单胞菌。

第一节　葡萄球菌属

葡萄球菌属（Staphylococcus）是一类革兰阳性球菌，因常堆聚成葡萄串状而得名。分布广泛，多为非致病菌，少数人皮肤和鼻咽部可带有致病菌，其中以医务人员带菌率最高，可达70％以上，是医院感染的重要传染源。可引起皮肤、黏膜多种组织的化脓性炎症，是最常见的化脓性球菌。

一、生物学性状

（一）形态与染色

革兰阳性球菌，葡萄串状排列（图11-1），在脓汁中亦可见散在或短链状排列，无芽胞、鞭毛，一般不形成荚膜，体内菌株有时可见荚膜，衰老死亡后常呈革兰阴性。

（二）培养和生化反应

营养要求不高，在普通培养基上生长良好，在含有血液的培养基中生长更佳，需氧或兼

案例分析

某校多名学生在食堂进餐后2h，先后出现恶心、呕吐、腹痛、腹泻症状，呕吐较明显，伴有低热、白细胞升高。取呕吐物及剩余食物进行微生物学检查，镜下见革兰阳性球菌，葡萄串状排列，普通培养基培养可见圆形、中等大小、金黄色菌落。

思考：根据症状及微生物学检查，初步判断为何种疾病？由何种细菌所致？若需进一步鉴定，应作哪些实验？

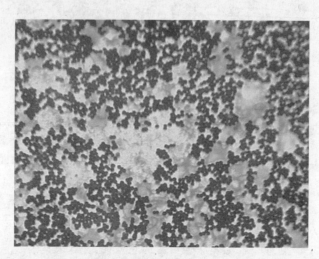

图 11 - 1　葡萄球菌的革兰染色(油镜)

性厌氧。触酶试验阳性,多数葡萄球菌能分解葡萄糖、麦芽糖和蔗糖,致病性菌株能分解甘露醇。在液体培养基中呈均匀混浊生长,在普通琼脂平板上形成中等大小、圆形、凸起、边缘整齐、表面光滑、湿润的菌落,可产生脂溶性色素,不同菌株产生的色素不同,如金黄色、白色、柠檬色。在血琼脂平板上的菌落较大,金黄色葡萄球菌的菌落周围可形成宽大透明的溶血环。

(三)抗原构造

1. 葡萄球菌 A 蛋白(staphylococcus protein A,SPA)

存在于细胞壁的一种表面蛋白,能与人 IgG 的 Fc 段结合,因而可用含 SPA 的葡萄球菌作为载体,结合特异性抗体,进行协同凝集试验,检测抗原。此外,SPA 与 IgG 的复合物具有抗吞噬作用、引起超敏反应、损伤血小板等活性。

2. 多糖抗原

具有群特异性,存在于细胞壁,借此可以分群。

(四)分 类

根据色素和生化反应不同分为三种葡萄球菌,其主要生物学性状见表11-1。

表 11 - 1　三种葡萄球菌的主要生物学性状

性　状	金黄色葡萄球菌	表皮葡萄球菌	腐生葡萄球菌
菌落色素	金黄色	白色	白色或柠檬色
发酵甘露醇	+	-	-
血浆凝固酶	+	-	-
α 溶素	+	-	-
耐热核酸酶	+	-	-
致病性	强	弱或无	无

(五)抵抗力

葡萄球菌是抵抗力最强的无芽胞细菌,80℃ 30 min 死亡,耐高盐,对龙胆紫、红霉素较敏感,易产生耐药性,其中耐甲氧西林金黄色葡萄球菌(methicillin - resistant S. aureus, MRSA)尤为重要,已成为院内感染常见的致病菌。

二、致病性与免疫性

(一)致病物质

1.血浆凝固酶

能使含有抗凝剂的人或兔血浆发生凝固,是鉴别葡萄球菌有无致病性的重要指标,凝固酶阳性的为金黄色葡萄球菌,有致病性。其致病机制是使血浆纤维蛋白沉积于菌体表面,阻碍吞噬细胞的吞噬作用。同时,亦能保护细菌不受血清中杀菌物质的作用。葡萄球菌引起的感染易于局限化和形成血栓,与凝固酶有关。

2.葡萄球菌溶血素

是一种外毒素,化学成分为蛋白质,分为 α、β、γ、δ、ε 五型,对人类致病的主要是 α 溶血素,除对红细胞有溶血作用外,还能杀伤白细胞、血小板、成纤维细胞、肝细胞等,导致局部组织缺血和坏死。

3.杀白细胞素

能损伤人和动物的中性粒细胞和巨噬细胞,导致机体免疫防御能力的降低。此毒素有抗原性,产生的抗体能阻止葡萄球菌的再感染。

4.肠毒素

从临床分离的金黄色葡萄球菌,约 1/3 产生肠毒素,有 9 个血清型,耐热,100 ℃ 30 min 不被破坏,也不受胃液中蛋白酶的影响。误食污染肠毒素的食物可引起以呕吐为主要症状的食物中毒。

5.表皮剥脱毒素

又称表皮溶解毒素,是一种蛋白质,具有抗原性。能分离皮肤表皮,引起烫伤样皮肤综合征。

6.毒性休克综合征毒素-1

可增加宿主对内毒素的敏感性,使毛细血管通透性增强,引起心血管功能紊乱而引起毒性休克综合征。

(二)所致疾病

1.侵袭性疾病

主要引起化脓性炎症。金黄色葡萄球菌可通过多种途径侵入机体,导致局部组织或器官的多种感染,甚至全身性感染。

(1)皮肤软组织感染:如毛囊炎、疖、痈、麦粒肿、甲沟炎、伤口化脓等。脓汁黄而黏稠,病灶多局限,与周围组织界限明显。

(2)内脏器官感染:如肺炎、中耳炎、胸膜炎、心内膜炎等。

(3)全身性感染:若外力挤压疖、痈,切开未成熟脓肿,导致细菌扩散,引起败血症、脓毒血症等。

2.毒素性疾病

(1)食物中毒:进食含污染葡萄球菌肠毒素食物引起。一般潜伏期为1~6 h,出现头晕、呕吐、腹泻等症状,发病1~2 d可自行恢复,预后良好。

(2)假膜性肠炎:是一种菌群失调性肠炎,肠黏膜被一层炎性假膜所覆盖,该假膜由炎性渗出物、肠黏膜坏死块和细菌组成。耐药的金葡菌繁殖而产生肠毒素,引起以腹泻为主的临床表现。

> **知识链接**
>
> **凝固酶阴性葡萄球菌**
>
> 过去认为凝固酶阴性葡萄球菌不致病,现检测结果证实其是医院感染重要的病原菌,主要引起伤口感染、泌尿系统感染、细菌性心内膜炎、败血症及瓣膜修复术术后感染等,易产生耐药性,已发现的有十余种,其中以表皮葡萄球菌最常见。

(3)烫伤样皮肤综合征:由表皮剥脱毒素引起,多见于幼儿和免疫功能低下者,初起有红斑,起皱,继而形成水疱,可致表皮脱落。

(4)毒性休克综合征:由毒性休克综合征毒素-1引起,主要表现为高热、低血压、皮疹伴脱屑和休克等,半数以上患者有呕吐、腹泻、肌痛、结膜及黏膜充血,肝肾功能损害等,偶尔有心脏受累的表现。

(三)免疫性

有一定的天然免疫力,但患病后所获免疫力不强,难以防止其再次感染。

第二节 链球菌属

链球菌属(Streptococcus)是化脓性球菌的另一类常见的细菌,为链状或个别种类呈双排列的革兰阳性球菌。广泛存在于自然界、人及动物粪便和健康人鼻咽部,引起各种化脓性炎症(扁桃体炎、咽炎、鼻窦炎、新生儿败血症和细菌性心膜炎等)、毒素性疾病(猩红热)以及风湿热、肾小球肾炎等超敏反应性疾病。

一、生物学性状

(一)形态与染色

革兰阳性球菌,链状排列,短者4~8个细菌组成,长者有20~30个细菌组成(图11-2),液体培养基中长链多见,无鞭毛、芽胞,有菌毛样结构,幼龄菌有透明质酸的荚膜。

(二)培养与生化反应

营养要求较高,普通培养基中需加入血液、血清、葡萄糖等才能生长。多数兼性厌氧,少数厌氧菌。在含血清的液体培养基里易形成长链,呈絮状沉淀生长。在血琼脂平板上形成灰白、光滑、针尖样细小菌落,不同菌株溶血现象不同。一般不分解葡萄糖,不被胆汁溶解,这两种特性用来鉴定甲型溶血型链球菌和肺炎链球菌。

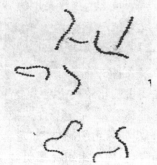

图11-2 链球菌的革兰染色(油镜)

(三)抗原构造

(1)蛋白质抗原或称表面抗原:有 M、R、T、S 等四种抗原组分,具有型特异性,与致病有关的是 M 抗原。

(2)多糖抗原或称 C 抗原:系群特异性抗原,是细菌壁的组成成分。

(3)核蛋白抗原或称 P 抗原:无特异性,是链球菌的共同抗原,与葡萄球菌有交叉反应。

(四)分 类

(1)根据溶血现象分为三种链球菌,其致病性也不同,见表 11-2。

表 11-2 三种链球菌的溶血现象及致病性

类 别	名 称	溶血现象	致病性
甲型溶血性链球菌	α 溶血	草绿色溶血环	条件致病菌
乙型溶血性链球菌	β 溶血	宽大透明溶血环	致病力强
丙型链球菌	γ 溶血	无溶血环	无致病性

(2)根据抗原结构分类:按细胞壁中多糖抗原不同,可分为 A、B、C 等 20 群,对人致病的链球菌 90% 属于 A 群。

(五)抵抗力

本菌抵抗力不强,加热 60 ℃ 30 min 死亡;在干燥尘埃中可存活数月;对常用消毒剂敏感;对青霉素、红霉素、氯霉素、四环素等均敏感,尤其对青霉素很少耐药。

二、致病性与免疫性

A 族链球菌有较强的侵袭力,可产生多种酶和外毒素。

(一)致病物质

1. 链球菌溶血素

有溶解红细胞,杀死白细胞、血小板及毒害心脏的作用,主要有"溶血素 O"和"溶血素 S"两种。

(1)链球菌溶血素 O(streptolysin O,SLO):溶血素 O 能破坏白细胞和血小板、心肌细胞。抗原性强,感染后 2～3 周,85% 以上患者产生抗"O"抗体,病愈后可持续数月甚至数年,可作为链球菌新近感染指标之一,或风湿热及其活动性的辅助诊断。

(2)链球菌溶血素 S(streptolysin S,SLS):是小分子糖肽,无免疫原性,对氧稳定,血平板所见透明溶血环是由 SLS 所引起。

2. 致热外毒素

致热外毒素又称红疹毒素或猩红热毒素,是人类猩红热的主要致病物质,为外毒素,是蛋白质,对热稳定。该毒素能引起发热反应。

3. M 蛋白

M 蛋白是链球菌细胞壁中的蛋白质组分,具有抗吞噬作用。M 蛋白与心肌、肾小球基膜有共同的抗原成分,刺激机体产生特异性抗体,通过交叉反应损伤心肌组织和肾小球,与某些超敏反应疾病有关。

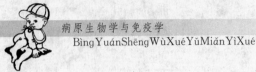
4. 侵袭性酶

(1)透明质酸酶:能分解细胞间质的透明质酸,有利于病菌在组织中扩散。

(2)链激酶:又称链球菌溶纤维蛋白酶,是一种激酶,能激活血液中的纤维蛋白酶原成为纤维蛋白酶,即可溶解血块或阻止血浆凝固,有利于细菌在组织中的扩散。耐热,100 ℃ 50 min 加热仍保持活性。重组链激酶可用于急性心肌梗死患者的治疗。

(3)链道酶:主要由 A、C、G 族链球菌产生。此酶能分解黏稠脓液中具有高度黏性的 DNA,使脓汁稀薄易于扩散。用链激酶、链道酶制剂进行皮肤试验作为测定机体细胞免疫的一种方法。临床已将链激酶、链道酶制剂用于液化脓性渗出液,利于抗菌药物的治疗。

(二)所致疾病

链球菌可引起人类多种疾病,其中 A 群占 90％以上,可分为化脓性、中毒性和超敏反应性三类疾病。

1. 化脓性感染

经皮肤伤口侵入,引起皮肤及皮下组织的化脓性炎症,如疖、痈、蜂窝织炎、丹毒等。沿淋巴管扩张,引起淋巴管炎、淋巴结炎等。经呼吸道侵入,引起急性扁桃腺炎、咽峡炎,并蔓延周围致中耳炎、乳突炎等。经产道感染,造成"产褥热"。

2. 毒素性疾病

由致热外毒素引起的猩红热,是一种急性呼吸道传染病,临床特征为发热、咽峡炎、全身弥漫性皮疹和疹后脱屑。

小贴士

其他链球菌

1. 甲型溶血性链球菌 是人类鼻咽部、口腔、上呼吸道的正常菌群,是引起亚急性感染性心内膜炎最常见的致病菌。在拔牙或摘除扁桃体时,寄居在口腔、龈缝中的这种细菌可侵入血流引起菌血症,若心脏瓣膜有缺损,本菌可停留繁殖,引起心内膜炎。

2. 变异链球菌 为厌氧菌,可引起龋齿。变异链球菌分解蔗糖产生葡聚糖,将口腔中细菌黏附于牙齿表面,其中乳杆菌发酵糖类产酸,导致牙釉质脱钙形成龋齿。

3. B 群链球菌 引起皮肤感染、心内膜炎、肺炎、败血症和脑膜炎,新生儿感染多。

3. 超敏反应性疾病

(1)风湿热:临床表现以关节炎、心肌炎为主。目前认为其致病机制有两种:一是 Ⅱ型超敏反应,链球菌的某些抗原和心肌有共同抗原,机体针对链球菌产生的抗体与心肌发生交叉反应;二是 Ⅲ型超敏反应,可能是 M 蛋白和相应抗体形成的免疫复合物沉积于心瓣膜和关节滑膜腔上造成的。

(2)急性肾小球肾炎:多见于儿童和少年,临床表现为蛋白尿、水肿和高血压。其机制与风湿热相似,因链球菌与肾小球基膜具有共同抗原而引起的 Ⅱ型和 Ⅲ型超敏反应。

(三)免疫性

A 群链球菌感染后,主要是 M 蛋白的抗体和抗致热外毒素抗体发挥作用。由于型别多,无交叉免疫,常反复感染。

第三节 肺炎链球菌

肺炎链球菌(S. pneumoniae)常寄居于正常人的鼻咽腔中,一般不致病,少数菌株可以引起大叶性肺炎。

一、生物学性状

(一)形态与染色

革兰阳性球菌,菌体呈矛头状,成双排列,在脓液、痰液中亦可呈短链排列,无鞭毛、芽胞,在机体或含血清培养基中可形成较厚的荚膜,此为本菌的重要特征(图11-3)。

(二)培养与生化反应

营养要求较高,在含血液或血清的培养基中生长。兼性厌氧,在液体培养基中呈均匀混浊生长,后期因自溶而变得澄清。在血平板上的菌落特征为圆形、边缘整齐、表面光滑、较扁平、灰白色、针尖样细小菌落,菌落周围有草绿色溶血环。该

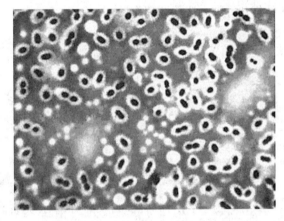

图11-3 肺炎链球菌的荚膜(油镜)

细菌可产生自溶酶,培养时间超过48 h,即出现自溶使菌落凹陷呈"脐形"。

胆汁溶菌试验和葡萄糖分解试验可用于鉴别肺炎链球菌和甲型溶血性链球菌,前者两个试验阳性,后者均阴性。

(三)抗原构造

(1)荚膜多糖抗原:有型特异性,共90型。

(2)C多糖:存在于细胞壁,为各型菌株所共有,可与血清中C-反应蛋白(C reactive protein,CRP)结合,发生沉淀。急性炎症患者CRP含量增多,对活动性风湿热的诊断有一定意义。

(3)M蛋白:为型特异性抗原,与毒力无关。

(四)抵抗力

较弱,对一般消毒剂敏感,对干燥抵抗力较强,在干痰中可存活1~2个月。对青霉素、红霉素、磺胺等敏感。

二、致病性与免疫性

(一)致病物质

(1)荚膜:是主要致病物质,有抗吞噬作用。

(2)溶血素O:能溶解人和动物的红细胞,高浓度对动物有坏死及致死作用。

（3）神经氨酸酶：能分解细胞膜糖蛋白和糖脂的末端 N-乙酰神经氨酸，对肺炎链球菌在鼻咽部和支气管黏膜上定居、繁殖和扩散有一定作用。

（二）所致疾病

存在于正常人上呼吸道，正常情况下不致病，仅在人体抵抗力下降时才引起疾病，从上呼吸道侵入，经支气管到达肺组织，引起大叶性肺炎、支气管炎，继发胸膜炎、脓胸、中耳炎、脑膜炎等。患者出现发热、咳嗽、胸痛、咳铁锈色痰。

（三）免疫性

感染后机体可建立较牢固的型特异性免疫，其免疫机制是产生抗荚膜多糖抗体，参与激活补体和吞噬细胞的调理作用。

第四节　奈瑟菌属

奈瑟菌属（Neisseria）是革兰阴性双球菌，主要致病奈瑟菌包括：脑膜炎奈瑟菌（N. meningitidis）和淋病奈瑟菌（N. gonorrhoeae），分别引起流行性脑脊髓膜炎（流脑）和淋病。

一、生物学性状

（一）形态与染色

二者均为革兰阴性球菌，成双排列，脑膜炎奈瑟菌呈肾形，凹面相对（图 11-4），在患者脑脊液中，脑膜炎奈瑟菌大多位于中性粒细胞内。淋病奈瑟菌似一对咖啡豆，急性淋病患者脓汁标本涂片镜下观察时，淋病奈瑟菌多存在于中性粒细胞内，慢性淋病时则多在细胞外。无鞭毛、无芽胞，新分离菌株多有荚膜和菌毛。

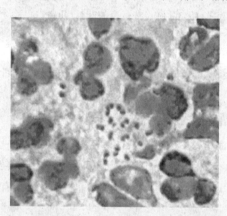

图 11-4　脑膜炎奈瑟菌的革兰染色（油镜）

（二）培养与生化反应

营养要求较高，在巧克力（色）培养基上生长，形成圆形、光滑、湿润、露珠状菌落。在血清肉汤中均匀生长。本菌为专性需氧菌，初次培养时，须补充 $5\% \sim 10\% CO_2$。易自溶，不易保存。

氧化酶试验阳性，脑膜炎奈瑟菌分解葡萄糖和麦芽糖，淋病奈瑟菌只分解葡萄糖。

（三）抗原构造与分型

1. 脑膜炎奈瑟菌

本菌主要有四种抗原：荚膜多糖群特异性抗原、外膜蛋白型特异性抗原、脂多糖抗原和核蛋白抗原。按荚膜多糖抗原性的不同，可将该菌分为 A、B、C 等 13 个血清群，其中对人类致病的多属于 A、B、C 群，我国以 A 群为主。2003～2005 年在安徽省发现新的流行株 ST-4821 引起的 C 群流脑暴发。

2.淋病奈瑟菌

菌毛蛋白抗原、脂多糖抗原、外膜蛋白抗原,其中外膜蛋白抗原分为PⅠ、PⅡ、PⅢ三种,PⅠ是分型的主要依据。

(四)抵抗力

抵抗力很弱,对寒冷、日光、热、干燥、紫外线及一般消毒剂均敏感,对青霉素、磺胺药均敏感,但淋病奈瑟菌耐药菌株增多。室温中3h死亡,55℃5min被破坏。可产生自溶酶,标本应注意保温、保湿,最好床边接种。

二、致病性与免疫性

(一)致病物质

两种奈瑟菌的致病物质见表11-3。

表11-3　两种奈瑟菌的致病物质比较

	脑膜炎奈瑟菌	淋病奈瑟菌
荚膜	抗吞噬和抗杀菌物质的作用	抗吞噬作用
菌毛	有利于细菌的黏附和侵入呼吸道上皮细胞	黏附于柱状上皮细胞如泌尿生殖道上皮细胞,有抗吞噬作用
内毒素	是最重要的致病物质,引起发热、白细胞升高,发生败血症时,导致DIC和休克。损伤血管内皮细胞,引起出血、血栓,出现出血性皮疹或淤斑	与补体、IgM共同作用,引起局部炎症反应
外膜蛋白		PI损伤中性粒细胞,PⅡ参与黏附,PⅢ抑制杀菌抗体的活性
IgA1蛋白酶		破坏黏膜表面存在的特异性IgA1抗体,帮助细菌黏附于黏膜表面。

(二)所致疾病与免疫性

1.脑膜炎奈瑟菌

引起流行性脑脊髓膜炎(流脑),主要通过飞沫传播或接触污染的物品传播。有5%~10%的健康人鼻咽腔带有本菌,流行期可高达70%。带菌者和患者是传染源。以6个月至2岁的婴幼儿发病率最高。细菌依靠菌毛黏附于鼻咽部黏膜上皮细胞表面,出现上呼吸道症状,继而入血,引起菌血症或败血症,出现发热、畏寒、恶心、呕吐、皮肤上有出血性皮疹,少数患者侵犯脑脊髓膜,引起化脓性脑脊髓膜炎,出现头痛、喷射性呕吐、颈项强直等脑膜刺激征表现。重者为暴发性脑膜炎,大量内毒素释放,出现中毒性休克、DIC,死亡率高。

机体对该菌的免疫以体液免疫为主,主要包括荚膜多糖抗体、抗外膜蛋白抗体、SIgA。

2.淋病奈瑟菌

引起淋病,发病率高,可通过性接触、产道感染传播。感染后引起男性尿道炎、女性尿道炎、宫颈炎,出现尿频、尿急、尿痛,尿道或宫颈可见脓性分泌物,如治疗不彻底,可扩散至生殖系统,导致不孕不育。新生儿可经产道感染造成淋菌性结膜炎。

人类对本菌无天然免疫力,普遍易感,多数患者可自愈,但免疫力不持久,不能防止再感染,产生的免疫以体液免疫为主,包括IgG、IgM、SIgA。

第五节 假单胞菌属

假单胞菌属（Pseudomonas）是一大类革兰阴性杆菌，与人类关系较大的主要有铜绿假单胞菌（P. aeruginosa），又称绿脓杆菌，广泛分布于自然界及正常人皮肤、呼吸道和肠道，是临床上较常见的条件致病菌。

一、生物学性状

（一）形态与染色

革兰阴性杆菌，一端有 1～3 根鞭毛，运动活泼，无芽胞，有荚膜和菌毛。

（二）培养与生化反应

专性需氧，在普通培养基上生长良好。最适生长温度为 35 ℃（20～40 ℃）。在 4 ℃不生长而在 42 ℃能生长是该菌的一个特点。菌落大小不一、圆形、边缘不整齐、扁平湿润，常互相融合，产生带荧光的水溶性色素，使培养基呈亮绿色。液体培养基呈均匀混浊生长，上层呈蓝绿色，并有菌膜形成。在血琼脂平板上形成透明溶血环。能分解葡萄糖产酸，氧化酶试验阳性，分解尿素。

（三）抗原构造

铜绿假单胞菌有菌体 O 抗原和鞭毛 H 抗原。O 抗原含有内毒素脂多糖和原内毒素蛋白质两种成分。原内毒素蛋白质是一种高分子、低毒性、免疫原性强的保护性抗原。不仅存在于不同血清型绿脓杆菌中，而且广泛存在于假单胞菌属的其他细菌以及肺炎克雷伯菌、大肠埃希菌、霍乱弧菌等革兰阴性菌中。

（四）抵抗力

较强，对紫外线、多种消毒剂和抗生素不敏感，但不耐热，56 ℃ 1 h 能杀死。

二、致病性与免疫性

（一）致病物质

铜绿假单胞菌产生多种毒力因子，包括内毒素、菌毛、荚膜、外毒素 A、胞外酶，内毒素是主要致病物质，外毒素 A 和胞外酶 S 均能抑制蛋白质合成。弹性蛋白酶损伤组织血管，与感染的扩散有关。

（二）所致疾病

铜绿假单胞菌是人体正常菌群，其感染多见于皮肤黏膜受损处，如烧伤或创伤等，也见于免疫功能低下的人群，铜绿假单胞菌可感染人体任何部位和组织，经常引起术后切口、烧伤组织感染，也可引起呼吸道、消化道、泌尿道感染及中耳、角膜、心内膜、脑膜、骨髓等处炎症，也可引起败血症、菌血症等全身感染，在医源性感染中约占 10%。

（三）免疫性

以体液免疫为主，尤其是 SIgA 有一定的抗感染作用。

第六节 化脓性细菌的微生物学检查及防治原则

一、微生物学检查

(一)标 本

根据不同病情采集不同标本如脓液、血液、脑脊液、痰液、棉拭子、淤斑渗出液、粪便、呕吐物或可疑食物。脑膜炎奈瑟菌标本应注意保温、保湿,最好床边接种,立即送检。

(二)检查方法

1.直接涂片染色镜检

取标本涂片,革兰染色后镜检,根据细菌染色性、形态、排列和特殊结构,并结合病史和临床症状,可做出初步诊断。

2.分离培养与鉴定

分离培养与鉴定是病原性球菌病原学诊断的可靠方法。将标本接种于不同的培养基上,葡萄球菌、链球菌、肺炎球菌和铜绿假单胞菌可用血平板;奈瑟菌属尚需接种于巧克力平板且置于含 $5\% \sim 10\% CO_2$ 环境中,待有菌生长后,取可疑菌落作纯培养,进行生化反应及血清学鉴定。分离培养及生化鉴定时,遇有临床上呈典型的细菌感染,而标本常规培养多次阴性者,尚需考虑到 L 型细菌的可能,改换适宜的培养基培养。

3.生化反应

葡萄球菌属的鉴定根据血浆凝固酶试验、甘露醇发酵试验、触酶试验、耐热核酸酶试验等。肺炎链球菌的鉴定应作菊糖发酵试验、胆汁溶菌试验和奥普托欣(Optochin)敏感试验,注意与甲型溶血性链球菌区别。

4.免疫学方法

(1)抗链球菌溶血素 O 试验(antistreptolysin O test,ASO):即抗 O 试验,取患者血清标本,检测抗 O 抗体含量的变化,辅助诊断风湿热,活动期一般超过 400 单位。

(2)对流免疫电泳、SPA 协同凝集试验:用于流脑早期诊断,阳性率较高。

5.动物试验

葡萄球菌肠毒素的检测可将食物中毒患者的呕吐物、粪便或剩余食物在做细菌分离鉴定的同时,接种于肉汤培养基中,孵育后取滤液注射于 6~8 周龄的幼猫腹腔,注射后 4h 内发生呕吐、腹泻、体温升高或死亡提示有肠毒素存在的可能。近年来,采用免疫学方法检测葡萄球菌肠毒素较多,如 ELISA 方法可检测到纳克(ng)水平。

二、防治原则

(一)一般性预防

及时发现和治疗患者。加强卫生宣传教育,注意个人卫生,皮肤创伤应及时处理;医疗活动中严格无菌操作,做好手术室空气、外科器械、敷料等的消毒,防止医源性交叉感染;从事饮食服务业的人员若手部有化脓性感染,应暂时停止工作以防止葡萄球菌污染食物引起中毒;对链球菌引起的急性咽炎、扁桃体炎(尤其儿童),要早期彻底治疗以防止超敏反应性

疾病的发生;流脑流行期间,短期应用磺胺药口服或滴鼻,可预防流脑。淋病的防治则应早期发现并及时隔离和治疗患者,采取综合治理措施,取缔娼妓,防止不正当的性关系,普及预防知识。

(二)特异性预防

(1)葡萄球菌自身菌苗用于治疗反复发作的疖病患者有一定疗效。

(2)肺炎链球菌荚膜多糖疫苗接种,效果良好。

(3)流脑的特异性预防可注射荚膜多糖疫苗,常用 A 群或 A+C 群。

(4)铜绿假单胞菌疫苗以原内毒素蛋白成分为首选。

(三)治 疗

根据药敏试验结果合理用药,避免抗生素滥用。急性咽峡炎、扁桃体炎患者应早期、彻底治疗,防止风湿热、急性肾小球肾炎及亚急性细菌性心内膜炎的发生,首选青霉素 G。婴儿出生时,不论其母亲是否有淋病,均应以 1‰硝酸银滴眼,预防淋菌性眼结膜炎的发生。

本 章 小 结

	葡萄球菌属	链球菌属	肺炎链球菌	奈瑟菌属	假单胞菌属
形态特征	革兰阳性球菌,葡萄串状排列	革兰阳性球菌,链状排列	革兰阳性球菌,矛头状,成双排列,有明显的荚膜	革兰阴性球菌,成双排列,凹面相对	革兰阴性杆菌,有鞭毛
传播途径	皮肤伤口、呼吸道、消化道	皮肤伤口、呼吸道、产道感染	呼吸道	脑膜炎奈瑟菌:呼吸道或污染的物品;淋病奈瑟菌:泌尿生殖道或产道感染	皮肤伤口、呼吸道、泌尿道、消化道
所致疾病	侵袭性疾病和毒素性疾病	化脓性感染、毒素性疾病、超敏反应性疾病	大叶性肺炎	脑膜炎奈瑟菌:流行性脑脊髓膜炎(流脑);淋病奈瑟菌:淋病、新生儿淋菌性眼结膜炎	烧伤、创伤、呼吸系统、消化系统、泌尿道感染、败血症
标本采集	脓液、血液、脑脊液、痰液、粪便、呕吐物或可疑食物	脓液、血液、痰液、鼻咽拭子	痰液、脓液、血液、脑脊液	脑膜炎奈瑟菌:脑脊液、血液、瘀斑渗出液、鼻咽拭子;淋病奈瑟菌:泌尿生殖道脓性分泌物	脓液、伤口渗出液、血液、痰液、尿液
主要防治措施	注意个人卫生,皮肤创伤应及时处理,严格无菌操作,根据药敏试验合理用药	严格消毒,积极治疗病人,根据药敏试验合理用药	注射肺炎链球菌荚膜多糖疫苗	脑膜炎奈瑟菌:注射流脑荚膜多糖疫苗;淋病奈瑟菌:早期用药,彻底治疗,婴儿以 1‰硝酸银液滴眼	严格消毒医疗器械,医护人员加强无菌观念,疫苗的应用,根据药敏试验合理用药

复习思考题

1.金黄色葡萄球菌有哪些致病物质？可引起哪些疾病？

2.什么是血浆凝固酶？其临床意义是什么？

3.简述乙型溶血性链球菌的致病物质及所致疾病？

4.金黄色葡萄球菌和乙型溶血性链球菌引起的化脓性感染有何不同？为什么？

5.致病奈瑟菌有哪几种？引起什么疾病？传播方式如何？

6.采取哪些措施能预防铜绿假单胞菌感染？

你一定能做对！

（楼　研）

第十二章　消化道传播细菌

学 习 目 标

■ 掌握　常见消化道传播细菌的主要生物学性状、致病物质和所致疾病。

■ 熟悉　常见消化道传播细菌的免疫性、标本采集。

■ 了解　常见消化道传播细菌的微生物学检查方法、防治原则。

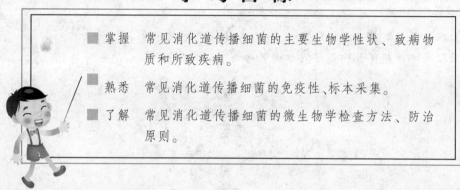

　　消化道传播细菌以粪-口途径进行传播,即细菌随粪便排出,污染食物、饮水等经口感染。引起的疾病包括肠道感染和肠道外感染,前者以胃肠道症状为主,后者包括泌尿道感染、败血症、脑膜炎等。消化道传播细菌包括肠杆菌科、弧菌属、螺杆菌属和弯曲菌属等,其中肠杆菌科中与医学有关的细菌包括埃希菌属、志贺菌属、沙门菌属、克雷伯菌属和变形杆菌属等。

第一节　肠杆菌科细菌的生物学性状

　　肠杆菌科细菌是一大群寄居于人和动物肠道中的革兰阴性杆菌,常随人与动物粪便排出,广泛分布于水、土壤中。数量多,种类多,大多数是肠道的正常菌群,当人体免疫力低下或细菌寄居部位改变时,也可引起疾病。有些为致病菌,如致病性大肠杆菌、痢疾志贺菌、伤寒沙门菌等,会引起人类疾病。

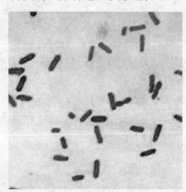

　　肠杆菌科细菌的生物学性状有共同之处,也有不同,尤其在生化反应方面。

一、形态结构

　　革兰阴性杆菌,中等大小,无芽胞,一般无荚膜、大肠埃希菌、沙门菌属多数有鞭毛、菌毛,志贺菌属无鞭毛,有菌毛(图12-1)。

二、培　养

营养要求不高,兼性厌氧,在普通培养基上生长

图12-1　大肠埃希菌的革兰染色(油镜)

良好,大肠埃希菌在普通琼脂平板上形成中等大小的灰白色光滑型菌落,在液体培养基中呈均匀混浊生长,在血平板上可出现宽大透明溶血环。肠道杆菌往往来源于粪便,杂菌较多,故分离培养常用选择培养基,如 SS 平板、伊红美蓝平板。

三、生化反应

生化反应活泼,是鉴别的主要依据。乳糖发酵试验在初步鉴别肠道致病菌与非致病菌时有重要意义,前者一般不分解乳糖,而后者能分解乳糖。鉴别肠杆菌科细菌重要的生化反应包括双糖铁试验、IM ViC 试验、动力试验、尿素分解试验等。常见肠杆菌科细菌的生化反应见表 12 - 1,主要沙门菌的生化特性见表 12 - 2。

表 12 - 1 常见肠杆菌科细菌的生化反应

菌 属	乳糖	葡萄糖	H₂S	IM ViC	动力	尿素
埃希菌属	⊕	⊕	-	++--	+	-
志贺菌属	-/+迟	+	-	-/++--	-	-
沙门菌属	-	+/	+	-+-+/-	+	-

注:除伤寒沙门菌发酵葡萄糖不产气外,其他沙门菌均产酸产气;IM ViC:靛基质试验、甲基红试验、V - P 试验、枸橼酸盐试验。

表 12 - 2 主要沙门菌的生化特性

菌名	葡萄糖	乳糖	甘露醇	H₂S	IMViC	动力
伤寒沙门菌	+	-	+	-/+	-+--	-
甲型副伤寒沙门菌	⊕	-	⊕	-/+	-+--	+
肖氏沙门菌	⊕	-	⊕	+++	-+-+/-	+
希氏沙门菌	⊕	-	⊕	+	-+--	+
鼠伤寒沙门菌	⊕	-	⊕	+++	-+-+	+
肠炎沙门菌	⊕	-	⊕	+++	-+-+	+
猪霍乱沙门菌	⊕	-	⊕	+/-	-+-+	+

四、抗原构造

较复杂,有 O、H、K、Vi 四种抗原。O 抗原为菌体抗原,是特异性多糖,是分类的依据。H 抗原为鞭毛抗原。K 抗原与大肠埃希菌的侵袭力有关,为荚膜多糖抗原,有抗吞噬作用。大肠埃希菌血清型的表达方式是按 O:K:H 排列,例如 $O_{111}:K_{58}(B_4):H_2$。Vi 抗原为毒力抗原,是沙门菌属的一种表面抗原,和 K 抗原均能阻止 O 抗原与 O 抗体凝集。

五、抵抗力

不强,加热 60 ℃经 30 min 即死亡。胆盐、煌绿对大肠埃希菌等非致病菌有选择性作用,可制备肠杆菌科细菌选择性培养基以分离肠道致病菌。对磺胺药、链霉素、氯霉素等敏感,但易耐药。志贺菌对酸较敏感,粪便标本应快速送检,以免其他肠杆菌科细菌产酸使志贺

死亡。沙门菌属在水中能存活 2～3 周,粪便中存活 1～2 个月。

第二节 肠杆菌科细菌的致病性与免疫性

一、埃希菌属

代表菌种是大肠埃希菌(E. coli),俗称大肠杆菌,一般不致病,是肠道中重要的正常菌群,婴儿出生后数小时进入肠道,并伴随终身,在一定条件下可引起肠道外感染,是条件致病菌;某些血清型菌株有致病性,可引起腹泻,是致病性大肠埃希菌。大肠埃希菌在环境卫生和食品卫生学中常作为样品被粪便污染的检测指标。此外,本菌是基因工程和分子生物学研究中最常用的实验材料。

(一)致病物质

1. 定居因子

也称黏附素,包括菌毛和定居因子抗原Ⅰ、Ⅱ、Ⅲ。细菌黏附于肠道和泌尿道的细胞上,以免被肠蠕动和尿液的冲洗而清除。定居因子具有较强的免疫原性,能刺激机体产生特异性抗体。

2. 外毒素

包括肠毒素、志贺毒素Ⅰ和Ⅱ型、溶血素 A。

(1)肠毒素,是肠产毒性大肠埃希菌在生长繁殖过程中释放的外毒素,分为耐热和不耐热两种。

不耐热肠毒素:对热不稳定,65 ℃经 30 min 即破坏。其作用机制与霍乱肠毒素相似,激活肠黏膜上皮细胞的腺苷酸环化酶,使胞内 cAMP 含量升高,导致小肠液体过度分泌至肠腔而出现腹泻。

耐热肠毒素:对热稳定,100 ℃经 20 min 仍不被破坏,免疫原性弱。ST 可激活小肠上皮细胞的鸟苷酸环化酶,使胞内 cGMP 增加,肠腔积液而引起腹泻。

(2)类志贺毒素:肠出血性大肠杆菌 EHEC 产生,分Ⅰ型和Ⅱ型,与志贺毒素基本相同,主要血清型是 $O_{157}:H_7$。

3. 其他致病物质

K 抗原有抗吞噬作用,脂多糖的类脂 A 具有毒性。

> **小贴士**
>
> **肠出血性大肠埃希菌 EHEC**
>
> 1982 年美国首次发现,1996 年在日本大阪引起流行,感染者超过万人,死亡 11 人,通过未消毒的牛奶、未煮熟的食品如牛排感染,约 10%患者出现出血性结肠炎、血小板减少、溶血性尿毒症综合征、肾衰竭。

(二)所致疾病

1. 肠道外感染

多为内源性感染,以泌尿系统感染多见,如尿道炎、膀胱炎、肾盂肾炎,也可引起胆囊炎、腹膜炎、阑尾炎等。婴儿、年老体弱、免疫力低下者、慢性消耗性疾病、大面积烧伤患者,细菌可侵入血流,引起败血症,在革兰阴性菌所致败血症中占 45%,死亡率较高。新生儿可致脑膜炎,感染者中约 75%分离出 K1 荚膜抗原。

2.肠道感染

某些血清型能引起人类腹泻,即胃肠炎,与细菌污染的食物、饮水有关,根据其致病机制不同,分为五种类型:肠产毒性大肠埃希菌(enterotoxigenic E. coli,ETEC)、肠致病性大肠埃希菌(enteropathogenic E. coli,EPEC)、肠侵袭型大肠埃希菌(enteroinvasive E. coli,EIEC)、肠出血性大肠埃希菌(enterohemorrhagic E. coli,EHEC)、肠集聚型大肠埃希菌(enteroaggregative E. coli,EAEC),其中 EIEC 无动力,生化反应和抗原结构均近似志贺菌,应注意鉴别。引起急性腹泻的大肠埃希菌见表 12 - 3。

表 12 - 3 引起人类腹泻的大肠埃希菌

菌株	作用部位	致病机制	疾病与症状
ETEC	小肠	LT 和 ST 导致肠黏膜细胞大量分泌肠液	婴儿和旅游者腹泻,水样便、腹痛、恶心、呕吐、低热
EPEC	小肠	不产生肠毒素,破坏肠黏膜上皮细胞	婴幼儿腹泻,水样便、恶心、呕吐、发热
EIEC	大肠	不产生肠毒素,破坏结肠黏膜上皮细胞	儿童和成人腹泻,脓血便或黏液血便
EHEC	大肠	产生志贺样毒素(Vero 毒素),主要血清型 O_{157}：H_7	出血性结肠炎
EAEC	小肠	菌毛黏附集聚于上皮细胞表面,阻止肠腔内液体吸收	所有人群均能引起持续性水样便、低热、呕吐、脱水

二、志贺菌属

志贺菌属(Shigella)俗称痢疾杆菌,是人类细菌性痢疾的病原菌,主要流行于发展中国家。根据 O 抗原的不同,可分为四种志贺菌:A 群即痢疾志贺菌、B 群即福氏志贺菌、C 群即鲍氏志贺菌、D 群即宋内志贺菌,我国以福氏志贺菌多见,其次是宋内志贺菌。

(一)致病物质

1.侵袭力

志贺菌的菌毛能黏附于回肠末端和结肠的黏膜上皮细胞,引起细胞内吞。具有 K 抗原的痢疾杆菌,一般致病力较强。

2.内毒素

各型志贺菌都产生强烈的内毒素。内毒素使肠壁通透性增高,促进内毒素吸收,可引起发热,神志障碍,甚至中毒性休克等症状。内毒素能破坏肠黏膜,形成炎症、溃疡,出现典型的黏液脓血便。内毒素还作用于肠壁自主神经系统,致肠功能紊乱、肠蠕动失调和痉挛,尤其直肠括约肌痉挛最为明显,出现腹痛、里急后重等症状。

3.外毒素

A 群志贺菌Ⅰ型及Ⅱ型菌株能产生外毒素,称为志贺毒素。该毒素具有三种生物活性:

案例分析

患者,男,35 岁,急性腹泻 2d,每天 10 次左右,有里急后重感,黏液脓血便,肠鸣音亢进,体温 38℃,白细胞及中性粒细胞升高,取黏液便镜检可见红细胞 3 个、白细胞 8 个,未见阿米巴原虫。

思考:1.你认为可能是何种疾病?
2.出现里急后重、黏液脓血便与哪种致病物质有关?3.常用哪些培养基分离培养?

①神经毒性：注射于家兔或小鼠，引起动物麻痹、死亡；②细胞毒性：对人肝细胞、猴肾细胞和 HeLa 细胞均有毒性，以 HeLa 细胞最为敏感；③肠毒素性：类似大肠埃希菌、霍乱弧菌肠毒素，可引起腹泻。

（二）所致疾病

细菌性痢疾是常见的肠道传染病，以夏秋季节多见。传染源是患者和带菌者，通过污染的食物、饮水等经口感染，潜伏期一般 1～3 d。人类对志贺菌普遍易感，感染 10～150 个志贺菌可使志愿者引起痢疾。痢疾志贺菌患者病情较重，宋内志贺菌引起的感染较轻，福氏志贺菌感染介于二者之间，但易转为慢性。临床常见类型：

1.急性细菌性痢疾

发病急，表现为发热、腹痛、腹泻、里急后重、黏液脓血便，腹泻次数逐渐增多，由水样便转为黏液脓血便。多数患者预后良好，但儿童、老人及免疫力低下人群易致脱水、酸中毒、电解质紊乱，甚至死亡。

2.慢性细菌性痢疾

急性菌痢治疗不彻底，或机体免疫力低下、营养不良或伴有其他慢性病时，病程迁延 2 个月以上则属慢性。常反复发作，以腹部不适，腹泻次数不定，粪便带有黏液为主要表现。

3.中毒性菌痢

多见于小儿，各型志贺菌均可引起。发病急，无明显的消化道症状而出现严重的全身中毒症状，表现为高热、中毒性脑病、休克，引起呼吸、循环衰竭，死亡率高。

4.带菌者

恢复期带菌者、慢性带菌者和健康带菌者可作为细菌性痢疾的传染源，带菌者不能从事饮食业及保育工作。

（三）免疫性

本属菌型多，各型间无交叉免疫。志贺菌一般不侵入血液，故血清型抗体(IgM、IgG)不能发挥作用，主要依靠肠道黏膜表面 SIgA 的作用。病后免疫力不牢固，维持时间短，不能防止再次感染。

案例分析

患者，男，28 岁，持续发热 12 d，乏力，全身不适，一直腹泻，黏液稀便，脾肿大，相对缓脉，腹部可见玫瑰疹，血白细胞偏低。

思考：1.根据上述情况可初步诊断是什么疾病？2.进一步确诊需做哪些检查？分离培养细菌采集何标本？

三、沙门菌属

沙门菌属（Salmonella）是一群寄生于人类和动物肠道内，生化反应和抗原构造相似的革兰阴性杆菌，其血清型已达到 2 400 多种。与人类关系密切的沙门菌有：伤寒沙门菌、甲型副伤寒沙门菌、肖氏沙门菌（原称乙型副伤寒沙门菌）、希氏沙门菌（原称丙型副伤寒沙门菌）、鼠伤寒沙门菌、猪霍乱沙门菌、肠炎沙门菌等。

（一）致病物质

1.侵袭力

沙门菌借助菌毛黏附于小肠黏膜上皮细胞表面，并穿过上皮细胞层到达黏膜下组织。

细菌虽被巨噬细胞吞噬,但未被杀灭,并在其中继续生长繁殖。伤寒沙门菌和希氏沙门菌可形成 Vi 抗原,具有微荚膜功能,有抗吞噬作用,并能抵抗补体、抗体等其他因素对细菌的破坏。

2.内毒素

沙门菌裂解后释放的内毒素,能引起发热、白细胞减少,大剂量时可导致中毒性休克。其原因是内毒素通过旁路途径激活补体系统释放趋化因子以及诱发免疫细胞分泌细胞因子等有关。

3.肠毒素

有些沙门菌,如鼠伤寒沙门菌可产生肠毒素,其性质类似 ETEC 的肠毒素。

（二）所致疾病

沙门菌属中对人类直接致病的是引起肠热症的沙门菌,而部分沙门菌是人畜共患病的病原菌,人类通过食用病畜或带菌动物的肉、蛋、乳等患病,主要引起食物中毒或败血症。目前耐药菌株增加,与动物饲料中添加抗生素有关。

1.伤寒和副伤寒

即肠热症,主要由伤寒沙门菌和甲型副伤寒沙门菌、肖氏副伤寒沙门菌、希氏副伤寒沙门菌引起。伤寒和副伤寒的致病过程和临床表现基本相似,只是副伤寒病程较短、病情较轻。

细菌经口进入机体,到达小肠后,穿过肠黏膜上皮细胞侵入肠壁淋巴组织,经淋巴液至肠系膜淋巴结中繁殖,经胸导管进入血流,引起第一次菌血症。此时相当于病程的第 1 周,称前驱期。患者出现发热、全身不适、乏力等症状。细菌随血流至肝、脾、肾、胆囊、骨髓等器官繁殖后,被脏器中吞噬细胞吞噬再次进入血流,引起第二次菌血症。此期症状明显,相当于病程的第 2～3 周,患者出现持续高热（39～40 ℃）,相对缓脉,外周血白细胞数降低,肝脾肿大及全身中毒症状,皮肤出现玫瑰疹。胆囊中的细菌随胆汁排入肠道,一部分随粪便排出体外,另一部分可再次侵入肠壁淋巴组织,出现超敏反应,导致局部坏死和溃疡,严重者发生肠出血或肠穿孔。肾脏中的细菌可随尿液排出。若无并发症,自第 3～4 周病情开始好转。

典型伤寒的病程 3～4 周,若未经治疗,死亡率约为 20%。

2.急性胃肠炎（食物中毒）

是最常见的沙门菌感染,约占 70%。多由鼠伤寒沙门菌、猪霍乱沙门菌、肠炎沙门菌等引起,因食入未煮熟的病畜病禽的肉类、蛋类、乳制品而发病。潜伏期短,一般 6～24 h,主要症状为发热、恶心、呕吐、腹痛、水样腹泻,一般 2～3 d 可自愈。重者可出现肾衰竭、脱水、休克甚至死亡,死亡率可达 2%,大多发生在婴儿、老人和身体衰弱者。粪便培养可检出细菌。

3.败血症

由猪霍乱沙门菌、希氏沙门菌、鼠伤寒沙门菌、肠炎沙门菌等引起。病菌感染后迅速侵入血流,出现高热、寒战、厌食、贫血等症状。10% 患者可导致组织器官化脓性感染,如脑膜炎、骨髓炎、胆囊炎、心内膜炎等。血培养阳性率高。

4.无症状带菌者

指症状消失 1 年后或更久时间在粪便中检出沙门菌。有 1%～5% 肠热症患者可转为无症状带菌者。细菌往往留在胆囊中,成为人类伤寒和副伤寒病原菌的储存场所和重要传染源,女性居多。

（三）免疫性

肠热症病后免疫力牢固，很少发生再感染，主要依靠细胞免疫、体液免疫发挥辅助杀菌的作用。食物中毒的恢复与肠黏膜表面的 SIgA 有关。

第三节 弧 菌 属

案例分析

患者，男，45岁，10 d前去印度旅游，前日方归，出现头晕、腹胀、剧烈腹泻伴呕吐 1 d，腹泻物呈米泔水样便。无腹痛、里急后重。查体：疲倦面容，眼窝凹陷，皮肤、口唇干燥，血压 80/60 mmHg。

思考：1.首先进行何种检查初步诊断？2.引起该病的细菌可能是什么？ 3.治疗时应注意什么？

弧菌属（Vibrio）是一大群菌体短小、弯曲成弧形，有单鞭毛、运动活泼的革兰阴性菌。广泛分布于自然界，尤以水中居多。与人类感染有关的有 12 种。主要致病菌为霍乱弧菌和副溶血性弧菌，前者引起霍乱，后者引起食物中毒。

一、霍乱弧菌

霍乱弧菌（V. cholerae）是人类霍乱的病原菌，霍乱是一种烈性肠道传染病，属于国际检疫传染病，我国传染病法将其归为甲类传染病。自 1817 年以来，曾在世界上引起 7 次大流行，前 6 次由古典生物型引起，第 7 次由 EL - Tor 生物型引起。1992 年 10 月在印度和孟加拉湾又发现了一个新的流行菌株 O_{139}，这是首次由非 O_1 群霍乱弧菌引起的流行。

（一）生物学性状

1.形态与染色

革兰阴性菌，从患者新分离出的细菌菌体弯曲呈弧形或逗点状（图 12-2）。经人工培养后，易失去弧形而呈杆状，应注意与肠道杆菌区别。有菌毛，菌体一端有单鞭毛，无芽胞，某些菌株有荚膜。取患者米泔水样粪便作悬滴观察，可见细菌运动极为活泼，呈穿梭样或流星样运动。涂片染色检查可见细菌首尾相接，排列如"鱼群状"。

2.培养与生化反应

营养要求不高，兼性厌氧，耐碱不耐酸，在 pH 8.8~9.0 的碱性蛋白胨水或碱性琼脂平板中生长良好。霍乱弧菌是唯一能在无盐环境中生长的致病性弧菌。碱性蛋白胨水可作为选择性增殖霍乱弧菌的培养基，呈均匀混浊生长，表面有菌膜形成。在碱性琼脂平板上菌落为圆形、光滑、透明，如露珠状。霍乱弧菌的动力阳性，氧化酶试验阳性，能还原硝酸盐为亚硝酸盐，发酵很多糖，但不分解阿拉伯糖。

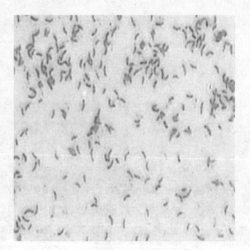

图 12-2　霍乱弧菌的革兰染色（油镜）

3.抗原构造与分型

有耐热的 O 抗原和不耐热的 H 抗原,根据 O 抗原不同,分为 200 多个血清群。O_1 群又分为两个生物型:古典生物型和埃尔托生物型(EL - Tor)。O_1 群 A、B、C 三种抗原成分可将霍乱弧菌分为三个血清型:含 A、C 者为稻叶型,含 A、B 者为小川型,A、B、C 均有者为彦岛型。每个血清型又可分为古典生物型和埃尔托生物。引起霍乱的是 O_1 群和 O_{139} 群,其余血清群可引起胃肠炎。

4.抵抗力

霍乱弧菌对热、干燥、日光、化学消毒剂和酸均很敏感。湿热 55 ℃ 15 min,100 ℃ 1～2 min,水中加 $5×10^{-7}$ 氯 15 min 可被杀死。0.1％高锰酸钾浸泡蔬菜、水果可杀死本菌。在正常胃酸中仅存活 4 min。患者的排泄物、呕吐物可用 1∶4 比例的漂白粉处理,1 h 达消毒目的。EL - Tor 生物型和其他非 O_1 群霍乱弧菌对外环境抵抗力较古典生物型强,在河水、海水中可存活 1～3 周。

(二)致病性和免疫性

1.致病物质

(1)特殊结构:霍乱弧菌进入小肠后,依靠鞭毛的运动,穿过肠黏膜表面的黏液层,借助菌毛黏附于肠壁上皮细胞,迅速繁殖而致病。

(2)霍乱肠毒素:是目前已知最强烈的致泻毒素,本质是蛋白质,不耐热,由 1 个 A 亚单位和 5 个 B 亚单位组成。A 亚单位是毒性单位,B 亚单位是结合单位。B 亚单位与小肠黏膜上皮细胞上的受体结合,使毒素分子变构,A 亚单位解离,B 亚单位进入细胞内作用于腺苷酸环化酶,使其活化,促使 ATP 转化为 cAMP,使细胞内 cAMP 增高,肠黏膜上皮细胞分泌功能亢进,导致严重的腹泻与呕吐。

2.所致疾病

引起霍乱。人类在自然情况下是霍乱弧菌的唯一易感者,传染源为患者及带菌者,主要通过污染的水源或食物经口感染。霍乱弧菌对胃酸敏感,若暴饮暴食或服用降低胃酸的药物可使人对本菌的易感性增加。霍乱弧菌经口感染到达小肠后,黏附于肠黏膜表面并迅速繁殖,不侵入肠上皮细胞和肠腺,细菌在繁殖过程中产生肠毒素而致病。一般在吞食病菌 2～3 d 出现剧烈的呕吐和腹泻,可达数十次,腹泻物呈米泔水样便,多无明显的腹痛,出现大量脱水、电解质紊乱、代谢性酸中毒、肾衰竭,甚至休克或死亡,若未经治疗,死亡率高达 60％,若及时输液和补充电解质,死亡率可降为 1％。O_{139} 群比 O_1 群严重,死亡率高,成人比例居多,而 O_1 群儿童比例居多,约占 60％。EL - Tor 生物型较古典生物型病情轻。

3.免疫性

患过霍乱的人可获得牢固的免疫力,再感染者少见。发病数日后,患者血液中可出现特异性抗体,包括针对 B 亚单位产生的抗肠毒素抗体和针对 O 抗原产生的抗菌抗体。此外,肠黏膜表面的 SIgA 发挥着重要的免疫作用,可在肠黏膜与细菌之间形成免疫屏障,阻断细菌黏附及肠毒素与受体的结合。

二、副溶血性弧菌

副溶血性弧菌(V. parahemolyticus)1950 年在日本一次食物中毒中分离得到,G－弧菌,单鞭毛,多形性,与霍乱弧菌的显著差别在于具有嗜盐性,在含 3.5％NaCl 的培养基中生长良好,无盐不能生长。对热和酸较敏感,90 ℃ 1 min 或 50%食醋中 1 min 死亡。多数致病菌株可使人或兔的红细胞产生 β 溶血,称为神奈川现象。

本菌分布于海水、海产品(海蜇、海鱼、海虾、贝类)及腌制品中,人因食入煮熟的海产品(海蜇、海鱼、海虾及各种贝类)或盐腌制品而引起食物中毒,以沿海地区多见,好发于夏秋季。其确切致病机制尚未阐明,可能与溶血素有关。临床表现有腹痛、腹泻、呕吐,出现水样便,少数为血水样便,病后免疫力不牢固,可再感染。

第四节 其他消化道感染细菌

一、变形杆菌

变形杆菌(Proteus)广泛存在于水、土壤及人和动物的肠道中,为条件致病菌。革兰阴性杆菌,呈明显的多形性,有周鞭毛和菌毛,运动活泼。在普通培养基上点种后细菌形成以接种部位为中心的波纹状薄膜生长,似同心圆,称为迁徙生长现象。若在培养基中加入0.1%石炭酸可以抑制其扩散生长,形成单个菌落。

本菌的一个重要生化特征是具有尿素酶,能迅速分解尿素。与医学关系密切的菌种是普通变形杆菌(P. vulgaris)和奇异变形杆菌(P. mirabilis)。变形杆菌根据菌体抗原分群,再以鞭毛抗原分型。普通变形杆菌 X19、XK、X2 的 O 抗原与某些立克次体有共同抗原,故可代替立克次体作为抗原与患者血清进行凝集反应,此为外斐试验(Weil – Felix test),辅助诊断立克次体病(斑疹伤寒、恙虫病)。

变形杆菌是引起泌尿道感染的常见病原菌,仅次于大肠埃希菌,还可引起创伤感染、脑膜炎、败血症、婴儿腹泻、食物中毒等。

二、幽门螺杆菌

幽门螺杆菌(helicobacter pylori,HP)为革兰阴性菌,菌体呈 S 形或海鸥状,一端或两端有多根带鞘鞭毛,运动活泼。营养要求高,需血液、血清,微需氧,需一定湿度,培养 3 d 后可见菌落细小、半透明、针尖样。生化反应不活泼,不分解糖类。能分解尿素,此为重要鉴别特征。本菌对胃酸敏感,但能产生酸抑制蛋白抑制酸,分解食物中尿素产氨中和胃酸,从而克服胃酸对细菌的破坏。幽门螺杆菌通过粪-口途径传播,与慢性胃炎、胃和十二指肠溃疡关系密切,在胃炎、胃和十二指肠溃疡患者体内检出率较高,此外,与胃腺癌、胃黏膜相关 B 细胞淋巴瘤的发生密切相关。

三、空肠弯曲菌

空肠弯曲菌(C. jejuni)为革兰阴性菌,菌体弯曲似逗点状或 S 形,一端或两端有单鞭毛,运动活泼,无芽胞。营养要求高。微需氧,在 5%O_2、10%CO_2 和 85%N_2 的气体中生长良好。最适温度为 42 ℃。生化反应不活泼,不发酵糖类,氧化酶试验阳性。抵抗力不强,易被干燥、日光及弱消毒剂所杀灭,56 ℃ 5 min 即被杀死。

空肠弯曲菌存在于禽类、家畜的肠道中,人通过污染的食物和饮水感染,鸡肉的污染率可达 60%,夏秋季多见,苍蝇亦起重要的媒介作用。此外,感染的产妇可在分娩时传染给胎儿。主要引起散发性细菌性肠炎，也可通过污染的牛奶和水导致暴发性流行。主要症状为腹泻、腹痛，有时发热，偶有呕吐和脱水，可有血便。具有自限性，病程 5～8 d。细菌有时可入血引起败血症和其他脏器感染，如脑膜炎、关节炎、肾盂肾炎等。孕妇感染本菌可导致流产、早产，而且可使新生儿受染。感染后能产生特异性血清抗体，增强吞噬细胞的功能。

第五节　消化道感染细菌的微生物学检查及防治原则

一、微生物学检查

(一)标　本

肠道外感染取清洁中段尿、血液、脓液、脑脊液等，腹泻者取粪便。急性胃肠炎取患者吐泻物和剩余食物。败血症取血液作培养。细菌性痢疾应取黏液脓血便，并及时送检，否则将标本保存于 30％甘油缓冲盐水中，中毒性菌痢患者应取肛拭子。肠热症根据病程采集不同标本，通常第 1 周取血液，第 2～3 周取粪便或尿液，全程可取骨髓。对霍乱首例患者应快速、准确作出诊断，应取米泔水样便并及时接种或用卡-布氏培养基运输。

(二)检查方法

1.直接镜检

革兰染色观察细菌的形态特征，悬滴法可见霍乱弧菌呈流星样运动，有助于诊断。

2.分离培养与鉴定

血液需先经肉汤增菌，再转种血琼脂平板。粪便标本直接接种于肠道选择培养基，37 ℃孵育 18～24 h 后，观察菌落特征并作革兰染色涂片镜检，致病菌菌落一般是无色半透明较小的菌落。霍乱弧菌接种于碱性培养基培养。鉴定方法主要是挑取可疑菌落进行涂片染色镜检、生化反应鉴定、血清学鉴定(用已知抗血清做玻片凝集)等。

3.生化反应

挑取可疑菌落接种于双糖铁培养基，并结合动力试验、IM ViC 试验等系列生化反应确定菌种。

4.血清学试验

(1)玻片凝集反应确定菌型

(2)肥达(Widal)试验：即用已知的伤寒沙门菌 O、H 抗原和引起副伤寒的甲型副伤寒沙门菌、肖氏沙门菌、希氏沙门菌的 H 抗原与待检血清作定量凝集试验，测定血清中有无相应的抗体及其效价，辅助诊断肠热症。

本试验在肠热症患者第 1 周末时取血清，即可出现阳性结果。判定结果时应结合病程、流行病学情况。正常值：正常人因隐性感染或预防接种，血清中可含有一定量抗体，其效价随各地区情况有差异。动态观察：判断肥达试验结果时应逐周复查，若效价随病程递增或恢复期效价较早期≥4 倍，才有诊断意义。O 与 H 抗体的诊断意义：患肠热症后，O 与 H 抗体在体内的消长情况不同，O 与 H 抗体的诊断意义见表 12 - 4。其他：少数病例在整个病程中，肥达试验始终阴性，可能与发病早期用抗生素治疗或患者免疫功能低下有关。

表 12－4　O 与 H 抗体的诊断意义

	抗体类型	体内出现情况	正常值	体内出现情况		
O 抗体	IgM	出现较早，维持时间短	1：80	高	高	低
H 抗体	IgG	出现较晚，维持时间长	伤寒沙门菌 1：160	高	低	高
			副伤寒沙门菌 1：80	患肠热症可能性大	感染早期、其他沙门菌引起的交叉反应	预防接种；非特异性回忆反应

（3）伤寒带菌者的检查：检测血清中有无 Vi 抗体，若效价≥1：10 时，再取粪便或尿液进行分离培养，才能确定。

5.快速诊断法

应用 SPA 协同凝集试验、免疫荧光菌球法，乳胶凝集试验，ELISA，PCR 技术等方法，检测患者标本中有无相应的抗原或抗体，协助临床早期诊断。

（三）卫生细菌学检查

大肠埃希菌随粪便排出体外，污染周围环境、水源、食品等。若样品中此菌越多，表示样品被粪便污染越严重，也表明可能存在肠道致病菌，故应对饮水、食品、饮料进行卫生细菌学检查。我国规定的卫生标准是：每毫升饮水中细菌总数不超过 100 个；每升饮水中大肠菌群不得超过 3 个；瓶装汽水、果汁等每 100 ml 大肠菌群不得超过 5 个。

二、防治原则

（一）一般性预防

加强卫生宣传教育，注意饮食卫生，不吃生食，刀和砧板应生熟分开，养成良好的卫生习惯。做好水源和粪便管理。早期隔离治疗患者，对患者和带菌者的排泄物彻底消毒。对烈性肠道传染病除了采取常规预防外，还应按照法律要求，及时上报上一级卫生行政管理部门，做好疫区封锁，防止疫情的扩散。在护理操作过程中，应坚持无菌操作，防止医源性感染。

（二）特异性预防

大肠埃希菌的菌毛抗原制成的疫苗已在畜牧业领域应用，预防 ETEC 感染的肠毒素 B 亚单位疫苗尚在研究中。志贺菌链霉素依赖株活疫苗能使机体产生 SIgA，具有保护作用。伤寒 Vi 荚膜多糖疫苗免疫力持久，副反应较少，在我国已使用。霍乱弧菌 B 亚单位-全菌灭活口服疫苗、基因工程减毒活疫苗均已应用，O_{139} 群疫苗尚在研制中。

（三）治 疗

应根据药物敏感试验合理用药，避免耐药性产生，可选用庆大霉素、丁胺卡那霉素、环丙沙星等。志贺菌易出现多重耐药，应联合用药。肠热症治疗早期采用氯霉素，但其对骨髓有毒性作用且出现耐药菌株，现主要用环丙沙星。霍乱的治疗措施主要是及时输液，补充电解质，纠正酸中毒，并应用抗生素。

本章小结

	埃希菌属	志贺菌属	沙门菌属	霍乱弧菌	其他消化道传播细菌
形态特征	革兰阴性杆菌，无芽胞，无荚膜，多数有鞭毛、菌毛	革兰阴性杆菌，有菌毛	革兰阴性杆菌，有鞭毛、菌毛	革兰阴性菌，弧形，排列如"鱼群状"，有单鞭毛和菌毛	均为革兰阴性杆菌，变形杆菌有周鞭毛和菌毛；幽门螺杆菌呈S形或海鸥状；空肠弯曲菌似逗点状或S形
传播途径	泌尿道、消化道	消化道	消化道	消化道	变形杆菌：泌尿道、创伤感染、消化道；幽门螺杆菌：消化道；空肠弯曲菌：消化道
所致疾病	肠道外感染（泌尿系统感染、败血症、新生儿脑膜炎）和肠道感染（胃肠炎）	细菌性痢疾	肠热症、急性胃肠炎、败血症、无症状带菌者	霍乱	变形杆菌：引起泌尿道感染、创伤感染、败血症、食物中毒等；幽门螺杆菌：引起胃炎、胃和十二指肠溃疡，与胃癌关系密切；空肠弯曲菌：引起细菌性肠炎、败血症等
标本采集	尿液、脓液、血液、脑脊液、粪便	粪便的黏液脓血部分、肛拭子	肠热症根据病程取不同标本；胃肠炎取粪便、呕吐物或可疑食物；败血症取血液	粪便、呕吐物或可疑食物、肛拭子	变形杆菌：尿液、脓液、血液、粪便或呕吐物；幽门螺杆菌：胃、十二指肠黏膜；空肠弯曲菌：粪便、血液、肛拭子
主要防治措施	注意饮食卫生，食品充分烹饪，器械检查严格无菌操作，疫苗接种，合理用药	注意饮食卫生，污染物的消毒处理，Sd活疫苗应用	加强食品、水源管理，注射伤寒Vi荚膜多糖疫苗，合理应用抗生素	注意个人卫生，加强水源、粪便管理，食品充分烹饪；疫苗的应用，及时补液，合理用药	注意饮食卫生，加强粪便管理，严格无菌操作，合理用药

复习思考题

1. 细菌性痢疾有哪几种类型？有何临床表现？
2. 沙门菌属感染有几种类型？
3. 对伤寒患者进行细菌学检查时，标本采集的原则是什么？
4. 什么是肥达试验？其结果如何判断？
5. 简述霍乱弧菌的主要致病物质、传播途径，如何预防霍乱？

你一定能做对！

（楼　研）

第十三章 呼吸道传播细菌

学 习 目 标

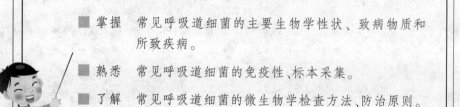

- **掌握** 常见呼吸道细菌的主要生物学性状、致病物质和所致疾病。
- **熟悉** 常见呼吸道细菌的免疫性、标本采集。
- **了解** 常见呼吸道细菌的微生物学检查方法、防治原则。

呼吸道传播细菌是指经呼吸道传播，主要引起呼吸道或呼吸道以外器官病变的一类细菌。主要包括结核分枝杆菌、麻风分枝杆菌、白喉棒状杆菌、百日咳鲍特菌、肺炎克雷伯菌、流感嗜血杆菌及嗜肺军团菌等。

第一节 分枝杆菌属

分枝杆菌属（mycobacterium），是一类细长或稍弯的杆菌，因有分枝生长的趋势而得名。此菌的细胞壁中含有大量脂质，若用一般染料不易着色，石炭酸复红加温或延长染色时间使之着色后，又能抵抗盐酸酒精的脱色，故称为抗酸杆菌。对人致病的主要有结核分枝杆菌和麻风分枝杆菌。

一、结核分枝杆菌

结核分枝杆菌（M. tuberculosis）又称结核杆菌，是结核病的病原菌。最早于1882年由德国人郭霍发现。对人致病的主要有人型和牛型结核分枝杆菌。可以多途径感染，侵犯全身各个器官，引起结核病，其中以肺结核最为常见。结核病是世界性的重要传染病，据WHO统计报道，目前全球现有患者2 000万人，每年新发患者约900万，每年死亡人数达300万。我国现有患者超过600万，每年死亡人数达

案例分析

患者，女，18岁，就诊时主诉：近一个月来咳嗽，痰少，时有血丝，消瘦，食欲不振，常感乏力、午后微热、心悸、盗汗，体温38 ℃，白细胞升高，X线显示右肺尖有阴影，边缘不清楚。

思考：1.引起本病可能的细菌是什么？需进一步做哪些微生物学检查？ 2.该细菌的主要传播方式是什么？如何预防？

25 万。我国建国前死亡率达 200～300 人/10 万,居各种疾病死亡原因之首,建国后人民生活水平提高,卫生状况改善,特别是开展了群防群治,儿童普遍接种卡介苗,结核病的发病率和死亡率大为降低。但应注意,世界上有些地区因艾滋病、吸毒、免疫抑制剂的应用、酗酒和贫困等原因,近年来全球疫情呈明显上升,成为严重的公共卫生问题。

(一)生物学性状

1.形态染色

结核杆菌细长略弯曲,大小(1～4)μm×0.4μm,呈单个、成束或分枝状排列,无荚膜、无鞭毛、无芽胞(图 13-1)。在陈旧的病灶和培养物中,形态常不典型,可呈颗粒状、球形等。结核杆菌革兰染色不易着色,通常用抗酸染色法染色,被染成红色,为阳性,其他细菌、细胞等呈蓝色。

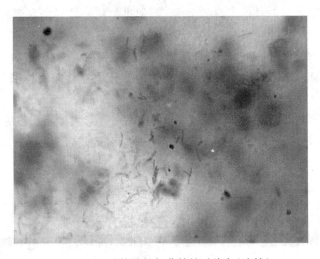

图 13-1　结核分枝杆菌的抗酸染色(油镜)

2.培养与生化反应

营养要求高,专性需氧,分离培养常用罗氏培养基,含有丰富的营养物质如蛋黄、马铃薯、甘油、血清等。最适 pH 6.5～6.8,最适温度为 37 ℃。由于细胞壁的脂质影响营养物质的吸收,故生长缓慢,18 h 才繁殖一代,一般培养 3～4 周才出现肉眼可见的菌落,菌落较粗糙、乳白色或米黄色、干燥、表面呈颗粒状,形似菜花样。在液体培养基内呈粗糙皱纹状菌膜生长。不发酵糖类。热触酶试验对区别结核分枝杆菌与非结核分枝杆菌有重要意义。结核分枝杆菌大多数触酶试验阳性,热触酶试验阴性,非结核分枝杆菌则大多数两种试验均阳性。热触酶试验检查方法是将浓的细菌悬液置 68 ℃水浴加温 20 min,然后再加 H_2O_2。观察是否产生气泡,有气泡者为阳性。人型结核杆菌的烟酸试验、硝酸盐还原试验阳性,而牛型结核杆菌阴性。

3.抵抗力

结核杆菌对理化因素的抵抗力较强。在干燥痰中存活 6～8 个月,若黏附于尘埃上,可保持传染性 8～10 d。在 3%HCl 或 4%NaOH 溶液中能耐受 30 min,故常用酸碱处理杂菌污染的标本,杀死杂菌并消化黏稠物质。对孔雀绿、结晶紫有抵抗力。但对酒精(75%酒精 2 min)、湿热(62～63 ℃ 15 min)、紫外线(数小时杀死结核分枝杆菌,可用于消毒衣服、书籍)

的抵抗力弱。

4.变异性

结核分枝杆菌可发生形态、菌落、毒力、免疫原性和耐药性等变异。在某些药物作用下变为 L 型呈颗粒状或丝状。菌落由粗糙变为光滑。卡介苗（Bacilli Calmette - Guerin，BCG）就是根据结核杆菌的毒力减弱的原理而制成，用于结核病的预防，取得较好的免疫效果。对链霉素、利福平、异烟肼等抗结核药物易产生耐药性，且多重耐药菌株日益增多。

（二）致病性

1.致病物质

结核杆菌既无内、外毒素，也不产生侵袭性酶类，其致病作用主要和菌体成分有关。

（1）荚膜：荚膜的主要成分为多糖、部分脂质和蛋白质。其对结核分枝杆菌的作用有：①荚膜能与吞噬细胞表面的补体 C3b 受体结合，促进结核分枝杆菌黏附和侵入细胞；②荚膜可阻止宿主体内各种药物或化学物质透入菌体内；③荚膜中的多种酶类能降解受感染组织中的大分子物质，供给侵入的结核分枝杆菌繁殖时所需要的营养物质；④荚膜能抑制吞噬细胞中的吞噬体与溶酶体的融合，使得侵入的结核分枝杆菌逃避溶酶体酶的杀伤与消化而能长期存活。

（2）脂质：脂质含量与其毒力关系密切，含量愈高毒力愈强。脂质占胞壁干重的 60%，主要是磷脂、脂肪酸和蜡质，它们大多与蛋白质或多糖结合成复合物存在于细胞壁中。与毒力有关的主要成分见表 13-1。

表 13-1　结核杆菌各种脂质成分

名　称	作　用
磷　脂	刺激单核细胞增生，并可抑制蛋白酶的分解作用，使病灶组织溶解不完全，形成结核结节和干酪样坏死
索状因子	使结核杆菌在液体培养基中能排列成索状，抑制中性粒细胞游走，引起慢性肉芽肿
蜡质 D	是一种肽糖脂与分枝菌酸复合物，具有佐剂作用，能引起迟发型超敏反应
硫酸脑苷脂	能抑制吞噬细胞中的吞噬体与溶酶体融合，使结核杆菌在吞噬细胞内存活

（3）蛋白质：结核杆菌有数种蛋白质，其中重要的是结核菌素，能与蜡质 D 结合，引起较强的迟发型超敏反应，并与结核结节的形成有关。

2.所致疾病

结核杆菌可通过呼吸道、消化道和破损的皮肤黏膜进入机体，侵犯多种组织器官，引起相应部位的结核病，其中以肺结核最常见。

1）肺部感染

（1）原发感染：是首次感染结核杆菌引起，多见于儿童。结核杆菌通过呼吸道进入肺泡，被巨噬细胞吞噬后，由于细菌胞壁的硫酸脑苷脂抑制吞噬体与溶酶体结合，不能发挥杀菌作用，而结核杆菌在细胞内大量生长繁殖，最终导致巨噬细胞崩解，释放出的结核杆菌引起炎症病灶，称为原发灶。原发灶内的结核杆菌可经淋巴管扩散至肺门淋巴结，引起淋巴管炎和肺门淋巴结肿大，为原发综合征。随着特异性细胞免疫的建立，原发灶多可纤维化或钙化而自愈。约5%感染者发展为活动性肺结核,只有少数免疫力低下者,结核杆菌可经淋巴管、血流播散至其他部位,引起相应的结核病。原发灶内可长期潜伏少量结核杆菌,不断刺激机体产生免疫,也可作为以后内源性感染的来源。

(2)原发后感染:多见于成人。感染多为原发病灶潜伏的结核分枝杆菌引起,也可由外源结核分枝杆菌再次侵入引起。继发感染时由于机体已有特异性细胞免疫,因此病灶局限,常发生在肺尖部位。一般不累及邻近的淋巴结,主要表现为慢性肉芽肿性炎症,形成结核结节,易出现干酪样坏死,甚至有空洞形成,菌随痰排出,称为开放性肺结核。

肺结核的临床表现可有低热、盗汗、乏力、纳差、咳嗽,有时咯血,伴体重降低。重症肺结核可影响呼吸功能,导致呼吸困难。

2)肺外感染

结核杆菌经淋巴液、血液扩散至脑、关节、骨、肾等组织器官,引起相应部位结核病。如肠结核、皮肤结核、结核性脑膜炎等。

(三)免疫性与超敏反应

1.免疫性

人类对结核杆菌的感染率很高,但发病率却较低,这表明人体感染结核杆菌可获得一定的免疫力。这种免疫是由T淋巴细胞介导的细胞免疫,但也同时产生迟发型超敏反应,此可用郭霍现象说明。结核杆菌在机体内存在时,机体有免疫力,一旦体内结核杆菌消亡,免疫力也随之消失,这种免疫称为有菌免疫或传染性免疫。

2.结核菌素试验

用结核菌素进行皮肤试验,来测定机体对结核分枝杆菌是否有细胞免疫功能及迟发型超敏反应的一种试验。其原理属于局部Ⅳ型超敏反应。

(1)结核菌素试剂:一种为旧结核菌素(old-tuberculin,OT),是结核杆菌的肉汤培养物经加热浓缩过滤而成,主要成分是蛋白质。另一种为纯蛋白衍生物(purified protein derivative,PPD)。目前常用PPD有两种:人结核分枝杆菌制成的PPD-C和卡介苗制成的BCG-PPD。

(2)试验方法及结果分析:取PPD-C和BCG-PPD各5单位注入受试者前臂屈侧皮内48~72 h后,若红肿硬节直径≥5 mm者为阳性,≥15 mm为强阳性,可能有活动性结核,须进一步检查。若PPD-C>BCG-PPD为感染过,反之为卡介苗接种,均说明机体有免疫力。红肿硬节直径<5mm者为阴性,说明机体无免疫力,但应考虑以下几种情况:感染早期,未出现超敏反应;老年人;严重结核患者或其他传染病(如麻疹)的患者;获得性免疫功能低下,如艾滋病或肿瘤等使用免疫抑制剂者。

> **知识链接**
>
> **郭霍现象**
>
> 将结核分枝杆菌初次注入健康豚鼠皮下,10~14 d后局部溃烂不愈,附近淋巴结肿大,细菌扩散至全身,表现为原发感染的特点。若以结核分枝杆菌对以前曾感染过结核的豚鼠进行再感染,则于1~2 d局部迅速产生溃烂,易愈合。附近淋巴结不肿大,细菌亦很少扩散,表现为原发后感染的特点。可见再感染时溃疡浅、易愈合、不扩散,表明机体已有一定免疫力。但再感染时溃疡发生快,说明在产生免疫的同时有超敏反应的参与。
>
> 近年来研究表明结核分枝杆菌诱导机体产生免疫和超敏反应的物质不同。超敏反应主要由结核菌素蛋白和蜡质D共同引起,而免疫则由结核分枝杆菌核糖体RNA(rRNA)引起。这是因为两种不同抗原成分激活不同的T细胞亚群释放出不同的淋巴因子所致。

（3）应用：①选择卡介苗接种对象和测定卡介苗接种后的免疫效果，结核菌素试验阴性者应接种卡介苗；②用于婴幼儿结核病诊断的参考；③测定肿瘤患者细胞免疫功能；④对未接种 BCG 的人群进行结核分枝杆菌感染的流行病学调查。

二、麻风分枝杆菌

麻风分枝杆菌（M. leprae）是麻风病的病原菌。其形态、染色特征与结核杆菌相似，不能进行体外人工培养。该菌是一种胞内寄生菌，在患者标本涂片中可见大量麻风分枝杆菌存在于细胞内，其胞浆呈泡沫状，称为麻风细胞。此特点可与结核杆菌相区别。

麻风是一种慢性传染病，患者的鼻腔分泌物、痰、阴道分泌物及精液中均可有麻风分枝杆菌排出。主要通过呼吸道、破损的皮肤黏膜和密切接触等方式传播，病菌主要侵犯皮肤、黏膜，严重时累及神经、眼及内脏。潜伏期长，长者可达数十年。本病分两种类型：瘤型和结核样型。前者传染性强，患者细胞免疫功能低下，主要侵犯皮肤、黏膜。患者血清中有自身抗体，与自身抗原形成免疫复合物，沉积于皮肤、黏膜下，形成红斑和结节，面部结节可融合呈狮面状，是麻风的典型表现。后者传染性小，患者细胞免疫功能正常，主要发生于皮肤和外周神经，不侵犯内脏。此外，还有介于两型之间的患者。

微生物学检查主要是涂片染色镜检。目前尚无特异性防治方法。早发现、早隔离、早治疗。治疗药物有砜类、利福平等。

第二节　棒状杆菌属

棒状杆菌属的代表菌种是白喉棒状杆菌，俗称白喉杆菌（C. diphtheriae），是引起小儿白喉的病原菌。

一、生物学性状

（一）形态与染色

革兰阳性杆菌，细长稍弯，一端或两端膨大呈棒状，排列不规则，常呈 L、V、X、Y 等字形或排成栅栏状。用 Neisser 或 Albert 染色后出现深染的颗粒与菌体着色不同，称为异染颗粒，是本菌的重要形态特征（图 13－2）。

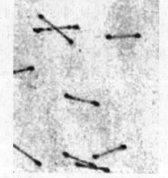

（二）培养特性

需氧或兼性厌氧，含有凝固血清的吕氏斜面培养基上生长良好，菌落呈灰白色、光滑、圆形凸起，在含有 0.03％亚碲酸钾血琼脂平板上能吸收碲盐，还原为金属碲，使菌落呈黑色，且亚碲酸钾能抑制标本中其他细菌的生长，故可作为选择培养基。

（三）抵抗力

图 13－2　白喉棒状杆菌的异染颗粒

对湿热的抵抗力不强，60 ℃经 10 min 或煮沸迅速被杀死。对一般消毒剂敏感，1％石炭酸中 1 min 死亡，但对干燥和日光的抵抗力较其他无芽胞细菌为强,在日常物品及衣服上能生存多日,本菌对青霉素和红霉素比较敏感。

二、致病性和免疫性

(一)致病物质

1.白喉毒素

是主要致病物质,毒性强,化学成分为蛋白质,分为 A 和 B 两个亚单位。A 亚单位是毒性亚单位,抑制细胞蛋白质合成;B 亚单位本身无毒,但能与宿主易感细胞表面特异性受体结合,并帮助 A 亚单位进入细胞内发挥毒性作用。心肌和神经细胞上均有该毒素的受体,引起相应症状。

2.索状因子

索状因子是一种毒性糖脂,能破坏细胞的线粒体,导致呼吸和磷酸化作用受到抑制。

3.K 抗原

K 抗原是一种糖蛋白,位于细胞壁外,帮助细菌定植于黏膜表面,并能抵抗白细胞吞噬。

(二)所致疾病

白喉的传染源是患者及恢复期带菌者。本菌存在于假膜及鼻咽腔或鼻分泌物内,传播途径除飞沫传播外,还可经污染物品或饮食传播。

白喉杆菌侵入易感者上呼吸道,在鼻咽部黏膜生长繁殖,并产生毒素及侵袭性物质,引起局部炎症和全身中毒症状。由于细菌和毒素对鼻咽腔局部的作用,使局部黏膜上皮细胞发生坏死,血管扩张,粒细胞浸润及纤维渗出,形成了灰白色膜状物,称为假膜,不易拭去,是白喉的特征性病变。临床上常见有咽白喉、喉白喉,也可发生鼻白喉等。若病情进一步发展至喉部或气管内,假膜脱落,阻塞呼吸道,引起呼吸困难甚至窒息,是白喉早期死亡的主要原因。细菌一般不侵入血流,但外毒素可入血,迅速与易感组织细胞结合,导致心肌炎、肾上腺功能障碍等症状,并可侵犯腭肌和咽肌的周围神经细胞,出现软腭麻痹、声嘶、肾上腺功能障碍、血压下降等症状。多数患者出现中毒性心肌炎,多发生于病后 2 周,是白喉晚期死亡的主要原因。

本菌偶有侵害眼结膜、外耳道、阴道和皮肤创口等处,也可形成假膜。

(三)免疫性

白喉病后免疫力牢固,主要依靠体液免疫,机体产生的抗毒素中和外毒素的作用。抗毒素可阻止 B 亚单位与宿主细胞结合,使 A 亚单位不能进入细胞。人对白喉棒状杆菌普遍易感,1～5 岁易感性最高,但近年由于儿童普遍进行预防接种,发病率有所降低。测定人体对白喉有无免疫力可通过锡克试验,以确定是否需要预防接种,但由于时间长,现很少采用。有研究者用白喉毒素致敏的红细胞与血清中的抗毒素进行凝集试验,简便快速。

第三节　其他呼吸道传播的细菌

一、肺炎克雷伯菌

肺炎克雷伯菌属于肠杆菌科克雷伯菌属(Klebsiella),肺炎克雷伯菌(K. pneumoniae)是

重要的条件致病菌,可引起医源性感染。肺炎克雷伯菌有3个亚种:肺炎亚种、鼻炎亚种、鼻硬结亚种。

肺炎克雷伯菌肺炎亚种,革兰阴性球杆菌,单独、成双或短链状排列,无芽胞,无鞭毛,有较厚的荚膜,多数有菌毛。营养要求不高,在血平板上形成灰白色、较大的黏液型菌落,以接种环挑起,易拉成丝,有助于鉴别。

肺炎亚种存在于人体肠道、呼吸道及水和谷物中。机体免疫力降低或长期应用抗生素导致菌群失调时,可引起支气管炎、肺炎、肠炎、泌尿道和创伤感染,甚至败血症、脑膜炎、腹膜炎等。肺部感染表现为高热、咳嗽、咳痰、胸痛,痰多且黏稠、带血、胶冻状,可出现气急、发绀、心悸等症状。目前是除大肠埃希菌外的医源性感染中最重要的条件致病菌。

臭鼻亚种(俗称臭鼻杆菌)是从臭鼻症患者的鼻腔中分离出来的,能引起慢性萎缩性鼻炎。鼻硬结亚种能引起人的鼻、口、咽和喉部慢性肉芽肿。

二、百日咳鲍特菌

百日咳鲍特菌属鲍特菌属(Bordetella),俗称百日咳杆菌(B. pertusis),是百日咳的病原菌,传染性强,儿童易感。

革兰阴性卵圆形球杆菌,无鞭毛、无芽胞,毒力菌株有荚膜和菌毛。营养要求较高,专性需氧,需用含马铃薯、血液、甘油的培养基(即鲍-金氏培养基)才能生长。本菌抵抗力弱,56 ℃ 30 min、日光照射1h可致死亡。

细菌一般不入血,致病物质有荚膜、菌毛和多种毒素。百日咳毒素是外毒素,是百日咳鲍特菌的主要致病物质,使细菌附着于呼吸道纤毛上皮细胞导致阵发性咳嗽。此外,还有腺苷酸环化酶毒素、丝状红细胞凝集毒素、气管细胞毒素、皮肤坏死毒素等与致病有关。

百日咳鲍特菌经飞沫传播引起百日咳,1岁以下患儿病死率高。病程分三期:①卡他期:似普通感冒,有低热、打喷嚏、咳嗽,维持1~2周。细菌随飞沫排出,传染性很强;②痉挛期:出现阵发性痉挛性咳嗽,毒素使黏膜上皮细胞纤毛运动失调,大量黏稠分泌物不能排出,刺激黏膜产生剧烈咳嗽,呈现出特殊的鸡鸣样吼声,伴有呼吸困难、发绀、呕吐等。此期为1~6周,并可出现中耳炎、肺炎、出血及中枢神经系统症状;③恢复期:阵咳减轻,趋向痊愈。本病病程较长,故名百日咳。

感染百日咳后免疫力较为持久,再感染者少见,再发的病情亦较轻。主要依靠黏膜局部的分泌型IgA阻止细菌黏附于气管黏膜细胞纤毛,其抗感染作用比血清中的抗体更重要。

三、流感嗜血杆菌

流感嗜血杆菌属嗜血杆菌属(Haemophilus),简称流感杆菌(H. Influenzae),往往是流感流行时继发感染的一种细菌。

革兰阴性小杆菌,可呈多形性。无芽胞、无鞭毛,有毒株在营养丰富的条件下可形成明显荚膜。多数菌株有菌毛。营养要求较高,生长需要血液中的V和X因子,在加热的血琼脂平板上生长较好。当流感杆菌与金黄色葡萄球菌在血平板上共同培养时,因后者能合成较多的V因子供流感杆菌生长,则金黄色葡萄球菌周围的流感杆菌菌落较大,而离金黄色葡萄球菌落远的流感杆菌菌落较小,此称为卫星现象,有助于细菌的鉴定。本菌有两种抗原:荚膜多糖抗原和菌体抗原,前者具有型特异性,据此分为a~f共6个血清型,其中b型较常见,致病力最强。抵抗力较弱,对热、干燥和一般消毒剂敏感。

致病物质有内毒素、荚膜、菌毛和 IgA 蛋白酶。

细菌经呼吸道侵入机体,引起呼吸道原发性感染和继发性感染。原发性(外源性)感染为 b 型菌株引起的急性化脓性感染,常见的有脑膜炎、鼻咽炎、咽喉会厌炎、化脓性关节炎和心包炎等,5 岁以下儿童多见,尤其 1 岁发病率最高。继发性感染(内源性)常继发于流感、麻疹、百日咳及肺结核等感染之后,多由呼吸道寄居的无荚膜菌株所致,临床表现为支气管炎、鼻窦炎、中耳炎等,成年人多见。

以体液免疫为主,病后有抗荚膜多糖抗体产生,能增强吞噬作用及补体溶菌作用,抗外膜蛋白抗体能促进补体的调理作用。

四、嗜肺军团菌

嗜肺军团菌属军团菌属(Legionella)。1976 年,美国退伍军人在费城召开大会时暴发了一次不明原因的肺炎流行,与会者 149 人,有 34 人死亡,故被称为军团病。从死者肺组织中分离出一种新的细菌,命名为嗜肺军团菌(L. pneumophila)。

革兰阴性杆菌,常规染色不易着色,通常用 Giemsa 染色或镀银染色,染成红色或黑褐色。无芽胞,有微荚膜,有菌毛和单鞭毛。营养要求特殊,需氧,$2.5\% \sim 5\% CO_2$ 能促进生长。生长环境中必须含半胱氨酸和铁,生长缓慢,在活性炭-酵母浸出液琼脂(BCYE)培养基中培养 3d 后可见直径 $1 \sim 2$ mm、灰白色有光泽的圆形菌落。在费-高培养基中,可见针尖大小菌落,经紫外线照射发出黄色荧光。一般不发酵糖类,过氧化氢酶阳性,可分解马尿酸盐。嗜肺军团菌根据 O 抗原不同可分为 15 个血清型。本菌在自来水中可生存 1 年左右。对化学消毒剂较敏感,在 1‰来苏水中几分钟即被杀死。对酸的抵抗力比肠道杆菌强,对 pH 2 的盐酸可耐受 30 min。

在自然界中分布广泛,尤以水中较多,如空调冷却水、淋浴头、辅助呼吸机等产生的气溶胶中常存在,并以此形式传播。致病物质有微荚膜和菌毛等结构,能抵抗宿主吞噬细胞的吞噬作用和帮助细菌黏附、定植,并能产生多种酶和毒素,抑制吞噬体与溶酶体融合,引起组织损伤。军团病多发于夏秋季,既可暴发流行也可散发。主要通过吸入飞沫、气溶胶感染。临床表现有三种类型:①肺炎型(重症型):潜伏期短,症状为高热寒战、咳嗽、胸痛,亦可见血痰、咯血,全身症状明显,患者可因呼吸衰竭而死亡;②流感样型(轻症型):又称庞提阿克热,以肌痛、发热、头痛为特点,预后良好;③肺外感染型:无肺部炎症表现,为继发性感染,细菌扩散到肝、脾、肾、脑等脏器,引起相应的临床表现。

嗜肺军团菌为胞内寄生菌,主要依靠细胞免疫发挥作用,抑制胞内细菌繁殖并增强 NK 细胞活性杀伤感染细胞。

第四节　呼吸道感染细菌的微生物学检查及防治原则

一、微生物学检查

(一)标　本

结核病根据感染的类型,采取相应部位的标本。如肺结核采取咳痰(最好取早晨第一次痰,挑取带血或脓液的痰);肾或膀胱结核以无菌导尿或取清洁中段尿液;肠结核取粪便标本;结核性脑膜炎取脑脊液;脓胸、胸膜炎、腹膜炎或骨髓结核等穿刺取脓汁。标本一般应先浓缩集菌,以提高检出阳性率,脑脊液可直接用离心沉淀集菌,痰、尿、粪、支气管灌洗液等标本需经 4‰NaOH 处理 5 min 以除去杂菌后再离心沉淀。临床上疑似白喉的患者在进行微生物学检查时不必等待检验结果,应立即给予抗毒素和抗生素治疗,标本应以无菌棉拭从假膜及其边缘取材检查。其他呼吸道传播的细菌根据不同疾病采集不同标本。

(二)检查方法

1.直接镜检

直接涂片,结核病标本抗酸染色后镜检,若找到抗酸阳性杆菌,应报告:"查到抗酸杆菌"(标本中可能混杂有非致病性抗酸杆菌),单凭形态染色不能确定是结核杆菌,需进一步分离培养鉴定。白喉棉拭取材用 Neisser 或 Albert 染色后镜检有无含异染颗粒的棒状杆菌,并结合临床症状,作出初步诊断。其他细菌可用革兰染色等方法染色后观察形态结构。

2.分离培养

结核杆菌生长缓慢,培养期长,当以酸中和浓缩集菌的沉淀物后,接种于罗氏培养基上,37 ℃培养 2~4 周长出菌落。根据生长缓慢、菌落特征、菌体抗酸染色阳性等做出判断,多数为结核杆菌。将白喉棉拭取材接种于吕氏血清斜面或亚碲酸钾血平板上,根据菌落特征作出判断。其他细菌接种于相应培养基培养后根据菌落生长现象做进一步鉴定。

3.毒力鉴定

是鉴别白喉棒状杆菌和其他棒状杆菌的重要试验。方法包括体内和体外两种,体内法用豚鼠作中和试验,体外法用 SPA 协同凝集试验。

4.动物试验

常用豚鼠或地鼠鉴别疑似结核杆菌的分离培养物及进行毒力测定。取经浓缩集菌处理的标本注射于豚鼠腹股沟皮下,3~4 周饲养观察,若出现局部淋巴结肿大、消瘦或结核菌素试验阳性,可及时剖检,再做涂片检查和分离培养。

5.快速诊断

若结核病标本中细菌数量少,涂片检查和分离培养不易检出,故可用 PCR 技术检测,较敏感,特异性高,且对 L 型菌检出率也较高。此外,还可用 ELISA 法检测结核杆菌抗体。用型特异性血清进行荚膜肿胀试验有助于流感嗜血杆菌的快速鉴定。嗜肺军团菌可用免疫荧光染色法镜检。

二、防治原则

(一)预 防

1.结核病

早发现,早隔离,早治疗。卡介苗接种是预防结核病的有效措施,尤其对婴幼儿更为重要。广泛接种卡介苗能很好地降低结核病的发病率。6 个月以内健康儿童可直接接种,较大儿童须先做结核菌素试验,阴性者接种。我国把卡介苗接种作为儿童计划免疫的项目,新生儿出生后即接种卡介苗,7 岁时复种,农村 12 岁再复种一次。一般在接种后 6~8 周若结核菌素试验转阳,表示接种成功,已产生免疫力,可维持 5 年左右。试验阴性者应再次接种。

结核杆菌 DNA 疫苗尚在试验阶段。

2. 白喉

注射白喉类毒素是重要的预防措施。预防接种白喉类毒素、百日咳菌苗和破伤风类毒素三联制剂,免疫效果较好。出生后 3 个月初种,间隔 1 个月,连种 3 次,2 岁加强 1 次。对密切接触过白喉患者的易感儿童,可肌肉注射白喉抗毒素作紧急预防,同时注射白喉类毒素以延长免疫力。使用抗毒素之前进行皮肤试验,防止过敏反应发生。

3. 其他

百日咳的预防常用白百破三联疫苗,接种后能显著降低发病率和死亡率,吸附无细胞白百破三联疫苗免疫效果好,副反应小。b 型流感嗜血杆菌的荚膜多糖疫苗接种 18 个月以上小儿有较好的预防效果,1 年内保护率在 90% 以上。此外,纯化多糖和蛋白载体偶联疫苗对 2 月龄婴儿能产生免疫作用。

(二)治 疗

1. 结核病

治疗在于控制疾病,促使病灶愈合,消除症状和防止复发。常用的药物有异烟肼、链霉素、对氨基水杨酸钠、吡嗪酰胺、利福平、乙胺丁醇等。若单用某种药物,易出现耐药性,在治疗中应坚持早期、联用、适量、规律、全程的原则。通过药物敏感试验指导临床用药,降低耐药性产生,减少毒性。目前,以异烟肼、利福平和吡嗪酰胺为主的三药联合方案在国内外已推行实施。

目前我国采用 WHO 建议推广的"直接督导下的短程化疗"(DOTS)方案,即患者每次均由"督导员"(卫生人员、社区志愿者或家属)现场督促服用利福平、异烟肼等规定药物。严重感染者还应与吡嗪酰胺联合用药。认真执行此方案,可缩短疗程至 6 个月,能使大约 95% 的患者治愈。

2. 白喉

应早期、足量使用抗毒素,同时用青霉素、红霉素等抗生素治疗。毒素一旦与宿主细胞结合,抗毒素不能发挥中和作用。

3. 其他

肺炎克雷伯菌易耐药,应根据药物敏感试验选择敏感药物治疗,可用红霉素、氨基糖苷类、先锋霉素等。百日咳的治疗首选红霉素。流感嗜血杆菌的治疗可用头孢菌素、氨苄青霉素等。军团菌的治疗可选用螺旋霉素、红霉素和利福平等药物。

本章小结

	结核杆菌	白喉棒状杆菌	肺炎克雷伯菌	百日咳鲍特菌	流感嗜血杆菌	嗜肺军团菌
形态特征	抗酸染色阳性,细长略弯曲,单个、成束或分枝状排列	革兰阳性棒状杆菌,排列不规则,有异染颗粒	革兰阴性球杆菌,有较厚的荚膜	革兰阴性球杆菌,有毒株、荚膜和菌毛	革兰阴性小杆菌,有毒株,可形成明显荚膜	革兰阴性杆菌,有菌毛和鞭毛
传播途径	呼吸道、消化道、皮肤伤口等多途径感染	呼吸道或污染的物品	呼吸道、消化道、泌尿道、皮肤伤口	呼吸道	呼吸道	呼吸道
所致疾病	结核病包括肺结核、肠结核、皮肤结核、结核性腹膜炎、骨结核、关节结核、肾结核、脑结核等	白喉	肺炎亚种:肺炎、肠炎、泌尿道感染、创伤感染和败血症;臭鼻亚种:慢性萎缩性鼻炎;鼻硬结亚种:鼻、口、咽和喉部慢性肉芽肿	百日咳	原发性感染(急性化脓性感染)和继发性感染(中耳炎、支气管炎等)	军团病,有肺炎型、流感样型、肺外感染型三种类型
标本采集	痰液、尿液、粪便、脓液、脑脊液	假膜及其边缘棉拭子	痰液、粪便、尿液、脓液、血液	鼻咽拭子	鼻咽分泌物、脓液、脑脊液、痰液	痰液、胸水、血液
主要防治措施	注意公共卫生,接种卡介苗,异烟肼、利福平和吡嗪酰胺联合用药治疗	接种白喉类毒素或白百破疫苗,白喉抗毒素紧急预防和治疗,应用青霉素或红霉素	根据药敏试验合理用药	接种白百破疫苗,红霉素、氨苄青霉素	流感嗜血杆菌荚膜多糖疫苗,头孢菌素、氨苄青霉素	加强水源监测和消毒,红霉素、利福平

复习思考题

1.试述结核菌素试验的原理、结果分析及临床应用。

2.结核分枝杆菌用何种方法染色,结果如何判定?

3.如何预防白喉?

(楼 研)

第十四章　厌氧性细菌

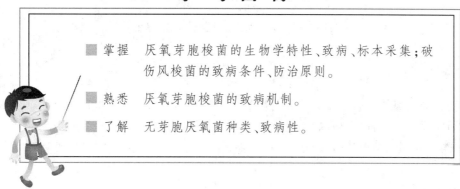
厌氧性细菌是一群必须在无氧环境下才能生长繁殖的细菌，根据其能否形成芽胞，可将厌氧性细菌分为两大类：一类是有芽胞的厌氧芽胞梭菌，另一类是无芽胞的厌氧菌。

第一节　厌氧芽胞梭菌

厌氧芽胞梭菌是一群革兰染色阳性且能形成芽胞的大杆菌，芽胞直径大多较菌体宽，使菌体膨大呈梭形，多数必须在严格厌氧条件下才能生长，少数可在微需氧环境下繁殖。主要分布于土壤、人和动物肠道，大多数为腐生菌，少数致病菌在适宜条件下，芽胞发育成繁殖体，引起人类疾病，常见的有破伤风梭菌、产气荚膜梭菌和肉毒梭菌。

一、破伤风梭菌

破伤风梭菌是破伤风的病原体，寄生于人与动物消化道中，粪便污染土壤，极易感染伤口。常引起外伤时伤口感染或分娩时用不洁器械剪断脐带等引起产科感染。

(一)生物学性状

革兰阳性细长杆菌，大小为 $(2\sim3)\mu m\times(0.3\sim0.5)\mu m$，周身鞭毛，芽胞呈圆形，位于菌体顶端，直径大于菌体使细菌呈鼓槌状(图14－1)。

本菌严格厌氧，营养要求较高，接种于血琼脂平板置于厌氧箱内24～48 h形成薄膜状爬行生长物，伴β溶血。在疱肉培养基中液体部分微浑，有少量气泡，肉渣被消化呈微黑色，有腐败臭味。

芽胞抵抗力强，在干燥土壤中可存活数十年，耐煮沸1 h，高压蒸汽灭菌121.3 ℃,15～30 min，或干烤160～170 ℃,1～2 h可将其杀死。繁殖体对青霉素敏感。

图 14-1　破伤风芽胞梭菌繁殖体、芽胞

(二)致病性

1.致病条件

破伤风梭菌经伤口感染。其感染的重要条件取决于局部能否造成厌氧环境。造成此条件的原因主要有：①伤口窄而深：如建筑工人被铁钉刺伤形成的伤口或剑伤、枪伤等；②混有泥土和异物，或坏死组织较多，缺血；③伴有需氧菌混合感染。这些因素均可造成伤口局部缺氧，有利于芽胞发芽和细菌繁殖。

2.所致疾病

破伤风梭菌只在局部繁殖，不向周围及血流扩散，繁殖体合成并释放破伤风外毒素即破伤风痉挛毒素，外毒素进入血液而造成毒血症。破伤风痉挛毒素对中枢神经系统，尤其是脑干神经和脊髓前角细胞有高度亲和力。毒素通过运动神经终板吸收，利用突触逆向运输进入脊髓前角细胞，上行达脑干细胞。毒素也可经淋巴吸收通过血液到达中枢神经系统。毒素能与脊髓及脑干抑制性神经细胞突触末端的神经节苷脂结合，封闭脊髓的抑制性突触，阻止抑制性神经递质的释放，破坏正常的抑制性调节功能，使受刺激时伸肌与屈肌同时强烈收缩，使肌肉发生强直性痉挛。

本病潜伏期不定，几天至几周，平均 7～14 d，潜伏期与原发感染部位距离中枢神经系统的远近有关。距离中枢越近，潜伏期越短，病死率越高。发病早期有发热、头疼、不适、肌肉酸痛、流涎、出汗和激动等前驱症状，局部肌肉抽搐，咀嚼肌痉挛，出现张口困难、牙关紧闭、苦笑面容，以及颈部、躯干及四肢肌肉持续强直性痉挛导致角弓反张，面部发绀，呼吸困难，终因窒息而死。

二、产气荚膜梭菌

产气荚膜梭菌广泛存在于土壤、人和动物肠道中，是气性坏疽的主要病原体，也可导致人类发生食物中毒和坏死性肠炎。

(一)生物学性状

革兰阳性粗大杆菌，大小（3～5）μm×（1～1.5）μm。芽胞呈椭圆形，位于菌体次级端，直径小于菌体。无鞭毛，在机体可形成明显的荚膜（图14-2）。

本菌厌氧，但要求不严格，在有少量氧气的环境下也能生长。在血琼脂培养基上形成中等大小、圆形、扁

图 14-2　产气荚膜梭菌芽胞

平、边缘整齐、光滑、半透明的菌落,多数菌落出现双层溶血环。该菌可分解多种常见糖类,产酸产气,在牛乳培养基中因分解乳糖产酸而使其中的酪蛋白凝固,同时产生大量气体将凝固的酪蛋白冲成蜂窝状,气势汹涌,故称"汹涌发酵"试验。

(二)致病性

1.致病物质

产气荚膜梭菌可产生多种外毒素和侵袭性酶,外毒素主要有 α、β、γ、δ、ε 等 12 种,其中 α 毒素是最重要毒素,能破坏细胞膜,溶解血细胞、血管内皮细胞,使血管通透性增加,导致出血、组织水肿和局部坏死,同时造成肝脏和心脏功能受损。K 毒素能分解肌肉及皮下胶原纤维使组织崩解,μ 毒素能分解细胞间质中的透明质酸,有利于细菌在组织中扩散,此外有些菌株产生肠毒素引起食物中毒。根据产生外毒素种类不同,可将产气荚膜梭菌分成 A、B、C、D、E 五个型别,对人致病的主要是 A 型。

2.所致疾病

(1)气性坏疽:致病条件与破伤风梭菌相似,多见于战伤,也可见于车祸、工伤等。以局部组织坏死、气肿、水肿、恶臭剧痛和全身中毒症状为主要特征。严重疾病表现为组织肿胀和坏死,水气夹杂,触摸有捻发感,最后产生大块组织坏死,并有恶臭,可引起四肢发生气性坏疽。如治疗不及时,毒素吸收入血,引起严重的毒血症、休克等,死亡率可达 40%～100%。

(2)食物中毒:A 型和少数 C、D 型产气荚膜梭菌可产生肠毒素,食入大量本菌污染的食物后引起食物中毒,出现腹泻、腹痛、恶心及吐泻等中毒症状。一般 1～2 d 后可自愈。

(3)坏死性肠炎:C 型产气荚膜梭菌产生 β 肠毒素引起急性坏死性肠炎,此病发病急,有腹痛、腹泻、血便,可并发肠穿孔。

三、肉毒梭菌

肉毒梭菌主要存在于土壤和海洋沉淀物中,偶尔也存在于动物粪便中,在厌氧条件下该菌可分泌毒性极为强烈的肉毒毒素,引起食入者发生毒素中毒,死亡率极高。

(一)生物学性状

革兰阳性粗大杆菌,大小为(4～6)μm×(1～1.2)μm。芽胞椭圆形位于菌体次级端,并且粗于菌体,使菌细胞呈网球拍状,有鞭毛,无荚膜。

该菌严格厌氧,在血琼脂平板上菌落较大而不规则,有 β 溶血环,在疱肉培养基中可消化肉渣,使肉渣变黑色,有腐败恶臭。

芽胞抵抗力强,高压蒸汽灭菌 121.3 ℃,30 min 才能将芽胞杀灭。肉毒毒素不耐热,煮沸 1 min 即可破坏,较耐酸,胃酸作用 24 h 不被破坏,故可被胃肠吸收。

(二)致病性

1.致病物质

肉毒梭菌主要以外毒素(肉毒毒素)致病,该毒素是已知毒物中毒力最强者,毒性比氰化钾强 1 万倍,为嗜神经毒,经胃肠吸收入血后作用于脑神经核、外周神经肌肉接头处以及植物神经末梢,阻碍乙酰胆碱的释放,进而影响神经冲动的传导,引起肌肉出现迟缓性麻痹。

2.所致疾病

(1)食物中毒:肉毒毒素主要存在于被肉毒梭菌芽胞污染封闭保存或腌制食品中,如罐

头、香肠、火腿、发酵豆制品等,人因食入含有肉毒毒素且未经加热的食品引发毒素性食物中毒。胃肠道症状少见,主要表现为复视、斜视、眼睑下垂、瞳孔放大、咽肌麻痹、吞咽困难、呼吸障碍,进而呼吸肌和心肌麻痹而死亡。

(2)婴儿肉毒病:多见于1岁以下特别是半岁以内的婴儿,其肠道内缺乏能拮抗肉毒梭菌的正常菌群,食入被肉毒梭菌芽胞污染的食品(如蜂蜜)后,肉毒梭菌在肠道内繁殖产生毒素经肠道吸收而致病。临床表现为便秘、吸乳、啼哭无力,吞咽困难,眼睑下垂,脸部肌肉松弛,全身肌张力减退等,严重者可因呼吸肌麻痹而猝死。

第二节　无芽胞厌氧菌

无芽胞厌氧菌是寄生于人和动物体内的正常菌群,主要寄生于人体的口腔、肠道、泌尿生殖道等处,在人体正常菌群中占绝对优势。在某些特定条件下,它们作为条件致病菌导致内源性感染。在无芽胞厌氧菌感染中,其所致疾病不如厌氧芽胞梭菌严重,但无芽胞厌氧菌占90%以上,且以混合感染为主。

一、无芽胞厌氧菌的分布

该菌种类多,分为革兰阳性及革兰阴性的球菌或杆菌四大类,与医学有关的无芽胞厌氧菌的种类及分布主要见表14-1。无芽胞厌氧菌中,以革兰阴性无芽胞杆菌感染最为多见,主要是类杆菌属和梭杆菌属,尤其是脆弱类杆菌最为常见,临床分离的厌氧菌25%是脆弱类杆菌。

表14-1　人类正常菌群无芽胞厌氧菌的种类及其分布

类　别	菌　种	皮肤	口腔	胃肠道	泌尿生殖道
革兰阳性球菌	粪球菌属	+	−	+	−
	消化球菌属	+	−	+	+
	消化链球菌属	+	+	+	+
革兰阳性杆菌	双歧杆菌属	−	+	+	+
	优杆菌属	−	+	+	+
	乳杆菌属	−	+	+	+
	丙酸杆菌属	+	+	+	+
革兰阴性球菌	韦荣菌属	−	+	+	+
革兰阴性杆菌	类杆菌属	−	+	+	+
	梭杆菌属	−	+	+	+
	卟啉单胞菌属	−	+	+	+
	普雷沃菌属	−	+	+	+

二、致病性

(一)致病条件

无芽胞厌氧菌只有在适宜的感染条件下,才能引起内源性感染:①皮肤黏膜屏障受损,细菌可通过受损屏障侵入非正常寄生部位,如手术、拔牙、肠穿孔等;②正常菌群失调,长期使用抗生素使拮抗厌氧菌的菌群失调;③机体免疫力下降,如肿瘤、糖尿病、手术、烧伤、放疗和化疗、老人慢性消耗性疾病等;④局部厌氧环境的形成,由于局部组织坏死、缺血及需氧菌混合感染,形成厌氧微环境,利于厌氧菌生长。

(二)感染特征

多为慢性感染,有下列特征者提示无芽胞厌氧菌感染,同时结合厌氧培养以求确诊:①发生在口腔、鼻窦、胸腔、腹腔、盆腔和肛门会阴附近的炎症、脓肿和其他深部脓肿;②分泌物带血或黑色,有恶臭;③分泌物直接镜检可见细菌,但在有氧环境中培养无菌生长;④在有氧环境血培养阴性的败血症、感染性心内膜炎、脓毒性血栓静脉炎;⑤使用氨基糖苷类抗生素(链霉素、卡那霉素、庆大霉素等)长期治疗无效者。

(三)所致疾病

多为化脓性感染,可形成局部炎症、脓肿、组织坏死,亦可侵入血液引起菌血症、败血症,感染部位遍及全身。口腔、女性生殖道和盆腔的感染,多由产黑色素类杆菌及核梭杆菌所致,脆弱类杆菌主要引起肺部、腹腔、肠道术后感染及女性泌尿生殖道感染(表 14-2)。

表 14-2　无芽胞厌氧菌感染部位及所致疾病

感染部位	厌氧菌所占比例(%)	所 致 疾 病
盆腔和胸腔感染	60~100	盆腔脓肿,输卵管及卵巢脓肿,肝脓肿,子宫内膜炎,产褥期败血症
肺和胸膜感染	50~80	肺脓肿,吸入性肺炎,坏死性肺炎,脓胸
鼻窦及颅内感染	60~90	慢性中耳炎,乳突炎,鼻窦炎
口腔及咽部感染	>50	坏死性溃疡性齿龈炎,牙周炎,坏死性口腔炎
皮肤软组织感染	40~60	由外伤、局部缺血造成厌氧菌感染,引起广泛的组织炎症和坏死
败血症	10~20	感染性心内膜炎,败血症,败血症性休克

第三节　厌氧菌的微生物学检查及防治原则

一、标本采集

厌氧菌标本主要采集伤口分泌物、粪便、血液或脓肿液等。厌氧菌对氧气敏感,暴露在

空气中容易死亡,应立即送检或接种于厌氧培养基中。无芽胞厌氧菌大多是人体正常菌群,采集标本时注意避免正常菌群的污染,从感染中心处采取或吸取感染深部的渗出物或脓汁,最可靠的标本是切取或活检得到的组织标本。

二、形态学检查

将脓汁、穿刺液标本直接涂片染色观察细菌的形态、染色性、菌量,供初步判断结果时参考。

三、分离培养与鉴定

采集的标本应立即接种于含有还原剂的培养基或特殊的选择性培养基中。最常用的培养基是疱肉培养基和以牛心脑浸液为基础的血琼脂平板,在厌氧环境中进行接种,置于37 ℃厌氧培养 2～3 d,如无菌生长继续培养至 1 周,挑取生长的菌落接种于两个血平板,分别置于有氧和无氧环境中培养,在两种环境中都生长的是兼性厌氧菌,只在厌氧环境中生长的才是专性厌氧菌,获得纯培养后再进行鉴定。

厌氧菌鉴定主要依靠细菌形态、染色性、菌落特征、溶血性及生化反应等,此外还可用核酸杂交等分子生物学方法作特异性诊断。

四、防治原则

彻底清洗伤口和创面、去除坏死组织和异物、维持局部良好的血液循环,避免正常菌群出现异位寄生和防止局部出现厌氧微环境是防止厌氧菌致病的关键。

小贴士

气性坏疽的治疗

气性坏疽是由产气荚膜梭菌引起的一种严重的以肌组织坏死为特征的急性特异性感染。该病潜伏期一般为1～4 d,特点是发展迅速,后果严重。而高压氧能迅速解毒,使外科医师在相当小的风险下进行手术,从而使患肢的功能得到最大恢复,伤残降到最低。因此一旦确诊或疑似气性坏疽,应尽早行高压氧舱治疗,能避免截肢率达 95 % 以上。

白百破三联疫苗和破伤风类毒素的注射可有效预防破伤风。目前尚无疫苗可以预防其他厌氧菌感染,食品加热和正规使用抗生素可以预防肉毒病。

破伤风抗毒素(TAT)可用于破伤风患者的治疗,但注射前必须先作皮肤试验,必要时采用脱敏注射法。早期应用多价抗毒素血清对肉毒病和气性坏疽有较好疗效,高压氧舱法对气性坏疽也有一定效果,但必要时给予截肢手术。

要正确选用抗生素,厌氧芽胞梭菌多数对青霉素敏感,大多数无芽胞厌氧菌对甲硝唑、氯霉素敏感,用药在药敏实验指导下进行,防止临床耐药菌株大量出现。由于无芽胞厌氧菌常与其他需氧菌或兼性厌氧菌混合感染,治疗选药时应全面考虑。

本章小结

　　本章主要介绍两大类厌氧菌，其中厌氧芽胞梭菌需满足一定条件才可以致病，一旦发病，危害性非常大，无芽胞厌氧菌属于条件致病菌，厌氧菌感染中90%属于无芽胞厌氧菌。现将厌氧芽胞梭菌的几个特点总结如下：

厌氧芽胞梭菌

	破伤风芽胞梭菌	产气荚膜梭菌	肉毒梭菌
形态特征	革兰阳性细长杆菌，芽孢位于菌体顶端，使细菌呈鼓槌状	革兰阳性粗大杆菌，芽胞呈椭圆形，位于菌体次级端，直径小于菌体	革兰阳性粗大杆菌，芽胞椭圆形位于菌体次级端，并且粗于菌体，使菌细胞呈网球拍状
传播途径	伤口	伤口、消化道	消化道
所致疾病	破伤风	气性坏疽、食物中毒、坏死性肠炎	食物中毒、婴儿肉毒病
标本采集	伤口分泌物、脓汁、坏死组织	伤口分泌物、脓汁、坏死组织或粪便、可疑食物	食品、粪便或呕吐物、血清
主要防治措施	1.清创，防止创口厌氧微环境的形成 2.注射破伤风抗毒素同时使用抗生素 3.对易感人群注射类毒素以进行特异性预防	1.及时处理伤口，破坏和消除厌氧微环境 2.对局部感染控制可使用抗生素、抗毒素并可结合使用高压氧舱法，必要时截肢手术保全性命	1.加强食品卫生管理和监督，提高防范意识 2.尽早根据症状做出诊断，迅速注射多价抗毒素，同时加强护理和对症治疗

复习思考题

1. 预防破伤风感染的具体措施有哪些？
2. 依照你所了解的知识举例说明在哪些情况下易感染厌氧菌？

你一定能做对！

（韩　静）

第十五章　动物源性细菌

学 习 目 标

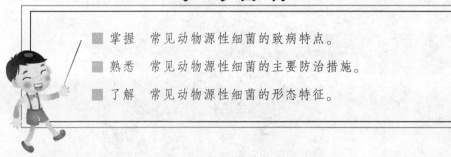

■ 掌握　常见动物源性细菌的致病特点。

■ 熟悉　常见动物源性细菌的主要防治措施。

■ 了解　常见动物源性细菌的形态特征。

动物源性细菌是人畜共患病的病原菌,即由一种病原菌同时可引起动物和人类的某些传染病,称为人畜(兽)共患病,其中绝大多数是以动物作为传染源的称为动物源性疾病(zoonosis)。由于人类直接接触病畜或其污染物及媒介动物叮咬等途径感染而致病,这些病主要发生在畜牧区或自然疫源地。动物源性细菌主要有炭疽芽胞杆菌(B. anthracis)、鼠疫耶尔森菌(Y. pestis)、布鲁菌(Brucella)等。

一、炭疽芽胞杆菌

炭疽芽胞杆菌是炭疽病的病原菌。革兰阳性粗大杆菌,两端平切,长链状排列似竹节。有毒株可形成荚膜,氧充足时形成芽胞,芽胞抵抗力强(图 15-1)。

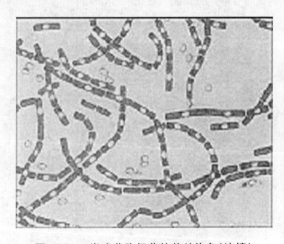

图 15-1　炭疽芽胞杆菌的革兰染色(油镜)

致病物质主要是荚膜和炭疽毒素,后者可引起水肿、休克、DIC,是导致死亡的主要致病因素。人类可经多种途径感染引起炭疽病:①皮肤炭疽:最常见,细菌经皮肤伤口侵入,出现小疖,继而形成水疱、脓疮,皮肤坏死呈黑色焦痂,故名炭疽;常伴有全身症状,不及时治疗,可导致死亡;②肺炭疽:因吸入含有细菌芽胞的尘埃而出现呼吸道症状及全身中毒症状;③肠炭疽:因食入未煮熟的病畜肉而感染,出现消化道症状,以全身中毒为主,死于毒血症。以上三型均可并发败血症。管理病畜,对易感人群和家畜进行预防接种,治疗首选青霉素。

二、鼠疫耶尔森菌

鼠疫耶尔森菌是鼠疫的病原菌。革兰阴性球杆菌,两端钝圆并浓染,有荚膜。鼠疫是我国法定的甲类传染病。

致病物质包括 V/W 抗原、F1 抗原、鼠毒素等。鼠疫的传播方式是"鼠-蚤-人",通过人蚤或呼吸道途径在人群中传播。临床常见三种类型:①腺型:最常见,以腹股沟淋巴结肿胀化脓,全身中毒为主要特征;②肺型:吸入带菌尘埃而感染,患者死亡后皮肤呈黑紫色,故称"黑死病";③败血症型:肺鼠疫或腺鼠疫患者的病菌侵入血液后大量繁殖而导致败血症型鼠疫。患病后免疫力持久。灭鼠灭蚤,及时隔离患者,预防接种用鼠疫无毒活疫苗。

三、布鲁菌

布鲁菌是人及动物布鲁菌病的病原菌。我国流行的主要是羊布鲁菌、牛布鲁菌和猪布鲁菌,其中以羊布鲁菌多见。革兰阴性球杆菌,光滑型菌株有微荚膜。

致病物质主要是内毒素、荚膜和侵袭性酶,侵袭力较强,能通过完整的皮肤、黏膜侵入人体。感染本菌后可引起母畜流产,人类因接触病畜及其分泌物,经皮肤、黏膜、呼吸道、消化道而感染。布鲁菌侵入人体后,即被吞噬细胞吞噬,该菌为胞内寄生菌,能在吞噬细胞内生长繁殖,可经淋巴管到达局部淋巴结,繁殖到一定数量后,进入血流,随血液到达脾、肝、骨髓等细胞内寄生,反复出现菌血症,使患者反复出现不规则的发热,故称波浪热。本菌多为细胞内寄生,治疗难彻底,易转为慢性,反复发作,在全身各处引起迁徙性病变,引起乏力、发热、关节痛症状等。加强病畜管理、切断传播途径和免疫接种能有效的控制布鲁菌病。

本 章 小 结

	炭疽芽胞杆菌	鼠疫耶尔森菌	布鲁菌
形态特征	革兰阳性粗大杆菌,两端平切,长链状排列如竹节状	革兰阴性球杆菌,两端钝圆并浓染,有荚膜	革兰阴性球杆菌,光滑型菌株有微荚膜
传播途径	皮肤、呼吸道、消化道	鼠-蚤-人,呼吸道	多途径
所致疾病	皮肤炭疽、肺炭疽、肠炭疽	鼠疫:腺型、肺型、败血症型	母畜流产,人类布鲁菌病(波浪热)
主要防治措施	管理病畜,对易感人群和家畜进行预防接种,治疗首选青霉素	灭鼠灭蚤,及时隔离病人,预防接种用鼠疫无毒活疫苗	控制和消灭病畜,切断传播途径、预防接种

复习思考题

1. 常见节肢动物传播的细菌包括哪些？引起哪些疾病？
2. 鼠疫的传播方式是什么？其常见临床类型有哪些？

你一定能做对！

（楼　研）

第十六章　病毒学概论

学 习 目 标

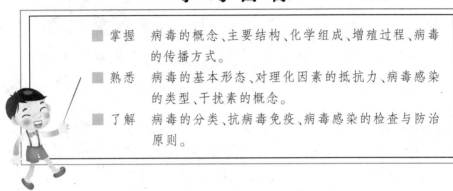

- ■ **掌握**　病毒的概念、主要结构、化学组成、增殖过程、病毒的传播方式。

- ■ **熟悉**　病毒的基本形态、对理化因素的抵抗力、病毒感染的类型、干扰素的概念。

- ■ **了解**　病毒的分类、抗病毒免疫、病毒感染的检查与防治原则。

第一节　病毒的生物学特性

病毒在自然界广泛存在,是自然界中最古老的生物物种之一。尽管人类发现病毒只有 100 年的历史,但在很久之前就有关于病毒的记载。根据古印度文献记载,公元前 1 000 年左右,天花被从事贸易的商人从埃及带到印度,并传播到中国。古希腊科学家亚里士多德(Aristotle)(公元前 384～公元前 322 年)在公元前 4 世纪就记述了狗在患病后出现的症状,该病可通过咬啮能传给其他的动物或人,在人体上这种病在当时被称作恐水病(Rabies)。

> **知识链接**
>
> ### 病毒的发现
>
> "病毒(virus)"一词最早是指有毒的流出物,如蛇的毒液,后来专指能引起传染病的致病因子。病毒的真正发现是在 19 世纪,在 1892 年从事烟草花叶病工作的俄国科学家伊万诺夫斯基(D. Ivanovsky)(图 16-1)发现感染烟草花叶病的叶汁,经过滤菌器的过滤仍具有传染性。这个现象提示了存在一种比以前所知的任何一种都小的致病因子。
>
> 1898 年,荷兰科学家贝杰林克(Beijerinck)(1851～1931)(图 16-2)重复了伊万诺夫的实验,他相信这通过滤菌器的致病因子仍然具有生命体的性质,并用"病毒(Virus)"来命名这种新的小病原体。

病毒是一类个体微小,无完整细胞结构,含单一类型核酸(DNA 或 RNA)型,必须在活细胞内寄生并复制,对抗生素不敏感的非细胞型微生物。

具有感染性的完整病毒颗粒,称为病毒体(virion),为装配成熟的病毒,大小和形态稳定,我们通常说的病毒指的就是病毒体。

病毒在自然界广泛存在,可以感染多种动物、植物和其他微生物。人类的传染病有 75% 是由病毒感染导致的。

图 16 - 1　伊万诺夫斯基(D. Ivanovsky)

图 16 - 2　贝杰林克(Beijerinck)

一、病毒的形态结构

(一)病毒的大小

　　病毒的个体非常微小,病毒体大小的测量单位为纳米(nm,为 1/1000 mm)。病毒的大小可采用不同方法进行研究:电子显微镜法、分级过滤法、电泳法等。研究结果表明大多数病毒比细菌小得多,但比多数蛋白质分子大,而且病毒的大小相差很远。各种病毒体大小差别悬殊,最大的可达到 300 nm,如痘苗病毒约为 300 nm×200 nm×100 nm;最小约为 20 nm,如植物的联体病毒直径仅为 18～20 nm。多数单个病毒粒子的直径在 100 nm 左右,也就是说,把 10 万个左右的病毒粒子排列起来才可能用肉眼勉强看得到。

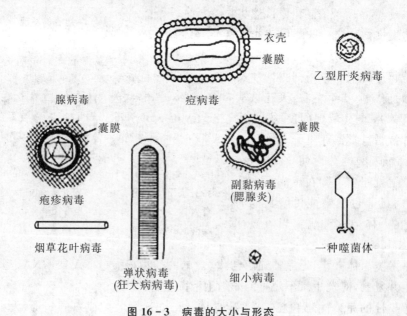

图 16 - 3　病毒的大小与形态

(二)病毒的形态结构

1.病毒的形态

　　病毒的形态有球形或近似球形、砖形、杆状、丝状、子弹状及蝌蚪状等。其中动物病毒多为球形或近似球形、砖形,如脊髓灰质炎病毒、流感病毒。植物病毒多为杆状、丝状,如烟草花叶病毒。细菌病毒,多为蝌蚪状,如噬菌体(图 16-3)。

单个病毒体通常无法用光学显微镜观察到,但当它们大量聚集或使宿主细胞发生病变时,就可用光学显微镜加以观察,例如被感染细胞中的包涵体以及噬菌体的噬菌斑。

2.病毒的结构

病毒的基本结构有核心、衣壳,有的病毒有包膜结构(图 16-4)。

病毒体的核心为核酸(DNA 或 RNA),构成病毒的基因组(genome),是决定病毒遗传、变异和复制的物质基础。

核心外包有蛋白质性质的衣壳(capsid),主要作用为:①保护病毒核酸;②介导病毒进入宿主细胞;③具有抗原性。衣壳是由一定数量的壳粒(capsomere)所组成。壳粒是由几种重复的多肽亚单位组成。衣壳根据壳粒排列方式的不同可分为以下几种类型:

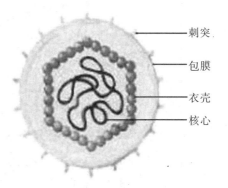

图 16-4 病毒的结构

螺旋对称型:壳粒沿着病毒的核酸链呈对称螺旋形的排列。多见于杆状病毒、弹状病毒(图 16-5)。

20 面体对称型:壳粒排列成 20 面体对称型,近似球形。20 面体的每个面都呈等边三角形,由许多壳粒组成。

复合对称型:病毒体结构复杂,由头部和尾部组成,既有螺旋对称型又有立体对称型。有病毒核酸的头部通常呈 20 面体对称,尾部呈螺旋对称。可见于痘病毒、噬菌体等。

许多动物病毒在衣壳之外还有一层由脂质双分子层构成的外膜,即包膜(envelope)。

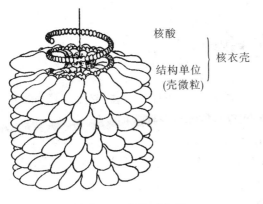

图 16-5 螺旋对称型

病毒在成熟过程中穿过宿主细胞以出芽方式向细胞外释放时获得的,故包膜来自宿主的细胞膜或核膜。包膜表面常有不同形状的糖蛋白性质的突起,称为包膜子粒(peplomer)或刺突(spike)(图 16-4),可和宿主细胞膜上的受体分子结合,促使病毒进入细胞。

二、病毒的增殖与宿主细胞的病变

病毒在宿主细胞内以复制的方式进行。病毒是以其基因为模板,在 DNA 多聚酶或 RNA 多聚酶的催化作用下,复制病毒的基因组,在宿主细胞内转录、翻译出病毒蛋白,最终装配释放出成熟的子代病毒。这一过程称为一个复制周期。这一过程分为吸附和穿入、脱壳、生物合成、组装成熟与释放,现以双链 DNA 病毒为例加以说明(图 16-6)。

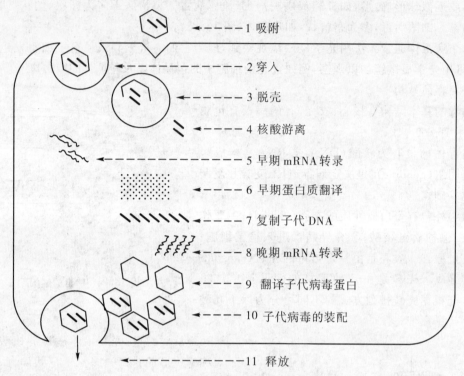

1 吸附

2 穿入

3 脱壳

4 核酸游离

5 早期 mRNA 转录

6 早期蛋白质翻译

7 复制子代 DNA

8 晚期 mRNA 转录

9 翻译子代病毒蛋白

10 子代病毒的装配

11 释放

图 16 - 6　病毒的复制

1. 吸附

病毒需先吸附于易感细胞后方可穿入。吸附主要是通过病毒的包膜或无包膜病毒衣壳表面的配体位点与细胞表面的特异受体结合所介导。体外培养细胞的受体不一定与体内组织或细胞的受体相同。例如脊髓灰质炎病毒在体外细胞培养中可感染人或猴肾细胞,但在体内主要侵犯的靶细胞是神经系统,其机制尚不明确。研究显示,各种病毒的受体不同。已知脊髓灰质炎病毒的一种衣壳蛋白可与灵长类细胞表面的 Ig(免疫球蛋白)家族的蛋白受体结合;HIV 包膜糖蛋白 gP120 的受体是人辅助 T 淋巴细胞表面的 CD4 受体,但是病毒可有不止一种细胞受体,而且还有不少病毒受体尚未被确定。

2. 穿入

病毒体吸附于宿主细胞膜上,可通过数种方式穿入。有包膜的病毒多数通过包膜与宿主细胞膜融合后进入细胞,然后将核衣壳释放入细胞浆内。无包膜病毒一般是通过细胞膜以胞饮方式将该衣壳吞入。

3. 脱壳

病毒在细胞内必须脱去衣壳,其核酸方可在宿主细胞中发挥指令作用。多数病毒在穿入时已在细胞的溶酶体酶作用下脱壳并释放出病毒的基因组。少数病毒的脱壳过程较复杂。这些病毒往往是在脱衣壳前,病毒的酶已在起转录 mRNA 的作用。

4. 生物合成

早期病毒基因组在细胞内进行转录、转译需先合成非结构蛋白质,即必须的复制酶和转录、转译一些抑制细胞核酸与蛋白质合成的酶以阻断宿主细胞的正常代谢。然后根据病毒基因组指令,复制病毒的核酸,合成结构蛋白质与一系列的非结构蛋白质。这一阶段并无完整病毒可见,也不能用血清学检测出病毒的抗原,因此曾被称为隐蔽期。这一生物合成阶段的详细过程是通过用生物化学、分子生物学及标记核酸等技术研究的实验结果,综合分析所获得。

5.装配与释放

根据病毒的种类不同,在细胞内复制出子代病毒的核酸与蛋白质,在宿主细胞内装配的部位也不同,分别可在胞核内、胞质内、核膜及胞质膜上。无包膜病毒装配成的核衣壳即为成熟的病毒体;有包膜的病毒,装配成核衣壳后以出芽方式释放。释放时可包有核膜或胞质膜而为成熟的病毒体。包膜上的脂类来自细胞,可随在不同细胞内增殖而有不同,但包膜的蛋白(包括糖蛋白)则由病毒编码,故具有病毒的特异性与抗原性。

三、干扰现象

当两种病毒先后或同时感染同一细胞时,可发生一种病毒的增殖抑制了另一种病毒增殖的现象称为干扰现象(interference)。有时同种病毒的不同型或不同株之间也可发生干扰现象。对这一现象机制研究首先考虑的是第一种病毒感染后,宿主细胞表面的受体被结合或细胞发生了代谢途径的变化,从而阻止了另一种病毒的吸附、穿入细胞或生物合成。进一步研究发现,经灭活的病毒也具有干扰作用,这就难以用代谢途径变化来解释。以后发现灭活病毒或干扰素诱导剂可诱导细胞产生抑制病毒复制的一组蛋白质,被称为干扰素(interferon,IFN)(图 16-7)。除病毒外,细菌内毒素、人工合成的双链 RNA 也可诱导细胞产生干扰素。巨噬细胞、淋巴细胞及体细胞均可产生干扰素。

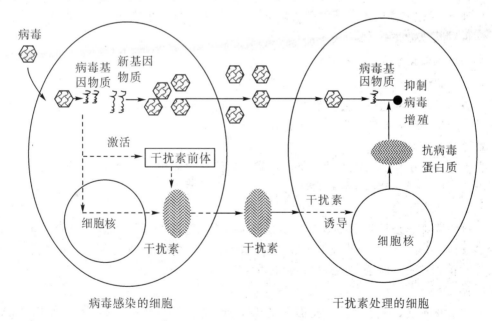

图 16-7　干扰素的产生和作用

干扰素是由病毒或干扰素诱导剂刺激细胞产生的一类糖蛋白,具有抗病毒、抗肿瘤和免疫调节等多种生物学活性。有三种干扰素:IFN-α、IFN-β、IFN-γ。干扰素的抗病毒作用

有两个显著特点：①有种属特异性，即干扰素仅对产生干扰素的同系细胞起作用；②对病毒无特异性，即具有广谱性，一种干扰素可抑制多种病毒的增殖。

目前临床使用的干扰素为重组干扰素，国内干扰素生产多用大肠埃希菌作为干扰素基因的载体。

四、理化因素对病毒的影响

(一)病毒对物理因素的抵抗力

1. 温度

大多数病毒(除肝炎病毒外)耐冷而不耐热。病毒一旦离开机体，经加热 $56\sim60$ ℃ 30 min，由于表面蛋白变性，而丧失其感染性，即被灭活。病毒对低温的抵抗力较强，通常在 -70 ℃仍不失去活性，但对反复冻融则敏感。一般可用低温真空干燥法保存病毒，但在室温条件下干燥易使病毒灭活。

2. 盐类对病毒的稳定作用

摩尔浓度的盐可提高病毒对热的抵抗力。$MgCl_2$ 对脊髓灰质炎病毒、$MgSO_4$ 对正黏和副黏病毒、Na_2SO_4 对疱疹病毒具有稳定作用。因此在减毒活疫苗中须加这类稳定剂。即使有囊膜病毒，在 -90 ℃也不能长期保存，但加入保护剂如二甲基亚砜(DMSO)可使之稳定。

3. pH

病毒一般在 pH5.0~9.0 的环境是稳定的，但在某些病毒的血凝反应中，pH 的改变可影响试验的结果。

4. 射线

紫外线、X 线和高能量粒子可灭活病毒，这是因为光量子可击毁病毒核酸的分子结构，不同病毒对其敏感度不一。

(二)病毒对化学因素的抵抗力

1. 脂溶剂

有囊膜病毒可迅速被脂溶剂破坏，如乙醚、氯仿、去氧胆酸钠。这类病毒通常不能在含有胆汁的肠道中引起感染。病毒对脂溶剂的敏感性可作为病毒分类的依据之一。

2. 甘油

大多数病毒在 50%甘油盐水中能存活较久。因病毒体中含游离水，不受甘油脱水作用的影响，故可用于保存病毒感染的组织。

3. 化学消毒剂

一般病毒对高锰酸钾、次氯酸盐等氧化剂都很敏感，升汞、酒精、强酸及强碱均能迅速杀灭病毒，但 0.5%~1%石炭酸仅对少数病毒有效。饮水中漂白粉浓度对乙型肝炎、肠道病毒无效。β-丙内酯及环氧乙烷可杀灭各种病毒。

4. 抗生素

抗生素及磺胺对病毒无效。利福平(Rifampin)能抑制痘病毒复制，干扰病毒 DNA 或 RNA 合成，但也干扰宿主细胞的代谢，有较强的细胞毒性作用。

五、病毒的分类

生物的分类是基于对生物体本质与特性认识基础上所形成的。对病毒分类的依据是：

①核酸类型与结构（RNA、DNA、双链、单链、线状、环状、是否分节段）；②病毒体的形状和大小；③病毒体的形态结构（衣壳的对称型、有无包膜）；④对脂溶剂的敏感性等（表 16-1）。

表 16-1　病毒的分类

病毒类型	分类主要特点	病毒科名
DNA 病毒	双链 DNA 病毒 单链 DNA 病毒	腺病毒科 嗜肝 DNA 病毒科 细小病毒科
DNA 和 RNA 逆转录病毒	双链 RNA 病毒 裸露 RNA 病毒 正单链 RNA 病毒	逆转录病毒科 呼肠病毒科 裸露 RNA 病毒科 冠状病毒科 披膜病毒科 小 RNA 病毒科 黄病毒科
RNA 病毒	负单链 RNA 病毒	正黏病毒科 副黏病毒科 弹状病毒科
亚病毒传染因子	类病毒 卫星病毒 朊病毒	

第二节　病毒的感染

一、病毒的感染方式

病毒的感染过程指的是病毒入侵机体，在组织与细胞中增殖，最终导致靶器官（组织与细胞）病变。

（一）水平传播

病毒通过完整或破损的皮肤、黏膜（消化道、呼吸道或泌尿生殖道）传播，这种传播方式被称为水平传播。

（二）垂直传播

通过胎盘或产道将病毒由亲代传播给子代的方式称为垂直传播或母婴传播。如巨细胞病毒、人类免疫缺陷病毒（HIV）及乙型肝炎病毒等。

二、病毒感染的类型

感染的过程与结局取决于病毒与机体间相互的作用。机体的遗传特性及天然和获得性免疫应答均将影响感染的结局。例如病毒是否会完成全部感染过程造成严重损伤，甚至致感染者死亡;还是仅出现隐性感染或使感染中止成为顿挫型感染,或感染者最终清除病毒而恢复健康,均由病毒与机体两方面因素所决定。

然而大多数病毒感染的嗜组织性及在体内播散等机制至今尚未能阐明。

(一)根据感染发生的部位可划分为局部感染、全身性感染

1. 局部感染

如病毒仅局限在入侵部位增殖并引起疾病,引起的是局部感染。例如鼻病毒仅在上呼吸道黏膜细胞内增殖,引起普通感冒;轮状病毒在肠道黏膜内增殖而引起腹泻。

2. 全身性感染

多数病毒感染机体后,在一种组织或细胞内增殖后,病毒释放入血循环或经淋巴系统或经神经组织,再入侵靶器官中的易感细胞,在该细胞中增殖,损伤细胞并引起疾病。这种感染过程涉及全身或数种组织与器官,称之为全身性感染。如 EB 病毒在口咽部上皮细胞内增殖,然后感染淋巴细胞,这些细胞大量进入血液循环而造成全身性感染。

一般全身性感染较局部感染会诱生更全面及巩固的免疫应答。

(二)根据病毒感染的过程和结局可划分为隐性感染、显性感染

1. 隐性感染

不引起临床症状的感染称为隐性感染,又称亚临床感染。

2. 显性感染

出现临床症状的感染称为显性感染。机体感染病毒后,依病毒的种类、毒力强弱和机体免疫力等不同,可表现出不同的临床类型。

根据临床症状的长短,可分为急性感染与持续性感染。

(1)急性感染:潜伏期短、发病急,病程数日或数周,恢复后机体内不再有病毒,并常获得特异性免疫,如流感。

(2)持续性感染:是病毒感染中的一种重要类型。在这类感染中,潜伏期长,病毒可在机体内持续数月至数年甚至终身,发病慢,恢复慢。可出现明显症状,也可不出现症状而成为长期携带病毒,并可成为重要的传染源。持续性病毒感染的致病机制不同,而且临床表现各异。根据发病过程,可大致分为三种:

①慢性感染:显性或隐性感染后,病毒未完全清除,可持续存在血液或组织中并不断排出体外,可出现症状,也可无症状。在慢性感染全过程中病毒可被分离培养或检测,例如巨细胞病毒、EB 病毒所致的慢性感染及慢性乙型肝炎、人类免疫缺陷病毒感染等。

②潜伏性感染:经隐性或显性感染后,病毒基因存在于一定的组织或细胞中,但并不能产生有感染性的病毒体,在某些条件下病毒可被激活而急性发作。急性发作期可以检测出病毒的存在。

③慢发病毒感染:较为少见但后果严重。病毒感染后有很长的潜伏期,既不能分离出病毒也无症状。经数年或数十年后,可发生某些进行性疾病,并导致死亡。有些慢发病毒感染是由寻常的病毒所引起,如儿童期感染麻疹病毒恢复后,经过十余年后可发生亚急性硬化性全脑炎(SSPE)。

三、病毒的致病机制

（一）病毒对宿主细胞的直接作用

不同种类的病毒与宿主细胞相互作用，可表现出不同的结果。

1. 杀细胞效应

病毒在宿主细胞内增殖造成宿主细胞破坏、死亡并释放出大量的子代病毒称杀细胞效应。多见于无包膜病毒，如脊髓灰质炎病毒、腺病毒等。

2. 细胞转化

有些病毒的核酸可整合到宿主细胞的染色体上，导致宿主细胞遗传特性发生变化，即细胞转化。此转化作用可引起肿瘤的发生，如 EB 病毒可能与恶性淋巴瘤及鼻咽癌的发生有关；单纯疱疹病毒Ⅱ型可能与宫颈癌有关。

3. 形成包涵体

有些病毒感染宿主细胞后，可在宿主细胞胞浆内和细胞核内形成普通显微镜下可观察到的嗜酸性或嗜碱性、圆形或椭圆形或不规则的团块结构，称为包涵体。这些包涵体成分可对宿主细胞的结构和功能产生影响，也可导致宿主细胞损伤。包涵体可能是病毒在宿主细胞内增殖留下的反应痕迹，故检查包涵体可辅助诊断病毒感染。

4. 细胞膜改变

病毒在感染宿主细胞时，可发生宿主细胞膜受体被破坏，细胞膜成分发生变化等。①细胞融合：某些病毒感染人体可导致感染细胞与邻近细胞的融合，形成多核巨细胞，并借此促成病毒扩散。如麻疹病毒、副流感病毒、疱疹病毒等；②细胞膜出现新抗原：病毒在细胞内的复制过程中，可以引起宿主细胞膜组分的改变，形成自身抗原，或者由病毒基因编码的抗原表达在宿主细胞膜上，构成新的抗原。两者均可诱发免疫应答，致宿主细胞损伤或破坏。

（二）病毒感染的免疫病理作用

免疫病理导致的组织损伤在病毒感染中常见。诱发免疫病理反应的抗原，除病毒外还有因病毒感染而出现的自身抗原。此外，有些病毒可以直接侵犯免疫细胞，破坏其免疫功能。

1. 体液免疫病理作用

有些病毒如狂犬病毒、单纯疱疹病毒、流感病毒等侵入细胞后，能诱发细胞表面出现新抗原，这种抗原与相应抗体结合后，在补体的参与下可引起细胞溶解，属Ⅱ型超敏反应；有些病毒如乙型肝炎病毒感染后，病毒抗原与相应抗体结合形成免疫复合物可长期存在于机体血循环中，当免疫复合物沉积于肾毛细血管基底膜，激活补体，可引起Ⅲ型超敏反应，造成组织损伤，出现蛋白尿、血尿等症状。

2. 细胞免疫病理作用

由病毒抗原致敏的 T 细胞，可通过直接杀伤或释放淋巴因子等作用，破坏病毒感染的靶细胞，引起Ⅳ型超敏反应。

3. 免疫抑制

许多病毒感染能引起宿主免疫功能的抑制，如人类免疫缺陷病毒感染 T 细胞，可使受染者形成获得性免疫缺陷状态，易并发机会致病菌感染和恶性肿瘤的发生，造成死亡。

四、抗病毒免疫

机体抗病毒免疫应答可分为非特异性免疫及特异性免疫两方面阐述,但在体内这两方面不可分割并协同发挥作用。

(一)非特异性免疫

非特异性抗病毒免疫中除与抗其他微生物相同的机制外,干扰素与自然杀伤细胞(NK细胞)占有突出的地位。机体对病毒入侵细胞的最早应答是诱生干扰素以及出现对病毒感染细胞的杀伤作用。

1. 干扰素的作用

干扰素具有广谱抗病毒活性,但只具有抑制病毒作用而无杀灭病毒的作用。干扰素抗病毒作用有相对的种属特异性,一般在同种细胞中的活性最高。

2. NK 细胞的作用

最早在研究肿瘤细胞被杀伤的实验中发现了 NK 细胞,但以后发现 NK 细胞也可杀伤病毒感染的细胞。NK 细胞是一种不受 MHC 限制,也不依赖抗体的具有杀伤作用的免疫细胞。NK 细胞作用于靶细胞后杀伤作用出现早,一般在体外 1 h,体内 4 h 即可出现杀伤效应。NK 细胞除可杀伤病毒感染的细胞外,肿瘤细胞和某些自身组织细胞也是 NK 细胞的靶细胞。

(二)特异性免疫

病毒感染过程中,病毒的各种结构蛋白(如衣壳蛋白、基质蛋白或包膜上的各种糖蛋白)以及少数 DNA 多聚酶,可经抗原的加工与提呈,活化 T 细胞及 B 细胞,分别在体内诱生体液及细胞免疫。中和性抗体可中和游离的病毒体,主要对再次入侵的病毒体有预防作用。抗体也可与病毒感染细胞的表面抗原结合,在补体或抗体依赖性杀伤细胞(ADCC)参与下发挥杀伤病毒感染细胞的作用。细胞免疫中的杀伤性 T 细胞(CTL)通过杀伤病毒感染的靶细胞,清除病毒后是使机体恢复健康的主要机制。活化 T 细胞所分泌的多种细胞因子,如干扰素、TNF 等,也对清除病毒有利。

1. 体液免疫作用

病毒的抗体可自感染者血清中检出,因此较早被发现并进行了较深入的研究。病毒感染后最先出现的是 IgM 类特异抗体,一般在感染后 2~3 d 血清中开始出现。以后则出现 IgG 类抗体,并随病毒种类不同而持续时间长短不等。一般经黏膜感染并在黏膜上皮细胞中复制的病毒在局部可诱生 IgA 类抗体。特异性抗体可用于诊断。在体内,中和抗体的抗病毒作用至为重要。

(1)中和抗体:这种抗体能与病毒结合后消除病毒的感染能力,故在杀灭细胞外的游离病毒中起主要作用。其作用机制是改变病毒表面构型,或与吸附于易感细胞受体的病毒表位结合,阻止病毒吸附并侵入易感细胞和增殖。病毒与中和抗体形成的免疫复合物更容易被巨噬细胞所吞噬、清除或改变抗原提呈途径。有包膜的病毒表面抗原与中和抗体结合后,激活补体,可致病毒裂解。

由于 IgG 分子量小,通过胎盘,新生儿可具有来自母体的中和抗体而得到约 6 个月的被动免疫保护期。

IgM 因分子量大，不能通过胎盘。如在新生儿血中测得被动特异性 IgM 抗体，可诊断为宫内感染。病毒感染后最早出现 IgM 抗体，故检查 IgM 抗体可作早期诊断。

IgA 抗体主要来源于黏膜固有层的浆细胞，存在于黏膜分泌液中，在局部免疫中起主要作用，常可阻止病毒从局部黏膜入侵。中和抗体的分子量大，不能进入病毒感染的细胞，故无清除细胞内的病毒的作用。

(2)非中和抗体：有些抗体是针对有包膜病毒的基质或其中的核蛋白，有些抗体是针对病毒表面具有细胞融合功能的酶或病毒复制酶等。因这类抗原与病毒入侵易感细胞不相关，故相应抗体无中和作用，但有时具有诊断价值。病毒抗体的诊断方法随不同病毒而异。

抗体介导对靶细胞的作用：因有包膜的病毒感染细胞后，细胞膜可出现病毒编码的蛋白，能与相应抗体结合，在补体参与下裂解细胞；也可通过抗体依赖性细胞介导的细胞毒作用(ADCC)裂解与破坏病毒感染的细胞。在体内，ADCC 的抗病毒作用所占地位尚未最终确定。

2.细胞免疫作用

对细胞内的病毒，机体主要通过 CTL 及 T 细胞释放的淋巴因子发挥抗病毒作用。细胞免疫主要在病毒感染的局部发挥作用，其作用方式为通过免疫细胞接触靶细胞后杀伤靶细胞或在局部释放细胞因子，因此检测细胞免疫的技术较体液免疫复杂。

第三节 病毒感染的检查与防治原则

一、病毒感染的检查

病毒的诊断方法包括病毒的分离鉴定和血清学诊断。

(一)标本的采集与送检

(1)病毒分离标本的采集原则：①早期采集；②由感染部位采集；③注意无菌操作；④低温保存，尽快送检。

(2)血清学诊断标本的采取：应采集双份血清，即在发病初期和病后 2～3 周各取 1 份血清。

(二)病毒的形态学检查

用光学显微镜可直接观察痘类病毒等大型单个病毒体，也可直接检查被某些病毒感染的组织细胞中的包涵体。电镜直接检查：病毒颗粒的形态结构以及病毒引起的组织细胞病理变化。

(三)病毒的分离培养

病毒缺乏活细胞所具备的细胞器（如核糖体）以及代谢必需的酶系统、原材料和能量，需要宿主细胞提供。病毒必须在活细胞中方能进行增殖。

病毒的培养方法有以下三种方法：

> **知识链接**
>
> **人物介绍——黄祯祥**
>
> 中国科学院学部委员、中国预防医学中心病毒学研究所名誉所长，是世界上首创用体外组织培养法鉴定病毒新技术的人，这项学术成果被誉为"奠定了现代病毒学的基础""病毒学技术的第二次革命"。Enders 在诺贝尔奖获得者的报告中还提到了黄祯祥的工作。在 20 世纪 30 年代黄祯祥在研究马脑炎病毒时，发现在体外培养的组织中加入病毒后，培养液的 pH 与无病毒的对照培养液有显著差别，提出了可能利用体外组织进行培养病毒。在此基础上，1955 年美国恩德斯(John F. Enders)、韦勒(Thomas H.Weller)、罗宾斯(Frederick Robbins)培养小儿麻痹症病毒成功。

(1)动物接种：这是最早使用的病毒培养方法。常用的动物有猴、兔、豚鼠、小鼠和大鼠等，接种的途径有静脉、鼻内、皮下、皮内、脑内、腹腔内等。根据病毒种类不同，选择敏感动物及适宜接种部位。

(2)鸡胚接种：鸡胚对多种病毒敏感。根据病毒种类不同，可将标本接种于鸡胚的羊膜腔、尿囊腔、卵黄囊或绒毛尿囊膜上。

(3)组织培养：将离体活组织块或分散的活细胞在体外加以培养，统称为组织培养。用动物组织、胚胎或细胞来分离或培养病毒是突破性的成就。

(四)血清学检查

用已知病毒抗原检测患者血清中有无相应抗体，称病毒的血清学诊断。

1.中和试验

病毒在体内或细胞培养中可被特异性抗体中和而失去感染性，根据特异性血清能保护细胞(或鸡胚、动物)不出现病变的稀释倍数判定抗体效价。

2.血凝抑制试验

本法可用于正黏病毒、副黏病毒及黄病毒等有 HA 的病毒的血清学诊断和流行病学调查，也可用于鉴定病毒的型或亚型。

3.补体结合试验

由于方法繁琐、型特异性较低，临床不常采用。

4.ELISA 法

特异性高、敏感性强、操作方便，广泛用于细菌、病毒和其他病原体的临床化验室检测，特别在病毒感染性疾病的诊断中用已知病毒蛋白检测未知病毒特异性抗体的方法。目前WHO 规定该试验作为 HIV 感染的确认试验。

二、病毒感染的防治原则

目前对病毒感染缺乏特效药物治疗，因此人工免疫是预防病毒感染最有效的手段。另外，干扰素、中草药在预防和治疗病毒性疾病中也有一定效果。

(一)病毒感染的预防

1.人工自动免疫

目前通过各种灭活疫苗或减毒活疫苗进行人工自动免疫。灭活疫苗是用甲醛灭活剂灭活病毒核酸，但不影响病毒的免疫原性。常用的有流行性乙型脑炎灭活疫苗、人用狂犬疫苗、流感全病毒灭活疫苗等。减毒活疫苗是用自然或人工方法选择对人无毒或弱毒的变异株所制备。常用的有脊髓灰质炎减毒活疫苗糖丸、麻疹减毒活疫苗、腮腺炎减毒活疫苗等。活疫苗免疫效果好，但可能返祖，恢复毒力而致病，故有潜在危险性。为提高疫苗的安全性，目前已研制亚单位疫苗(如流感病毒、腺病毒、乙肝病毒疫苗等)、多肽疫苗(如乙肝病毒疫苗)和基因工程疫苗(如乙型肝炎疫苗)等。

2.人工被动免疫

常用的人工被动免疫制剂有免疫血清、胎盘球蛋白、血清丙种球蛋白以及与细胞免疫有关的转移因子等，常用于甲型肝炎、脊髓灰质炎、麻疹、狂犬病、疱疹等病毒感染的紧急预防和治疗。

(二)病毒感染的治疗

1.干扰素

干扰素具有广谱的抗病毒作用。干扰素制剂及干扰素诱生剂已试用于一些病毒感染的治疗,如慢性乙型肝炎、疱疹性角膜炎、带状疱疹等已取得较好的疗效。

2.化学药物

由于病毒只能在活细胞内增殖,故要求抗病毒药物既能进入细胞抑制病毒增殖,又不能损伤宿主细胞,但迄今无理想药物。目前有一定疗效的有盐酸金刚烷胺、阿糖腺苷、无环鸟苷、丙氧鸟苷以及疱疹净等。

3.中草药

大量实验证明板蓝根、大青叶等能抑制多种病毒。

本章小结

1.病毒的概念

病毒体 {
核心(DNA 或 RNA)
衣壳(主要成分为蛋白质)
包膜(主要成分是脂质双分子层;仅见于部分病毒;有刺突)

2.增殖过程:吸附和穿入、脱壳、生物合成、组装成熟与释放。

3.病毒的抵抗力:耐冷不耐热;对抗生素不敏感;有包膜的病毒对脂溶剂敏感。

4.传播方式:水平传播、垂直传播。

5.感染类型 {
隐性感染
显性感染 {
急性感染
持续性感染 {
慢性感染
潜伏感染
慢发病毒感染

6.抗病毒免疫:非特异性免疫及特异性免疫共同发挥作用,对于细胞外的病毒以体液免疫为主,对细胞内的病毒以细胞免疫为主。

7.病毒感染主要通过用显微镜检查以及组织细胞培养或检查病毒的抗原抗体成分、核酸等方法来进行诊断。

8.目前对病毒感染缺乏特效药物治疗,因此人工免疫是预防病毒感染最有效的手段。

复习思考题

1.什么是病毒?

2.试述病毒的主要特点。

3.简述病毒增殖的过程。

4.简述病毒性疾病的预防原则。

你一定能做对!

(张发苏)

第十七章　呼吸道病毒

呼吸道病毒是指由呼吸道途径进入机体,引起呼吸道或呼吸道以外其他组织器官病变
的一大类病毒。据统计,90％以上急性呼吸道感染是由病毒引起。常见的有流行性感冒病
毒、腮腺炎病毒、麻疹病毒、风疹病毒等。

第一节　流行性感冒病毒

流行性感冒病毒(influenza virus)简称流感病毒,是引起流行性感冒(简称流感)的病原
体。包括引起人类疾病的甲(A)、乙(B)、丙(C)型流感病毒以及引起动物(如猪、禽类)疾病
的流感病毒等,其中甲型流感病毒最易发生变异,流感传播快,发病率高,在历史上造成几次
世界性大流行。

一、生物学性状

(一)形态与结构

病毒体呈球形或丝状,直径 80～120 nm。病毒体的结构可分为(图 17-1):

1. 核衣壳

由核酸、核蛋白及 RNA 多聚酶组成。病毒核酸为分节段的单股负链 RNA,如甲、乙型
流感病毒分 8 个节段,丙型分 7 个节段。每一个节段即为一个基因组,能编码一种结构或功
能蛋白。核酸外包绕的是核蛋白,构成病毒衣壳,呈螺旋对称型。核蛋白是可溶性抗原,抗
原性稳定,具有型特异性。RNA 和核蛋白合称为核糖核蛋白。

2. 包膜

流感病毒包膜有两层。内层为病毒基因编码的基质蛋白(M 蛋白),抗原性稳定,也具有
型特异性;外层来自宿主细胞膜。包膜上镶嵌有两种由病毒基因编码的刺突即血凝素

(hemagglutinin,HA)和神经氨酸酶(neuraminidase,NA),它们是划分流感病毒亚型的依据,抗原性极易发生变异。HA 呈柱状,在病毒吸附、穿入宿主细胞过程中发挥重要作用,具有型和株特异性,可刺激机体产生中和抗体,抑制病毒的感染。NA 呈蘑菇状,能够水解宿主细胞表面神经氨酸,有利于成熟的病毒从感染细胞释放和聚集的病毒扩散。

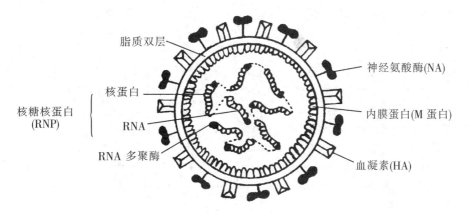

图 17-1 流感病毒结构示意图

(二)分型与变异

根据 M 蛋白和核蛋白的不同将流感病毒分为甲、乙、丙三型。其中甲型流感病毒的 HA 和 NA 最易发生变异,根据 HA 和 NA 免疫原性不同,又可将其分为若干亚型。

甲型流感病毒的 HA 和 NA 易变异与流感流行有密切关系,而且抗原变异幅度的大小决定着流感流行的规模。

1.抗原漂移

抗原漂移是指由病毒基因点突变而引起的变异,属于量变,变异幅度小,只在小范围内引起流感的中、小型流行。

2.抗原转变

抗原转变是指由病毒基因组发生重组而引起的变异,属于质变,变异幅度大,导致新亚型的出现,由于人群对新亚型病毒缺乏免疫力,故易造成流感的大流行,甚至世界性流行。

(三)培养特性

病毒分离可采用鸡胚接种,细胞培养可采用原代猴肾细胞。病毒在鸡胚和培养细胞中都不引起明显病变,需用红细胞凝集试验或吸附试验鉴定病毒是否生长。

(四)抵抗力

流感病毒抵抗力比较弱,不耐热,56 ℃ 30 min 即被灭活,但在 0~4 ℃ 能存活数周,-70 ℃以下可长期保存。对干燥、日光、紫外线以及乙醚、甲醛等化学消毒剂都比较敏感。

二、致病性和免疫性

流感病毒的传染源主要是患者,人群对其普遍易感。病毒随飞沫传播进入呼吸道黏膜上皮细胞,在细胞内增殖,导致细胞变性、坏死、脱落、黏膜充血水肿等局部炎症,使患者出现鼻塞、流涕、咽痛、干咳等上呼吸道感染症状;病毒不入血,但释放毒素样物质入血,引起发

热、头痛、全身酸痛等全身中毒症状，无并发症的患者病程一般不超过1周。继发细菌感染多发生于年老、体弱、抵抗力较差的患者，使病程延长，症状加重，导致细菌性肺炎，是流感患者死亡的主要原因。

感染流感病毒后可获得对同型病毒的短暂免疫力，一般维持1～2年。呼吸道局部SIgA在清除病毒、抵抗再感染中起主要作用。

知识链接

禽流行性感冒

禽流行性感冒简称禽流感，是由甲型禽流行性感冒病毒引起的一种禽类（家禽和野禽）传染病。根据禽流感致病性的不同，可以将禽流感分为高致病性禽流感、低致病性禽流感和无致病性禽流感。最近国内外由H5N1血清型引起的禽流感称高致病性禽流感，发病率和死亡率都很高，危害巨大。

禽流感病毒也可通过某些途径传染给人类，有学者证实禽流感病毒传播途径扩大，不仅是对肺部，对大脑、消化道、淋巴细胞、血液、体液、胎儿等都有侵袭。同时粪便、血液等也是传染源。医学专家提示，在处理、防护及治疗上要高度注意。

第二节　麻疹病毒

案例分析

某幼儿园数名幼儿先后出现发热、流泪、流涕、眼结膜充血、咳嗽及皮肤红色斑丘疹，口腔黏膜出现 Koplik 斑。

思考：这些幼儿为什么会出现这些症状？应当采取哪些恰当、有效的预防措施防止其他小朋友发病？

麻疹病毒（measles virus）是麻疹的病原体。麻疹是儿童最常见的一种急性呼吸道传染病，临床上以发热、上呼吸道炎症、结膜炎、口腔黏膜斑及全身斑丘疹为特征。其感染率和发病率都很高，由于近几年疫苗的广泛应用，发病率显著下降。目前，世界卫生组织已将麻疹列为要被消灭的传染病之一。

一、生物学性状

麻疹病毒的形态、结构大致与流感病毒相似，为球形、丝状等多种形态，直径为140～180 nm，长者可达270 nm。病毒结构由核衣壳和包膜组成，其核衣壳内的核酸为单股负链RNA，不分节段，不易发生重组；衣壳呈管状螺旋对称结构。包膜上有两种糖蛋白刺突：一种为血凝素（HA），能凝集红细胞；另一种为融合蛋白（F蛋白），具有溶解红细胞及引起细胞融合的活性，可引起多核巨细胞病变。麻疹病毒无神经氨酸酶，该病毒只有一个血清型。本病毒对理化因素抵抗力较低，加热56 ℃30 min和一般消毒剂均易将病毒灭活。

二、致病性与免疫性

麻疹是一种典型的全身出疹的急性传染病。其传染性强，易感者接触后90%以上都发生麻疹，儿童初次感染几乎都发病，传染源是麻疹患儿。病毒存在于鼻咽部及分泌物中，通过用具、玩具、飞沫等传播，侵入易感者上呼吸道局部黏膜细胞及周围淋巴结中增殖，病毒入血形成第一次病毒血症。随后进入全身淋巴组织,大量增殖后再次进入血液,引起第二次病毒血症,病毒进一步播散至全身皮肤黏膜(有时可达中枢神经系统),患者出现发热、咳嗽、畏光、流泪、眼结膜充血等前驱期症状。患儿此时在颊黏膜处出现微小的灰白色外绕红晕的黏膜斑(Koplik 斑),有助于早期诊断。前驱期后 1~2 d,患者的全身皮肤相继出现红色斑丘疹,此时病情最为严重。若无并发症,数天后红疹消退,麻疹自然痊愈。年幼体弱的患儿易并发细菌感染,引起支气管炎、肺炎和中耳炎等并发症,甚至死亡。

麻疹是一种急性传染病,感染一般以麻疹病毒从体内完全清除而终止。但极个别患者在患麻疹数年后会患一种亚急性硬化性全脑炎(SSPE)。该病是一种慢发病毒感染,患者大脑功能发生渐进性衰退,表现为反应迟钝、精神异常、运动障碍,最后会昏迷而死亡。该病患者脑神经细胞及胶质细胞中可检测到麻疹病毒核酸和抗原,电镜下可看到核衣壳及包涵体,但无完整的麻疹病毒颗粒,故认为该病可能由于麻疹病毒变异所致。

麻疹病毒感染的免疫力持久,一般不会出现再次感染。

第三节 腮腺炎病毒

腮腺炎病毒(mumps virus)是流行性腮腺炎的病原体。腮腺炎在世界各地均有流行,主要侵犯少年儿童。

一、生物学性状

病毒呈球形,直径 100~200 nm,核酸为单股负链 RNA,衣壳呈螺旋对称结构,有包膜,包膜上有 HA-NA 刺突和融合因子刺突。病毒只有一种血清型。

腮腺炎病毒可在鸡胚羊膜腔内增殖,或在猴肾细胞中生长,能使细胞融合形成多核巨细胞。

该病毒对热、紫外线及脂溶剂均敏感,56 ℃ 30 min 可使病毒灭活。

> **案例分析**
>
> 春季,某幼儿园数名幼儿先后有发热、畏寒、头痛、咽痛、食欲不佳、恶心、呕吐、全身疼痛等,数小时后出现以耳垂为中心的腮腺肿痛等症状。
>
> 思考:幼儿出现这些症状最有可能是由什么病毒引起的?应当怎样预防其他小朋友被传染?

二、致病性与免疫性

人是腮腺炎病毒的唯一宿主。学龄儿童为易感者,好发于冬春季节。病毒通过飞沫或唾液污染物等进行传播。潜伏期 2~3 周,病毒首先进入呼吸道上皮细胞和面部局部淋巴结增殖,进入血流发生病毒血症,经血液侵入腮腺及其他器官如卵巢、睾丸、肾脏、胰腺和中枢神经系统等。症状主要表现为一侧或双侧腮腺肿大,伴有发热、肌痛、无力等,病程 1~2 周。无合并感染者大多可自愈。青春期感染者,男性易并发睾丸炎,女性易并发卵巢炎。还可引起无菌性脑炎及耳聋等。腮腺炎是导致男性不育症和儿童期获得性耳聋的最常见原因。

腮腺炎病后一般可获得牢固性免疫,但近年已发现重复感染的患者。

第四节　冠状病毒与 SARS 冠状病毒

冠状病毒（coronavirus）是一类有包膜的单股正链 RNA 病毒，包膜上有类似皇冠状突起而得名。宿主范围广，在猪、狗、牛等动物可引起腹泻，而在人及禽类则主要引起呼吸道感染。

冠状病毒的外形不规则，球形多见，直径 120～160 nm。包膜上有包膜蛋白、刺突蛋白和膜蛋白等三种主要蛋白。刺突蛋白与细胞受体结合，引发细胞融合，为病毒主要表面抗原。

图 17－2　SARS 冠状病毒结构示意图

冠状病毒通过空气飞沫传播。在人类，冠状病毒主要引起呼吸道感染，表现为普通感冒、咽炎等轻型上呼吸道症状，有时也引起消化道疾病，极少数还可引起神经系统症状。冠状病毒感染呈世界性分布，有明显的季节性，以冬春季最多。人群普遍易感，以儿童多见，但感染后获得性免疫差，人可以反复多次感染。目前尚无有效的疫苗进行预防。

SARS 冠状病毒（图 17－2）是 2003 年初发现的一种新型冠状病毒，能引起严重急性呼吸综合征（severe acute respiratory syndrome，SARS），又称传染性非典型肺炎。

SARS

知识链接

2003 年初，不明原因的非典型肺炎从我国广东省迅速向周边地区蔓延。3 月 15 日，世界卫生组织（WHO）将广泛流行的、发病急、传播快、严重威胁患者生命的"非典型肺炎"命名为严重急性呼吸综合征。同年 4 月 16 日，在日内瓦举行的 9 国科学家会议上，WHO 正式确定非典型肺炎的病原体是冠状病毒的一个变种，并将其

命名为"SARS 冠状病毒（SARS-CoV）"。

由 SARS 冠状病毒导致的 SARS 在接下来的数月内扩散到南北美、非洲和亚洲的 29 个国家。据世界卫生组织统计，全球在 2003 年被诊断患 SARS 者 8 098 人，其中 774 人死亡。最近，有研究发现两种新的冠状病毒 NL63 和 HKU1 能够导致儿童和老年人的严重性肺炎。

第五节　风 疹 病 毒

风疹病毒（rubella virus）是引起风疹的病原体。

风疹病毒呈多形态，以球形多见，核酸为单股 RNA，有包膜。包膜上的短刺突具有血凝素样活性，能凝集人类 O 型和某些禽类的红细胞。风疹病毒能在多种细胞中增殖，一般不引起细胞病变。该病毒只有一个血清型，抵抗力弱，对热、紫外线及消毒剂敏感。

人是风疹病毒的唯一传染源。病毒经呼吸道传播，在呼吸道黏膜细胞内增殖后，进入血液引起病毒血症。表现为发热，麻疹样出疹，但较轻，伴耳后和枕下淋巴结肿大，儿童是主要易感者。成人的症状比较重，可出现关节炎、血小板减少性紫癜等。

风疹病毒感染可引起垂直传播，若孕妇妊娠早期感染风疹病毒，病毒可通过胎盘传给胎儿，引起胎儿畸形、流产、死产，也可导致胎儿发生先天性风疹综合征，婴儿出生后表现为先天性心脏病、白内障和先天性耳聋等。

风疹病毒感染后可获得持久免疫力。胎儿和出生后 6 个月内的婴儿可受母体中的抗体或来自母体的抗体 IgG 的保护。

第六节　其他呼吸道病毒

其他呼吸道病毒及其主要特性见表 17 - 1。

表 17 - 1　其他呼吸道病毒的主要特性

病毒名称	大小(nm)	形态与结构	所致疾病
腺病毒	70～90	球形、双链 DNA、有包膜	急性咽炎、咽结膜炎、流行性角膜结膜炎、胃肠炎
副流感病毒	150～300	球形、单股 RNA、有包膜	小儿支气管哮喘、支气管炎、肺炎、普通感冒等
呼吸道合胞病毒	100～350	球形、单股 RNA、有包膜	婴幼儿喘息性支气管炎、肺炎及成人普通感冒等
鼻病毒	28～30	球形、单股 RNA、无包膜	婴幼儿支气管炎、支气管肺炎及成人普通感冒等
呼肠病毒	60～80	球形、双链 RNA、无包膜	轻度上呼吸道疾病和胃肠道疾病

第七节　呼吸道病毒感染的防治原则

一、一般性预防

预防呼吸道病毒感染疾病的主要措施是隔离患者和带毒者，疾病流行期间应尽量避免人群聚集，公共场所及家庭室内应注意空气流通，也可用乳酸蒸汽进行空气消毒。

二、特异性预防

预防呼吸道病毒感染疾病的最有效措施是疫苗接种。

流感疫苗的接种可降低发病率，但必须与流行毒株型别基本相同。流感疫苗有灭活疫苗和减毒活疫苗。

接种麻疹减毒活疫苗预防麻疹。

接种腮腺炎减毒活疫苗预防流行性腮腺炎。

接种风疹减毒活疫苗是预防风疹病毒的有效措施，常与麻疹减毒活疫苗、腮腺炎减毒活疫苗组合成三联疫苗(MMR)使用。

我国目前进行预防接种的疫苗见表17-2。

表 17-2　常见呼吸道病毒疫苗

病毒	疫苗类型	接种对象	预防方法	维持时间
流感病毒	灭活疫苗	儿童、老年易感者	皮下,隔月 1 次,共 2 次,以后每年 1 次	6 个月至 1 年
	减毒活疫苗	儿童、老年易感者	鼻腔喷雾法	6 个月至 1 年
腮腺炎病毒	减毒活疫苗	18 个月、12 周岁	皮下	3～5 岁
麻疹病毒	减毒活疫苗	6 个月至 1 岁婴儿	皮下	3～5 年
风疹病毒	减毒活疫苗	风疹抗体阴性的育龄妇女	皮下	3～5 年

三、治　疗

呼吸道病毒感染疾病目前尚无特效治疗方法,大多采用:①对症治疗;②抗病毒治疗:如病毒唑、干扰素、盐酸金刚烷胺及某些中草药等;③SARS 病情严重者可考虑使用糖皮质激素。

本章小结

病毒名称	大小(nm)	形态与结构	所致疾病
流感病毒	80～120	球形、分节段单股负链 RNA、有包膜	流行性感冒等
麻疹病毒	140～180	球形、不分节段单股负链 RNA、有包膜	麻疹等
腮腺炎病毒	100～200	球形、单股负链 RNA、有包膜	流行性腮腺炎等
冠状病毒	80～160	球形、单股正链 RNA、有包膜	普通感冒、咽炎等
风疹病毒	60	球形、单股 RNA、有包膜	风疹等

复习思考题

1. 流行性感冒病毒为什么容易发生变异?

2. 经呼吸道传播的病毒有哪些?如何进行预防?

你一定能做对!

(涂龙霞)

第十八章　肠道感染病毒

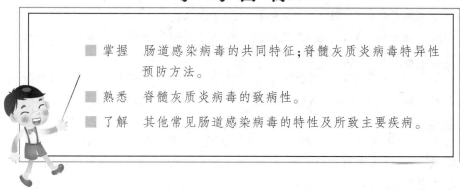

学习目标

■ 掌握　肠道感染病毒的共同特征;脊髓灰质炎病毒特异性预防方法。

■ 熟悉　脊髓灰质炎病毒的致病性。

■ 了解　其他常见肠道感染病毒的特性及所致主要疾病。

　　肠道感染病毒是一大群经粪-口途径传播、在肠道细胞内增殖、引起肠道或全身病变的病毒,包括人类肠道病毒和轮状病毒等。与人类致病有关的肠道病毒包括:①脊髓灰质炎病毒(poliovirus),有 1、2、3 三型;②柯萨奇病毒(coxsackievirus),分 A、B 两组,A 组包括 1～22、24 型;B 组包括 1～6 型;③人肠道致细胞病变孤儿病毒(简称埃可病毒)(enteric cytopathogeni chuman orphanvirus,ECHO)包括 1～9,11～27,29～33 型;④新肠道病毒,为 1969 年后陆续分离到的,包括 68,69,70 和 71 型。

　　肠道病毒的共同特性为:①形态结构:病毒体呈球形,无包膜,直径 17～28 nm,呈 20 面体立体对称;②核酸:为单股正链 RNA,具有感染性;③培养特性:病毒在胞浆内复制,迅速引起细胞病变,致使细胞变圆、坏死、脱落;④抵抗力:肠道病毒耐酸(pH3～5),对胃酸有抵抗力,对普通消毒剂如 70% 酒精等有抵抗作用;对氧化剂如 1% 高锰酸钾、1% 过氧化氢水溶液和含氯消毒剂较敏感。此外,对高温、干燥、紫外线等敏感,56 ℃ 30 min 可灭活病毒。有机物可保护病毒,病毒在粪便和污水中可存活数月,在疾病的流行上有重要意义;⑤致病性:病毒通过粪-口途径传播,多引起隐性感染,可通过病毒血症侵犯神经系统和多种组织,临床表现多样化。

第一节　脊髓灰质炎病毒

　　脊髓灰质炎病毒是引起脊髓灰质炎的病原体。该疾病传播广泛,是一种急性传染病。病毒常侵犯中枢神经系统,损害脊髓前角运动神经细胞,导致肢体弛缓性麻痹,多见于儿童,故又名小儿麻痹症。

一、生物学性状

　　脊髓灰质炎病毒为小 RNA 病毒,呈球形,直径 27～30 nm,核心致密,无包膜。病毒核衣壳主要由四种蛋白组成,分别称为 VP1、VP2、VP3、VP4。其中 VP1、VP2、VP3 暴露在病毒体表面,是与宿主细胞结合的部位,具有免疫原性,是病毒分型的依据,三型间无交叉反应,均可刺激机体产生中和抗体;VP4 位于病毒体衣壳内部,可维持病毒体构型。

脊髓灰质炎病毒抵抗力较强,能耐受肠道内胃酸、蛋白酶和胆汁的作用;在污水和粪便中可存活数月。各种氧化剂如高锰酸钾、漂白粉及过氧化氢水溶液等可使病毒灭活。

二、致病性和免疫性

传染源为患者和隐性感染者,主要通过粪-口途径传播,人是脊髓灰质炎病毒唯一天然宿主。受病毒感染后,绝大多数人呈隐性感染,而显性感染者也多为轻症感染,只有少数患者发生神经系统感染,引起严重的症状和后果。

病毒侵入机体局限在咽部及肠道黏膜淋巴组织内增殖并向外排出病毒,少数感染者体内病毒在此释放入血引起第一次病毒血症,并随血流侵入全身淋巴组织及肝、脾、骨髓等易感的神经外组织中大量增殖,临床上可出现发热、头痛等全身症状。若机体免疫功能低下或病毒毒力强,病毒可再次入血引起第二次病毒血症,患者症状加重。此时,如果患者血脑屏障不能阻挡病毒,侵入中枢神经系统后,就会在脊髓前角运动神经细胞内增殖并引起病变。轻者引起暂时性肌肉麻痹,重者可造成永久性迟缓性肢体瘫痪甚至发生延髓麻痹。

脊髓灰质炎病毒感染后,机体可对同型病毒产生持久免疫力,以体液免疫为主。鼻咽部及肠道黏膜局部 SIgA 可阻止病毒在局部定居增殖,防止病毒血症发生。血清中和抗体 IgG、IgM 和 IgA 可阻止病毒扩散,防止麻痹的发生。SIgA 可通过初乳传递给新生儿,另外,母体内 IgG 可通过胎盘传给胎儿,故婴幼儿一般 6 个月内较少发生感染。

第二节 其他肠道病毒

一、柯萨奇病毒和埃可病毒

柯萨奇病毒和埃可病毒的生物学性状、感染过程与脊髓灰质炎病毒基本相似。也是经消化道传播,在肠道黏膜细胞内增殖,但很少引起肠道疾病,可侵犯多种组织,临床表现多样,如可引起无菌性脑膜炎、心肌炎、疱疹性咽炎、心包炎和手足口病等。

二、新型肠道病毒

新型肠道病毒68型可能与儿童呼吸道感染有关;69 型尚未发现与人类疾病的关系;70 型能引起急性出血性结膜炎;71 型主要侵犯儿童,引起脑炎、脑膜炎、类脊髓灰质炎和手足口病。

> **知识链接**
>
> **手足口病**
>
> 有数种病毒可引起手足口病。最常见的是柯萨奇病毒A16型,此外柯萨奇病毒 A 的其他株或肠道病毒71型也可引起手足口病。2008 年春夏季在全国多个省市都有流行,主要由 EV71 引起。
>
> 手足口病主要发生在 10 岁以下的儿童,尤其是 5 岁以下的婴幼儿。

第三节　轮　状　病　毒

人类轮状病毒(human rotavirus,HRV)是婴幼儿腹泻的主要病原体。全世界因急性胃肠炎而住院的儿童中,有 40%～50% 为轮状病毒所引起。

一、生物学性状

病毒体呈圆球形,有双层衣壳,每层衣壳呈 20 面体对称。壳粒沿着病毒体边缘呈放射状排列,形同车轮辐条,故称为轮状病毒。完整病毒大小为 70～75 nm,无外衣壳的粗糙型颗粒为 50～60 nm。具双层衣壳的病毒体有传染性。病毒体的核心为双股 RNA,分 11 个节段,分别编码病毒的衣壳蛋白和功能蛋白。

轮状病毒对理化因子的作用有较强的抵抗力。该病毒耐酸、碱、在 pH3.5～10.0 都具有感染性。病毒经乙醚、氯仿、反复冻融、超声、37 ℃ 1 h 等处理后,仍具有感染性。95% 的乙醇是最有效的病毒灭活剂,56 ℃加热 30 min 也可灭活病毒。

二、致病性与免疫性

该病毒分布广泛,目前已知可分 7 个组(A～G)。A～C 组可引起人和动物腹泻;D～G组只引起动物腹泻。A 组最为常见,是婴幼儿腹泻的最主要病原体,易侵犯 2 岁以下婴幼儿,在发展中国家是导致婴幼儿死亡的主要原因;B 组轮状病毒引起较大儿童和成人腹泻,目前仅见于我国,可呈暴发流行;C 组引起的腹泻仅见于个别报道。

人类轮状病毒通过粪-口途径传播,病毒侵犯小肠黏膜绒毛细胞,潜伏期 2～4 d。病毒在胞浆内增殖,受损细胞可脱落至肠腔而释放大量病毒,并随粪便排出。患者最主要的症状是腹泻,严重时可导致脱水和电解质平衡紊乱,如不及时治疗,可能危及生命。感染后血液中很快出现特异性 IgM、IgG 抗体,但起主要保护作用的是肠道局部出现的分泌型 IgA,可中和病毒,对同型病毒感染有作用。一般病例病程 3～5 d,可完全恢复。隐性感染可产生特异性抗体。

第四节　肠道感染病毒的防治原则

隔离患者、带毒者,排泄物彻底消毒处理,加强饮食卫生、保护水源等一般预防措施。

对婴幼儿和儿童进行人工主动免疫是预防脊髓灰质炎最为有效的方法。计划免疫程序为:出生后 2 个月、3 个月、4 个月、1 岁、4 岁各口服一次脊髓灰质炎三价减毒活疫苗。柯萨奇病毒和埃可病毒目前尚无特异性预防方法。轮状病毒疫苗正在研究过程中。

治疗主要是对症治疗,及时输液纠正电解质紊乱,防止脱水及酸中毒,从而减少婴幼儿死亡率。

本章小结

　　脊髓灰质炎病毒为小 RNA 病毒,呈球形,直径 27~30 nm,核心致密,无包膜,所致疾病为脊髓灰质炎,其他肠道病毒主要引起肠道病变。目前只有脊髓灰质炎病毒能用疫苗进行预防,其他肠道病毒尚无特异性防治方法。

复习思考题

　　1.简述脊髓灰质炎病毒的致病过程。如何进行预防? 应注意哪些问题?

　　2.柯萨奇病毒、埃可病毒及新型肠道病毒可引起哪些疾病?

你一定能做对!

（涂龙霞）

第十九章　肝炎病毒

学 习 目 标

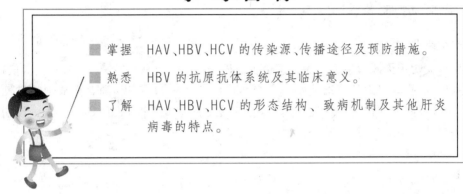

- ■ 掌握　HAV、HBV、HCV 的传染源、传播途径及预防措施。
- ■ 熟悉　HBV 的抗原抗体系统及其临床意义。
- ■ 了解　HAV、HBV、HCV 的形态结构、致病机制及其他肝炎病毒的特点。

　　肝炎病毒(hepatitis viruses)是一类专门侵犯人和动物肝细胞,引起病毒性肝炎的病原体。病毒性肝炎是当前危害人类健康的疾病之一。目前公认病毒性肝炎病原体至少有五种,包括甲型肝炎病毒(HAV)、乙型肝炎病毒(HBV)、丙型肝炎病毒(HCV)、丁型肝炎病毒(HDV)、戊型肝炎病毒(HEV),它们的特性、传播途径、临床经过均不完全相同,但它们均能引起肝炎病变。近来又发现与人类肝炎有关的病毒如己型、庚型和 TT 型肝炎病毒。

第一节　甲型肝炎病毒

　　甲型肝炎病毒(hepatitis A virus, HAV)是甲型肝炎的病原体。1973 年首次用免疫电镜技术在急性期患者的粪便中发现该病毒,1979 年细胞培养获得成功。HAV 属微小 RNA 病毒科,新型肠道病毒 72 型。人类感染 HAV 后,大多表现为亚临床或隐性感染,仅少数人表现为急性甲型肝炎。一般可完全恢复,不转为慢性肝炎,亦无慢性携带者。

> **知识链接**
>
> 　　甲型病毒性肝炎简称甲型肝炎,是由甲型肝炎病毒(HAV)引起的一种急性传染病,急性起病,有畏寒、发热、食欲减退、恶心、疲乏、肝肿大及肝功能异常等临床表现。部分病例出现黄疸,但无症状,感染病例较常见,一般不转为慢性和病原携带状态。粪-口途径是其主要传播途径。甲型肝炎的诊断方法之一即是检测患者血清中特异性抗-HAV IgG 的含量。如双份血清的抗-HAV IgG 滴度,恢复期血清有 4 倍以上增高,可诊断为甲型肝炎。

一、生物学性状

(一)形态与结构

　　病毒呈球形,直径约为 27 nm,无包膜。衣壳由 60 个壳粒组成,呈 20 面体立体对称,有 HAV 的特异性抗原(HAVAg),每一壳粒由 4 种不同的多肽即 VP1、VP2、VP3 和 VP4 所组成。病毒的核酸为单股正链 RNA,除决定病毒的遗传特性外,兼具 mRNA 的功能,并有感

染性。

(二)抵抗力

HAV 抵抗力较强，比一般肠道病毒更耐热、耐氯化物，对乙醚、60 ℃加热 1 h 及 pH3 的作用均有相对的抵抗力（在 4 ℃可存活数月）。在自然界存活能力强，在粪便和污水中可存活月余，因而可通过粪便污染水源引起暴发流行。但加热 100 ℃ 5 min 或用甲醛溶液、氯等处理，可使之灭活。非离子型去垢剂不破坏病毒的传染性。

二、致病性与免疫性

(一)传染源

甲型肝炎的传染源为患者及隐性感染者。甲型肝炎的潜伏期为 15～45 d，在潜伏期末、临床症状出现前，即有大量病毒从感染者粪便排出。发病 2～3 周，随着血清中特异性抗体的产生，血液和粪便的传染性也逐渐消失，氨基转移酶达高峰时，粪便排毒停止。长期携带病毒者极罕见。

(二)传播途径

甲型肝炎病毒主要通过粪-口途径传播，传染性极强。HAV 随患者粪便排出体外，通过污染水源、食物、海产品（如毛蚶等）、食具等的传播可造成散发性流行或大流行。目前，我国人群感染率为 70%～80%。由于 HAV 比一般肠道病毒更耐热、耐氯化物的消毒作用，并可在污染的废水、海水及食物中存活数月或更久，所以比其他肠道病毒更容易引起感染。也可通过输血或注射方式传播，但由于 HAV 在患者血液中持续时间远较乙型肝炎病毒为短，故此种传播方式较为少见。

(三)致病机制与免疫

根据临床和流行病学观察，甲型肝炎病毒多侵犯儿童及青年，发病率随年龄增长而递减。临床表现多从发热、疲乏和食欲不振开始，继而出现肝肿大、压痛、肝功能损害，部分患者可出现黄疸。多数情况下，无黄疸病例发生率要比黄疸型高许多倍，但大流行时黄疸型比例增高。40 岁以上人中，80%左右均有抗 HAV 抗体。

HAV 经粪-口途径侵入人体后，先在肠黏膜和局部淋巴结增殖，继而进入血流，形成病毒血症，最终侵入靶器官肝脏，在肝细胞内增殖。由于在培养细胞中增殖缓慢并不直接引起细胞损害，故推测其致病机制，除病毒的直接作用外，机体的免疫应答可能在引起肝组织损害上起一定的作用。

在甲型肝炎的显性感染或隐性感染过程中，机体都可产生抗 HAV 的 IgM 和 IgG 抗体。前者在急性期和恢复期出现，后者在恢复后期出现，并可维持多年，对同型病毒的再感染有免疫力。另外有活力的 NK 细胞，特异性 $CD8^+$ T 细胞在消灭病毒、控制 HAV 感染中也有重要作用。

第二节 乙型肝炎病毒

乙型肝炎病毒(hepatitis B virus,HBV)是乙型肝炎的病原体。现归属于嗜肝 DNA 病毒科。乙型肝炎为全球性传染病,我国是高流行区,全国无症状的表面抗原携带者约为12%。约10%患者易转为慢性感染,部分甚至发展为肝硬化或肝癌,其危害远远大于其他各种类型肝炎。

一、生物学性状

(一)形态与结构

电镜下观察,乙型肝炎患者血清中 HBV 颗粒形态有三种:

1. **大球形颗粒**

亦称 Dane 颗粒,为完整的乙型肝炎病毒颗粒,具有感染性,直径约42 nm,有双层衣壳,外衣壳相当于一般病毒包膜,由脂质双层镶嵌蛋白质构成。内衣壳为20面体立体对称结构,相当于一般病毒的核衣壳。游离的核衣壳只能在肝细胞核内观察到。血中 Dane 颗粒浓度以急性肝炎潜伏期后期为最高,在疾病起始后则迅速下降。Dane 颗粒表面含有 HBsAg,核心中还含有双股有缺口的 DNA 链和依赖 DNA 的 DNA 多聚酶(图19-1)。

2. **小球形颗粒**

直径约22 nm 的小球形颗粒是 HBV 感染后血液中最多见的一种。主要成分是 HBsAg,不含 DNA 和 DNA 多聚酶,是病毒体感染肝细胞时复制组装过程中过剩的衣壳成分,不具有传染性。

3. **管形颗粒**

直径约22 nm,长度可达100~700 nm。实际上它是一串聚合起来的小颗粒,但同样具有 HBsAg 的抗原性(图19-2)。

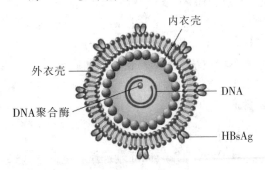

图19-1 HBV 病毒颗粒图示

187

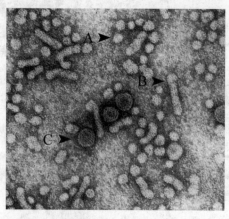

A. 小球形颗粒　B. 管形颗粒　C. 大球形颗粒

图 19-2　HBV 三种颗粒电镜图示

（二）HBV 的抗原组成

HBV 有表面抗原（HBsAg）、前 S1 抗原（PreS1）、前 S2 抗原（PreS2）、核心抗原（HBcAg）和 e 抗原（HBeAg）。

1. HBsAg

为上述三种形态的颗粒所共有，是 HBV 外衣壳抗原的主要成分，具备完整的抗原性，是制备疫苗的主要成分。HBsAg 阳性见于：①急性乙型肝炎的潜伏期或急性期（大多短期阳性）；②HBV 所致的慢性肝炎、迁延性和慢性活动性肝炎、肝炎后肝硬化或原发性肝癌等；③无症状携带者。HBsAg 能刺激机体产生相应抗-HBs 抗体，这是 HBV 的中和抗体，具有免疫保护作用，抗-HBs 的检出是 HBV 恢复的标志，含该抗体的血清无传染性而有保护作用。

2. PreS1 和 PreS2

常在感染早期出现，1 个月左右消失，若持续存在表示乙型肝炎转为慢性。免疫原性比 HBsAg 强，刺激机体可产生有中和作用的前 S1 抗体（抗-PreS1）和前 S2 抗体（抗-PreS2）。若血清中出现此类抗体提示病情好转。

3. HBcAg

HBcAg 存在于 Dane 颗粒的核心和乙型肝炎患者的肝细胞内，血液中一般查不到游离的 HBcAg，一般从 HBcAg 阳性尸检肝或实验感染的黑猩猩肝脏提取。HBcAg 免疫原性强，刺激机体可产生抗-HBc。抗-HBc IgG 在血中持续时间较长，为非保护性抗体，常见于急性患者恢复期、慢性感染或曾经感染过 HBV 的血清中；抗-HBc IgM 的存在常提示 HBV 处于复制状态。

4. HBeAg

HBeAg 是一种可溶性抗原，游离于感染者血液中。由于 HBeAg 与 DNA 多聚酶在血液中的消长相符，故 HBeAg 的存在可作为体内有 HBV 复制及血清具有传染性的一种标记，血中 HBsAg 滴度越高，HBeAg 的检出率亦愈高。HBeAg 也具有较强的免疫原性，可刺激机体产生抗-HBe 抗体，也是一种有保护作用的抗体。近年发现存在 HBV 的 PreC 区突变株，在 PreC 区出现终止密码子，使 PreC 基因不能与 C 基因共同转译出 HBeAg，故受染细胞常不能被抗-HBe 及相应的细胞免疫所识别而清除，从而使变异株在抗-HBe 阳性的情况下仍大量增殖。因此，对抗-HBe 阳性的患者也应注意检测其血中的病毒 DNA，以全面了解病情、判断预后。

（三）抵抗力

HBV 对外界的抵抗力较强。对低温、干燥、紫外线和一般化学消毒剂均耐受。37 ℃能维持 7 d，在 -20 ℃可保存 20 年，100 ℃加热 10 min 可使 HBV 失去传染性，HBV 对 0.5% 过氧乙酸、5% 次氯酸钠和 3% 漂白粉敏感，高压蒸汽灭菌法可使病毒灭活。

二、HBV 的致病性与免疫性

(一)传染源

乙肝的主要传染源是患者和 HBsAg 携带者。在潜伏期、急性期和慢性活动期,患者血清中均有 HBV,具有传染性。乙型肝炎的传播非常广泛,据估计 HBsAg 携带者在世界上约有 3.5 亿。由于他们不显示临床症状,而 HBsAg 携带的时间又长(数月至数年),故成为传染源的危害性要比患者更大。

(二)传播途径

HBV 的传染性很强,传播途径主要有以下几种:

1. 血液传播

因感染者血液中存在大量 HBV,而人群对其又极易感染,故极少量污染血液进入人体即可致感染。据报道,接种 0.000 04 ml 含病毒的血液足以使人发生感染。输血、注射、外科或牙科手术、针刺、共用剃刀或牙刷、皮肤黏膜的微小损伤、性行为等均可传播。医务人员可通过接触患者的血液等标本或被污染物品,经微小伤口而导致感染,是一种重要的职业性传染病。外科、口腔科、检验科、血液透析室、传染科和血库等科室人员易受感染。另外通过吸血昆虫传染乙型肝炎亦有报道。

2. 母婴传播

也称垂直传播。主要是经产道及分娩后哺乳使新生儿受到感染。胎儿经胎盘感染后大多成为表面抗原携带者,其中 80% 为长期携带者。另外,长期与胎儿的密切接触也可感染婴儿,故乙型肝炎多表现为以母亲为核心的家庭聚集倾向。

近来有人报告在急性乙型肝炎患者和慢性 HBsAg 携带者唾液标本中检测到 HBsAg 及 Dane 颗粒,因此,HBsAg 随唾液经口传播的途径应当重视。

(三)致病性与免疫机制

HBV 进入机体感染肝细胞,在肝细胞内复制,并在肝细胞表面表达大量病毒抗原,引起机体发生免疫应答,在清除病毒的同时造成受感染肝细胞的损伤。由于宿主免疫功能强弱的不同和侵入病毒数量及毒力的差异,导致乙型肝炎临床类型可表现为多种多样,如急性肝炎、慢性活动性肝炎、慢性迁延性肝炎、重症肝炎及 HBsAg 无症状携带者,少数慢性感染者可发展为肝硬化或肝癌。因而认为 HBV 的致病作用与一般病毒不同,可能不是由于病毒在肝细胞内增殖而直接损害靶细胞,而是通过机体对病毒的免疫反应引起病变和症状的。

1. 免疫复合物引起的免疫病理损害

乙型肝炎患者血清中游离的 HBsAg 和 HBeAg 可与相应抗体结合,形成免疫复合物(IC)。免疫复合物沉积于肝内或肝外小血管如肾小球基底膜、关节滑膜等,激活补体,释放多种活性介质,造成血管炎症,即 IC 沉积引发的Ⅲ型超敏反应。

2. 细胞免疫及其介导的免疫病理损害

病毒抗原致敏的杀伤性 T 细胞(CTL)是彻底清除 HBV 的最重要一环。细胞免疫清除 HBV 的途径有三:①特异性 CTL 的直接杀伤作用,活化的 CTL 通过识别肝细胞膜上的 HLA‐Ⅰ类分子和病毒抗原而与之结合,继而分泌穿孔素、淋巴因子等直接杀伤靶细胞;②特异性 T 细胞通过产生和分泌多种细胞因子而发挥抗病毒效应;③CTL 诱导肝细胞凋亡

作用。

3. 自身免疫反应引起的免疫病理损害

HBV 感染肝细胞后,细胞膜上除有病毒特异性抗原外,还会引起肝细胞表面自身抗原发生改变,暴露出肝特异性脂蛋白抗原(liverspecificprotein,LSP)。LSP 可作为自身抗原诱导机体产生针对肝细胞组分的自身免疫反应,通过 CTL 的杀伤作用或释放淋巴因子的直接或间接作用,损害肝细胞。自身免疫反应引起的慢性肝炎患者血清中,常可测及 LSP 抗体或抗核抗体、抗平滑肌抗体等自身抗体。

4. 病毒发生变异及对免疫功能的影响

HBV 的 PreC 基因可发生变异,从而不能正确转译出 HBeAg,使病毒逃逸机体对 HBeAg 的体液与细胞免疫。近年来还发现 HBVPreC 区及 C 区的变异株可引起重症肝炎。另外,HBV 感染可抑制机体的免疫应答,如抑制干扰素和 IL－2 的产生、降低 CTL 的杀伤活性等。

5. 病毒基因与肝细胞基因的融合

HBV 基因可全部或部分插入肝细胞染色体,而 X 基因编码的 X 蛋白可激活细胞内的癌基因,引起肝细胞转化或癌变。

近年来,关于乙型肝炎病毒感染与原发性肝癌的发生之间的关系,日益受到重视。国内外资料均显示肝炎患者的肝癌发病率比自然人群高。肝癌患者有 HBV 感染史者也比自然人群高。

HBV 感染后产生的抗－HBs、抗－PreS1 和抗－PreS2 对机体有保护作用,可防止再感染,是清除细胞外游离 HBV 的重要因素。细胞免疫是机体清除细胞内 HBV 的重要因素,在疾病的恢复上发挥重要的作用,若细胞免疫功能低下,则导致病毒持续感染。

第三节　丙型肝炎病毒

丙型肝炎病毒(hepatitis C virus,HCV)是引起丙型肝炎的病原体,是目前引起输血后肝炎的最主要病原体。

一、生物学性状

HCV 病毒体呈球形,直径小于 80 nm(在肝细胞中为 36～40 nm,在血液中为 36～62 nm),核酸为单股正链 RNA,有脂类包膜,包膜上有刺突。

HCV 对脂溶剂敏感,加热 100 ℃ 5 min 或 60 ℃ 10 h,紫外线照射或 β-丙酸内酯处理均可使之灭活。20％次氯酸钠可消除其传染性。在镁或锰离子存在下及碱性环境中稳定。

二、致病性与免疫性

丙型肝炎的传染源主要为急性患者、慢性患者和病毒携带者。一般患者发病前 12 d,其血液即有感染性,并可携带病毒 12 年以上。HCV 主要经血源传播,国外 30％～90％输血后肝炎为丙型肝炎,我国输血后肝炎中丙型肝炎的 1/3。此外还可通过其他方式如母婴垂直传播、家庭日常接触传播和性传播等。

输入含 HCV 或 HCV－RNA 的血浆或血液制品,一般经 6～7 周潜伏期急性发病,表现为全身无力,纳差,肝区不适,1/3患者有黄疸,ALT升高,抗HCV抗体阳性。临床上丙型肝炎患者约50%可发展为慢性肝炎,甚至部分患者会导致肝硬化及肝癌。其余约半数患者为自限性,可自动康复。

丙型肝炎发病机制仍未十分清楚,HCV在肝细胞内复制引起肝细胞结构和功能改变或干扰肝细胞蛋白合成,可造成肝细胞变性坏死,表明HCV直接损害肝脏。但多数学者认为细胞免疫病理反应可能起更重要作用。

临床观察资料表明,人感染HCV后所产生的保护性免疫力很差,能再感染不同株,甚至同株HCV。可能与HCV感染后病毒血症水平低及HCV基因变异性有关。

第四节　丁型肝炎病毒

1977年意大利学者用免疫荧光法在慢性乙型肝炎患者的肝细胞核内发现一种新的病毒抗原,并称为δ因子。它是一种缺陷病毒,必须在HBV或其他嗜肝DNA病毒的辅助下才能复制增殖,现已正式将其命名为丁型肝炎病毒(hepatitis D virus,HDV)。

HDV为体形细小的球形颗粒,直径35～37 nm,核心由单股负链RNA和与之结合的HDV抗原(HDAg)组成,衣壳由HBV的HBsAg构成,含S蛋白、preS2和preS1蛋白。

流行病学调查表明,HDV感染呈世界性分布,但主要分布于南意大利和中东等地区。我国乙型肝炎患者中HDV感染率为0%～10%,以四川等西南地区多见。其传播方式主要通过输血或使用血制品,也可通过密切接触与母婴间垂直感染等方式传播。

HDV的感染需同时或先有HBV或其他嗜肝DNA病毒感染为基础。HDV与HBV的同时感染称为共同感染;发生在HBV感染基础上的HDV感染称为重叠感染。许多临床研究表明,HDV感染常可导致HDV感染者的症状加重与病情恶化,因此在暴发型肝炎的发生中起着重要的作用。例如HBsAg携带者重叠HDV感染后,常可表现为急性发作,病情加重,且病死率高。

HDV的致病机制与免疫性还不十分清楚。目前认为HDV对肝细胞有直接的致细胞病变作用,也有宿主免疫反应的介导。

第五节　戊型肝炎病毒

戊型肝炎病毒(Hepatitis E virus,HEV)是戊型肝炎的病原体。戊型肝炎是一种经粪-口途径传播的急性传染病,自20世纪50年代开始在世界各地引起多次流行,多见于亚洲、非洲及美洲发展中国家。

HEV是单股正链RNA病毒,呈球形,直径27～34 nm,无包膜,核衣壳呈20面体立体对称。目前尚不能在体外组织培养,但黑猩猩、恒河猴等对HEV敏感,可用于分离病毒。HEV在4～20 ℃易被破坏,加热60 ℃ 10 h,100 ℃ 5 min,紫外线照射或20%次氯酸钠处理后传染性消失。

HEV随患者粪便排出,通过日常生活接触传播,并可经污染食物,水源引起散发或暴发流行,发病高峰多在雨季或洪水后。潜伏期为2～11周,平均6周,临床患者多为轻中型肝炎,常为自限性,不发展为慢性。HEV主要侵犯青壮年,65%以上发生于16～19岁年龄组,儿童感染表现亚临床型较多,成人病死率高于甲型肝炎,尤其孕妇患戊型肝炎病情严重,在妊娠的后 3 个月发生感染,病死率达 20%,并可引起流产和死胎。

第六节　庚型肝炎病毒(HGV)

为正链单股 RNA 病毒,属黄病毒科。体外培养尚未成功,接种敏感动物(猩猩)后,30～70 d 出现病毒血症。临床特点:①主要经输血等非肠道途径传播,也存在母婴传播及静脉注射吸毒和医源性传播等;②一般临床症状较轻,黄疸症状少见;③病毒血症持续时间长,存在HGV 慢性携带者;④发展成慢性肝炎的比例较丙型肝炎少见;⑤由于 HGV 与 HBV 和HCV 有共同的传播途径,可与之同时或重叠感染。

第七节　输血传播肝炎病毒(TTV)

1997 年首先由日本学者从一例输血后非甲-庚型肝炎患者的血清中发现的,由于该患者的姓名字首为 TT,而且有大量输血史,因而称为 TTV。分子流行病学研究证实,该病毒与输血后肝炎有相关性,可能是一种新型的肝炎相关病毒。TTV 是单负链环状 DNA 病毒,无包膜,呈球形,可与 HCV 重叠感染。TTV 主要通过血液或血制品传播,致病机制尚不明确。

第八节　肝炎病毒感染的检测方法及防治原则

一、微生物学检查

(一)病原学检查
(1)病毒颗粒检查:用电镜或免疫电镜观察标本中的病毒颗粒。
(2)病毒核酸检查:用核酸杂交或 PCR 法,如检测到标本中存在病毒核酸,是病毒复制的重要标志。

(二)免疫学检测
利用血清学方法检测肝炎病毒的抗原或抗体,可协助诊断、判断病程、预后及用于流行病学调查。其中以放射免疫和 ELISA 最为敏感、常用。

1. HBV 抗原抗体系统检测及意义

主要包括 HBsAg、抗- HBs、HBeAg、抗- HBe 及抗- HBc(表 19 - 1)。

2. 检测乙肝抗原与抗体的实际用途

(1)筛选献血员:凡 HBsAg、HBeAg、抗 HBc 任何一项阳性者,都不得作为献血员。严格筛选献血员,可使输血后乙肝发生率大幅度降低。

(2)可作为乙肝患者或携带者的特异性诊断。

(3)对乙肝患者预后和转归提供参考。如 HBsAg、HBeAg、HBcAb 阳性持续 6 个月以上,一般认为患者已由急性乙型肝炎转为慢性。HBeAg 阳性者病后发展成为慢性肝炎和肝硬化的可能性较大。

表 19－1　HBV 抗原抗体系统检测及临床意义

HBsAg	HBeAg	抗 HBs	抗 HBe	抗 HBc	结 果 分 析
＋	－	－	－	－	HBV 感染者或无症状携带者
＋	＋	－	－	－	急性或慢性乙型肝炎或无症状携带者
＋	＋	－	－	＋	急性或慢性乙型肝炎,传染性强(大三阳)
＋	－	－	＋	＋	急性感染趋向恢复(小三阳)
－	－	＋	＋	＋	既往感染恢复期
－	－	－	＋	＋	既往感染恢复期
－	－	－	－	＋	既往感染或窗口期
－	－	＋	－	－	既往感染或接种疫苗

(4)研究乙肝的流行病学,了解各地人群对乙肝的感染情况。

(5)判断人群对乙肝的免疫水平,了解疫苗注射后抗体生成与效价升高情况等。

3.其他肝炎病毒抗原抗体检测及意义

见下表 19－2。

表 19－2　其他肝炎病毒抗原抗体检测及意义

病毒	检测内容	结果	临 床 意 义
HAV	抗－HAVIgM	＋	新近感染
	抗－HAVIgG	＋	既往感染或注射过疫苗
HCV	抗－HCV	＋	有过感染
	HCVRNA	＋	患丙型肝炎,体内有 HCV 复制
HDV	抗－HDVIgM	＋	急性期和慢性期
	抗－HDVIgG	＋	慢性期
HEV	抗－HEVIgM	＋	感染早期
	抗－HEVIgG	＋	既往感染

二、防治原则

目前,治疗肝炎尚无特效药物,主要以预防为主。

(一)一般性预防

1.切断粪-口途径

注意个人卫生、饮食卫生和环境卫生,加强粪便、水源管理,可预防 HAV、HEV 的传播。

2.阻断血液途径传播

严格筛选献血员,加强医疗器械的消毒管理,提倡使用一次性注射器,杜绝医源性传播。患者的血液、衣物及用具、分泌物、排泄物等都要经消毒处理,以阻断 HBV、HCV、HDV 的传播。

（二）特异性预防

1.人工自动免疫

HAV 减毒活疫苗接种于易感者，一次就可获得持久免疫力。乙肝疫苗接种 3 次（0、1、6 个月），接种对象为新生儿、接触血液的医护人员、HBsAg 阳性者的子女及配偶等。HCV、HDV、HEV 疫苗正在研制中。

2.人工被动免疫

对与甲型肝炎患者密切接触的易感者或儿童于 1～2 周注射胎盘球蛋白或人丙种球蛋白，可起到紧急预防的作用；对于与 HBV 污染物接触者及 HBsAg 和 HBeAg 阳性母亲所生新生儿，可肌注含高滴度特异性抗-HBs 的人免疫球蛋白（HBIg）紧急预防，2 个月后再重复注射 1 次。

本 章 小 结

项目	甲型肝炎病毒	乙型肝炎病毒	丙型肝炎病毒	丁型肝炎病毒	戊型肝炎病毒
缩写	HAV	HBV	HCV	HDV	HEV
核酸型	ssRNA（＋）	dsDNA	ssRNA	ssRNA（＋）	ssRNA（－）	ssRNA（＋）
传播途径	粪-口	血液、垂直、性传播	血液、垂直、性传播	血液、垂直、性传播	粪-口
慢性化	无	3%～10%	40%～70%	2%～70%	无
抗原携带	无	有	有	有	无
肝硬化	无	有	有	有	无
肝癌	无	有	有	有	无
主动免疫	疫苗	疫苗	无	无	无
被动免疫	丙球蛋白	HBIg	无	无	无

复习思考题

1.引起肝炎的病毒有哪些？

2.各种肝炎病毒主要是通过哪些途径传播的？如何进行预防？

3.HBV 三大抗原抗体系统检测有何临床意义？

（涂龙霞）

第二十章　人类免疫缺陷病毒

学 习 目 标

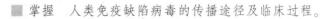

■ 掌握　人类免疫缺陷病毒的传播途径及临床过程。

■ 熟悉　艾滋病的发病机制及防治原则。

■ 了解　人类免疫缺陷病毒的形态结构。

人类免疫缺陷病毒（human immunodeficiency virus，HIV）是获得性免疫缺陷综合征（acquired immunodeficiency syndrome，AIDS，音译为艾滋）的病原体，属逆转录病毒科，慢病毒业科。1981 年首次报道 AIDS 是美国的男性同性恋者，于 1983 年由 Montagnier 等首先分离出 AIDS 的病原体，1986 年国际病毒分类委员会正式命名为人类免疫缺陷病毒。HIV 主要型别为 HIV-1 和 HIV-2，艾滋病大多由 HIV-1引起。

案例分析

某患者，男性，38 岁，主诉发热、盗汗数周，伴疲乏、食欲下降、慢性腹泻，每天 10 次以上，呈水样。2 个月体重降低 10%。有不明原因的气促、干咳数周。颈、腋、腹股沟淋巴结肿大 3 个月，直径约 1 cm，质硬、无压痛、活动度尚好。

讨论：该患者应考虑的诊断是什么？如何确诊？分析其可能的传播途径有哪些？

知识链接

艾滋病

艾滋病起源于非洲，后由移民带入美国。1981 年 6 月 5 日，美国亚特兰大疾病控制中心在《发病率与死亡率周刊》上简要介绍了 5 例艾滋病病人的病史，这是世界上第一次有关艾滋病的正式记载。1982 年，这种疾病被命名为"艾滋病"。不久以后，艾滋病迅速蔓延到各大洲。1985 年，一位到中国旅游的外籍青年患病入住北京协和医院后很快死亡，后被证实死于艾滋病。这是我国第一次发现艾滋病。近几年，艾滋病感染率急剧上升。WHO 将每年 12 月 1 日定为世界艾滋病日。

一、生物学性状

（一）形态结构

病毒呈球形，直径 100～120 nm，电镜下病毒内部可见一致密的圆锥状核心，内含两条相同单股正链 RNA、逆转录酶和核蛋白。核心蛋白为 P24，核衣壳外有两层膜结构，外层包膜系双层脂质蛋白膜，其中嵌有 gp120 和 gp41，分别组成刺突和跨膜蛋白，内层是内膜蛋白（P17）（图 20-1）。

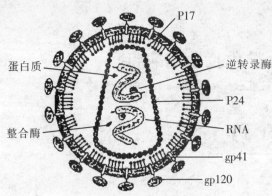

图 20-1　HIV 结构示意图

（二）基因结构及功能

HIV 基因组长 9.2～9.7 kb，含 gag、pol、env 3 个结构基因及至少 6 个调控基因（tat、rev、nef、vif、vpu、vpr）。

1. gag 基因

能编码聚合前体蛋白（P55），经蛋白酶水解形成 P17、P24 核蛋白，使 RNA 不受外界核酸酶破坏。

2. pol 基因

编码聚合酶前体蛋白（P34），经切割形成蛋白酶、整合酶、逆转录酶、核糖核酸酶 H，与病毒复制有关。

3. env 基因

编码病毒包膜糖蛋白 gp120 和 gp41。gp120 为包膜表面的糖蛋白刺突，能特异性与 T 细胞表面的 CD4 分子结合，且易发生变异。gp120 与跨膜蛋白 gp41 以非共价键相连。gp41 与靶细胞融合，促使病毒进入细胞内。

4. 调控基因

HIV 有 6 个调控基因，其中 tat、rev 和 nef 最为重要，其产物对 HIV 表达的正、负调节及对维持 HIV 在细胞中复制均具有重要作用。

HIV-2 基因结构与 HIV-1 有差别：它不含 vpu 基因，但有一功能不明的 vpx 基因。用核酸杂交法检查 HIV-1 与 HIV-2 的核苷酸序列，仅 40% 相同。

（三）培养特性

黑猩猩和恒河猴常作为 HIV 感染的动物模型。体外 HIV 只感染 $CD4^+$ T 细胞和巨噬细胞。实验室常用正常人 T 细胞或患者自身分离出的 T 细胞培养病毒。

（四）抵抗力

HIV 对热比较敏感，56 ℃ 30 min 可被灭活，但在室温保存 7 d，仍保持活性。对消毒剂和去污剂也敏感，0.5% 次氯酸钠、70% 乙醇、35% 异丙醇、50% 乙醚、0.3% H_2O_2 处理污染物 10～30 min 能灭活病毒。HIV 对紫外线、γ 射线有较强抵抗力。

二、致病性与免疫性

（一）传染源

HIV 感染者是传染源，感染者的血液、精液、阴道分泌液、乳汁、唾液、脑脊液、脊髓及中枢神经组织等标本中可分离到 HIV。

（二）传播途径

1. 性传播

通过男性同性恋之间及异性间的性接触感染，是 HIV 的主要传播方式。

2. 血液传播

通过输入带有 HIV 的血液、血液制品或没有消毒好的注射器传播，静脉吸毒者共用未经消毒的注射器和针头造成严重感染。中国现阶段艾滋病感染者大多是经性传播和血液传播引起的。

3.母婴传播

包括经胎盘、产道和哺乳方式传播。

（三）致病机制

HIV选择性地侵犯带有CD4分子的细胞，主要有CD4$^+$T细胞、单核巨噬细胞、树突状细胞等，细胞表面CD4分子是HIV受体，通过HIV包膜糖蛋白gp120与细胞膜上CD4结合后由gp41介导使病毒进入细胞内，造成细胞破坏。感染的早期，HIV在宿主细胞内慢性或持续性感染，外周血中一般不易检测到HIV病毒。随着感染时间的延长，机体因某些因素导致病毒大量复制增殖，出芽释放，并重新感染其他靶细胞，导致大量CD4$^+$T细胞被感染而裂解死亡，从而引起以CD4$^+$T细胞缺损和功能障碍为中心的严重免疫缺陷，主要表现为细胞免疫功能下降和体液免疫功能受到影响。CD4$^+$T细胞减少，CD4/CD8比例倒置。此外，HIV还可感染吞噬细胞系统，引起巨噬细胞功能下降，导致严重的细胞免疫功能缺陷，机体抗感染能力明显降低，从而诱发机会感染和恶性肿瘤。

（四）临床表现

HIV感染人体后，可经过3～5年甚至更长潜伏期才发病，说明HIV在感染机体中，以潜伏或低水平的慢性感染方式持续存在。临床上将AIDS分为急性感染期、潜伏期、AIDS相关综合征期及AIDS期等四期。

1.急性感染期

为非特异性症状，接触HIV后至发病时间约16周，病毒在机体内大量复制，引起高病毒血症。主要临床表现有发热、出汗、乏力、肌痛、厌食、恶心、腹泻和无渗出的咽炎、头痛、怕光和脑膜刺激征。25%～50%患者躯干出现皮疹（斑丘疹、玫瑰疹或荨麻疹）。症状持续1～2周，然后，大多数病毒以前病毒形式整合于宿主细胞染色体上，长期潜伏下来。

2.潜伏期

急性期后转入潜伏期，持续6个月至10年或更长。多数无临床症状，外周血中一般不能或很少检测到HIV抗原。当机体受到各种因素的刺激，潜伏的病毒被激活再次大量增殖，导致免疫损伤，出现临床症状，从而进入AIDS相关综合征期。

3.AIDS相关综合征期

除有发热、盗汗、全身倦怠、间歇性腹泻、持续性全身淋巴结肿大外，尚有鹅口疮、口腔黏膜白斑和血小板减少性紫癜等。

4.典型AIDS期

艾滋患者由于免疫功能严重受损，常合并严重的机会感染，最后导致无法控制而死亡。常见的病原体有巨细胞病毒、乙型肝炎病毒、白假丝酵母菌、卡氏肺孢菌和结核分枝杆菌等，常可造成致死性感染。另一些病例可发生Kaposi肉瘤或恶性淋巴瘤。此外，被感染的单核巨噬细胞中HIV呈低度增殖，不引起病变，但损害其免疫功能，可将病毒传播全身，引起间质性肺炎和亚急性脑炎。AIDS 5年死亡率约为90%，死亡多发生在临床症状出现后的2年内。

此外，在小儿艾滋病中，70%～75%来源于母婴垂直传播（宫内、产道及哺乳），20%来源于输血及血液制品，其余源于其他途径，包括受到性虐待。潜伏期比成人短，有特殊的临床表现，主要为：①生长发育异常：占 65％～75％，感染越早表现越严重。妊娠早期感染者胎儿可发生颅面畸形如小头、前额呈方形，鼻梁塌陷，眼裂小等，生长发育迟缓；②神经系统损害：常合并神经系统损害，如 HIV 脑病，中枢神经系统的机会性感染较成人少见；③慢性腹泻、衰竭和营养不良：腹泻反复发作，原因可能是 HIV 对胃肠道黏膜直接作用，或机会性感染引起；④肺部病症：多见的是卡氏肺孢菌性肺炎和慢性淋巴性间质性肺炎，是导致小儿 AIDS 死亡的主要原因；⑤皮肤黏膜病变：75％以上的小儿 AIDS 患者可发生复发性疱疹性口腔炎和念珠菌性咽炎，20％左右患儿可发生念珠菌性的食管炎；⑥淋巴结和腮腺肿大：多部位淋巴结肿大，无触痛，可持续数月至数年，约见于 74％ AIDS 患儿。对称性腮腺肿大，约见于 20％患儿；⑦恶性肿瘤：Kaposi 肉瘤罕见，淋巴瘤多见。

(五)免疫性

HIV 感染后可刺激机体产生包膜蛋白（gp120,gp41）抗体和核心蛋白（P24）抗体。在 HIV 携带者、患者血清中测出低水平的抗病毒中和抗体，其中患者体内抗体水平最低，健康同性恋者最高，说明该抗体在体内有保护作用。但抗体不能与单核巨噬细胞内存留的病毒接触，且 HIV 包膜蛋白易发生抗原性变异，原有抗体失去作用，使中和抗体不能发挥应有的作用。在潜伏感染阶段，HIV 前病毒整合入宿主细胞基因组中，不被免疫系统识别，逃避免疫清除。这些都与 HIV 引起持续感染有关。

三、微生物学检查

目前主要是检测病毒抗体，方法有酶联免疫吸附试验（ELISA）和免疫荧光试验（IFA），若为阳性，应进一步用免疫印迹法（western blotting）做确诊试验。另外用 PCR 法检测 HIV 基因，具有快速、高效、敏感和特异等优点，目前该法已被应用于 HIV 感染早期诊断及艾滋病的研究中。

四、防治原则

由于艾滋病惊人的蔓延速度和高度的致死率，已引起 WHO 和许多国家的重视，普遍采用了一系列综合措施，主要包括：①广泛地开展宣传教育，普及防治知识，认识本病传染源、传播方式及最终结局，提倡安全性生活，杜绝吸毒；②建立 HIV 感染和艾滋病的监测系统，掌握流行动态。对高危人群实行监测，严格管理艾滋患者及 HIV 感染者；③对供血者进行 HIV 抗体检测，确保输血和血液制品安全；④加强国境检疫，防止本病传入；⑤HIV 抗体阳性妇女，应避免怀孕或避免用母乳喂养婴儿等。

由于 HIV 突变率高，复制特殊，与宿主细胞的整合呈潜伏状态，可逃避免疫系统的清除，所以给疫苗研制带来很大困难。目前尚无理想疫苗进行特异性预防。减毒活疫苗和灭活疫苗，由于难以保证疫苗安全，不宜人体应用。目前选择基因工程方法研制疫苗。

目前用于治疗艾滋病的药物有：①核苷类逆转录酶抑制剂，如叠氮脱氧胸苷（AZT）、齐多夫定等；②非核苷类逆转录酶抑制剂，如地拉韦啶和奈韦拉平等；这两类能干扰病毒 DNA 合成，从而抑制 HIV 在体内增殖，缓解症状，延长患者生存期；③蛋白酶抑制剂，如利托那韦，能抑制 HIV 蛋白水解酶，影响病毒的成熟和释放。临床常用两种以上药物联合治疗，比使用单一药物治疗效果要好。

此外,发现许多抑制蛋白酶、阻止 HIV 与靶细胞结合或融合的药物,能分别作用于细胞感染的不同阶段,以达到抗 HIV 的效果,均尚处于研究阶段。

另外,还应配合一般支持治疗、免疫治疗及抗感染治疗等。

本 章 小 结

　　人类免疫缺陷病毒是引起艾滋病的病原体,抵抗力比较弱,主要通过性途径和血液途径等传播。由于艾滋病的传播途径广泛,感染率逐年增加,要学会自我防护并能指导临床。

复习思考题

1. AIDS 的传播方式有哪些?

2. AIDS 的主要致病机制是什么? 怎样预防 AIDS?

你一定能做对!

(涂龙霞)

第二十一章　其他病毒

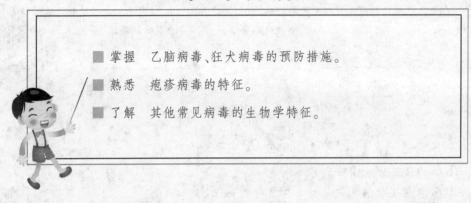

学习目标

■ 掌握　乙脑病毒、狂犬病毒的预防措施。

■ 熟悉　疱疹病毒的特征。

■ 了解　其他常见病毒的生物学特征。

第一节　流行性乙型脑炎病毒

流行性乙型脑炎病毒(encephalitis B virus),简称乙脑病毒,是流行性乙型脑炎的病原体。

一、生物学性状

病毒呈球形,直径 20～30 nm,核酸为单股正链 RNA,衣壳为 20 面体立体对称结构,有包膜,表面有包膜糖蛋白(E)刺突,即病毒血凝素。

乙脑病毒免疫原性稳定,只有一个血清型。在同一地区不同年代分离的毒株之间未发现明显的抗原变异。

乙脑病毒抵抗力弱,对热、酸及脂溶剂敏感。

二、致病性与免疫性

乙脑病毒的传染源是感染乙脑病毒的家畜和家禽,在我国,幼猪是重要的传染源和中间宿主。家畜和家禽在流行季节感染乙脑病毒,一般为隐性感染,但病毒在其体内可增殖,侵入血流,引起短暂的病毒血症,成为乙脑病毒的暂时贮存宿主,经蚊叮咬反复传播,成为人类的传染源。特别是当年生仔猪最为重要,对乙脑病毒易感,构成猪-蚊-猪的传播环节。

当带毒雌蚊叮咬人时,病毒随蚊虫唾液传入人体皮下。先在毛细血管内皮细胞及局部淋巴结等处的细胞中增殖,随后有少量病毒进入血流成为短暂的第一次病毒血症,此时病毒随血循环散布到肝、脾等处的细胞中继续增殖,一般不出现明显症状或只发生轻微的前驱症状。经 4～7 d 潜伏期后,在体内增殖的大量病毒,再侵入血流成为第二次病毒血症,引起发热、寒战及全身不适等症状,若不再继续发展者,即成为顿挫感染,数日后可自愈;但少数患者体内的病毒可通过血脑屏障进入脑内增殖，引起脑膜及脑组织发炎。临床上表现为高热、意识障碍、抽搐、颅内压升高以及脑膜刺激症。重症患者可能死于呼吸循环衰竭，部分患者病后遗留失语、强直性痉挛、精神失常等后遗症。

病后及隐性感染者可获得持久免疫力。

三、防治原则

预防本病的有效措施是隔离患者，防蚊灭蝇。对 10 岁以下儿童和非疫区的易感者接种乙脑减毒活疫苗进行特异性免疫，同时给疫区的幼猪接种乙脑疫苗，以杜绝传染源。

第二节　单纯疱疹病毒

一、生物学特性

单纯疱疹病毒（herpes simplex virus，HSV）呈球形，直径约 150 nm，完整病毒由核心、衣壳及包膜组成。核酸为双股线状 DNA，衣壳呈 20 面体对称，最外层为脂质双层包膜，上有突起。

HSV 有 2 个血清型，即 HSV-1 和 HSV-2，两型病毒核苷酸序列有 5% 同源性。

二、致病性与免疫性

患者和健康带毒者是传染源，主要通过直接密切接触和性接触传播。HSV 经口腔、呼吸道、生殖道黏膜和破损皮肤等多种途径侵入机体。人群感染非常普遍，感染率达 80%～90%，感染后大多无明显症状，最常见的临床表现是黏膜或皮肤局部集聚的疱疹，偶尔也可发生严重的全身性疾病，累及内脏，甚至可致死。

（一）原发感染

6 个月以内婴儿多通过胎盘从母体获得了抗体，初次感染约 90% 无临床症状，多为隐性感染。HSV-1 原发感染常发生于 1～15 岁，常见的有齿龈炎，是在口颊黏膜和齿龈处发生成群疱疹，疱疹破裂后形成溃疡，病灶内含大量病毒。此外可引起唇疱疹、湿疹样疱疹、疱疹性角膜炎、疱疹性脑炎等。生殖器疱疹多见于 14 岁以后，由 HSV-2 引起，比较严重，局部剧痛，伴有发热全身不适及淋巴结炎。

（二）潜伏感染和复发

HSV 原发感染产生免疫力后，将大部分病毒清除，残存病毒可沿神经髓鞘到达三叉神经节（HSV-1）和脊神经节（HSV-2）细胞中，以潜伏状态持续存在。当机体遭受各种非特异性刺激，潜伏的病毒被激活，沿神经纤维索下行至感觉神经末梢，至附近表皮细胞内继续增殖，引起复发性局部疱疹。其特点是每次复发病变往往发生于同一部位。最常见在唇鼻间皮肤与黏膜交界处出现成群的小疱疹。疱疹性角膜炎、疱疹性宫颈炎等亦可反复发作。另外，HSV-2 可能与宫颈癌的发生有关。

（三）先天性感染

HSV 通过胎盘感染，影响胚胎细胞有丝分裂，易发生流产，造成胎儿畸形、智力低下等

先天性疾病。

（四）免疫性

HSV 原发感染后 1 周左右血中可出现中和抗体，3～4 周达高峰，可持续多年。

三、防治原则

对本病目前尚无有效的特异性预防措施，预防主要是增强机体免疫力，养成良好的生活习惯，减少传播机会。阿昔洛韦是临床治疗单纯疱疹病毒的首选药物。

第三节　水痘-带状疱疹病毒

水痘-带状疱疹病毒（varicella－zoster virus，VZV）是水痘和带状疱疹的病原体，可由同一种病毒引起两种不同的病症。在儿童初次感染引起水痘，而潜伏体内的病毒受到某些刺激后复发引起带状疱疹，多见于成年人和老年人。

人是 VZV 的唯一自然宿主。患者是主要传染源，经呼吸道、口、咽、结膜、皮肤等处侵入人体，经 2～3 周潜伏期后，全身皮肤广泛发生丘疹、水疱疹和脓疱疹。皮疹分布主要是向心性，以躯干较多。水痘消失后不遗留瘢痕，病情一般较轻，但偶有并发间质性肺炎和感染后脑炎。

儿童时期患水痘愈合，病毒潜伏在脊髓后根神经节或脑神经节中，成年后，当机体受到某些刺激或细胞免疫功能损害或低下时，导致潜伏病毒激活，病毒沿感觉神经轴突下行到达该神经所支配的皮肤细胞内增殖，在皮肤上沿着感觉神经的通路发生串联的水疱疹，形似带状，故名。多发生于腰腹和面部。1～4 周局部痛觉非常敏感，有剧痛。

患水痘后机体产生特异性体液免疫和细胞免疫，终身不再感染水痘。但对长期潜伏于神经节中病毒不能清除，故不能阻止病毒激活而发生带状疱疹。

水痘-带状疱疹的临床症状典型，一般不需作微生物学诊断。必要时可从疱疹内取核内嗜酸性包涵体和多核巨细胞，亦可用单克隆抗体进行免疫荧光或免疫酶染色检查 VZV 抗原。

减毒活疫苗预防水痘感染和传播有良好效果，经免疫的幼儿产生体液免疫和细胞免疫可维持几年。应用含特异抗体的人免疫球蛋白，也有预防效果。无环鸟苷、阿糖腺苷和高剂量干扰素可限制患者病情发展及缓解局部症状。

第四节　狂犬病病毒

狂犬病病毒（rabies virus）是引起狂犬病的病原体。

病毒外形呈子弹状，大小约 75nm×180 nm，核酸是单股负链 RNA，核衣壳为螺旋对称型，有包膜，包膜上有糖蛋白刺突。

狂犬病病毒仅一种血清型，但其毒力可发生变异。从自然感染动物体内分离的病毒株称野毒株，致病潜伏期长、毒力强。将野毒株在家兔脑内连续传 50 代后，家兔致病潜伏期从2～4 周缩短至 4～6 d，如再继续传代不再缩短，称固定毒株。固定毒株对人及动物致病力弱，脑外接种不侵入脑内增殖，不引起狂犬病，巴斯德首先创用固定毒株制成减毒活疫苗，预防狂犬病。

狂犬病病毒对热、紫外线、日光、干燥的抵抗力弱,加热 50 ℃ 1 h、60 ℃ 5 min 即灭活,也易被强酸、强碱、甲醛、碘、乙酸、乙醚、肥皂水及离子型和非离子型去污剂灭活。于 4 ℃ 可保存 1 周,室温下可保持活性 1~2 周。

狂犬病是人畜共患性疾病,主要在野生动物及家畜中传播。人患狂犬病主要是被患病动物咬伤所致。动物在发病前 5 d,其唾液中可含有病毒。人被咬伤后,病毒通过伤口进入体内先在肌纤维细胞中增殖,沿着传入感觉神经纤维上行至脊髓后角,然后散布到脊髓和脑的各部位增殖发生损害。在发病前数日,病毒从脑内和脊髓沿传出神经进入唾液腺内增殖,不断随唾液排出。潜伏期 1~2 个月,短者 5~10 d,长者 1 年至数年。潜伏期的长短取决于咬伤部位与头部距离远近、伤口的大小及深浅、有无衣服阻挡,以及侵入病毒的数量。有人认为病毒在犬群多次传播后毒力增强,可缩短潜伏期。

人发病时,先感不安、头痛、发热,侵入部位有刺痛或出现虫爬蚁走的异常感觉。继而出现神经兴奋性增强、脉速、出汗、流涎、多泪、瞳孔放大,吞咽时咽喉肌肉发生痉挛,见水或其他轻微刺激可引起发作,故又名"恐水病"。最后转入麻痹、昏迷、呼吸及循环衰竭而死亡,病程 5~7 d。病死率几乎达 100%。

人被犬或其他动物咬伤后,检查动物是否患有狂犬病,对采取防治措施很重要。一般将动物捕捉隔离观察,若经 7~10 d 后不发病,可认为该动物不是狂犬病或咬人时唾液中尚无狂犬病病毒。若发病,即将其杀死,取海马回部位脑组织涂片,用免疫荧光抗体法检查病毒抗原,同时作组织切片检查内基小体。

对狂犬病患者的生前检查可取唾液沉渣涂片、睑及颊皮肤活检,用免疫荧光抗体法检查病毒抗原,但阳性率不高。应用反转录 PCR 法检测标本中的病毒 RNA,敏感性和特异性均高。

捕杀野犬,加强家犬管理,预防家畜及野生动物的狂犬病是防止人狂犬病的重要根本措施。人被疑似狂犬病动物咬伤时,伤口局部要及时、彻底处理,立即用 20% 肥皂水、0.1% 新洁尔灭或清水反复冲洗伤口,再用碘酒及 70% 酒精涂擦。

用高效价抗狂犬病毒血清在伤口周围与底部浸润注射及肌肉注射,同时立即肌肉注射狂犬疫苗 1 次,于第一次注射后 3、7、14、28 d 再行注射,共 5 次,可防止发病。

第五节　出血热病毒

出血热(hemorrhagic fever)是以发热、皮肤和黏膜出现淤点或淤斑、不同脏器的损害和出血,及低血压和休克为特征的一组疾病。能引起出血热的病毒种类很多,在我国目前已发现的有汉坦病毒、新疆出血热病毒和登革病毒。

一、汉坦病毒

汉坦病毒(hanta virus)是 1978 年从韩国汉坦河附近流行性出血热疫区捕获的黑线姬鼠肺组织中分离出的,故名。是引起肾病综合征出血热的病原体。

病毒体呈球形或卵圆形,直径 90~110 nm,有包膜,包膜上有血凝素刺突,核酸为单股负链 RNA。该病毒抵抗力不强。对酸(pH 3)和脂溶剂敏感。病毒对热的抵抗力较弱,56~

60 ℃ 30 min 可灭活病毒。紫外线照射也可灭活病毒。

黑线姬鼠和褐家鼠等动物通过唾液、尿、粪排出病毒污染环境,人或动物通过呼吸道、消化道摄入或直接接触感染动物受到传染。潜伏期一般为 2 周左右,起病急,发展快。典型病例具有三大主症,即发热、出血和肾脏损害。临床经过分为发热期、低血压休克期、少尿期、多尿期和恢复期。病后可获持久免疫力,一般不发生再次感染,但隐性感染产生的免疫力多不能持久。

防鼠、灭鼠、灭虫、消毒和个人防护是预防本病的重要措施。给易感人群接种灭活疫苗,保护率可达到 90% 以上。治疗原则应坚持"三早一就"(早发现、早休息、早治疗,就近治疗)。目前尚无特效疗法,主要是采取以"液体疗法"为基础的综合治疗措施。

二、新疆出血热病毒

新疆出血热病毒是从我国新疆塔里木地区出血热患者的血液,尸体的肝、脾、肾、淋巴结以及在疫区捕获的硬蜱中分离到的。其形态结构和抵抗力等与汉坦病毒相似。新疆出血热是一种自然疫源性疾病,主要分布于有硬蜱活动的荒漠和牧场。牛、羊、马、骆驼等家畜及野兔、刺猬和狐狸等野生动物是储存宿主。传播媒介为硬蜱。人被带病毒的蜱叮咬而感染。潜伏期 7 d 左右,起病急骤,有发热、头痛、困倦乏力、呕吐等症状。患者早期面部、胸部皮肤潮红,继而在口腔黏膜及其他部位皮肤有出血点,严重患者有鼻出血、呕血、血尿、蛋白尿甚至休克等。病后免疫力持久。我国已研制成功新疆出血热的疫苗,在牧区试用的初步结果表明安全有效。

第六节 朊 粒

朊粒(Prion)又称为传染性蛋白粒子或蛋白侵染颗粒,简称朊粒。1982 年由美国学者 Prusiner 以其作为羊瘙痒病的病原体提出。本质是正常宿主细胞基因编码的构象异常的蛋白质(朊蛋白,prion protein,PrP)。

朊粒是一种不含核酸和脂类的疏水性糖蛋白,与目前已知的蛋白质都无同源性,是一种至今未检出任何核酸、对各种理化作用具有很强抵抗力、传染性很强的蛋白颗粒。

朊粒完全不同于细菌、真菌、病毒等病原因子,其致病机制尚未完全阐明。人类 Prion 病主要有:震颤病或库鲁病、克雅病、致死性家族失眠症等;动物 Prion 病主要有:羊瘙痒病、牛海绵状脑病(俗称疯牛病)等。

本章小结

病毒	形态	大小(nm)	包膜	核酸类型	所致主要疾病
乙脑病毒	球形	20~30	有	单股正链RNA	流行性乙型脑炎
单纯疱疹病毒	球形	150	有	双股线状DNA	单纯疱疹
水痘－带状疱疹病毒	球形	150	有	双股线状DNA	水痘、带状疱疹
狂犬病病毒	弹簧状	75×180	有	单股负链RNA	狂犬病
汉坦病毒	球形	90~110	有	单股负链RNA	肾病综合征出血热

复习思考题

1.乙脑病毒的致病过程怎样？如何预防？

2.狂犬病典型症状是什么？如何预防？

3.在我国引起出血热的病毒主要有哪些？出血热的主要特征是
什么？

你一定能
做对！

（涂龙霞）

第二十二章 其他微生物

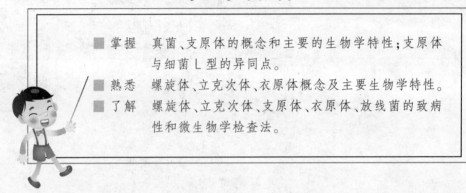

学 习 目 标

■ 掌握 真菌、支原体的概念和主要的生物学特性;支原体
与细菌 L 型的异同点。
■ 熟悉 螺旋体、立克次体、衣原体概念及主要生物学特性。
■ 了解 螺旋体、立克次体、支原体、衣原体、放线菌的致病
性和微生物学检查法。

第一节 真 菌

一、真菌概述

真菌(fungus)属真核细胞型微生物,有典型的细胞核和完整的细胞器,不含叶绿素。真菌广泛分布于自然界,种类繁多,有 10 多万种。大多对人无害,有的甚至有益,如用于生产抗生素、制酱、酿酒等。引起人类疾病的 300 多种,可引起感染、食物中毒、变态反应性疾病等。

(一)真菌的生物学性状

真菌可分单细胞和多细胞两类。单细胞真菌呈圆形或卵圆形,称酵母菌。多细胞真菌大多长出菌丝和孢子,交织成团,这类真菌称为丝状菌,又称霉菌。

1.形态与结构

细胞壁不含肽聚糖,主要由多糖与蛋白质组成。多糖主要为多聚 N-乙酰葡萄糖组成的大分子几丁质。

单细胞真菌呈圆形或卵圆形,常见于酵母菌或类酵母菌,对人致病的主要有新生隐球菌和白假丝酵母菌。

多细胞丝状真菌能长出菌丝,菌丝延伸分枝,有的菌丝上长出孢子,孢子在适宜的环境中可长出菌丝。各种丝状菌长出的菌丝和孢子形态不同,是鉴别真菌的重要标志。

(1)菌丝:真菌的孢子以出芽方式繁殖。在环境适宜情况下由孢子长出芽管,逐渐延长呈丝状,称菌丝。菌丝有营养菌丝、气生菌丝、生殖菌丝、有隔菌丝、无隔菌丝。

菌丝可有多种形态:螺旋状、球拍状、结节状、鹿角状和梳状等。不同种类的真菌可有不

同形态的菌丝,故菌丝形态有助于鉴别真菌种属(图 22-1)。

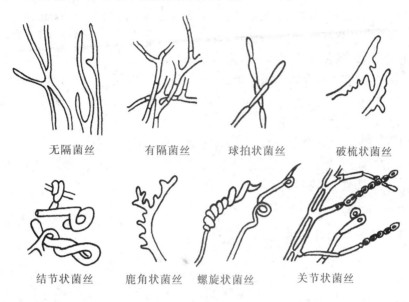

无隔菌丝　　　　有隔菌丝　　　球拍状菌丝　　破梳状菌丝

结节状菌丝　　鹿角状菌丝　螺旋状菌丝　　关节状菌丝

图 22-1　真菌的菌丝形态

(2)孢子:是真菌的繁殖结构,真菌的孢子与细菌的芽胞不同,其抵抗力不强,加热 60~70 ℃短时间即可死亡。孢子可分有性孢子和无性孢子两种。有性孢子是由同一菌体或不同菌体上的 2 个细胞融合经减数分裂形成。无性孢子是菌丝上的细胞分化或出芽生成。病原性真菌大多形成无性孢子。无性孢子根据形态分为 3 种。①分生孢子:由生殖菌丝末端的细胞分裂或收缩形成,也可在菌丝侧面出芽形成。根据其形态和结构的不同又可分大分生孢子和小分生孢子 2 种;②叶状孢子:由菌丝内细胞直接形成。根据其形态和结构的不同又可分芽生孢子、厚膜孢子、关节孢子;③孢子囊孢子:菌丝末端膨大成孢子囊,内含许多孢子,成熟后可释放出孢子,如毛霉、根霉等(图 22-2)。

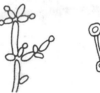

芽生孢子　　　　厚膜孢子　　　　　关节孢子

小分生孢子　　　　大分生孢子

图 22-2　真菌的孢子形态

2.培养特性

真菌的营养要求不高,在一般细菌培养基上能生长。检查时常用沙保(Sabouraud)培养基。此培养基成分简单,主要含有 1%蛋白胨、4%葡萄糖和 2%琼脂。皮肤癣菌在此培养基上生长较慢,常需 1~4 周,为防止污染,常在培养基中加入一定量的抗生素抑制杂菌生长;酵母型真菌在培养基上生长迅速。

培养真菌最适宜的酸碱度是 pH 4.0~6.0,浅部感染真菌的最适温度为 22~28 ℃。但某些深部感染真菌一般在 37 ℃中生长最好。真菌的培养需较高的空气湿度与氧。

真菌以出芽、形成菌丝、产生孢子、菌丝分支与断裂等方式繁殖。

真菌的菌落有两类：

（1）酵母型菌落：是单细胞真菌的菌落形式，菌落光滑湿润，柔软而致密。有部分单细胞真菌在出芽繁殖后，芽管延长，形成假菌丝。假菌丝可由菌落向下生长，伸入培养基中，这种菌落称为类酵母菌落，其菌落外观与酵母型菌落相似。

（2）丝状菌落：是多细胞真菌的菌落形式，由许多菌丝体构成。菌落成棉絮状、绒毛状或粉末状，颜色可呈白色、黄色、红色。丝状菌落的形态、结构和颜色常作为鉴定真菌的依据。

3.抵抗力

真菌对干燥、阳光、紫外线及一般消毒剂有较强的抵抗力。不耐热，60 ℃ 1 h 菌丝和孢子均被杀死。对石炭酸、碘酊、升汞或甲醛溶液较敏感。对常用的抗生素均不敏感；灰黄霉素、制霉菌素、二性霉素 B、克霉唑等对多种真菌有抑制作用。

（二）真菌的致病性

真菌性疾病主要包括以下几个方面：

1.病原性真菌感染

主要为外源性真菌感染，可引起皮肤、皮下和全身真菌感染。浅部真菌感染后，真菌在局部大量繁殖，通过机械性刺激和代谢产物的作用，引起局部炎症和病变。深部真菌感染后，真菌被吞噬并在吞噬细胞内繁殖，引起组织慢性肉芽肿性炎症和坏死。

2.条件致病性真菌感染

主要是由一些内源性真菌引起的，如假丝酵母菌、曲霉、毛霉。这些真菌的致病性不强，只有在机体免疫力降低时发生继发感染。

3.真菌超敏反应性疾病

敏感患者当吸入或食入某些菌丝或孢子时可引起各种类型的超敏反应，如荨麻疹、变应性皮炎与哮喘等。

4.真菌性中毒症

粮食受潮霉变，摄入真菌或其产生的毒素后可引起急、慢性中毒称为真菌中毒症。

5.真菌毒素与肿瘤的关系

近年来不断发现有些真菌产物和肿瘤有关，其中研究最多的是黄曲霉毒素。大鼠实验饲料中含 $1.5×10^{-8}$ 黄曲霉即可诱发肝癌。也有人认为肝癌与乙型肝炎有关，经调查 90% 肝癌患者感染过乙型肝炎。故人肝癌的病因可能是多因素的，黄曲霉毒素只是重要因素之一。

（三）免疫性

1.非特异性免疫

真菌感染的发生与机体的天然免疫状态有关，最主要的是皮肤黏膜屏障。皮脂腺分泌饱和及不饱和脂肪酸均有杀真菌作用。中性粒细胞与巨噬细胞在抗真菌感染中起重要作用。中性粒细胞通过其髓过氧化物酶、卤化物系统可有效杀伤白假丝酵母菌、曲霉等，防止播散性感染的发生。IFN-γ、TNF 等细胞因子能增强中性粒细胞、巨噬细胞对真菌的杀灭作用。

2.特异性免疫

真菌感染因其胞壁厚，即使有抗体和补体也不能完全杀灭它。一般认为真菌感染的恢复主要靠细胞免疫,真菌抗原刺激特异性淋巴细胞增殖,释放 IFN 和 IL-2 等激活巨噬细胞、NK 细胞和 CTL 等,参与对真菌的杀伤。

(四) 微生物学检查法

1. 标本采集

浅部真菌感染可取病变部位皮屑、毛发、指(趾)甲屑等标本检查,深部感染真菌可根据具体病情取痰、脑脊液等标本检查。

2. 检查方法

(1)直接镜检:直接镜检菌丝或孢子,即可初步诊断患有真菌癣,但一般不能确定其菌种。

(2)分离培养:皮肤、毛发、甲屑标本接种于含抗生素的沙保培养基上,25～28 ℃下培养数日至数周,观察菌落特征。

(3)血清学试验:可用 ELISA 夹心法、免疫酶斑点法等方法检查患者血清中白念珠菌甘露聚糖抗原和新生隐球菌荚膜多糖抗原,以辅助诊断。

(五)防治原则

真菌由于表面抗原性弱,无有效的预防疫苗。皮肤癣菌的传播主要靠孢子。遇潮湿和温暖环境又能发芽繁殖。当体表角质层破损或糜烂,更易引起感染。因此对皮肤癣菌感染的预防,应以避免和去除诱因、提高机体免疫力为主要措施。应注意:①避免与患者直接或间接接触,以切断传播途径;②保持皮肤清洁,注意皮肤卫生;③保持皮肤黏膜完整性,阻止皮肤癣菌感染致病。深部感染的真菌多为条件致病菌,常在机体免疫力低下或使用抗生素不当等情况下致病,故应增强机体免疫力,合理使用抗生素。

局部治疗可用 5%硫黄软膏、咪康唑霜、克霉唑软膏或 0.5%碘伏。若疗效不佳或深部感染可口服抗真菌药物:如二性霉素 B、制霉菌素、咪康唑、酮康唑、氟康唑和伊曲康唑等。

二、常见的致病性真菌

(一) 皮肤癣菌

皮肤癣菌又称皮肤丝状菌,为浅部感染真菌,分毛癣菌、表皮癣菌和小孢子癣菌 3 个属。

传播方式为直接或间接接触传播,直接接触患者或染病动物以及间接接触污染的毛巾、帽子、拖鞋等均可导致感染。

皮肤癣菌有嗜角质蛋白的特性,三种癣菌均可侵犯皮肤,引起手足癣、体癣、股癣等。毛癣菌和表皮癣菌还可侵犯指(趾)甲,引起甲癣(俗称灰指甲)。此外,毛癣菌与小孢子癣菌还可侵犯毛发,引起头癣、黄癣和须癣。

(二) 新生隐球菌

又称为溶组织酵母菌,新生隐球菌广泛分布于自然界,主要传染源是鸽子,在鸽粪中有大量存在,也可存在于人体体表、口腔及肠道中。人因吸入鸽粪污染的空气而感染,特别是免疫低下者,故新生隐球菌也是一种条件致病性真菌。肺部感染后可扩散至皮肤、黏膜、骨和内脏等,主要引起肺和脑的急性、亚急性或慢性感染,中枢神经系统感染,预后不良,如隐球菌性脑膜炎。

新生隐球菌形态为圆形的酵母型菌,外周有荚膜,折光性强。一般染色法不被着色。用墨汁作负染后镜检,可见在黑色的背景中有圆形或卵圆形的透亮菌体(图22-3)。

新生隐球菌在沙保和血琼脂培养基上,在25～37℃中皆能生长,非致病性隐球菌则在37℃不能生长。培养数日形成酵母型菌落,表面黏稠,初为乳白色,后转变成橘黄色。

荚膜多糖是最重要的致病物质,可抑制吞噬和降低机体的免疫力。

(三)白假丝酵母菌

俗称白色念珠菌,常存在于口腔、上呼吸道、肠道及阴道,为正常菌群之一。

白假丝酵母菌菌体圆形或卵圆形($2\ \mu m \times 4\ \mu m$)。革兰染色阳性,着色不均匀。以出芽繁殖,称芽生孢子。孢子伸长成芽管,不与母体脱离,形成较长的假菌丝(图22-4)。

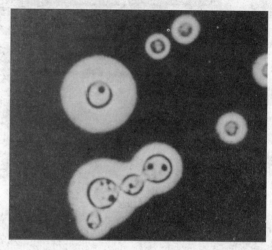

图22-3 新生隐球菌墨汁负染色

白假丝酵母菌在普通琼脂、血琼脂与沙保培养基上均可生长良好,需氧。菌落灰白色或奶油色,表面光滑湿润,有酵母气味。

白假丝酵母菌易引起内源性感染,机体抵抗力减弱或菌群失调是入侵的主要原因。可侵犯皮肤、黏膜和内脏,表现为急性、亚急性或慢性炎症,大多为继发性感染。也可为外源性感染,如性接触传播或经产道感染。临床感染主要有:①皮肤黏膜感染:感染好发于皮肤皱褶处,如腋窝、腹股沟、乳房下、肛门周围、会阴部以及指(趾)间等皮肤潮湿部位;黏膜感染则有鹅口疮、口角糜烂、外阴与阴道炎等,其中以鹅口疮最多;②内脏感染:支气管炎、肺炎、食管炎、肠炎、膀胱炎和肾盂肾炎等;③中枢神经感染:临床常见的有脑膜炎、脑脓肿等。

图22-4 白假丝酵母菌的假菌丝

第二节 放 线 菌

放线菌是原核细胞型微生物,有细胞核,但无核膜,细胞壁由二氨基庚二酸和磷壁酸构成。以二分裂方式繁殖,对常用的抗生素敏感,而对抗真菌药物不敏感。

多数不致病,对人致病的放线菌主要是放线菌属和诺卡菌属。

一、放线菌属

放线菌属正常寄居在人和动物口腔、上呼吸道、胃肠道和泌尿生殖道。对人致病性较强的主要为衣氏放线菌。牛放线菌主要引起牛(或猪)的放线菌病。放线菌主要引起内源性感染,一般不在人间及人与动物间传播。

放线菌培养比较困难,厌氧或微需氧。初次分离加 5％CO_2 可促进其生长。

放线菌属正常菌群,在机体抵抗力减弱、口腔卫生不良、拔牙或外伤时引起内源性感染,导致软组织的化脓性炎症。根据感染途径和感染的范围不同,可表现为面颈部、胸部、腹部、盆腔等部位软组织的化脓性炎症。若无继发感染可呈慢性肉芽肿,常伴有多发性瘘管形成,放线菌在组织中形成的菌落呈硫黄样颗粒状,它是放线菌在组织中形成的菌落。将硫黄样颗粒制成压片或组织切片,在显微镜下可见颗粒呈菊花状,菌丝向四周呈放射状排列,称为放线菌病。龋齿和牙周炎与放线菌有关。

注意口腔卫生、及时治疗牙病是预防的主要方法。患者的脓肿和瘘管应进行外科清创处理,同时应用较长时间的、足量的抗生素进行治疗。

二、诺卡菌属

诺卡菌属的细胞壁含分枝菌酸,广泛分布于土壤。不属于人体正常菌群,故不呈内源性感染。对人致病的主要有 3 种,星形诺卡菌、豚鼠诺卡菌和巴西诺卡菌。在我国最常见的为星形诺卡菌。

形态与放线菌属相似,但菌丝末端不膨大。革兰染色阳性。有的则为阴性,菌丝内出现连串的阳性颗粒。营养要求不高。为严格需氧菌,能形成气生菌丝。

诺卡菌引起外源性感染,星形诺卡菌侵入呼吸道或创口引起化脓感染,特别在 T 细胞缺陷(如白血病或艾滋病患者)及器官移植用免疫抑制剂治疗的患者。此菌常侵入肺部,主要引起化脓性炎症与坏死,症状与结核相似;易通过血行播散,约 1/3 患者引起脑膜炎与脑脓肿。巴西诺卡菌可因侵入皮下组织引起慢性化脓性肉芽肿,表现为肿胀、脓肿及多发性瘘管,好发于脚和腿部,称为足菌肿。

诺卡菌感染无特异性预防方法。局部治疗主要为手术清创,切除坏死组织。各种感染均可应用磺胺药治疗。一般治疗时间不少于 6 周。

第三节　螺　旋　体

螺旋体(spirochete)是一类细长、柔软、螺旋状、运动活泼的原核细胞型微生物。其基本结构有细胞壁、原始核质,以二分裂方式繁殖,对抗生素等药物敏感。

螺旋体在自然界和动物体内广泛存在,种类繁多,对人和动物致病的有三个属:①钩端螺旋体属:对人致病的有钩端螺旋体;②密螺旋体属:对人致病的主要有梅毒螺旋体等;③疏螺旋体属:对人致病的主要有回归热螺旋体等。

一、钩端螺旋体

钩端螺旋体(简称钩体)分为致病和不致病两大类,致病性钩端螺旋体引起人和动物钩端螺旋体病。

(一)生物学性状

1.形态与染色

大小(0.1～0.2)μm×(6～12)μm。螺旋细密而规则。一端或两端呈钩状,常使菌体呈C、S或8字形(图22-5)。运动活泼。

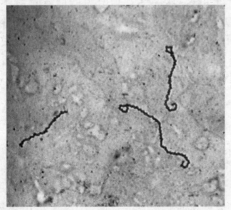

图22-5 钩端螺旋体

革兰染色阴性,但不易着染。常用Fontana镀银染色法,钩端螺旋体被染成棕褐色。

2.培养特性

需氧或微需氧。营养要求复杂,常用Korthof培养基,除内含基本成分外,尚需加10%兔血清或牛血清。血清可促进钩端螺旋体生长,中和其代谢过程中产生的毒性物质。适宜生长温度为28～30℃,最适pH值为7.2～7.6。

3.抵抗力

钩端螺旋体抵抗力弱,60℃ 1 min即死亡;0.2%来苏水、1∶2000升汞、1%石炭酸经10～30 min被杀灭;对青霉素敏感。在湿土或水中可存活数月,这在钩端螺旋体传播上有重要意义。

(二)致病性与免疫性

钩端螺旋体病(简称钩体病)是一种人畜共患传染病。我国已从50多种动物中检出有致病性钩端螺旋体,其中以鼠类和猪为主要储存宿主。

动物感染钩端螺旋体后,多呈隐性感染状态。钩端螺旋体可持续随尿不断排菌,污染水源和土壤,当人类与污染的水或土壤接触时,钩端螺旋体能穿透完整的黏膜或经皮肤破损处进入人体。钩端螺旋体进入后,即在局部迅速繁殖,并经淋巴系统或直接进入血循环引起钩体血症,并产生类似细菌外毒素和内毒素的致病物质,引起全身中毒症状。钩体病的特点是起病急、高热、乏力、全身酸痛、眼结膜充血、腓肠肌压痛、表浅淋巴结肿大等。

隐性感染或发病后1～2周,可产生特异性抗体,对同型钩端螺旋体可产生持久的免疫力。

(三)微生物学检查法

根据患者的发病情况和病程不同,可采集血液、尿液、脑脊液等标本进行形态学检查,也可分离培养后进一步鉴定,必要时使用动物实验和分子生物学方法检查。除上述病原学检查外,可用显微镜凝集试验、酶联免疫吸附试验(ELISA)、间接凝集试验检查患者血清中的抗体以作出诊断。

(四)防治原则

要做好防鼠、灭鼠工作,加强对带菌家畜的管理,保护水源;在常年流行地区,对易感人群和与疫水接触者宜接种包含当地流行株在内的多价钩端螺旋体死疫苗;治疗首选青霉素,也可使用庆大霉素和强力霉素等药物。

二、梅毒螺旋体

梅毒螺旋体是梅毒的病原体,人体是唯一宿主。

1. 生物学性状

直径 $0.10\sim0.15\,\mu m$,全长 $7\sim8\,\mu m$。两端尖直,有 $8\sim14$ 个致密而规则的小螺旋,运动活泼,有移行、屈伸、滚动等运动方式。革兰染色呈阴性,但不易着染。Fontana 镀银染色法可将螺旋体染成棕褐色(图22-6)。新鲜标本不用染色,在暗视野显微镜下,可观察到其形态和运动方式。

人工培养尚未成功,在家兔睾丸和眼前房内能缓慢生长。

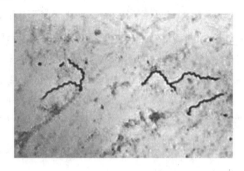

图22-6 梅毒螺旋体

抵抗力极弱。对温度和干燥特别敏感。血液中的梅毒螺旋体,在 $4\,℃$ 置 $3\,d$ 后可死亡,因此 $4\,℃$ 血库存放 $3\,d$ 以上的血液无传染梅毒的危险。离体干燥 $1\sim2\,h$ 将死亡。对常用化学消毒剂亦敏感,放入 $1\%\sim2\%$ 石炭酸内数分钟就死亡。

2. 致病性与免疫性

自然情况下,梅毒螺旋体只感染人类,人是梅毒的唯一传染源。梅毒有先天性和获得性两种,前者从母体通过胎盘传染胎儿,后者主要经性接触传播。

获得性梅毒,临床上分为三期:① Ⅰ 期梅毒:感染后 3 周左右,局部出现无痛性硬下疳,多见于外生殖器;② Ⅱ 期梅毒:发生于硬下疳出现后 $2\sim8$ 周,全身皮肤、黏膜常有梅毒疹,全身淋巴结肿大,有时亦累及骨、关节、眼及其他脏器。在梅毒疹和淋巴结中含有大量梅毒螺旋体,如不治疗,一般 3 周至 3 个月体征可自行消退。从硬性下疳至梅毒疹消失后 1 年,这段时间称早期梅毒(即 Ⅰ、Ⅱ 期梅毒),但隐伏一段时间后又可反复发作。Ⅰ、Ⅱ 期传染性强,但破坏性较小;③ Ⅲ 期梅毒:亦称晚期梅毒。发生于感染 2 年以后,亦可长达 $10\sim15$ 年。病变可波及全身组织和器官,皮肤、肝、脾和骨骼常被累及,病损内螺旋体少但破坏性大。若侵害中枢神经系统和心血管,可危及生命。

先天性梅毒,又称胎传梅毒,梅毒螺旋体经胎盘感染引起胎儿的全身性感染,导致流产、早产、先天性畸形或死胎。出生后存活的新生儿常呈现锯齿形牙、间质性角膜炎、先天性耳聋等。

梅毒的免疫以细胞免疫为主,为传染性免疫,即有梅毒螺旋体感染时才有免疫力,一旦螺旋体被杀灭，其免疫力亦随之消失。梅毒患者有两类抗体：一类是抗梅毒螺旋体抗体，对机体有保护作用，另一类是抗心磷脂抗体，称反应素，无保护作用，仅供血清学诊断。

3. 微生物学检查法

①标本采集：Ⅰ期梅毒取硬下疳渗出液，Ⅱ期梅毒取梅毒疹渗出液或局部淋巴结抽出液；②显微镜检查：在暗视野显微镜下观察，梅毒螺旋体呈现活泼的运动；③血清学诊断：包括非梅毒螺旋体抗原试验和梅毒螺旋体抗原试验两类，前者为非特异性试验，此类实验以正常牛心肌的心类脂作为抗原，检测患者血清中的反应素。目前常用的方法有：不加热血清反应素试验（USR）、快速血浆反应素试验（RPR）等，常用于梅毒患者的初步筛选；后者为特异性试验，以梅毒螺旋体作为抗原，检测患者血清中抗梅毒螺旋体抗体，敏感性和特异性均高，可协助梅毒的诊断。

4. 防治原则

梅毒是一种性病，应加强性卫生教育和严格社会管理。梅毒确诊后，宜用青霉素或四环素等药物及早予以彻底治疗。

第四节　立克次体

知识链接

立克次体

立克次体是引起斑疹伤寒、恙虫病、Q热等传染病的病原体。在过去，人们一直不了解斑疹伤寒的病因。直到1909年，有一位叫Howard Taylor Ricketts的美国青年医生，在美国洛杉矶斑疹伤寒患者的血液中，首先发现了病原体。此后他一直致力于该病原体的研究。第二年，他在患者的血液中再次找到了该病原体，后来因感染了斑疹伤寒而在墨西哥城去世，时年39岁。为了纪念立克次医生，学者们建议以他的名字命名该病原体。我国学者魏曦（1903～1989）在立克次体的分离、培养和鉴定方面，也曾作出了重要的贡献。

立克次体（rickettsia）是一类严格细胞内寄生的原核细胞型微生物。

立克次体的共同特点是：①专性细胞内寄生，以二分裂方式繁殖；②含有DNA和RNA两类核酸；③具有多种形态，主要为球杆状，革兰染色阴性，大小介于细菌和病毒之间；④以节肢动物为寄生宿主或储存宿主，并以节肢动物为传播媒介；⑤大多是人畜共患病的病原体；⑥对多种抗生素敏感。

立克次体病多数是自然疫源性疾病，呈世界性或地方性流行，人类多因节肢动物吸血时而受到感染。我国发现的立克次体病主要有斑疹伤寒、Q热和恙虫病等。

一、生物学性状

球杆状或呈多形态性，大小为$(0.3\sim0.6)\mu m\times(0.8\sim2.0)\mu m$。革兰染色阴性，但不易着色，常用Gimenez或Giemsa法染色，前者立克次体被染成红色，染色效果好，后者染成紫色或蓝色。

大多数立克次体只能在活细胞内生长。培养立克次体常用的方法有动物接种、鸡胚接种和细胞培养。

立克次体有两类抗原，一为群特异性抗原，与细胞壁表层的脂多糖成分有关，为可溶性抗原，耐热。另一为种特异性抗原，与外膜蛋白有关，不耐热。

斑疹伤寒等立克次体的脂多糖与变形杆菌某些菌株（如OX_{19}、OX_2等）的菌体抗原有共同的抗原成分(表22-1),因此临床工作中常用这类变形杆菌代替相应的立克次体抗原进行非特异性凝集反应,这种交叉凝集试验称为外斐反应(Weil-Felix reaction),用于检测人类或动物血清中有无相应抗体,供立克次体病的辅助诊断。

表 22-1 主要立克次体与变形杆菌的交叉抗原

立克次体病	变形杆菌抗原		
	OX_{19}	OX_2	OX_K
流行性斑疹伤寒	4+	+	—
地方性斑疹伤寒	4+	+	—
恙虫病	—	—	4+

二、致病性与免疫性

人类感染立克次体主要通过节肢动物如人虱、鼠蚤、蜱或螨的叮咬或含有立克次体的粪便污染伤口而传播,Q热立克次体也可经呼吸道或消化道途径传播。

立克次体的致病物质主要有内毒素和磷脂酶A两类,此外感染立克次体后,体内可形成抗原抗体免疫复合物,进而加重病理变化及临床症状。立克次体侵入人体后进入淋巴组织或小血管内皮细胞中增殖,由立克次体产生的内毒素等毒性物质也随血流波及全身,引起毒血症。

由立克次体引起的疾病统称为立克次体病。不同的立克次体所引起的疾病各不相同,在我国主要包括流行性斑疹伤寒、地方性斑疹伤寒、恙虫病、Q热等(见表22-2)。

表 22-2 主要立克次体的致病及媒介昆虫

病原体	所致疾病	媒介昆虫	储存宿主
普氏立克次体	流行性斑疹伤寒	人虱	人
斑疹伤寒立克次体	地方性斑疹伤寒	鼠蚤	鼠
恙虫病立克次体	恙虫病	恙螨	野鼠
Q热柯克斯体	Q热	蜱	野生小动物、牛和羊等

立克次体是严格细胞内寄生的病原体,故体内抗感染免疫以细胞免疫为主、体液免疫为辅。病后可获得较强的免疫力。

三、微生物学检查

采集患者血液供立克次体分离,分离培养的方法有两种,一种是鸡胚培养,通常接种于鸡胚的卵黄囊,另一种是动物接种,常用的动物有豚鼠、小白鼠、大白鼠和家兔等。

特异性抗体的检查常用外斐反应,当抗体效价在1:160以上或双份血清效价增长≥4倍为阳性。

四、防治原则

预防立克次体病的重点是控制和消灭媒介节肢动物以及储存宿主,灭鼠、灭虱、灭蚤、灭恙螨,讲究个人卫生,加强个人自身防护,能有效的预防立克次体病。

特异性预防多采用灭活疫苗,如预防斑疹伤寒的鼠肺疫苗、鸡胚疫苗等。治疗采用氯霉素、四环素类抗生素(包括强力霉素)。应注意,磺胺类药物不能抑制立克次体生长,反而可促进其繁殖作用。

第五节 支 原 体

支原体(mycoplasma)是一类没有细胞壁的原核细胞型微生物。细胞膜含固醇,能通过滤菌器;但以二分裂方式繁殖,含 DNA 与 RNA。支原体是目前所知能在无生命培养基中繁殖的最小微生物。由于它们能形成有分枝的长丝,故称之为支原体。

其中对人致病的主要为肺炎支原体、人型支原体、生殖器支原体、穿透支原体和溶脲脲原体。

一、生物学性状

支原体没有细胞壁,具有高度多形性,可呈球形、双球形和丝状。大小一般在 $0.2\sim0.3~\mu m$,可通过一般滤菌器,如规格为 $0.45~\mu m$ 的滤菌器。革兰染色阴性,但不易着色,Giemsa染色呈淡紫色。

支原体以二分裂方式繁殖为主,也见出芽、分枝或由球体延伸成长丝,然后分节段成为许多球状或短杆状的颗粒。

支原体的营养要求比一般细菌高,培养基中必须加入 $10\%\sim20\%$ 人或动物血清。支原体生长缓慢,需氧,在含固体培养基上孵育 $2\sim9~d$ 可出现荷包蛋样菌落。支原体在液体培养基中生长,一般不易见到混浊,只有小颗粒沉于管底。溶脲脲原体在液体培养基中,培养基清亮透明。

支原体因无细胞壁对理化因素的影响比细菌敏感,对消毒剂敏感。支原体对干扰细胞壁合成的抗生素耐药,但对干扰蛋白质合成的抗生素如强力霉素、氯霉素、红霉素、螺旋霉素、链霉素等敏感。

支原体与 L 型细菌的生物学特性极为相似,如多形性、能通过滤菌器、在固体培养基上菌落呈荷包蛋样,两者均可引起泌尿生殖道炎症。故在进行支原体的分离鉴定时应当注意。(表 22 - 3)。

表 22 - 3 支原体与 L 型细菌的区别

生物学性状	支原体	L 型细菌
存在	自然界中广泛存在	自然条件下很少存在
大小	大小一致	多形性,大小相差悬殊
培养条件	多数生长需胆固醇	生长不一定需要胆固醇
菌落	菌落较小,$0.1\sim0.3~mm$,结构精细,中央部分深入琼脂	菌落稍大,$0.5\sim1.0~mm$,中央部分埋入琼脂较浅
遗传性	在遗传上与细菌无关,且无论在什么条件下也不能变成细菌	在遗传上与原菌相关,并可在诱导因素去除后回复为原菌

二、致病性与免疫性

支原体广泛存在于人、动物体，大多不致病。对人致病的主要有肺炎支原体，可引起原发性非典型肺炎。溶脲脲原体、人型支原体和生殖器支原体在一定条件下也能引起泌尿生殖系统感染和不育症。

IgG抗体有调理作用，可加强巨噬细胞对支原体的杀伤作用。黏膜产生的SIgA具有保护作用。肺炎支原体可作为超抗原，吸引炎症细胞浸润，同时释放细胞因子（TNF-γ、IL-1和IL-6）。

三、微生物学检查与防治原则

取痰或咽拭子接种液体或固体培养基内，培养基主要成分是以牛心消化液为基础，加入新鲜酵母浸液和20%小牛血清，菌落呈荷包蛋样。分离的支原体可经形态、血细胞吸附、生化反应以及特异性抗血清作生长抑制试验（GIT）进行鉴定。用于溶脲脲原体培养的液体培养基中可加入尿素和酚红作为指示剂，溶脲脲原体在培养基中生长分解尿素产碱，使培养基变为红色。

血清学试验有：①冷凝集试验：支原体感染的患者血清中会出现冷凝集素，是一种IgM型的非特异性抗体，冷凝集素在4℃条件下可凝集人类Rh阳性的O型红细胞，约有50%的肺炎支原体患者可为阳性；②ELISA：可检测患者血清中的IgM、IgG抗体，是诊断肺炎支原体感染的较可靠的方法。

预防肺炎支原体减毒活疫苗尚处在动物实验阶段。治疗多选用红霉素、四环素类药物。

第六节　衣　原　体

衣原体（chlamydia）是一类能通过细菌滤器，严格细胞内寄生，有独特发育周期的原核细胞型微生物。过去曾被认为是病毒，现归属于广义细菌中的一类微生物。

衣原体广泛存在于人类、哺乳动物及禽类，仅少数能引起人类疾病，主要有沙眼衣原体、肺炎衣原体和鹦鹉热衣原体。目前在国内，由衣原体感染所致的性传播疾病成为最常见的性传播疾病。

一、生物学性状

普通光学显微镜下可见到衣原体有两种不同的颗粒结构：一种是小而致密，称为原体，原体呈球形、椭圆形或梨形，直径0.2～0.4 μm，原体在胞外，具有高度感染性；另一种是大而疏松，称为始体，始体呈圆形或椭圆形，体大，直径0.5～1.0 μm，始体在胞内，以二分裂方式繁殖，无感染性。

衣原体营专性细胞内寄生，在宿主细胞内以二分裂方式繁殖，具有特殊的发育周期。当原体以胞饮的方式进入宿主易感细胞后，细胞膜围于原体外形成空泡。原体在空泡中逐渐发育、增大成为始体，进一步发育成许多子代原体。子代原体成熟后从破坏的感染细胞中释放出来，再感染新的易感细胞，开始新的发育周期。包涵体系指在易感细胞内含繁殖的始体和子代原体的空泡。

衣原体对热和常用消毒剂敏感。利福平、红霉素、强力霉素、磺胺类药物和四环素等有抑制衣原体繁殖的作用。

二、致病性与免疫性

衣原体的主要致病物质是内毒素及外膜蛋白。主要的传播途径有眼-眼、眼-手-眼、性接触传播、产道感染和呼吸道感染。衣原体所致疾病主要有沙眼、包涵体结膜炎、泌尿生殖道感染、性病淋巴肉芽肿和呼吸道感染(以肺炎为主)。

机体感染衣原体后,体内能产生型特异性的细胞免疫和体液免疫。但这种免疫力不强,因此易造成持续感染和反复感染。

三、微生物学检查

多数衣原体引起的疾病可根据临床症状和体征确诊。但对早期或轻症患者,须行实验室检查来帮助诊断。

(一)直接涂片镜检

沙眼和包涵体结膜炎患者可作结膜病灶刮片,经 Giemsa 染色或免疫荧光染色后,在结膜上皮细胞中可找到包涵体。对于泌尿生殖道感染和性病淋巴肉芽肿患者,可分别取泌尿生殖道上皮细胞和淋巴结脓液,用上述方法染色后镜检。

(二)分离培养

用感染组织的渗出液或刮取物,接种鸡胚卵黄囊或传代细胞,分离衣原体,再用免疫学方法鉴定。

(三)血清学试验

主要用于性病淋巴肉芽肿的辅助诊断。常用补体结合试验,若双份血清抗体效价升高 4 倍或以上者,有辅助诊断价值。也可用 ELISA、凝集试验。

(四)PCR 试验

设计不同的特异性引物,应用多聚酶链式反应可特异性诊断沙眼衣原体,具有敏感性高,特异性强的特点,现被广泛应用。

四、防治原则

预防沙眼关键在于做好个人卫生。经常洗手,不用脏手擦眼睛。不使用公共毛巾、脸盆及其他公用物品。加强对服务性行业的卫生管理,做好毛巾用具的消毒工作。定期检查,做到早发现、早治疗。沙眼治疗常用药物有磺胺醋酰钠液、利福平、酞丁胺液或新霉素液等。

泌尿生殖道感染与其他性病的预防相同,治疗时可使用四环素及红霉素类的抗生素。

本 章 小 结

　　真菌属真核细胞型微生物,分为单细胞和多细胞两大类。常用沙保培养基培养。常见病原性真菌包括皮肤癣菌,引起表皮、毛发和指(趾)甲的癣病;白假丝酵母菌,引起皮肤黏膜感染、内脏感染、中枢神经系统感染;新生隐球菌,引起肺和脑的感染。

　　放线菌属对人致病性较强的主要为衣氏放线菌,常引起软组织的化脓性炎症,伴有多发性瘘管形成,感染组织可见硫黄样颗粒,有诊断价值。

　　螺旋体对人致病的主要有钩端螺旋体和梅毒螺旋体,前者引起钩体病,后者引起梅毒,通过胎盘传染胎儿或经性接触传播。

　　立克次体是一类严格细胞内寄生的原核细胞型微生物,以节肢动物为传播媒介。可引起斑疹伤寒、恙虫病及Q热等,通过外斐反应辅助诊断。

　　支原体是能在无生命培养基中繁殖的最小原核细胞型微生物。肺炎支原体可引起原发性非典型肺炎。溶脲脲原体、人型支原体和生殖器支原体可引起泌尿生殖系统感染和不育症。

　　衣原体是一类严格细胞内寄生,有独特发育周期的原核细胞型微生物。沙眼衣原体引起沙眼、包涵体结膜炎、泌尿道生殖道感染、性病淋巴肉芽肿和呼吸道感染(以肺炎为主)等。

复习思考题

1. 简述真菌性疾病的几种形式。
2. 简述主要致病的支原体种类及所致疾病。
3. 外斐反应定义及其意义。
4. 沙眼通过何种方式传播?
5. 简述梅毒螺旋体的致病及免疫特点。

（张发苏）

第二十三章　人体寄生虫学概述

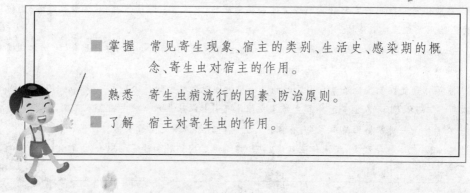

学 习 目 标

■ 掌握　常见寄生现象、宿主的类别、生活史、感染期的概念、寄生虫对宿主的作用。

■ 熟悉　寄生虫病流行的因素、防治原则。

■ 了解　宿主对寄生虫的作用。

人体寄生虫学是研究与医学有关的寄生虫的形态结构、生存繁殖规律,阐明寄生虫与人体及外界环境因素相互关系的一门学科,以达到预防、控制以及消灭寄生虫病的目的。人体寄生虫学是病原生物学的重要组成部分,与免疫学、传染病学、药理学、病理学、预防医学、临床医学等均有密切关系。

寄生虫是一大类缺乏自主生活能力,靠从其他生物体内或体表摄取营养维持生存的一类低等无脊椎动物和单细胞原生生物,包括医学原虫、医学蠕虫、医学节肢动物。

一、寄生现象、寄生虫、宿主及生活史

(一) 寄生现象

两种生物共同生活在一起,根据两种生物之间的利益关系的不同可分为共栖、互利共生、寄生三种关系:

1.共栖

共栖指两种生物生活在一起,其中一方受益,另一方既不受益也不受害。如海洋中的鮣鱼用其吸盘吸附在大鱼的体表并被带到各处,当觅食时暂时离开大鱼,这对于大鱼无利也无害,对鮣鱼有利。

2.互利共生

互利共生指两种生物共同生活,相互依赖彼此依靠。

3.寄生

寄生指两种生物在一起生活,一方受益,另一方受害。其中受益的一方称为寄生虫,受害的一方称为宿主。

（二）寄生虫和宿主类别

1.寄生虫的种类

根据寄生虫和宿主的关系,可分为以下几种类型:

（1）专性寄生虫:指生活史的各个时期或某个阶段必须营寄生生活,否则就不能生存的寄生虫。如钩虫,其幼虫在土壤中营自生生活,发育成丝状蚴后必须侵入宿主机体才能继续发育至成虫。

（2）兼性寄生虫:既可营自生生活又能营寄生生活。如粪类圆线虫一般主要在土壤中过自生生活,但也可侵入人体,寄生于肠道营寄生生活。

（3）体内寄生虫和体外寄生虫:前者指寄生于宿主组织内或细胞内,如消化道、肝脏、肺部或组织细胞内的寄生虫;后者主要指一些昆虫,如蚊、白蛉等在吸血时暂时侵袭宿主,吸血后便离开,体外寄生虫又称暂时性寄生虫。

（4）机会致病寄生虫:有些寄生虫在宿主免疫功能正常时处于隐性感染阶段,当宿主免疫力低下时虫体大量繁殖、致病力增强导致宿主出现临床症状,如刚地弓形虫等。

同时,寄生虫在常见寄生部位以外的器官或组织内寄生造成异位寄生。如肺吸虫正常寄生于肺部,但也可寄生于脑部、皮下等器官和组织。

2.宿主的种类

寄生虫在生长发育过程中有的需要一个宿主,有的需要多个宿主完成发育过程,按照寄生虫不同发育阶段对宿主的要求不同可分为:

（1）终宿主:寄生虫成虫或有性生殖阶段所寄生的宿主。

（2）中间宿主:寄生虫幼虫或无性生殖阶段所寄生的宿主。如果有两个或两个以上的中间宿主,可按照寄生的先后顺序分为第一、二中间宿主等。

（3）保虫宿主或储存宿主:某些寄生虫除可寄生于人体外,还可寄生于其他脊椎动物,并在一定条件下传播给人,流行病学上称这些动物为保虫宿主或储存宿主。

（4）转续宿主:某些寄生虫的幼虫侵入非正常宿主,不能发育为成虫,长期保持幼虫状态,当幼虫有机会进入正常终宿主体内时又可继续发育为成虫,这种非正常宿主称为转续宿主。

（三）寄生虫生活史和感染期

寄生虫完成一代生长、发育、繁殖的全过程及其所需的外界环境条件称为生活史。按照生活史过程中是否需要转换宿主分为两种类型:直接型和间接型,前者完成生活史不需要中间宿主,后者完成生活史需要中间宿主,如血吸虫等。间接型生活史较直接型生活史复杂。

有些寄生虫生活史过程仅有有性生殖,如蛔虫;有些仅有无性生殖,如阴道毛滴虫;还有些寄生虫兼有有性生殖和无性生殖才能完成一代发育,称世代交替,如血吸虫。

寄生虫生活史过程中具有感染人体能力的发育阶段称为感染期。

> **知识链接**
>
> **肺吸虫生活史**
>
> 肺吸虫成虫在人体内寄生,同时它的成虫也可以在猫、狗等脊椎动物体内寄生,其幼虫的发育主要是先在川卷螺体内发育,然后进入溪蟹、蝲蛄体内发育。此外,如果其幼虫进入野猪体内不能发育为成虫,长期处于滞育状态,并在野猪体内移行,可引起幼虫移行症。

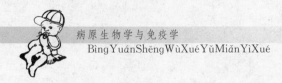

二、寄生虫与宿主的关系

寄生虫在入侵、定居于宿主体内(或体表)的过程中,对宿主可产生不同的损害,而宿主对寄生虫也会产生一系列的免疫应答以损伤或清除入侵的寄生虫,这种损害与抗损害的斗争,贯穿于寄生虫感染的始终。

(一)寄生虫对宿主的作用

1.夺取营养

寄生虫在宿主体内生长发育繁殖所需的营养来源于宿主,虫体数目越多,宿主被夺取的营养越多,还有些寄生虫既可夺取营养物质又可影响肠道吸收营养,导致宿主易出现营养不良,如蛔虫寄生于小肠靠消化或半消化的食物为食,并且影响肠道吸收功能,导致营养不良。

2.机械性损伤

寄生虫在宿主体内定居可对所寄生部位及其附近的组织和器官产生压迫、阻塞等机械性损伤,特别是个体大或数目较多时,如猪囊尾蚴寄生于脑组织可引起癫痫,蛔虫进入胆管引起胆管阻塞。

3.毒素和免疫性损伤

寄生虫在宿主体内生长、发育、繁殖的过程中不断产生分泌物、排泄物、虫体以及虫卵的裂解产物,都对人体组织产生毒性作用,有些还有免疫原性,某些抗原可作为变应原引起宿主的超敏反应,产生免疫损伤。例如,溶组织内阿米巴分泌溶组织蛋白水解酶,可溶解肠黏膜及黏膜下组织形成溃疡,钩虫丝状蚴可致钩蚴性皮炎。

(二)宿主对寄生虫的作用

宿主对寄生虫可产生一系列防御反应,包括非特异性免疫和特异性免疫。

1.非特异性免疫

包括皮肤、黏膜和胎盘的屏障作用,消化液的化学作用,单核巨噬细胞系统的吞噬作用,体液中补体和溶菌酶的溶细胞作用。此外人类或某些特定的人群对某些寄生虫有先天不感染性,如鼠疟原虫不感染人,这亦为非特异性免疫。

2.特异性免疫

由寄生虫抗原刺激宿主免疫系统诱发针对该抗原的免疫应答,表现为体液免疫和细胞免疫。按照结果分为两种类型:

(1)消除性免疫:宿主消除寄生虫,并对再感染产生完全抵抗力。如皮肤型黑热病原虫刺激机体产生的免疫,患者痊愈后对同种病原具有完全免疫力,这是人体寄生虫感染中少见的一种免疫类型。

(2)非消除性免疫:是人体寄生虫感染中常见的免疫类型。当体内有活虫寄生时,宿主对同种寄生虫的再感染具有一定的免疫力,若活虫消失,免疫力也随之消失,这种免疫现象称为带虫免疫,如抗疟原虫免疫。非消除性免疫是宿主的免疫力与体内寄生虫共存的不完全免疫。

三、寄生虫病的流行与防治

(一)流行的基本环节

1.传染源

人体寄生虫病的传染源是指有人体寄生虫寄生的人和动物,包括患者、带虫者和保虫宿主。有些寄生虫感染的早期尚不能构成传染源,如疟疾患者在血中配子体出现之前,也有些晚期不再排出病原体,如晚期血吸虫病等。

2.传播途径

是指寄生虫从传染源传播到易感宿主的过程。主要有以下几种方式:

(1)经口感染:多数寄生虫的感染阶段可通过食物或饮水经口进入人体,如蛔虫感染期虫卵。

(2)经呼吸道感染:有些寄生虫的感染期卵可借助空气或飞沫传播,如蛲虫卵可在空气中飘浮,并可随呼吸进入人体而引起感染。

(3)经皮肤感染:如钩虫丝状蚴经过皮肤进入人体皮肤小血管或淋巴管。

(4)经媒介昆虫感染:有些寄生虫必须在媒介昆虫体内发育为感染期,经节肢动物叮刺吸血感染人体,如蚊子传播丝虫、疟原虫。

(5)经胎盘传播:有些寄生虫可以随母体血液循环通过胎盘使胎儿感染,如弓形虫、疟原虫等。

(6)经输血感染:如疟原虫。

(7)经接触感染:寄生在腔道或体表的寄生虫可通过直接接触或间接接触(衣物、浴具等)而感染,如阴道毛滴虫、疥螨等。

(8)自体感染:寄生虫在宿主体内引起自体内重复感染,如猪带绦虫。

3.易感人群

易感人群是指对寄生虫缺乏免疫力或免疫力低下的人群,一般来说人对寄生虫普遍易感。

(二)流行特点

1.地方性

寄生虫病的流行与分布具有明显的地方性。主要与以下因素有关:

(1)气候条件:多数寄生虫病在温暖潮湿地方流行分布较广。

(2)中间宿主或媒介昆虫的分布:如血吸虫病的流行与中间宿主钉螺的分布一致,黑热病流行于长江以北地区,与媒介昆虫白蛉有关。

(3)生活、生产方式:如猪带绦虫病与生吃或吃未煮熟的猪肉有关,钩虫病流行于用人粪施肥的旱地农作物地区。

2.季节性

由于温度、湿度、雨量等自然因素对寄生虫及其中间宿主和媒介昆虫的数量、活动产生影响,寄生虫病流行往往呈现出明显的季节性。

3.自然疫源性

有些寄生虫可在原始森林或荒漠地区的脊椎动物之间传播,当人偶然进入该地区时可通过一定途径传播给人,这种地区称为自然疫源地。在脊椎动物和人之间传播的寄生虫病称为人兽共患寄生虫病,这些寄生虫病具有明显的自然疫源性。

(三)防治原则

要达到有效的防治目的必须根据寄生虫病流行的三个基本环节以及流行的特点采取以下几项措施:

1.控制或消灭传染源

普查普治患者和带虫者,查治或处理保虫宿主。此外还应做好流动人口的监测工作,控制流行区传染源的输入与扩散。

2.切断传播途径

加强粪便与水源的管理,注意环境和个人卫生,控制和杀灭媒介节肢动物和中间宿主。

3.保护易感人群

加强个人和集体防护工作,改变不良的饮食习惯和生活习惯,改进生产方式和条件。对某些寄生虫病还可采取预防服药措施、药物涂抹皮肤以防吸血昆虫叮刺。

本 章 小 结

　　本章首先介绍了寄生虫学相关概念性内容,明确了寄生虫与宿主的概念和种类、生活史概念;寄生虫侵入宿主导致宿主的损伤,表现为夺取营养、机械性损伤、毒素和免疫损伤;宿主又表现为抗寄生虫感染免疫,既有非特异性免疫功能又有特异性免疫功能。寄生虫病流行必须具备传染源、传播途径、易感人群三大基本环节,寄生虫病流行具有地方性、季节性、自然疫源性。防治寄生虫病应针对寄生虫病流行的三个环节采取相应措施。

复习思考题

1.什么叫感染期、终宿主、生活史?

2.我国五大寄生虫病有哪些?

3.寄生虫对宿主造成哪些危害?

4.举例简述你所了解的寄生虫病。

你一定能做对!

(韩　静)

第二十四章 医学蠕虫

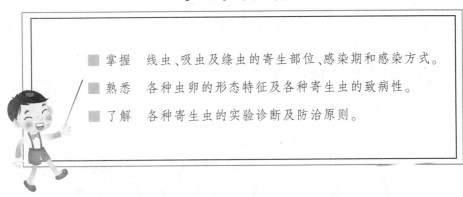

学习目标

■ 掌握 线虫、吸虫及绦虫的寄生部位、感染期和感染方式。

■ 熟悉 各种虫卵的形态特征及各种寄生虫的致病性。

■ 了解 各种寄生虫的实验诊断及防治原则。

医学蠕虫是寄生在人体内的一类多细胞无脊椎动物，体软，并能借肌肉伸缩而蠕动。主要包括线虫、吸虫、绦虫及棘头虫。由蠕虫引起的疾病称为蠕虫病，其中多数为人兽共患病。某些寄生于动物的蠕虫幼虫，侵入非正常宿主后，不能发育为成虫，在体内长期存活，并在组织移行，造成局部或全身的病变，引起幼虫移行症。

蠕虫生活史多种多样，繁简不一，可将其分为两种类型：在发育过程中不需要中间宿主的为直接型，虫卵或幼虫在外界环境中发育到感染期后直接感染人，此类蠕虫称为土源性蠕虫，肠道线虫多属此类蠕虫；在发育过程中需要中间宿主的为间接型，幼虫在中间宿主体内发育到感染期后才能感染人，此类蠕虫称为生物源性蠕虫，吸虫、大部分绦虫、个别线虫及棘头虫属于此型。

第一节 线 虫

一、似蚓蛔线虫

似蚓蛔线虫(ascaris lumbricoides)简称蛔虫，成虫寄生在人体小肠内，可引起蛔虫病。

(一)形态

1.成虫

成虫虫体呈长圆柱状，似蚯蚓。头端较钝，尾端较尖。活体粉红色或微黄色，死后灰白色。体表有细横纹和两条明显的侧线。口孔位于虫体顶端，周围有 3 个唇瓣，排列呈"品"字形。雌虫长为 20～35 cm，尾端钝圆，肛门位于末端；雄虫长为 15～31 cm，尾端向腹面卷曲，消化道末端与射精管开口于泄殖腔，有交合刺一对。

2. 虫卵

蛔虫卵分受精卵和未受精卵两种。受精卵、未受精卵表面的蛋白质膜有时可脱落，成为脱蛋白膜蛔虫卵，而使虫卵变为无色，观察时应注意与钩虫卵相鉴别（表 24-1、图 24-1）。

表 24-1 两种蛔虫卵比较

性 状	未受精蛔虫卵	受精蛔虫卵
大小	$(88\sim94)\mu m \times (39\sim44)\mu m$	$(45\sim75)\mu m \times (35\sim50)\mu m$
形态	长椭圆形	宽椭圆形
卵壳	薄、透明	厚、无色透明
内含物	大小不等的屈光颗粒	一个卵细胞，有新月形空隙
蛋白质膜	薄、凹凸不平	厚、凹凸不平
颜色	棕黄色	深棕黄

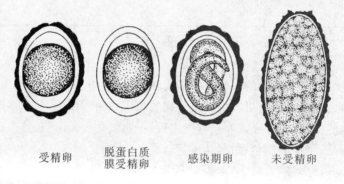

受精卵　　脱蛋白质　　感染期卵　　未受精卵
　　　　　膜受精卵

图 24-1 蛔虫卵

（二）生活史

1. 在外界发育

雌虫产出的虫卵随粪便排出体外。受精卵在潮湿、荫蔽、氧气充足和适宜温度（21～30℃）的土壤中，约经 2 周，卵内的细胞发育为幼虫，再经 1 周后，幼虫第 1 次蜕皮发育为感染期卵。

2. 在体内发育

感染期卵被人误食后，在小肠内孵出幼虫。幼虫钻入小肠黏膜和黏膜下层，侵入小静脉或淋巴管，随血液和淋巴液，经门静脉系统到肝，再经右心到达肺，穿过肺毛细血管到达肺泡，进行 2 次蜕皮。然后幼虫沿支气管、气管移行到咽，被吞咽入食管，经胃到小肠，在小肠内经第 4 次蜕皮，逐渐发育为成虫。

成虫寄生于人体小肠，空肠最多，回肠次之，以肠内的消化和半消化物为食。雌、雄虫交配后，雌虫每天产卵约 24 万个。自感染期卵进入人体到雌虫产卵需 60～75 d，成虫寿命 1年左右（图 24-2）。

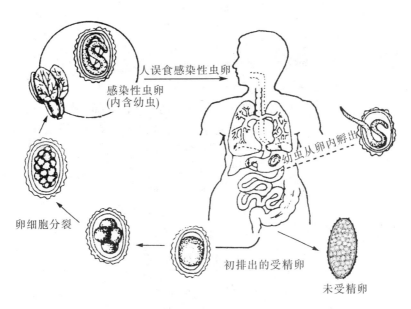

人误食感染性虫卵

感染性虫卵
(内含幼虫)

幼虫从卵内孵出

卵细胞分裂

初排出的受精卵

未受精卵

图 24-2 蛔虫生活史

(三)致病性

1. 幼虫的致病性

幼虫在移行过程中,可引起组织损伤,并释放抗原性物质,导致局部和全身的变态反应。其中以肺部病变最为明显,出现出血、水肿及粒细胞浸润,临床表现为发热、咳嗽、哮喘、血痰及嗜酸性粒细胞增高,即蛔蚴性肺炎。严重感染时,幼虫还可侵入脾、脑、甲状腺及肾等器官,引起异位损害。

2. 成虫的致病性

成虫寄生在小肠内,损伤肠黏膜和夺取营养,影响小肠消化和吸收,引起一系列消化道症状,表现为腹痛、消化不良、食欲不振、腹泻或便秘等,儿童出现发育障碍。虫体代谢物可诱发Ⅰ型变态反应,表现为荨麻疹、皮肤瘙痒等。

蛔虫有钻孔习性,当寄生环境发生变化,如发热、胃肠病变、饮食不当,不适当的驱虫治疗时,虫体可钻入开口于肠壁的各种管道,引起胆管蛔虫症、阑尾炎、胰腺炎等并发症,其中胆管蛔虫症最为常见。此外大量虫体扭结成团堵塞肠道或寄生部位肠段的正常蠕动发生障碍,可引起蛔虫性肠梗阻。

> **小贴士**
>
> **为什么蛔虫感染率居高不下?**
>
> 蛔虫病分布广泛,其中非洲和亚洲感染率较高。造成蛔虫感染普遍的原因主要有:雌虫产卵量大,生活史简单,虫卵对外界抵抗力强,个人卫生习惯不良及卫生设施缺乏,粪便管理不当等。

二、十二指肠钩口线虫和美洲板口线虫

十二指肠钩口线虫(ancylostoma duodenale)简称十二指肠钩虫,美洲板口线虫(necator americanus)简称美洲钩虫。成虫寄生于人体小肠,以血液为食,造成人体慢性失血,引起钩虫病。

(一)形 态

1.成虫

成虫虫体细长略弯曲,约1 cm左右。活时肉红色,死后灰白色(表24-2)。

案例分析

患者,男,19岁,因腹痛、腹泻、进行性贫血入院。查体:体温36.5℃,脉搏100/min,呼吸25/min,血压105/60mmHg。皮肤蜡黄,黏膜苍白,贫血貌。腹部无明显压痛。患者有赤脚下田干活后脚趾间出现小痒疹病史,且平时喜食生豆、生米。粪便检查发现钩虫卵。

思考:1.引起该病的病原体是什么?用什么方法可以确诊此病? 2.患者通过什么途径感染?如何进行预防与治疗?

表24-2 两种钩虫成虫鉴别

性状	十二指肠钩虫	美洲钩虫
大小 (mm)	雌虫(10~13)×0.6 雄虫(8~11)×(0.4~0.5)	雌虫(9~11)×0.4 雄虫(7~19)×0.3
体形	前端与尾端向背面弯曲,略呈"C"形	前端向背面仰曲,尾端向腹面弯曲,略呈"S"形
口囊	两对钩齿	一对板齿
交合伞	略圆	扁圆形
背辐肋	远端分两支,每支再分三小支	基部分两支,每支再分两小支
交合刺	两刺呈长鬃状,末端分开	一刺末端有倒钩,包于另一刺凹槽中
阴门	体中部略后	体中部略前
尾刺	有	无

2.虫卵

两种钩虫虫卵相似,均为椭圆形,大小(56~76)μm×(35~40)μm,无色透明,卵壳薄。随粪便排出时,卵内多为4~8个卵细胞,卵细胞与卵壳之间有明显的空隙。

(二)生活史

两种钩虫生活史基本相同。成虫寄生于人体小肠上段,借助口囊内的钩齿或板齿咬附在肠黏膜上,以血液、组织液、肠黏膜为食。雌雄虫发育成熟后交配产卵。虫卵随粪便排出,在温暖(25~30℃)、潮湿(相对湿度60%~80%)、氧充足的土壤中,约1 d可孵出第1期杆状蚴。杆状蚴以土壤中的细菌及有机物为食,经2 d,进行第1次蜕皮,发育为第二期杆状蚴。再经5~6 d,进行第2次蜕皮后,形成丝状蚴,这是钩虫的感染阶段(图24-3)。

丝状蚴具有明显的向温性和向湿性,当与人体皮肤接触时,受体表温度的刺激,幼虫活动力明显增强,依靠机械穿刺和酶的作用,通过毛囊、汗腺孔或皮肤破损处主动侵入人体。丝状蚴进入小静脉或淋巴管,随血流经右心至肺,穿过肺毛细血管壁进入肺泡,再借助小支气管、支气管上皮细胞纤毛的摆动向上移行至咽,随吞咽经食管、胃到达小肠。部分幼虫可

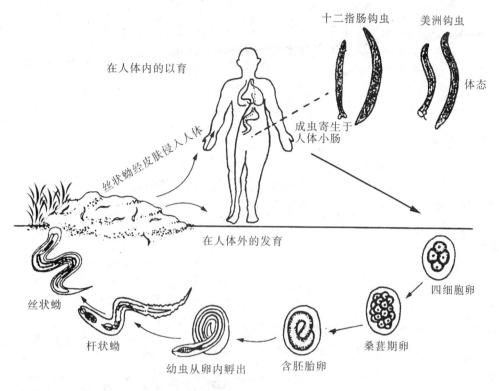

图 24-3 钩虫生活史

随痰排出。到达小肠的幼虫经 2 次蜕皮发育为成虫。自幼虫侵入人体到成虫交配产卵,需 5～7 周。十二指肠钩虫产卵量平均每天 10 000～30 000 个,美洲钩虫每天 5 000～10 000 个;前者可存活 7 年,后者可存活 15 年。十二指肠钩虫还可经口感染,未被胃酸杀死的幼虫可直接在小肠内发育成熟;自口腔或食管黏膜侵入血管的丝状蚴,仍需循上述途径。此外,母体血循环中的幼虫也可通过胎盘使胎儿受感染,或经乳汁进入婴儿体内。

(三)致病性

1.钩蚴的致病性

(1)钩蚴性皮炎:丝状蚴钻入处皮肤有灼热、奇痒感和针刺感,继而出现红色点状丘疱疹,多见于足趾、足缘、手或臀等部位,俗称"粪毒"或"地痒疹"。若继发细菌感染则形成脓疱。

(2)钩蚴性肺炎:钩蚴可穿过肺毛细血管进入肺泡,表现为咳嗽、血痰、发热等全身症状,严重时可出现哮喘。

2.成虫的致病性

(1)消化系统症状:成虫以口囊咬附在肠黏膜上,引起肠黏膜损伤、溃疡及成片的出血性淤斑,病变深者可累及黏膜下层,甚至肌层,引起上腹部不适、隐痛、恶心、呕吐、腹泻或便秘等消化道症状。部分患者有喜食生米、煤渣、泥土、破布等表现,称"异嗜症"。

(2)贫血:钩虫对人体的危害主要是成虫吸血。除吸血外,其头腺分泌的抗凝物质抑制血凝,使伤口不断渗血,其渗血量与虫体吸血量大致相当,虫体还有更换吸血位置的习性,使新旧伤口同时渗血,致使宿主长期慢性失血而出现贫血。表现有皮肤蜡黄、黏膜苍白,严重

229

时出现心慌、气促、水肿、贫血性心脏病等。

(3)婴儿钩虫病：多见于1岁以内的婴儿，表现为突发性急性便血性腹泻，大便呈柏油样等。儿童患钩虫病易引起营养不良和生长发育障碍、性发育不全及侏儒症等。

三、蠕形住肠线虫

蠕形住肠线虫(enterobius vermicularis)简称蛲虫，寄生在人体回盲部，引起蛲虫病。

(一)形 态

1. 成虫

成虫虫体细小，乳白色，似线头状。体前端角皮膨大形成头翼。咽管末端膨大呈球状，称咽管球。雌虫大小为8～13 mm，虫体中部膨大，尾部直而尖细。雄虫长2～5 mm，尾部向腹面卷曲。

2. 虫卵

虫卵为不对称的椭圆形，一侧扁平，一侧稍凸，似柿核。大小为(50～60)μm×(20～30)μm。卵壳较厚，无色透明，卵壳外有一光滑的蛋白质膜，卵内含蝌蚪期胚胎。

> **小贴士**
>
> **蛲虫病的流行**
>
> 蛲虫呈世界性分布，各个年龄人群均可感染，以5～7岁儿童感染率较高，我国人群平均感染率为26.36%，个别地区高达79.83%。影响蛲虫病流行的因素很多，如蛲虫生活史简单、虫卵抵抗力较强且发育迅速等。

(二)生活史

成虫寄生在人体回盲部，多见于盲肠、升结肠和回肠末端，以肠内容物、组织或血液为食。雌、雄虫交配后，雄虫很快死亡并被排出。子宫内充满虫卵的雌虫下行至直肠。人入睡后，肛门括约肌较松弛，雌虫自肛门爬出，在肛周产卵(5 000～17 000个)。雌虫产卵后多死亡，少数经肛门返回肠腔，若进入阴道、子宫、输卵管、尿道等部位，可引起异位寄生。

在肛门周围的虫卵受温度、湿度和氧的刺激约经6 h，蜕皮1次，发育为感染期卵。此期虫卵经口或随空气吸入等方式感染人，在十二指肠孵出幼虫，沿小肠下行，蜕皮3次，在回盲部发育为成虫。自误食感染期卵到成虫产卵约需4周，雌虫存活期为2～4周。

(三)致病性

雌虫在肛周爬行、产卵，引起肛门及会阴部瘙痒，搔抓后引起继发性炎症，患者常有烦躁不安、失眠、食欲减退、夜间磨牙等症状。如再钻入尿道、阴道及子宫等处异位寄生，可引起相应部位的炎症。

四、毛首鞭形线虫

毛首鞭形线虫(trichuris trichiura)俗称鞭虫，是人体常见的寄生虫之一，主要寄生于人体的盲肠，引起鞭虫病。

(一)形 态

1. 成虫

成虫虫体前3/5呈细线状，后2/5明显粗大，形似马鞭。雌虫长35～50 mm，尾部钝圆。雄虫长30～45 mm，尾部向腹面呈环状卷曲。

2. 虫卵

鞭虫卵呈纺锤形,黄褐色,大小为$(50\sim54)\mu m \times (22\sim23)\mu m$,卵壳较厚,两端各具一透明塞状突起,内含一个卵细胞。

(二)生活史

成虫主要寄生于盲肠内,亦可寄生在结肠、直肠甚至回肠下端,以血液和组织液为食。每条雌虫日产卵量1 000~7 000个。虫卵随粪便排出体外,在适宜的条件下,经3~5周,发育为感染期卵。人误食感染期卵后,幼虫在小肠内孵出,侵入肠黏膜,8~10 d后重新回到肠腔,移行至盲肠发育为成虫。自食入感染期卵至发育为成虫需1~3个月。成虫寿命为3~5年。

(三)致病性

成虫对局部组织的机械性损伤和分泌物的刺激作用,可致肠黏膜充血、水肿、出血或溃疡等慢性炎症。少数患者可有肉芽肿等病变。轻度及中度感染一般无明显症状。重度感染可出现头晕、食欲不振、腹痛、恶心、呕吐、慢性腹泻等。儿童严重感染时可致慢性失血性贫血及直肠脱垂。

五、班氏吴策线虫和马来布鲁线虫

班氏吴策线虫(wuchereria bancrofti)又称班氏丝虫,马来布鲁线虫(brugia malayi)又称马来丝虫。成虫寄生在淋巴系统内,引起丝虫病。

(一)形 态

1. 成虫

成虫呈丝线状,乳白色,表皮光滑,雌雄异体。

2. 微丝蚴

微丝蚴虫体细长,无色透明,头端钝圆,尾端尖细。染色后体内见体核。头端无体核区,称头间隙。虫体尾端的细胞核称为尾核。两种微丝蚴的主要区别见表24-3。

表24-3　班氏微丝蚴与马来微丝蚴的形态鉴别

性　状	班氏微丝蚴	马来微丝蚴
大小(μm)	$(244\sim296)\times(5.3\sim7.0)$	$(177\sim230)\times(5\sim6)$
体态	柔和,弯曲自然	硬直,大弯上有小弯
头间隙(长∶宽)	1∶1或1∶2	2∶1
体核	圆形,排列整齐,清晰可数	椭圆形,大小不等,排列密集,不易计数
尾核	尾部尖细,无尾核	两个,前后排列,尾核处较膨大

(二)生活史

1. 在蚊体内的发育

当雌蚊叮吸血内有微丝蚴的患者时,微丝蚴随血液进入蚊胃,脱去鞘膜并穿过胃壁经血腔侵入胸肌,发育为腊肠期幼虫。此后经过2次蜕皮发育为丝状蚴或感染期幼虫。丝状蚴离开胸肌,进入蚊血腔,至蚊下唇。当雌蚊再次叮吸人血时,丝状蚴自下唇逸出,经蚊所刺破

的皮肤伤口侵入人体(图24-4)。

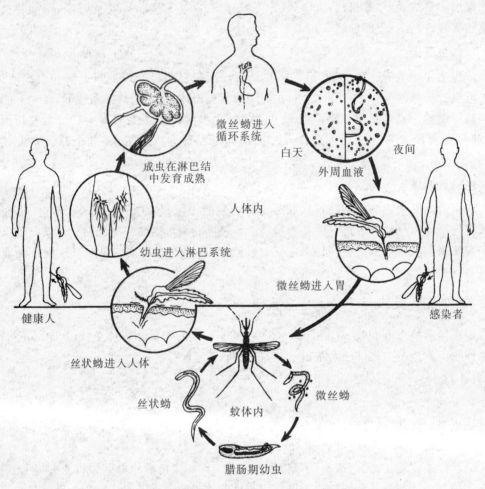

图24-4 丝虫生活史

2. 在人体内发育

丝状蚴迅速进入人体后,经小淋巴管移行至大淋巴管及淋巴结内寄居,经2次蜕皮发育为成虫。成虫以淋巴液为食。雌、雄成虫交配后,产出微丝蚴,但大多数随淋巴液经胸导管进入血液循环。微丝蚴夜间出现在外周血液,而白天一般滞留在内脏毛细血管内(主要在肺毛细血管中),这种夜多昼少的现象称为微丝蚴的夜现周期性。两种微丝蚴在外周血液中出现的高峰时间不同,班氏微丝蚴为晚上10时至次晨2时,马来微丝蚴则在晚上8时至次晨4时。

自丝状蚴侵入人体至外周血液中出现微丝蚴,班氏丝虫需3~5个月,马来丝虫大多为80~90 d。两种丝虫成虫的寿命一般为4~10年,个别可长达40年。微丝蚴的寿命一般为2~3个月。

马来丝虫多寄生于上、下肢浅部淋巴系统,以下肢为多见;班氏丝虫除寄生于浅部淋巴系统外,更多寄生于深部淋巴系统中,常见于下肢、阴囊、精索、腹股沟、腹腔及肾盂等处。马来丝虫除寄生于人体外,还能在多种脊椎动物体内发育成熟。人是班氏丝虫的唯一终宿主。

(三)致病性

1.急性期过敏和炎症反应

幼虫和成虫的分泌物、代谢产物与死虫及其分解产物等均可刺激机体产生局部淋巴系统的炎症反应和全身变态反应,表现为淋巴管炎、淋巴结炎、丹毒样皮炎和丝虫热等。淋巴管炎以下肢多见,特征为逆行性,发作时肢体皮肤表面可见自上而下发展的离心性红线,俗称"流火"。

2.慢性期阻塞性病变

淋巴系统阻塞是引起丝虫病慢性体征的重要因素。急性期病变反复发作及成虫的刺激,导致淋巴管出现丝虫性肉芽肿,最终导致淋巴管栓塞,栓塞部位远端的淋巴管内压力增高,以致使淋巴管曲张甚至破裂,淋巴液流入周围组织。由于阻塞部位不同,可出现不同的临床表现,如象皮肿、睾丸鞘膜积液、乳糜尿等。

六、旋毛形线虫

旋毛形线虫(trichinella spiralis)简称旋毛虫,可引起旋毛虫病,是主要的食源性寄生虫病之一,也是一种常见的人兽共患寄生虫病。

(一)形 态

1.成虫

成虫虫体细小呈线状,前端较细,后端较粗。雄虫长 1.4～1.6 mm,雌虫长 3～4 mm。

2.幼虫囊包

幼虫囊包寄生于宿主横纹肌内,大小为 0.23～0.42 mm,呈纺锤形或柠檬形,内含有 1～2 条卷曲的幼虫,个别有 6～7 条(图 24－5)。

(二)生活史

成虫和幼虫寄生在同一个宿主体内,不需要在外界发育,但完成生活史则需更换宿主。成虫寄生于宿主小肠,主要在十二指肠和空肠;幼虫则主要寄生于横纹肌内。人、猪、鼠、猫、犬等多种哺乳动物均可作为本虫的宿主。

幼虫

幼虫囊包

图 24－5 旋毛虫幼虫囊包及幼虫

当宿主吞食了含有旋毛虫活囊包的肉类后,在消化液的作用下,幼虫自囊内逸出,钻入肠黏膜内,经 24 h 的发育再返回肠腔。在 48 h 内,经 4 次蜕皮,发育为成虫。雌、雄虫交配后,绝大多数雄虫不久即死亡,雌虫再次侵入肠黏膜继续发育,于感染后的 5～7 d 后产出幼虫。排幼虫期可持续 4～16 周或更长,每条雌虫可产幼虫 1 500～2 000 条,成虫寿命通常为 1～4 个月。

幼虫随淋巴液和血液循环到达宿主全身各组织器官,但只有到达横纹肌的幼虫才能继续发育。幼虫多侵入血供丰富的肌群,如膈肌、舌肌、咬肌、咽喉肌、胸肌等形成梭形囊包。幼虫囊包是旋毛虫的感染阶段。

（三）致病性

旋毛虫的致病过程和其相应的临床表现可分三期：①侵入期：为幼虫在小肠内脱囊并发育为成虫的阶段，也称肠型期，主要引起十二指肠和空肠广泛炎症，临床表现为有恶心、呕吐、腹泻、便秘及腹痛等胃肠道症状；②幼虫移行与寄生期：为新生幼虫随淋巴、血液循环至全身各器官及侵入横纹肌内发育阶段，亦称肌型期，主要引起血管炎和肌肉病变，临床表现为全身肌肉酸痛，尤以腓肠肌、肱二头肌、肱三头肌疼痛为甚，严重者可有水肿及咀嚼、吞咽、呼吸时疼痛，甚至发生心肌炎、心衰、毒血症而死亡；③囊包形成期：是指幼虫移行至横纹肌内形成囊包蚴的阶段，也是受损肌细胞修复的时期，又称恢复期，表现为急性炎症逐渐消退，患者的全身症状日渐减轻，但肌痛可持续数月，重症患者可出现恶病质、心力衰竭、心肌炎而死亡。

七、线虫的实验诊断及防治原则

（一）实验诊断

在待测标本中检获病原体可确诊。用直接涂片法、饱和盐水漂浮法和沉淀法检查蛔虫卵、鞭虫卵及钩虫卵。棉签拭子法或透明胶纸法检查蛲虫卵。丝虫病以外周血、尿液及体液中查出微丝蚴为确诊依据。旋毛虫病以患者疼痛肌肉处查出囊包蚴为确诊依据。

免疫学检查常用方法有皮内试验、间接荧光抗体试验、酶联免疫吸附试验等，用于旋毛虫病的轻度感染及早期诊断。

（二）防治原则

进行卫生宣传，注意个人卫生，加强个人防护，改变不良饮食习惯等。改善环境卫生，加强粪便管理及水源保护，加强肉类检疫及食品卫生管理。消灭传播媒介蚊蝇等。治疗患者及带虫者。常用的驱虫药有阿苯达唑、丙硫咪唑、甲苯咪唑、左旋咪唑等。丝虫病的治疗药物主要为海群生等。

第二节　吸　　虫

一、华支睾吸虫

华支睾吸虫（clonorchis sinensis）俗称肝吸虫，寄生于人体的肝胆管内，引起华支睾吸虫病（肝吸虫病）。

（一）形　态

1. 成虫

成虫虫体扁平，前端较窄，后端钝圆，似葵花籽仁。虫体大小为（10～25）mm×（3～5）mm。口吸盘位于虫体前端，腹吸盘位于虫体前 1/5 处，略小于口吸盘。体内两支肠管沿虫体两侧向后，末端为盲端。两个分支状的睾丸前后排列于虫体的后 1/3 处。分叶状的卵巢位于睾丸之前。在卵巢的斜后方有椭圆形的受精囊。子宫盘绕在卵巢与腹吸盘之间，充满虫卵，开口于生殖孔。卵黄腺分布在虫体中段两侧。

2.虫卵

虫卵大小为 29 μm×17 μm，芝麻状，棕褐色，是人体寄生虫卵中最小者。前端有卵盖，其周缘隆起呈肩峰状，后端常有一突起。卵壳厚，内含一成熟毛蚴。

（二）生活史

成虫寄生于人或其他哺乳动物的肝胆管中。卵随胆汁进入肠腔后随粪便排出体外。虫卵入水，被第一中间宿主如纹沼螺等淡水螺吞食，在螺体内孵出毛蚴，经胞蚴、雷蚴发育成尾蚴离开螺体。若遇到第二中间宿主鱼类或淡水虾，侵入其皮下、肌肉等处发育为囊蚴。终宿主因食入含囊蚴的鱼、虾而感染。囊蚴在十二指肠内脱囊为童虫，童虫经胆总管进入肝内小胆管发育为成虫。从感染至发育为成虫并产卵，需 1 个月左右。成虫寿命可达 20～30 年（图 24-6）。

案例分析

患者，男，26岁，因反复发热、头痛、疲乏、上腹部不适月余入院。查体：体温 37.1 ℃，脉搏 90/min，呼吸 20/min，血压 102/65 mmHg。全身皮肤黏膜轻度黄染，双眼巩膜轻度黄染。肝右肋下 2.0 cm 可及，质软，有轻度触痛，脾未触及。既往史：无肝炎、结核等传染病史，有捉鱼并烤鱼吃的习惯。血常规白细胞计数 $1.3×10^9$/L。肝功能正常，HBsAg 阴性。粪检发现华支睾吸虫卵。

思考：1.引起该病的病原体是什么？用什么方法可以确诊此病？ 2.患者通过什么途径感染？如何进行预防与治疗？

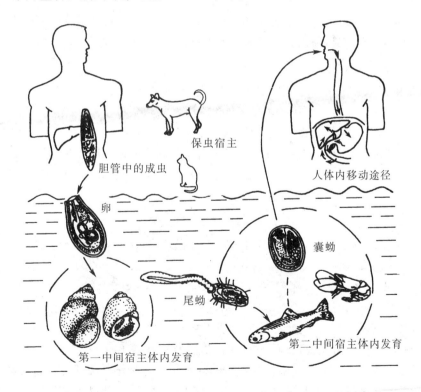

图 24-6 华支睾吸虫生活史

(三)致病性

成虫引起的肝脏损害是肝吸虫的主要危害。成虫的代谢产物、机械性刺激引起胆管内膜及胆管周围的炎症,导致胆管扩张及胆管上皮增生,管壁增厚,或因虫体堵塞胆管,导致阻塞性黄疸。若继发细菌感染,可引起胆囊炎、胆管炎。感染严重时可出现肝硬化,甚至诱发肝癌。虫卵、死亡虫体及脱落的组织碎片等,可构成胆结石的核心,形成胆石症。

临床表现因感染程度不同而异。轻度感染可不出现或无明显临床症状;严重感染时,一般表现为上腹部不适、厌油、食欲不振、腹痛、腹泻、肝区疼痛、全身乏力等症状。儿童严重感染可引起发育障碍或侏儒症。

二、布氏姜片吸虫

布氏姜片吸虫简称姜片虫,是寄生于人、猪小肠中的大型吸虫,引起姜片虫病。

(一)形 态

1. 成虫

成虫呈长椭圆形,虫体大而肥厚、背腹扁平,形似姜片,故名姜片虫。活时为肉红色,死后灰白色。虫体大小为$(20\sim75)$mm$\times(8\sim20)$mm,口吸盘较小,位于虫体前端,腹吸盘呈漏斗状,肌肉发达,较口吸盘大$4\sim5$倍,肉眼易见,居口吸盘稍后。

2. 虫卵

虫卵呈椭圆形,淡黄色,大小为$(130\sim140)\mu$m$\times(80\sim85)\mu$m,是最大的蠕虫卵。卵壳薄而均匀,卵盖小而不明显,卵内含1个卵细胞和$20\sim40$个卵黄细胞。

(二)生活史

成虫寄生于人或猪小肠上段,虫卵随宿主粪便排出。虫卵入水,在适宜的温度下经$3\sim7$周孵出毛蚴。毛蚴侵入中间宿主扁卷螺体内,经胞蚴、母雷蚴、子雷蚴无性生殖阶段发育为尾蚴。尾蚴逸出螺体,在水中吸附于水生植物菱角、荸荠、茭白等表面,形成囊蚴。人或猪食入附有囊蚴的水生植物,在消化液的作用下,囊内幼虫在小肠上段脱囊而出,随即吸附于小肠黏膜吸取营养,经$1\sim3$个月发育为成虫。成虫寿命$1\sim2$年,长者可达$4\sim5$年(图24-7)。

(三)致病性

成虫吸附于小肠黏膜,因其吸盘发达,吸附力强,可使局部黏膜坏死、脱落,发生炎症、出血,甚至形成溃疡或脓肿。

一般潜伏期为$2\sim3$个月,由于感染虫体数量及人体的生理状况不同,临床表现有所差别。轻度感染者,可无明显症状或出现消化不良、腹部不适、轻度腹痛、腹泻等症状;中度感染者,由于虫数较多,则表现为明显的消化功能紊乱,可出现间歇性腹泻、腹痛、恶心、呕吐等症状,腹泻和便秘交替出现或长期慢性腹泻,从而导致营养不良,并伴有水肿和各种维生素缺乏的现象,有时亦可发生肠梗阻;重度感染者,常有贫血、消瘦、眼睑、面部水肿,甚至全身性水肿,也可伴有腹泻、脱水及发育障碍,甚至衰竭死亡。尤其是儿童,可发生智力减退、发育障碍。

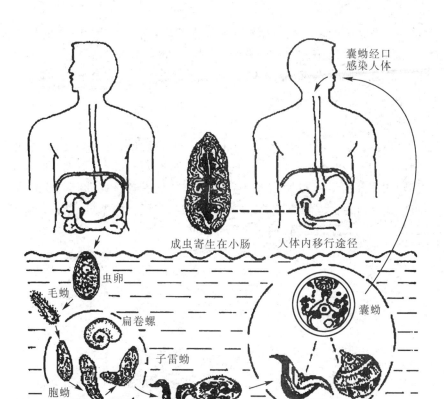

图 24-7　姜片虫生活史

三、卫氏并殖吸虫

卫氏并殖吸虫(paragonimus westermani)又称肺吸虫,主要寄生在肺部。

(一)形 态

1.成虫

成虫虫体肥厚,背面隆起,腹面扁平,似半粒黄豆。活时红褐色。大小为(7.5～12)mm×(4～6)mm。口、腹吸盘大小略同,前者位于虫体前端,后者位于虫体横线之前。睾丸分支,左右并列于虫体后 1/3 处。卵巢分 5～6 叶,呈指状,与盘曲的子宫并列于腹吸盘之后。雌雄生殖器官左右并列为本虫特征。

2.虫卵

虫卵大小为(80～118)μm×(48～60)μm,椭圆形,金黄色。卵盖大,常略倾斜。卵壳厚薄不均,后端多增厚。卵内含 1 个卵细胞和 10 余个卵黄细胞。

(二)生活史

成虫主要寄生于人或多种肉食动物(犬、猫及狐、狼、虎、豹等)的肺内,虫卵随痰或粪便排出。卵入水中后,在适宜条件下约经 3 周孵出毛蚴。毛蚴侵入第一中间宿主(川卷螺类)体内,经胞蚴、母雷蚴、子雷蚴的发育和无性增殖,形成大量尾蚴。成熟的尾蚴从螺体逸出后,侵入第二中间宿主(淡水蟹和蝲蛄)体内发育为囊蚴。终宿主(人或多种肉食动物)因食

237

入含有囊蚴的淡水蟹或蝲蛄而感染。囊蚴在小肠内脱囊,发育为童虫。童虫穿过肠壁进入腹腔,在腹腔脏器间徘徊,经 1～3 周穿过膈肌经胸腔入肺,发育为成虫。童虫亦可侵入皮下、肝、脑、脊髓、心包和眼眶等处异位寄生,但一般不能发育成熟。从感染囊蚴至成虫产卵,需 2～3 个月。成虫寿命为 5～6 年。

(三)致病性

本病主要是由于童虫或成虫在组织器官内移行、寄居造成机械性损伤以及代谢产物引起的免疫病理反应,基本病变过程可分三期:脓肿期、囊肿期、纤维瘢痕期。临床上可分为:胸肺型、皮下型、腹型及脑型,其中胸肺型最常见。胸肺型患者咳嗽、胸痛、咳血痰或铁锈色痰。皮下型可见皮下游走性包块或结节,多见于腹壁及胸壁。腹型可有腹泻、腹痛及便血。脑型可出现头晕、头痛、偏瘫、视力障碍及癫痫等症状。

四、日本血吸虫

日本血吸虫(schistosoma japonicum)也称日本裂体吸虫。成虫寄生在人体及其他哺乳动物的门静脉-肠系膜静脉系统,引起血吸虫病。

(一)形态

1.成虫

成虫雌雄异体。雄虫乳白色,略粗短,大小为(12～20)mm×(0.5～0.55)mm。自腹吸盘以下虫体两侧向腹面卷折,形成抱雌沟。睾丸一般为 7 个,圆形,呈串珠状排列。雌虫较细长,圆柱形,大小为(20～25)mm×(0.1～0.3)mm,呈黑褐色。卵巢椭圆形,位于虫体中部。子宫管状,内含虫卵。雌、雄虫常呈合抱状态。

2.虫卵

虫卵呈椭圆形,淡黄色,大小为(74～106)μm×(55～80)μm。卵壳厚薄均匀,无卵盖,卵壳一侧有一小棘。卵内含一个毛蚴。毛蚴与卵壳间有大小不等油滴状物质,是毛蚴头腺的分泌物。

3.毛蚴

毛蚴大小为 99μm×35μm,呈梨形或长椭圆形,左右对称,周身被有纤毛。体内有一顶腺及一对侧腺,能分泌可溶性虫卵抗原。

4.尾蚴

尾蚴属于叉尾型,分为体部和尾部,尾部又分尾干和尾叉。大小为(280～360)μm×(60～95)μm。体部前端有特化的头器,中央有一单细胞的头腺。腹吸盘位于体后部 1/3 处,尾蚴体中后部有单细胞钻腺 5 对。头腺和钻腺均开口于头器顶部,亦能分泌可溶性抗原。

(二)生活史

成虫寄生于人及多种哺乳动物的门静脉-肠系膜静脉系统。雌虫产卵于肠黏膜下层静脉末梢内,一部分虫卵随血液沉淀在肝组织内,一部分经肠壁进入肠腔,约经 11 d,发育为毛蚴。毛蚴分泌物能透过卵壳,引起周围肠黏膜组织发炎坏死,在肠蠕动、腹内压力增加的情况下,肠壁坏死组织向肠腔溃破,虫卵随溃破组织落入肠腔,随粪便排出(图 24-8)。

虫卵入水,在适宜条件下(25～30 ℃)孵出毛蚴。当遇到中间宿主钉螺,即侵入螺体,发

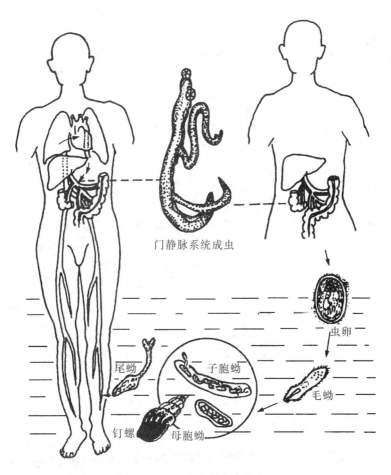

门静脉系统成虫

虫卵

尾蚴 子胞蚴 毛蚴

钉螺 母胞蚴

图 24-8 日本血吸虫生活史

育为母胞蚴、子胞蚴及尾蚴。成熟尾蚴有很强的活动力，陆续从螺体逸出。当人或动物与水面的尾蚴接触时，尾蚴钻入宿主皮肤，脱去尾部后成为童虫。

童虫侵入淋巴管或微血管，随血流或淋巴液经右心到肺，再由左心进入体循环，到达肠系膜动脉，穿过毛细血管进入肝门静脉，雌、雄虫合抱移行到门静脉-肠系膜静脉发育为成虫。从尾蚴侵入人体至成虫产卵约需 24 d，成虫平均寿命约 4.5 年，最长可活 40 年之久。

（三）致病性

1. 尾蚴

尾蚴侵入皮肤可引起尾蚴性皮炎。表现为局部瘙痒和丘疹，属Ⅰ型和Ⅳ型超敏反应。

2. 童虫

童虫移行时可引起所经脏器的病变，以肺部病变较明显。

3. 成虫

成虫一般无明显致病作用，少数可引起静脉内膜炎和静脉周围炎。

4. 虫卵

虫卵是血吸虫的主要致病阶段。虫卵沉积在宿主的肝脏及肠壁等处，其毛蚴能分泌可溶性虫卵抗原，透过卵壳微孔释出，进入宿主组织中，使 T 淋巴细胞致敏；致敏 T 细胞再次遇到相同抗原刺激后,产生各种淋巴因子,吸引淋巴细胞、巨噬细胞等细胞聚集于虫卵周围,形成虫卵肉芽肿(Ⅳ型超敏反应),又称虫卵结节。早期虫卵肉芽肿常出现中心坏死,形成嗜酸性脓肿。随着卵内毛蚴的死亡和组织修复,坏死组织被吸收,纤维组织增生,逐渐发展为纤维化病变。

> **知识链接**
>
> **血吸虫病流行因素**
>
> 日本血吸虫病曾在我国长江流域及以南地区广泛流行,经多年努力,已取得显著成效。但据2002年资料,我国现有血吸虫病患者数仍有81万左右。影响血吸虫病流行的因素主要包括自然因素和社会因素,自然因素主要指钉螺孳生的地理、气温及雨量等,社会因素与社会制度、文化素质、生产方式等有关。

临床上日本血吸虫病可分为急性、慢性和晚期三期。急性期多见于无免疫力的初次重度感染的青壮年人和儿童,常见症状为发热、肝脾肿大、腹痛、腹泻或黏液血便等;慢性期的大多数患者无明显临床症状,部分患者有腹泻、腹痛、肝脾肿大等;晚期在临床上常见表现为肝脾肿大、腹水、门静脉高压及上消化道出血。儿童和青少年反复感染又未及时治疗,可导致垂体功能减退,表现为侏儒症。

五、吸虫的实验诊断及防治原则

(一)实验诊断

在待测标本中检获病原体可确诊。粪便直接涂片法及十二指肠引流液涂片法检获华支睾吸虫虫卵。粪便直接涂片法或沉淀法检获布氏姜片吸虫虫卵,或从粪便中检获其成虫。以痰液或粪便直接涂片、沉淀法检获卫氏并殖吸虫虫卵,或从皮下包块结节检获其童虫或成虫。自然沉淀法检获血吸虫虫卵,毛蚴孵化法可提高毛蚴的检出率。

免疫学诊断可弥补病原体检测阳性率的不足。方法有皮内试验、间接血凝试验、酶联免疫吸附试验、环卵沉淀试验等。

(二)防治原则

开展卫生宣教,不食生的或半生的鱼虾、水生植物等。加强粪便管理,保护水源,定期灭螺。治疗患者及带虫者,常用药物有吡喹酮、阿苯达唑等。

第三节 绦 虫

一、链状带绦虫

链状带绦虫(taenia solium)又称猪带绦虫、猪肉绦虫或有钩绦虫。幼虫寄生于人或猪的肌肉等组织内,引起猪囊尾蚴病;成虫寄生于人体小肠内,引起猪带绦虫病。

(一)形态

1.成虫

成虫扁平、带状,分节,乳白色,长2～4 m。头节近球形,直径0.6 mm,细小,有4个吸盘,顶端上具顶突,其上有25～50个小钩,列成两圈。颈节纤细,不分节,有生发功能。链体由700～1 000个节片构成,幼节(宽度大于长度)内的生殖器官尚未成熟;成节(长宽比例基本相等)内含成熟的雌、雄生殖器官各一套;孕节(长度大于宽度)生殖器官萎缩、退化,仅有充满虫卵的子宫,向两侧分支,每侧 7～13 支(图 24-9)。

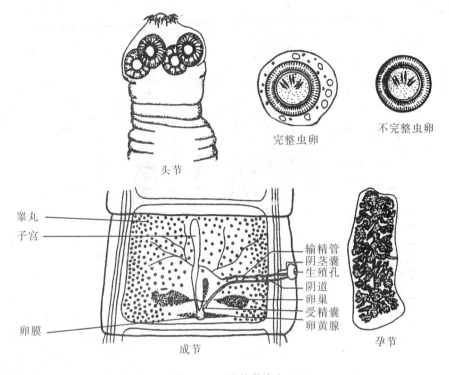

图 24-9 链状带绦虫

2.虫卵

虫卵呈球形,外有很薄的卵黄层,无色透明,极易脱落。卵壳内为胚膜,棕黄色,较厚,有放射状条纹,内含一个六钩蚴。

3.猪囊尾蚴

猪囊尾蚴又称猪囊虫,囊泡状,乳白色,半透明,囊内充满囊液,头节翻卷在囊内,呈白色点状。

(二)生活史

人是其唯一的终宿主。人或猪是其中间宿主。成虫寄生于人体小肠内,虫体后端的孕节常数节连在一起脱落,随粪便排出。猪食入孕节或虫卵,在小肠内孵出六钩蚴,钻入肠壁,随血液、淋巴到达宿主全身,尤以运动较多部位,如肩、股、心等处寄生较多,经 60～70 d 发育为猪囊尾蚴。含有囊尾蚴的猪肉俗称"米猪肉"或"豆猪肉"。猪囊尾蚴在猪体内可存活数年之久,是链状带绦虫的感染阶段。

人可因误食含活囊尾蚴的猪肉而感染。囊尾蚴到达小肠,经胆汁刺激,头节翻出,以吸盘和小钩吸附在肠壁上,经 2～3 个月发育为成虫。成虫在人体内可存活 25 年以上。

人若误食虫卵或孕节,亦可感染囊尾蚴病,主要通过 3 种方式感染:异体感染、自体外重复感染及自体内重复感染(图 24-10)。

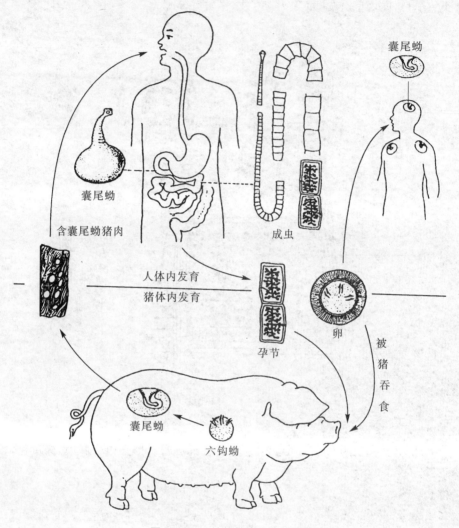

图 24 - 10　链状带绦虫生活史

(三)致病性

1.猪带绦虫病

寄生于人体的虫数通常为一条,重者也可有多条寄生。临床症状一般较轻,可有腹部不适、消化不良、腹胀、消瘦及体重减轻等症状,偶尔可致肠梗阻。

2.猪囊尾蚴病

(1)皮下及肌肉囊尾蚴病:在皮下、黏膜下或肌肉中可形成结节。结节多为圆形,无压痛,与周围组织无粘连,可移动,硬度近似软骨。多见于头部及躯干,常分批出现,可自行消失。患者可感到肌肉酸痛、发胀等。

(2)脑囊尾蚴病:临床表现极为复杂,可终身无症状,也可致猝死,以癫痫发作最多见;其次是颅内压增高及神经精神症状,表现为头痛、恶心、呕吐等。

(3)眼囊尾蚴病:寄生在眼的任何部位,眼部玻璃体及视网膜下占多数。患者可有视力障碍及虫体蠕动感,如眼内囊尾蚴一旦死亡,可导致玻璃体混浊,视网膜剥离,继发白内障、青光眼,最终导致失明。

二、肥胖带绦虫

肥胖带绦虫(taenia saginata)又称牛带绦虫、牛肉绦虫或无钩绦虫,成虫寄生在人体小肠,引起牛带绦虫病。牛带绦虫与猪带绦虫的形态、生活史及致病性基本相似(表 24 - 4)。

表 24 - 4　猪带绦虫与牛带绦虫的主要区别

性状	猪带绦虫	牛带绦虫
体长	2～4m	4～8m
节片	700～1000 节,较薄,略透明	1000～2000 节,肥厚,不透明
头节	球形,直径约 1mm,有顶突及小钩	方形,直径 1.5～2.0mm,无顶突及小钩
成节	卵巢分左右两叶及中央小叶,睾丸 150～200 个	卵巢仅两叶,睾丸 300～400 个
孕节	子宫分支不完整,每侧 7～13 支	子宫分支较完整,每侧 15～30 支
囊尾蚴	头端有小钩	头端无小钩
感染阶段	猪囊尾蚴、猪带绦虫卵	牛囊尾蚴
中间宿主	猪、人	牛
致病性	引起猪带绦虫病及囊尾蚴病	引起牛带绦虫病

寄生人体的虫数多为一条,重者也可有 2～8 条寄生。患者一般无明显症状,时有腹部不适、消化不良、腹泻等症状。牛带绦虫孕节活动力较强,常自动从肛门逸出,多数患者能发现自己排出的节片,表现为肛门瘙痒。少数还可引致阑尾炎、肠梗阻等。

三、绦虫的实验诊断及防治原则

(一)实验诊断

在待测标本中检获病原体可确诊。链状带绦虫虫卵可用粪便直接涂片法、浮聚法、沉淀法或透明胶纸法检获;囊尾蚴可通过手术摘除结节或包块检获,或做 X 线等。肥胖带绦虫虫卵用肛门拭子法检获阳性率较高。

(二)防治原则

加强卫生宣传,注意个人卫生,不食生的或半生的猪肉,养成良好的饮食习惯。加强猪的圈养,进行严格肉类检查。治疗患者和带虫者。驱绦虫多采用槟榔和南瓜子合剂,虫体排出后要检查有无头节排出。常用药物包括吡喹酮、甲苯咪唑或丙硫咪唑等。

> **知识链接**
>
> **细粒棘球绦虫**
>
> 成虫寄生在犬、狼等食肉动物体内,棘球蚴寄生于人或牛、马、羊等食草动物体内引起棘球蚴病(或称包虫病)。成虫寄生于终宿主的小肠上段。孕节或虫卵随宿主粪便排出。当中间宿主误食虫卵或孕节后,在肠内经消化孵出六钩蚴,钻入肠壁血管,随血流到达肝、肺等器官,经 3~5 个月发育成棘球蚴。棘球蚴被犬等动物吞食后,约经 8 周,其所含的每个原头蚴都可能发育为一条成虫。棘球蚴危害的严重程度取决于棘球蚴大小、数量、寄生部位和机体反应,常见症状有局部压迫和刺激症状、过敏及中毒症状及体表包块等。

本章小结

　　医学蠕虫是寄生在人体内的一类多细胞无脊椎动物,并能借肌肉伸缩而蠕动,种类繁多,分布广泛,可营自生生活和寄生生活,主要包括线虫、吸虫及绦虫。线虫、吸虫和绦虫可寄生于人体的多个部位,造成相应部位器官或全身的损伤,同时某些蠕虫的幼虫在人体内移行,亦可造成局部或全身的病变。多数蠕虫病为人兽共患病。医学蠕虫的生活史及致病期见下表。

线虫小结

虫种	寄生部位	感染期	感染方式	终宿主	中间宿主	致病期
蛔虫	小肠	感染期卵	经口	人	无	幼虫、成虫
钩虫	小肠	丝状蚴	经皮肤	人	无	幼虫、成虫
蛲虫	回盲部	感染期卵	肛-手-口	人	无	成虫
鞭虫	盲肠	感染期卵	经口	人	无	成虫
丝虫	淋巴系统	丝状蚴	蚊吸血	人	蚊	幼虫、成虫
旋毛虫	小肠	幼虫囊包	经口	人	人	幼虫、成虫

吸虫和绦虫小结

虫种	寄生部位	感染期	感染方式	终宿主	中间宿主	保虫宿主	主要致病
肝吸虫	肝胆管	囊蚴	经口	人	第一中间宿主:豆螺、沼螺;第二中间宿主:淡水鱼、虾	犬、猫、鼠等	胆管炎、胆囊炎、胆结石、肝肿大、肝硬化、消化道症状
姜片虫	小肠	囊蚴	经口	人	扁卷螺	猪	成虫吸附肠壁引起消化道症状
肺吸虫	主要是肺,其次是脑、皮下	囊蚴	经口	人	第一中间宿主:川卷螺;第二中间宿主:淡水蟹和蝲蛄	犬、猫等	成虫可引起肺脓肿、肺囊肿、异位损害
血吸虫	门静脉-肠系膜静脉	尾蚴	经皮肤	人	钉螺	牛、鼠、猪等	虫卵在肝脏引起肉芽肿与纤维化,出现急性、慢性与晚期血吸虫病
猪带绦虫	成虫(小肠);囊尾蚴(皮下、肌肉、眼、脑等)	成虫感染期(囊尾蚴),幼虫感染期(虫卵)	食入囊虫肉患猪带绦虫病,食入虫卵患囊尾蚴病	人	猪、人	无	猪带绦虫病,猪囊尾蚴病
牛带绦虫	小肠	牛囊尾蚴	食入含牛囊尾蚴的牛肉	人	牛	无	牛带绦虫病

复习思考题

1. 何谓夜现周期性?

2. 在人体内发育过程经肺部的线虫有哪些? 简述其所引起的主要临床症状。

3. 为什么有水的环境对吸虫的生活史的完成十分重要?

4. 猪带绦虫与牛带绦虫的主要区别是什么?

（王慧勇）

第二十五章 医学原虫

学习目标

■ **掌握** 叶足虫、鞭毛虫、孢子虫的生活史、致病因素、防治原则。

■ **熟悉** 叶足虫、鞭毛虫、孢子虫的形态、实验诊断。

■ **了解** 叶足虫、鞭毛虫、孢子虫的流行特点。

原虫是单细胞真核动物,具有完整的生理功能,种类多,分布广。仅少数营寄生生活。寄生在人体与医学有关的称为医学原虫,有40余种。

原虫虫体微小,直径2~200μm,基本结构由细胞膜、细胞质和细胞核三部分组成。具有完整的生理功能,如运动、消化、排泄、呼吸、生殖以及对外界刺激产生反应等。

根据运动细胞器的有无和类型不同将原虫分为叶足虫、鞭毛虫、纤毛虫和孢子虫。

第一节 叶 足 虫

叶足虫形态特征是以叶状伪足为运动细胞器,如阿米巴虫等。常见人体寄生的阿米巴虫有7种,其中主要致病虫种为溶组织内阿米巴(entamoeba histolytica)。

> **知识链接**
> **叶足虫的结构**
> 叶足虫细胞分为内质和外质,外质呈凝胶状,具有运动、摄食、排泄、呼吸、感觉及保护作用,内质呈颗粒性溶胶状,在运动时先有透明凝胶状外质迅速突出,形成指状或叶状伪足,然后内质渐次流入,使其具有定向运动的特点。

一、溶组织内阿米巴

又称痢疾阿米巴,主要寄生于人体的结肠内,引起阿米巴痢疾,也可侵入其他组织器官引起肠外阿米巴病。本病呈世界性分布,我国各地均有感染,农村高于城市。

(一)形态

滋养体分为大滋养体和小滋养体。

1. 大滋养体

大滋养体又称组织型滋养体,直径20~40 μm,寄生于结肠黏膜、黏膜下以及肠外组织中,有致病性,细胞内、外质分明,外质无色透明,伪足较大,内质还有食物泡和吞噬的红细胞。核一个,圆形。

2. 小滋养体

小滋养体又称肠腔型滋养体,直径 10～16 μm,寄生于肠腔中,内、外质分界不明显,内质不含吞噬的红细胞,含吞噬的细菌。核结构与大滋养体相同。

3. 包囊

包囊由小滋养体形成,是溶组织内阿米巴不摄食、不活动的相对静止时期,呈圆球形,直径 10～20 μm,囊壁光滑,核 1～4 个,分为未成熟包囊和成熟包囊(图 25-1)。①未成熟包囊:为单核或双核,经碘染色后呈棕黄色,囊内可见浅棕色的糖原块和透明拟染色体;②成熟包囊:有 4 个核,糖原块和拟染色体消失。

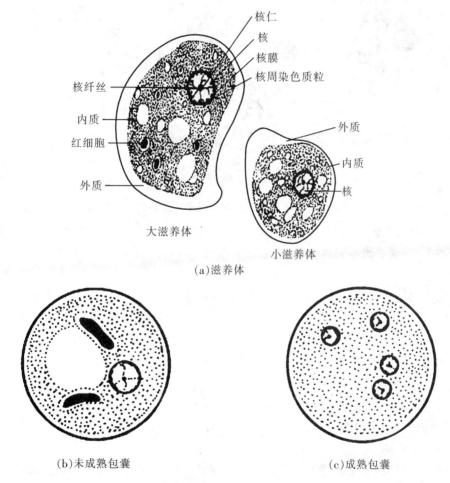

图 25-1 溶组织内阿米巴

(a)滋养体

核仁
核
核膜
核周染色质粒
核纤丝
内质
红细胞
外质
大滋养体

外质
内质
核
小滋养体

(b)未成熟包囊

(c)成熟包囊

(二) 生活史

溶组织内阿米巴滋养体一般在宿主结肠内共栖,只有在一定条件下可侵入肠壁并可经血流送到其他脏器。生活史基本过程是:包囊-小滋养体-包囊,成熟的四核包囊是溶组织内阿米巴的感染期(图 25-2)。

当四核包囊经口感染人体后,在小肠下段经胰蛋白酶等的作用,囊内虫体从囊壁逸出并

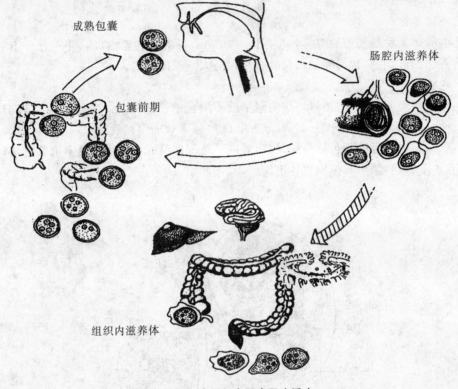

成熟包囊

包囊前期

肠腔内滋养体

组织内滋养体

图 25 - 2　溶组织内阿米巴生活史

分裂成 4 个小滋养体,小滋养体附着在回盲部的黏膜表面进行二分裂繁殖,部分小滋养体随肠内容物下移,受脱水等因素的影响,分泌囊壁形成单核包囊,经过两次核分裂形成 4 核包囊随粪便排出。

当宿主机体抵抗力下降,肠生理功能紊乱或肠壁受损时,小滋养体可借其伪足及酶和毒素的作用侵入肠壁组织,吞噬红细胞转变成大滋养体并大量繁殖。肠壁组织内的大滋养体可随坏死组织落入肠腔,随粪便排出,或在肠腔中变成小滋养体,再形成包囊排出体外;亦可侵入肠黏膜下的血管,随血液循环到达肝、肺、脑等组织中进行繁殖。

（三）致病性

人感染溶组织内阿米巴后大多成为带虫者,其致病与虫株的致病力、虫种的寄生环境和宿主的免疫状态等多种因素有关。

1. 肠阿米巴病

即阿米巴痢疾,病变多发于回盲部,其次是结肠各弯曲部、乙状结肠和直肠。大滋养体侵入肠壁组织,在其伪足以及分泌的酶和毒素的作用下破坏肠壁组织,引起液化性坏死,形成口小底大的烧瓶样溃疡。

当溃疡内坏死的黏膜组织、血液和滋养体一起落入肠腔则形成阿米巴痢疾,典型的阿米巴痢疾粪便为酱红色黏液血便,有腥臭味。

2. 肠外阿米巴病

以肝脏为多见,其次是肺。滋养体随血流播散所致的肝脓肿以肝右叶后上方多见,肺脓肿可因血循环播散所致,但多数因肝脓肿穿破膈肌进入胸腔直接侵入肺而引起。

(四)实验诊断

病原学诊断主要从粪便中检查滋养体及包囊,肠外阿米巴病则从穿刺液、分泌物及组织中检查滋养体。

1.粪便检查

①急性阿米巴痢疾患者用生理盐水直接涂片法检查有无活动的滋养体;②慢性患者和带虫者的成形粪便碘液染色法查包囊,持续1～3周,多次检查。

2.活组织检查

结肠镜观察结肠黏膜,从溃疡边缘取刮拭物直接涂片或取活组织作压片镜检大滋养体。

3.脓肿穿刺液检查

大滋养体多在脓肿壁上,对脓肿穿刺液涂片检查时,抽取应注意。

4.免疫学诊断

临床上怀疑为阿米巴病患者,但又查不到病原体时,可用酶联免疫吸附试验、间接血凝试验、间接荧光抗体试验等。

(五)流行与防治

溶组织内阿米巴病呈全球分布,常见于热带与亚热带。据 1992 年调查,我国人群平均感染率为 0.949%。近年来国外报道阿米巴病在男性同性恋者中发生率较高,值得关注。

阿米巴病传染源主要是粪便中带有包囊的带虫者和慢性患者,饮用水污染是造成本病感染的主要因素,其次包括包囊污染手、用具、食物而经口感染,节肢动物蝇、蟑螂等可携带传播。

防治本病要加强粪便和水源管理,搞好饮食、个人卫生,治疗患者和带虫者,尤其是饮食行业从业人员应定期检查和治疗,常用药物首选甲硝唑。

二、其他阿米巴

寄生于人体肠道的阿米巴除溶组织内阿米巴外,其余一般不侵入人体组织,但在重度感染或宿主免疫力降低或伴有细菌感染时,可出现腹泻或肠功能紊乱等,常见的见表25－1。

表 25－1　其他阿米巴及其所致疾病

虫　种	人体主要寄生部位	致　病　性
结肠内阿米巴	结肠	不致病
哈氏内阿米巴	结肠	不致病
齿龈内阿米巴	口腔	与齿龈、牙槽的化脓性感染并存
微小内蜓阿米巴	结肠	不致病
布氏嗜碘阿米巴	结肠	不致病
耐格里属阿米巴	脑	原发性阿米巴脑膜炎
棘阿米巴	脑、眼	棘阿米巴角膜炎、亚急性或慢性阿米巴脑炎

第二节 鞭 毛 虫

鞭毛虫是以鞭毛作为运动细胞器的原虫,与人类疾病有关的鞭毛虫主要寄生于消化道、泌尿生殖道、血液及组织中,在我国较重要的种类有阴道毛滴虫(trichomonas vaginalis)、蓝氏贾第鞭毛虫(giardia lamblia)、杜氏利什曼原虫(leishmania donovani)等。

一、阴道毛滴虫

阴道毛滴虫是寄生于人类阴道和尿道的鞭毛虫,主要通过性接触进行传播,可引起阴道炎、尿道炎及前列腺炎。

(一) 形 态

阴道毛滴虫仅有滋养体而无包囊,滋养体呈梨形或椭圆形,大小为$(7\sim30)\mu m \times (5\sim15)\mu m$,活体无色透明,似水滴状;核椭圆形,一个,位于虫体前1/3;有4根前鞭毛,1根后鞭毛;波动膜位于虫体后半部分的一侧;1根轴柱由前到后贯穿虫体并伸出体外(图25-3)。

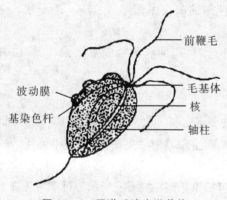

前鞭毛

毛基体

核

轴柱

波动膜

基染色杆

图25-3 阴道毛滴虫滋养体

(二) 生活史

生活史简单,仅有滋养体期,主要寄生于女性阴道,尤以后穹隆多见,偶可侵入尿道。男性感染除寄生于尿道、前列腺外,也可在睾丸、附睾等处寄生。

滋养体以二分裂法繁殖,滋养体既是感染阶段,也是繁殖阶段。通过直接或间接接触的方式在人群中传播,其中性交是主要直接传播方式。

(三) 致病性

正常情况下,健康女性阴道因乳酸杆菌的酵解作用而保持酸性(pH $3.9\sim4.4$),可抑制滴虫或其他细菌的生长繁殖,此为阴道自净作用。当滴虫寄生于阴道时,消耗阴道上皮细胞内糖原,妨碍乳酸杆菌的酵解作用,降低了乳酸浓度,使阴道的pH变为中性或碱性,破坏了阴道自净作用,促使滴虫以及细菌大量繁殖,引起阴道炎症。当月经后、妊娠期、哺乳期或伴有妇科疾病时,阴道pH接近中性,有利于阴道毛滴虫或细菌的生长繁殖。

滴虫性阴道炎的常见临床表现为外阴瘙痒、白带增多且呈泡沫状,有异味。泌尿道感染时,患者出现尿频、尿急、尿痛等症状。男性感染可致慢性前列腺炎。

二、蓝氏甲第鞭毛虫

又称甲第虫,引起甲第虫病,主要寄生于人体小肠、胆囊中,在旅游者中流行引起腹泻,称"旅游者腹泻"。目前,甲第虫已经被列为全世界危害人类健康的主要寄生虫之一。

(一) 形 态

1.滋养体

滋养体为半个纵切的梨形,大小$(9\sim21)\mu m \times (5\sim15)\mu m$。虫体两侧对称,前端钝圆,后端尖细,背面隆起,腹面扁平。腹面前部向内凹陷形成吸盘,借此吸附在宿主肠黏膜上,吸盘中部有 1 对细胞核,有轴柱 1 对,鞭毛 4 对(图 25-4)。

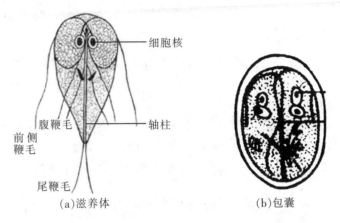

图 25-4 蓝氏甲第鞭毛虫

2. 包囊

包囊为椭圆形,人小(8~14)μm×(7~10)μm,碘液染色后可呈黄绿色,有 2~4 个核,胞质内可见鞭毛、轴柱等结构。

（二）生活史

成熟的 4 核包囊是感染期,包囊随被污染的食物和水进入人体,在十二指肠内脱囊形成滋养体,滋养体吸附于小肠黏膜表面,以二分裂方式繁殖。一部分滋养体随肠内容物下移,分泌囊壁形成包囊,并随粪便排出体外。

（三）致病性

由于大量滋养体吸附在肠黏膜上,妨碍肠道的吸收功能,使大部分可溶性脂肪不被吸收,引起腹泻,粪便中含有较多的脂肪颗粒,但无脓血。典型患者有暴发性水泻,粪便恶臭,伴腹胀、腹痛、呕吐、发热等症状。虫体若寄生于胆囊,可引起胆囊炎、胆管炎。

三、杜氏利什曼原虫

杜氏利什曼原虫又称黑热病原虫,引起利什曼病,又称黑热病,是我国五大寄生虫病之一。

（一）形态

杜氏利什曼原虫生活史有无鞭毛体和前鞭毛体两个时期。

1. 无鞭毛体

无鞭毛体寄生于人和其他哺乳动物的吞噬细胞内,卵圆形,大小(2.9~5.7)μm×(1.8~4.0)μm,经瑞氏染色后胞质呈淡蓝色,胞核呈红色(图 25-5)。

2. 前鞭毛体

前鞭毛体寄生于白蛉消化道内。呈

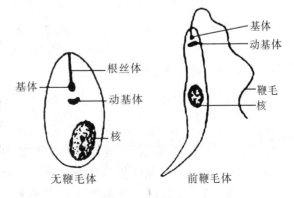

图 25-5 杜氏利什曼原虫

梭形,大小为(14.3～20)μm×(1.5～1.8)μm,核位于虫体中部,有 1 根鞭毛。

(二) 生活史

1. 在白蛉体内发育

雌性白蛉叮刺患者、带虫者或受感染动物时,含有无鞭毛体的巨噬细胞被吸入白蛉胃中发育为前鞭毛体,以二分裂方式繁殖,1 周后发育成具有感染性的前鞭毛体,大量聚集在口腔和喙。

2. 在人(或哺乳动物体内)发育

白蛉叮刺健康人(或哺乳动物)吸血时,前鞭毛体一部分被多核白细胞吞噬消灭,一部分被巨噬细胞吞噬,转入胞内寄生,虫体失去鞭毛变圆成为无鞭毛体,无鞭毛体分裂繁殖最终导致吞噬细胞破裂,无鞭毛体散出又侵入其他巨噬细胞,形成恶性循环(图 25 - 6)。

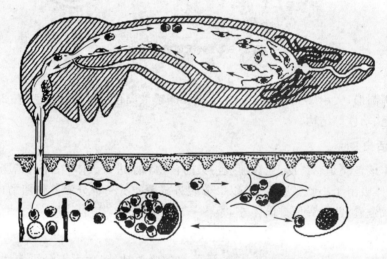

图 25 - 6　杜氏利什曼原虫生活史

(三) 致病性

无鞭毛体在巨噬细胞内大量寄生,使其大量破坏并不断增生,主要见于脾、肝、骨髓、淋巴结等器官肿大,其中以脾肿大最为常见。人体感染杜氏利什曼原虫后,一般经过 2～4 个月的潜伏期即可出现全身性症状和体征。

患者出现白/球蛋白比例倒置,浆细胞增生使球蛋白增加,肝功能受损使白蛋白减少。此外脾功能亢进和免疫溶血导致血细胞减少。患者常出现发热、贫血、鼻出血、牙龈出血和蛋白尿以及血尿。晚期患者面部常有色素沉着。由于血细胞减少,免疫功能受损,易并发各种感染性疾病,此为黑热病死亡的主要原因。

四、鞭毛虫的实验诊断与防治原则

阴道毛滴虫感染根据临床表现,取阴道后穹隆分泌物、尿液的离心沉淀物或前列腺液,直接涂片或涂片染色镜检,查见滋养体即可确诊,冬季检查应注意保温;蓝氏甲第鞭毛虫感染主要是粪便检查,对于急性患者检查滋养体,慢性患者检查包囊。因包囊的排出呈间歇性,应隔日粪检 1 次并连续检查 3 次以上;黑热病取骨髓、淋巴结或脾穿刺物涂片染色镜检或培养,发现无鞭毛体即可诊断。

阴道毛滴虫可通过性接触直接感染,也可通过使用公共浴池与浴具、公共游泳衣裤、坐式马桶造成间接感染。及时检查和治疗带虫者和患者,夫妻或性伴侣应同时治疗,注意个人、公共场所卫生,提倡使用淋浴,慎用公共马桶,不使用公用泳衣裤和浴具。常用药物有甲硝咪唑,还可用1:5 000高锰酸钾或1%乳酸冲洗阴道。蓝氏甲第鞭毛虫主要经粪便污染食物或饮水传播,此外苍蝇等昆虫可机械性传播。常用药物为甲硝咪唑、呋喃唑酮等。黑热病应采取查治患者、捕杀病犬和灭蛉、防蛉综合防治措施。治疗常用的首选药物为葡萄糖酸锑钠。

第三节　孢　子　虫

孢子虫无明显的运动细胞器,生殖方式包括有性生殖和无性生殖两种,两种生殖方式可以在一个或分别在两个不同的宿主体内完成。

一、疟原虫

疟原虫是疟疾的病原体,疟疾是我国五大寄生虫病之一。寄生于人体的疟原虫有4种,即间日疟原虫、恶性疟原虫,三日疟原虫和卵形疟原虫。在我国主要是间日疟原虫和恶性疟原虫。三日疟原虫少见,卵形疟原虫罕见。

疟疾呈世界性分布,在我国间日疟广泛分布于长江以南山区与平原、黄河下游多个省的平原地带,恶性疟流行于长江以南地区,特别是南方山区,三日疟在长江以南呈点状分布。

小贴士

疟疾的发现

疟疾是一种古老的传染病,在我国的历史有3 000多年,19世纪末最先由法国军医Laveran检出病人血液中月牙形的生物体,并命名为疟原虫。之后,英国军医Rose发现了疟疾的传播媒介——按蚊,到此疟疾的病原体以及生活史明确,而Laveran和Rose因此分别于1907年和1902年获得了诺贝尔奖。

(一) 形 态

疟原虫基本结构包括胞膜、胞质、胞核。四种疟原虫在人体红细胞内各期的形态不尽相同,经瑞氏或姬氏染色后,胞质呈蓝色、核为紫红色、代谢产物疟色素呈棕褐色。分为三期六形态,即滋养体(环状体、大滋养体)、裂殖体(未成熟裂殖体、成熟裂殖体)和配子体(雌配子体、雄配子体)(表25-2)。

表25-2　四种疟原虫在薄血膜上的形态特征

虫体	间日疟原虫	恶性疟原虫	三日疟原虫	卵形疟原虫
环状体	核1个,胞质环较粗约为红细胞的1/3,通常只寄生一个原虫	核1~2个,胞质环纤细,约占红细胞直径的1/5,常寄生2个或2个以上的原虫,位于红细胞边缘	似间日疟原虫,但胞质深蓝色,环较粗	似三日疟原虫

续表

虫体	间日疟原虫	恶性疟原虫	三日疟原虫	卵形疟原虫
大滋养体	核一个,胞质增多有伪足,形状不规则,疟色素棕黄色,细小杆状,分散在胞质内边缘	外周血不易见到。体小,圆形,胞质深蓝色,疟色素黑褐色,集中	体小,圆形或带状,亦可呈大杯状,核1个,疟色素深褐色、粗大、颗粒状,常分布于虫体	较三日疟原虫大,圆形空泡不显著,核1个,疟色素似间日疟原虫,但较大
未成熟裂殖体	核开始分裂,2~10个。胞质不规则,疟色素开始集中,但分布不均匀	外周血不易见到,虫体仍似大滋养体,但核已分裂成多个	虫体圆形或宽带状,核多个,疟色素集中	虫体圆形或卵圆形,核多个,疟色素较少
成熟裂殖体	裂殖子12~24个,排列不整齐,偏于一侧的疟色素聚集成堆	外周血不易见到,裂殖子8~36个,排列不规则,疟色素居中或偏位	裂殖子6~12个,排列整齐如花状,疟色素常居中	裂殖子6~12个,排列成环状,疟色素居中或偏位
雌配子体	胞质圆形,核1个,较致密,色深,偏位,疟色素散于细胞质中	新月形,两端稍尖,核1个,较致密,色深居中,疟色素密布于核周围	与间日疟原虫相似但虫体较小,疟色素多而分散	似三日疟原虫,但稍大,疟色素似间日疟原虫
雄配子体	胞质圆形,核1个,较疏松,居中,疟色素散于细胞质中	腊肠形,两端钝圆,核1个,较疏松,居中,疟色素分布于核周围	与间日疟原虫相似,但虫体较小,疟色素多而分散	似三日疟原虫,但稍大,疟色素似间日疟原虫
被寄生红细胞变化	除环状体外,其余各期均胀大,色淡,常见较多细小鲜红的薛氏小点	正常或略小,可有数颗粗大紫红色的茂氏点	正常或略小,偶见少量淡紫色、微细的西门氏小点	略胀大,色淡,部分长形,边缘呈锯齿状,常见较多薛氏小点,在环状体期即可出现

(二) 生活史

疟原虫的生活史基本相同,需要人和按蚊两个宿主才能完成生活史过程,其生活史可分为在人体内发育、在按蚊体内发育两个时期(图 25-7)。

1. 在人体内的发育

在人体内的发育包括在肝细胞内的发育(又称红细胞外期)和在红细胞内的发育(又称红细胞内期)。

(1)红细胞外期:子孢子是感染期。当唾液中带有成熟子孢子的按蚊叮人吸血时,子孢子随唾液进入人体,约经30 min后随血流侵入肝细胞,进行裂体增殖形成红细胞外期裂殖

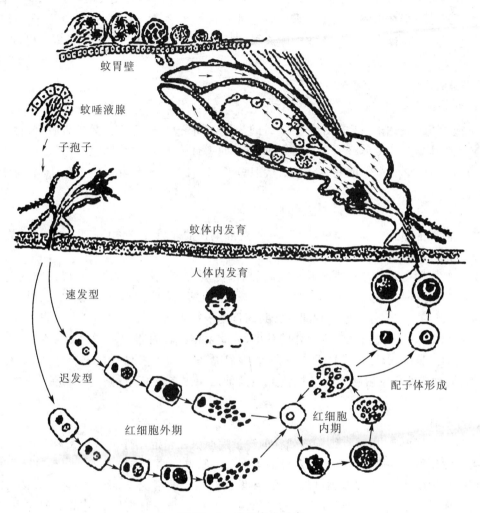

蚊胃壁

蚊唾液腺

子孢子

蚊体内发育

人体内发育

速发型

迟发型

红细胞外期

红细胞内期

配子体形成

图 25 – 7　疟原虫生活史

体。其内大量的裂殖子胀破肝细胞释放入血液,其中一部分裂殖子被巨噬细胞吞噬,一部分侵入红细胞内发育。

目前认为,间日疟原虫的子孢子具有速发型和迟发型两种不同的遗传类型。速发型子孢子进入肝细胞后即发育,完成红细胞外期裂体增殖,而迟发型子孢子需要经过一段休眠期后才能完成红细胞外期的裂体增殖。

(2) 红细胞内期:裂殖子侵入红细胞后,先形成环状体,摄取营养进行生长发育,经大滋养体、未成熟裂殖体后形成成熟裂殖体。成熟裂殖体胀破红细胞释放出裂殖子,部分被吞噬细胞吞噬,部分侵入其他正常红细胞,重复红细胞内裂体增殖过程,如此反复进行。

完成一代红细胞内裂体增殖,间日疟原虫需 48 h,恶性疟原虫需 36~48 h,三日疟原虫需 72 h,经过几代的红细胞内裂体增殖后部分裂殖子侵入红细胞不再进行裂体增殖而是发育为雌、雄配子体。

2.在按蚊体内的发育

当雌性按蚊刺吸感染者血液时,在红细胞内发育的各期疟原虫随血流进入蚊胃,仅雌、雄配子体能存活，并逐渐发育为雌、雄配子。雌、雄配子受精形成合子、动合子后，穿过胃壁，在弹性纤维膜下形成卵囊。虫体在卵囊内迅速进行孢子生殖，形成数千甚至上千万个子孢子。子孢子随卵囊破裂释放进入蚊的唾液腺，发育为成熟子孢子。当受感染蚊在叮咬人时，子孢子又进入人体开始在人体内发育。

（三）致病性

1. 潜伏期

子孢子进入人体至疟疾发作的间隔时间为潜伏期，包括疟原虫红外期发育和红内期原虫经数代裂体增殖使虫体量达到疟疾发作的时间，恶性疟潜伏期 7～27 d，平均 11～12 d，三日疟为 28～37 d，平均 30 d，间日疟的潜伏期短者 11～25 d，长者为 6～12 个月，个别可达 2 年之久。

2. 疟疾发作

由红内期疟原虫裂体增殖破坏红细胞引起周期性的寒战发作称疟疾发作。一次典型的发作为寒战、高热、出汗退热三个连续阶段。

发作的原因主要是被寄生的红细胞破裂后，裂殖子、疟原虫代谢产物、残余和变性的血红蛋白、红细胞碎片及进入血流，其中一部分被巨噬细胞、中性粒细胞吞噬，刺激这些细胞产生内源性致热源，与部分疟原虫代谢产物共同作用于宿主下丘脑的体温调节中枢引起发热。由于红细胞内期裂体增殖是疟疾发作的基础，因此发作具有周期性。

典型的间日疟、卵形疟隔日发作一次，恶性疟隔 36～48 h 发作 1 次，三日疟隔 2 天发作 1 次。若同种疟原虫先后感染同一机体或不同种疟原虫混合感染，则发作不具有明显的周期性。

3. 再燃与复发

疟疾初发停止后，由于红细胞内残存的少量疟原虫在一定条件下重新大量繁殖，再次引起疟疾的发作称为再燃。与宿主的免疫力下降及疟原虫抗原变异有关。

疟疾初发后，红细胞内原虫已被消灭，在无重新感染的情况下，经一段时间后又出现疟疾的发作称为复发。复发与迟发型子孢子有关。恶性疟与三日疟因无迟发型子孢子，因而只有再燃无复发。

4. 贫血与脾肿大

疟疾反复发作后可引起贫血，尤以恶性疟显著。其原因为：疟原虫对红细胞的直接破坏、脾功能亢进、免疫病理损害以及骨髓造血功能受抑制等有关。同时，由于疟原虫及其代谢产物的刺激使脾充血和单核吞噬细胞增生，导致脾脏显著肿大。

5. 凶险型疟疾

凶险型疟疾大多由恶性疟原虫引起，偶见间日疟原虫，多发于流行区儿童、无免疫力的旅游者和流动人口。临床表现剧烈的头痛、持续高热、抽搐、昏迷、肾衰竭，来势凶猛，若不能及时诊治，病死率高。

6. 疟性肾病

疟性肾病主要表现为全身性水肿、腹水、蛋白尿、高血压，最后导致肾衰竭，多见于三日疟患者长期未愈者，重症恶性疟患者也有发生。

另外，疟原虫也可通过输血引起输血型疟疾；母体妊娠时因胎盘受损或在分娩过程中母亲血污染胎儿伤口，可导致先天性疟疾。

知识链接

疟疾的流行

疟疾通过蚊虫叮咬传播,主要流行于热带和亚热带。临床以反复发作的间歇性寒战、高热、继之出大汗缓解为特点,贫血、脾肿大常见,外周血涂片找到疟原虫可确诊。但是患者如果在非流行区(如北京)就诊,症状不典型(疟疾早期或者恶性疟发作),接诊医师若不注意询问流行病学史时,容易误诊或者延迟诊断。因此详细询问流行病学史显得非常重要。

另外,疟原虫在血液中间断存在,因此一次外周血涂片阴性不能除外疟疾,高度疑诊时应该重复检测。

二、刚地弓形虫

刚地弓形虫简称弓形虫或弓浆虫,广泛寄生于人和动物的有核细胞内,引起弓形虫病,是一种重要的机会致病原虫,弓形虫病均呈世界性分布。

(一) 形态

1. 滋养体(又称速殖子)

滋养体呈香蕉形或半月形,平均大小 5μm×1.5μm,经吉氏染色,胞质呈蓝色,胞核位于中央呈红色。多个滋养体寄生于细胞内,形成假包囊。

2. 包囊

包囊呈圆形或卵圆形,直径 5～100μm,外有囊壁,内含数个至数千个虫体,囊内滋养体称缓殖子,其形态与滋养体相似。

3. 卵囊

卵囊呈圆形或卵圆形,囊壁光滑。成熟卵囊大小为 11μm×12μm,内含 2 个孢子囊,每个孢子囊含 4 个新月形子孢子(图 25－8)。

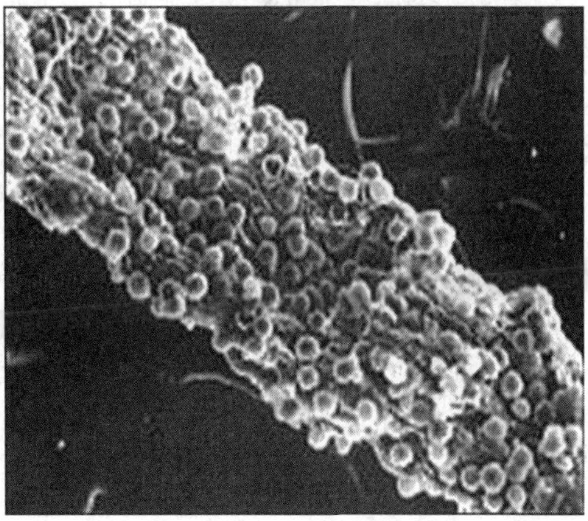

图 25－8 蚊胃壁卵囊

(二) 生活史

弓形虫生活史包括在猫科动物体内进行无性生殖和有性生殖,猫是弓形虫的终宿主兼中间宿主,在人或其他动物体内进行无性生殖,人及其他动物只为中间宿主。

1. 在猫及猫科动物体内的发育

当猫及猫科动物食入成熟卵囊或含有包囊或假包囊的动物内脏或肉类组织时被感染。子孢子、缓殖子和速殖子进入肠上皮细胞进行裂体增殖后,发育为雌、雄配子体,再发育为雌、雄配子,两者结合成为合子,合子发育成卵囊。上皮细胞破裂后,卵囊进入肠腔随粪便排出,在适宜环境中,经 2～4 d 发育成具有感染性的成熟卵囊。

2. 在人及其他动物体内的发育

猫粪中的卵囊或动物肉类、奶、蛋类等中的包囊或假包囊经口感染人体后,在肠内逸出子孢子、缓殖子或速殖子,侵入肠壁随血流或淋巴液进入有核细胞内寄生,发育繁殖形成假包囊,最终导致细胞破裂,散出的速殖子重新侵入新的组织细胞,反复繁殖。部分速殖子侵入细胞后,转化为缓殖子,并形成囊壁成为包囊。包囊常见于脑和骨骼肌等组织中,可存活数月、数年甚至更长,是慢性病变的主要形式。

(三)致病性

弓形虫病有先天性和获得性两类。

先天性弓形虫病是妊娠妇女感染弓形虫后经胎盘传给胎儿,可影响胎儿发育,重者致畸,如脑积水、小脑畸形,还可致流产、早产和死产。获得性弓形虫病因食入受卵囊污染的水和食物或含包囊、假包囊的肉类而感染。免疫力正常者多呈隐性感染,或出现淋巴结炎、发热等。当免疫功能低下,如患恶性肿瘤、长期使用免疫抑制剂等时,可使隐性感染转化为急性,从而出现严重的全身性弓形虫病。

三、孢子虫的实验诊断与防治原则

疟疾主要取患者外周血涂片制成薄血膜和厚血膜,以吉氏或瑞氏染色后镜检,一般厚血膜中查到疟原虫再从薄血膜中鉴定虫种。间日疟的采血时间宜在发作后数小时至10余小时,恶性疟应在发作开始时采血。血清学试验检查抗体,常用方法有 IFA、IHA 和 ELISA 等。近年来核酸探针和 PCR 也用于疟疾诊断;弓形虫感染病原性检查检出率低,常用弓形虫染色试验(DT)等免疫学方法。

疟疾传染源是外周血液中有配子体的患者和带虫者。另外若供血员血中带红内期疟原虫,受血者亦可因输血被感染。按蚊是传播媒介,在我国以中华按蚊、嗜人按蚊、微小按蚊和大劣按蚊为主。预防措施主要是防蚊、灭蚊。目前疫苗研究已经取得一些进展,治疗药物有:氯喹、乙胺嘧啶、伯氨喹啉。预防弓形虫感染应大力开展宣传教育,防止猫粪污染食物和水源,注意饮食卫生,不食未煮熟的肉类、乳类等。治疗药物有:乙胺嘧啶和复方新诺明,孕妇首选药物为螺旋霉素。

本章小结

虫　种	虫种寄生部位	感染期	感染方式	致病期
溶组织内阿米巴	结肠	四核包囊	经口	大滋养体
阴道毛滴虫	泌尿生殖道	滋养体	接触	滋养体
蓝氏甲第鞭毛虫	小肠、胆囊	四核包囊	经口	滋养体
杜氏利什曼原虫	巨噬细胞	前鞭毛体	白蛉叮咬	无鞭毛体
疟原虫	肝细胞、红细胞	子孢子	蚊虫叮咬	裂殖体
刚地弓形虫	有核细胞	卵囊、包囊、假包囊	经口	速殖子

复习思考题

1. 输血会感染疟疾吗？为什么？

2. 什么是疟疾发作、疟疾再燃？

3. 育龄妇女预防弓形虫感染保证优生优育的措施有哪些？

4. 为保证溶组织内阿米巴原虫的检出,粪便取材应注意哪些问题？

你一定能做对！

（韩 静）

第二十六章　医学节肢动物

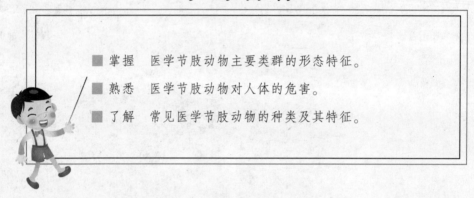
　　节肢动物门是动物界中最大的一门，约有 100 万种，分布广泛，占动物种类的 2/3 以上。医学节肢动物在习惯上泛指危害人类健康的节肢动物，即通过寄生、吸血、骚扰、螫刺、毒害及传播病原体等方式危害人类健康。医学节肢动物学是研究节肢动物的形态、分类、生活史、生态、地理分布、致病或传播规律以及防治措施的科学，是人体寄生虫学、传染病学、流行病学的重要组成部分，也是一门独立的学科。

第一节　概　　述

一、医学节肢动物的主要类群

　　医学节肢动物主要包括昆虫纲、蛛形纲、甲壳纲、唇足纲、倍足纲及五口纲，其中最重要的是昆虫纲及蛛形纲（图 26-1）。

（一）昆虫纲

　　虫体分头、胸、腹三个部分。头部着生有 1 对触角，具感觉功能；胸部有 3 对足，具运动功能。与医学有关的昆虫有蚊、蝇、白蛉、虱、蚤、蚋等。

（二）蛛形纲

　　虫体分头胸和腹两个部分或头胸腹合成一个整体。无触角，有 4 对足。与医学有关的种类有蜱、螨、蜘蛛及蝎子等。

（三）甲壳纲

　　虫体分头胸和腹两个部分，头胸部前方着生有 2 对触角，头胸部的两侧有步足 5 对，多数种类营水生生活。与医学有关的种类有淡水虾蟹、蝲蛄及某些蚤类。

(四)唇足纲

虫体背腹扁平,窄长,由头及若干形态相似的体节组成,通常在 10 节以上。头部有 1 对触角,每节均有足 1 对及毒爪 1 对。与医学相关的种类有蜈蚣。

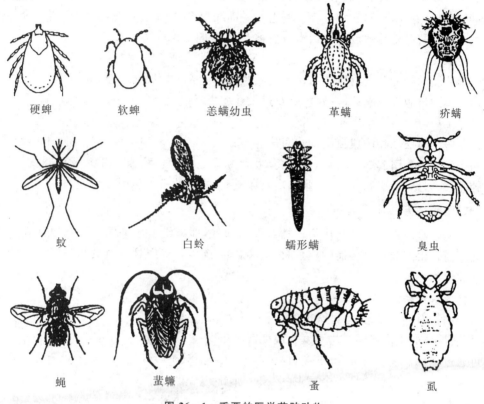

| 硬蜱 | 软蜱 | 恙螨幼虫 | 革螨 | 疥螨 |

| 蚊 | 白蛉 | 蠕形螨 | 臭虫 |

| 蝇 | 蜚蠊 | 蚤 | 虱 |

图 26 - 1　重要的医学节肢动物

二、生态与变态

生态学是研究生物与周围环境相互关系的科学。周围环境包括温度、湿度、地理、地质及昆虫的食性、孳生地、活动规律、栖息场所等。调查研究这些因素对确定传播疾病的主要医学节肢动物及其所传播的疾病具有重大意义。

变态是指昆虫从卵发育到成虫的过程中,其形态、生理、生活习性等一系列变化。凡经过卵、幼虫、蛹、成虫 4 个发育时期,且形态、生理和生活习性完全不相同,称完全变态,如蚊、蝇等。凡经过卵、幼虫、若虫、成虫 4 个发育时期,其中,若虫与成虫的形态和生活习性基本相似,仅是体小,性器官发育未成熟,称不完全变态,如臭虫、虱等。

三、医学节肢动物对人体的危害

医学节肢动物对人体的危害大致可分为直接危害和间接危害。

(一)直接危害

1.骚扰和吸血

某些节肢动物可骚扰人们的工作和休息,如蝇落在脸或身体上爬行等。某些节肢动物可吸食人及动物的血液,如蚊、白蛉、虻、蠓、蚋、臭虫、蜱、螨等,被叮刺部位有痒感,重者出现荨麻疹等。

2.螫刺和毒害

某些节肢动物有毒腺、毒毛或毒液,螫刺时将毒液注入人体,不仅可引起局部的红肿、疼痛,还可引起全身症状。如蜂螫人后,可引起局部红肿剧痛,重者出现心悸、血压下降等休克症状。某些蜱类叮刺后唾液中的毒素可使宿主出现蜱瘫痪。

3.过敏反应

医学节肢动物的分泌物、唾液、排泄物及脱落的皮壳等均属异性蛋白,可引起过敏反应。如尘螨引起的过敏性哮喘、过敏性鼻炎及过敏性皮炎。

4.寄生

某些医学节肢动物的成虫或幼虫可寄生于人体而致病。如疥螨寄生于皮下引起疥疮;蠕形螨寄生于毛囊引起蠕形螨病;粉螨(如粗脚粉螨、腐酪食螨、家食甜螨及椭圆食粉螨等)侵入肺、肠或尿路中,引起肺螨病、肠螨病及尿螨病;蝇的幼虫寄生引起蝇蛆病。

(二)间接危害

间接危害是医学节肢动物作为传播媒介引起的,即医学节肢动物携带病原体在人和动物之间传播。由节肢动物传播的疾病称为虫媒病,在传染病中具有重要地位。可分为机械性传播和生物性传播。

1.机械性传播

节肢动物对病原体仅起到携带、输送的作用,而病原体的数量和形态均不发生改变。如蝇可通过接触患者的排泄物或代谢物等,将病原体从一个宿主传给另一个宿主。

2.生物性传播

生物性传播是指病原体必须在节肢动物体内,经历发育和(或)繁殖的阶段,方能随节肢动物吸血、摄食、排泄等活动而传播。

四、医学节肢动物的防治

医学节肢动物的防治包括环境防治、物理防治、化学防治、生物防治、遗传防治及法规防治等六个方面。

(1)环境防治:通过改变环境减少媒介节肢动物孳生,预防和控制虫媒病,如修整沟渠、消除蚊蝇孳生地等。

(2)物理防治:利用机械、光、热及电等手段捕杀或驱赶害虫,如高温灭虱,挂蚊帐防止蚊叮咬。

(3)化学防治:用一些常用的化学杀虫剂杀灭害虫。常用的化学杀虫剂有有机氯类、有机磷化合物、拟除虫菊酯及昆虫生长调节剂等。

(4)生物防治:利用生物或其代谢产物防治害虫,优点是不污染环境,且对害虫有长期抑制作用。

(5)遗传防治:通过改变或转换害虫的遗传物质,降低其生存竞争力,达到控制或消灭害

> **知识链接**
>
> **病媒节肢动物的判定**
>
> 虫媒病的流行病学调查和防治工作中,必须确定其传播媒介,一般情况下,判定媒介需有以下指标:①生物学的指标:节肢动物与人的关系密切、数量多(往往是当地的优势种群)、寿命长(保证病原体能完成发育和繁殖所需的时间);②流行病学指标:病媒节肢动物的地理分布和季节消长与虫媒病的流行地区和流行季节基本一致;③实验室指标:用人工感染可证实病原体在病媒节肢动物体内发育或繁殖并能感染易感的实验动物;④自然感染指标:在病媒节肢动物体内分离到自然感染的病原体。

虫的目的。

(6)法规防治:利用法律或条例规定防止病媒节肢动物的传入,或采取强制手段杀灭害虫。

第二节 常见医学节肢动物

医学节肢动物主要是昆虫纲和蛛形纲,特征见表 26-1。甲壳纲如淡水虾蟹、蝲蛄、剑水蚤等是某些吸虫或绦虫的中间宿主。

表 26-1 昆虫纲及蛛形纲常见虫种特征

虫种	生活史	孳生地	栖息场所	危　害	防　治
按蚊 库蚊 伊蚊	全变态	河水、稻田、污水坑、小溪、树洞积水等	阴暗、潮湿、避风的地方,如草丛、洞穴、屋角等	骚扰、吸血,传播疟疾、丝虫病、流行性乙型脑炎、登革热	控制消除孳生地、药物杀灭成虫及幼虫
蝇	全变态	有机物质的场所,如垃圾、植物及动物的腐烂物等	天花板、电线等	骚扰;传播伤寒、痢疾、霍乱、脊髓灰质炎、结膜吸吮线虫病、蛔虫病、蛲虫病、溶组织阿米巴病、蓝氏甲第鞭毛虫病、蝇蛆病	清除孳生场所,消灭蝇蛆,冬季灭蛹、杀灭成虫
白蛉	全变态	隐蔽、温湿度适宜、土质疏松且含有机质的场所,如厕所、窑洞等	阴暗、潮湿、避风的场所,如地窖、墙缝、畜舍等	骚扰、吸血,传播黑热病	控制孳生地,药物杀灭成虫
人头虱 人体虱 耻阴虱	半变态	毛发、内衣、人体的阴部及会阴毛丛内	与孳生地相同	吸血、骚扰,传播流行性斑疹伤寒、流行性回归热	注意个人卫生,蒸煮衣物或药物灭虱
蚤	全变态	屋角、动物巢穴、墙缝等	宿主皮毛上或窝巢中	吸血、骚扰,传播鼠疫、地方性斑疹伤寒、微小膜壳绦虫病	消除孳生地,杀灭鼠类,药物杀蚤
臭虫	半变态	墙壁、木质家具缝隙、床席	与孳生地相同	吸血、骚扰,可能传播 Q 热、乙型肝炎等	消除孳生地,用沸水烫杀或杀虫剂杀虫
蜚蠊	半变态	多生活在野外,也有少数栖息在室内,如厨房、水池槽、炉灶旁等	与孳生地相同	东方毛圆线虫病、美丽筒线虫病、缩小膜壳绦虫病,机械性传播消化道疾病(细菌、病毒、寄生虫)	保持室内卫生,妥善储藏食物,及时清除垃圾;药物杀虫
硬蜱 软蜱	半变态	其分布与气候、地势、土壤、植被及宿主有关,如草丛、牧场、动物巢穴、房舍内等	与孳生地相同	叮咬、吸血,可致蜱瘫痪,传播 Q 热、新疆出血热、莱姆病、蜱媒回归热、细菌性疾病等	消除孳生地,牧场轮换或隔离,清理畜舍;药物杀虫;个人防护等

续表

虫种	生活史	孳生地	栖息场所	危害	防治
恙螨	半变态	隐蔽、潮湿、多草、多鼠等场所，如树林、水塘、小溪边等	与孳生地相同	恙螨皮炎,传播恙虫病,肾综合征出血热	消除孳生地,个人防护,药物杀螨
革螨	半变态	枯枝烂叶下、草丛、土壤、巢穴中	多数在宿主体表,少数寄生于体内	革螨皮炎,传播肾综合征出血热、Q热、地方性斑疹伤寒等	消除孳生地,个人防护,药物杀螨
疥螨	半变态	寄生在人或哺乳动物皮下	与孳生地相同	疥疮	加强卫生宣传,注意个人卫生;药物治疗等
蠕形螨	半变态	人或哺乳动物的毛囊及皮脂腺内	与孳生地相同	毛囊炎,与酒糟鼻、痤疮及脂溢性皮炎等皮肤病有关	尽量避免与患者接触,药物治疗
尘螨	半变态	面粉、粮食、人和动物皮屑、枕头、被褥等	与孳生地相同	过敏性皮炎、过敏性鼻炎	注意清洁卫生,清除室内尘埃;杀螨剂杀螨等

本章小结

　　医学节肢动物是指与医学有关的,通过吸血、骚扰、寄生、螫刺、毒害及传播病原体等方式危害人类健康的节肢动物,包括昆虫纲、蛛形纲、甲壳纲、唇足纲、倍足纲及五口纲。医学节肢动物对人体的危害大致可分为直接危害和间接危害。常见医学节肢动物主要有蜱、螨、蚊、蝇、虱、蚤、臭虫及蜚蠊等。

复习思考题

　　1.在形态上,昆虫纲、蛛形纲的节肢动物各有哪些主要特征?

　　2.医学节肢动物对人体的危害是什么?

　　3.哪些昆虫可作为医学寄生虫病的病媒昆虫?其传播的医学寄生虫病的名称分别是什么?

你一定能做对!

（王慧勇）

附 录

与免疫学发展有关的诺贝尔奖获得者和成就

年代	国家	学 者	获奖成就
1901	德国	Behring	发现抗毒素,开创免疫血清疗法
1908	德国	Ehrlich	提出体液免疫理论和抗体生成侧链学说
	俄国	Metchnikoff	发现细胞吞噬作用,提出细胞免疫理论
1912	法国	Carrel	器官移植
1913	法国	Richet	发现过敏现象
1919	比利时	Bordet	发现补体
1930	奥地利	Landsteiner	发现人红细胞血型
1951	南非	Theler	发现黄热病疫苗
1957	意大利	Bovet	利用抗组胺药物治疗超敏反应
1960	澳大利亚	Burnet	提出抗体生成的移植免疫学说
	英国	Medawar	发现获得性移植免疫耐受性
1972	美国	Edelman	阐明抗体的本质
	英国	Porter	阐明抗体的化学结构
1977	美国	Yalow	创立放射免疫测定法
1980	法国	Dausset	发现人白细胞抗原
	美国	Snell	发现小鼠 H－2 系统
	美国	Benacerraf	发现免疫应答的遗传控制
1984	丹麦	Jerne	提出免疫网络学说
	德国	Kohler	建立杂交瘤技术,制备单克隆抗体
	英国	Milstein	单克隆抗体技术及免疫球蛋白基因表达的遗传控制
1987	日本	Tonegawa	抗体多样性的遗传基础
1990	美国	Marray	第一例肾移植成功
		Thomas	第一例骨髓移植成功
1996	美国	Doherty	提出 MHC 限制性,即 T 细胞的双识别模式
	瑞士	Zinkernagel	
2002	英国	Brenner	器官发育和细胞程序性死亡的基因调控
	美国	Howitz	
	美国	Sulston	

实验一　微生物实验室常用设备及使用

【实验目标】

1.认识微生物实验常用设备、材料及用途。

2.学会微生物实验常用设备的使用、一般维护。

【实验材料】

1.实验设备:显微镜、培养箱、干燥箱、水浴箱、电冰箱、高压蒸汽灭菌器、超净工作台、生物安全柜、接种环。

2.实验材料:试管、培养皿、三角烧瓶、定量刻度吸管、载玻片、量筒、量杯、试管塞。

【实验内容与方法】

微生物实验室及常用实验设备、实验材料参观。

(一)实验设备

1.普通光学显微镜

1)普通光学显微镜的构造

普通光学显微镜的构造主要分为三部分:机械部分、照明部分和光学部分(实验图1-1)。

(1)机械部分:①镜座:显微镜的底座,用以支撑整个镜体。②镜臂:一端连于镜座,一端连于镜筒,是取放显微镜时的手握部位。③镜筒:连接镜臂的前上方,镜筒上端装有目镜,下端装有转换器。④转换器:接于棱镜壳的下方,转换器上有3~4个圆孔用以安装物镜,转动转换器,可以调换不同倍数的物镜。⑤载物台:在镜筒下方,用以放置玻片标本,中央为光路通道,镜台上装有玻片标本推进器,可以夹持玻片标本使玻片标本作左右、前后方向的移动。⑥调节器:在镜柱上有粗调节器和细调节器两种,调节时使镜台作上下移动。

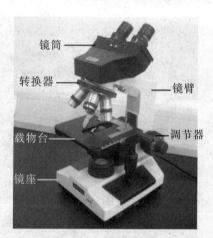

实验图1-1　普通光学显微镜

(2)照明部分:装在载物台下方,包括反光镜、集光器。①反光镜装在镜座上面,可向任意方向转动,它有平、凹两面,其作用是将光源光线反射到聚光器上,光线较强时使用平面镜,光线较弱时使用凹面镜;目前多数显微镜使用可调式的人工光源来代替反光镜。②聚光器位于镜台下方的集光器架上,由聚光镜和光圈组成。聚光镜由一片或数片透镜组成,起会聚光线的作用,使光线射入物镜内,可调节螺旋,使聚光器升降,以调节视野中光亮度的强弱;光圈在聚光器下方,由金属薄片组成,推动其外侧的手柄可调节其开孔的大小,调节通光量。

(3)光学部分:①目镜:装在镜筒的上端,上面刻有 $5\times$、$10\times$ 或 $15\times$ 符号以表示其放大倍数,一般使用的是 $10\times$ 的目镜。②物镜:装在镜筒下端的转换器上,一般有 $3\sim4$ 个物镜,$10\times$ 的低倍镜,$40\times$ 的高倍镜,$100\times$ 的油镜。为了区别不同物镜,在物镜上还常加有一圈不同颜色的线。③显微镜的放大倍数是物镜的放大倍数与目镜的放大倍数的乘积,如物镜为 $100\times$,目镜为 $10\times$,其放大倍数就为 $100\times10=1000$。

2)显微镜的维护

(1)显微镜是精密仪器,使用时要注意爱护,切勿随意拆卸和碰撞。

(2)显微镜要避免受热,以免引起镜片的开胶与脱落。

(3)显微镜应选择干燥的房间存放,显微镜箱内应放置 $1\sim2$ 袋硅胶作干燥剂,防止光学镜片生霉、生雾和机械零件生锈。

(4)保持显微镜的清洁,防止光学元件表面落上灰尘,影响观察;防止灰尘、沙粒落入机械部分,增加显微镜的机械磨损。

(5)显微镜不能和具有腐蚀性的化学试剂,如强酸、强碱、氯仿、酒精、乙醚等放在一起,以免显微镜掉漆或机件损坏。

(6)细调节器是显微镜最精细、最脆弱的机械部分,向一个方向转动数周遇阻力时,切忌用力,应反方向转动。

(7)不用时转动转换器,将物镜转成"八"字形,载物台降至低点,下降聚光器,关闭光圈,套上保护罩,平托送回存放。

2.培养箱

培养箱多为立方形箱(实验图 $1-2$),箱门有双重,内为玻璃门,便于窥视箱内标本,外为金属门,箱内均有金属孔架数层,用以搁置标本。采用电加热方式,有直热式培养箱、隔水式培养箱,此外目前市上还有电热恒温培养及干燥两用箱。

使用与维护应注意以下事项:①箱内不应放入过热或过冷之物,取放物品时,应随手关闭箱门以维持恒温。②箱内可放入水容器一只,以保持箱内湿度。③培养箱最低层温度较高,培养物不宜与之直接接触。箱内培养物也不应放置过挤,以保证培养物温度均匀。④应经常观察并记录培养箱的温度。

实验图 $1-2$　培养箱

3.干燥箱

电热恒温干燥箱又称烤箱(实验图 $1-3$),它主要用于烤干物品或干热灭菌。电热恒温干燥箱有普通式和恒温式两种。电热恒温干燥箱主要由箱体、电热器和温度控制器三部分组成。

实验图1-3 干燥箱

使用与维护应注意以下事项：①应按照产品使用说明进行温度调节。②需要灭菌的玻璃器皿、试管、吸管等，必须洗净并干燥后再进行灭菌。③放入箱内灭菌的器皿不宜放得过挤，而且不得使器皿与内层底板直接接触。④接通电源后使温度逐渐上升至160℃维持2h即可达到灭菌目的；温度如超过170℃则器皿外包裹的纸、棉塞可被烤焦甚至燃烧。⑤灭菌完毕，不能立即开门取物，须关闭电源，待温度自动下降至50℃以下再开门取物，否则玻璃器材可因骤冷而爆裂。⑥干烤玻璃器皿时，应打开顶部气孔，以利水蒸气散出，箱内如装有鼓风设备可加速干燥。⑦干烤灭菌过程中注意对温度观察监控，最好在有人照料下完成。

4. 水浴箱

水浴箱为培养基制备中常用仪器（实验图1-4）。

使用与维护应注意以下事项：①有安全接地装置。②在水浴箱内注入清洁水到指定水位线，再接通电源，水位不能过高，以防止水溢出造成实验失误。③经常更换箱内水，宜用软水，最好用蒸馏水，切勿使用井水、河水、泉水等硬水，以防加热管形成污垢而导致爆裂及影响恒温灵敏度。④水浴箱内外应保持清洁，外壳忌用腐蚀性溶液擦拭。⑤在每次水浴箱使用前，放入标准温度计用于监测实际水温，以校正温度。⑥仪器不用时，应将水放尽，用干布擦拭干净，置于通风干燥处。

实验图1-4 水浴箱

5. 电冰箱

冰箱常用于试剂、培养基、细菌培养物、标本的存放。使用与维护应注意以下事项：①外接电源电压必须匹配，并要求有良好的接地线。②冰箱内禁止存放与本实验室无关的物品。③放入冰箱内的所有试剂、样品、质控品等必须密封保存。④应定期除霜和清洁冰箱，清洁时切断电源，用软布蘸水擦拭冰箱内外，必要时可用中性洗涤剂。⑤系统处于正常运行状态方可正常使用。若温度超出规定范围，调节温控使其回到正常范围。⑥若温控调节无效，报请维修，修理合格后方能正常使用。

6. 高压蒸汽灭菌器

高压灭菌器是用途广、效果好的灭菌器。可用于培养基、生理盐水、废弃的培养物及耐高压器械、药品、纱布、敷料和隔离衣等灭菌。

高压蒸汽灭菌器的种类有手提式、直立式及横卧式等多种（实验图1-5），它们的结构和灭菌原理基本相同。

（1）构造：为一双层金属筒，两层之间用于加入适量水，外层为厚实、坚固金属筒，有金属厚盖,盖上装有螺旋,用于紧闭盖门。盖上或外层金属筒上装有排气阀、安全阀,用于调节灭菌器内蒸汽压力、温度,盖上还有温度计和压力表。

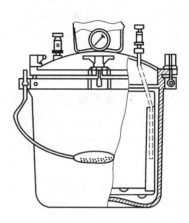

实验图 1-5　高压蒸汽灭菌器

(2)用法及注意事项:①手提式和直立式高压蒸汽灭菌器,用时须加适量水至容器内,放入待灭菌物品后,盖好盖门并将螺旋拧紧。加热,待器内压力升至 0.034 MPa 时打开排气阀,使器内冷空气完全排出。有的横卧式高压蒸汽灭菌器在使用时直接通入蒸汽。②待器内蒸汽压力上升至所需数值(一般为 0.103 MPa、温度约为 121 ℃)时开始计算时间,持续 15～20 min。③灭菌完毕严禁立即开盖取物,须关闭电(热)源或蒸汽阀门,待其压力自然下降至零时,方可开盖。排气阀进行排气减压时不可开启过大,以免液体沸腾而冲出瓶外。④灭菌物品放入时,不要塞得过紧,包裹亦不宜过大。⑤只适用于不耐高热、不耐高压和不耐潮湿的物品的灭菌。

(3)灭菌效果检验:灭菌效果检验常用的有以下方法:①生物法,将有芽胞的细菌(如枯草杆菌)放在带盖试管内,按常法灭菌。灭菌后取出加入肉汤培养,若无细菌生长,即达到灭菌效果。②化学检验方法:某些化学药品的熔点约为 121 ℃,可检查灭菌室内是否达预定的温度。以苯甲酸为例,取小量苯甲酸(121 ℃),封于安瓿中,然后放在灭菌物品内进行常规灭菌。灭菌后取出观察,如苯甲酸药品呈现出溶解后再结晶状态,即达到灭菌效果。

7.超净工作台

超净工作台是产生局部层流或平流的装置,形成局部的高洁净度的环境。工作原理是:室内新风经高效过滤除尘、洁净后,通过均压层,以层流状态均匀垂直向下进入操作区(或以水平层流状态通过操作区),以保证操作区有洁净空气环境(实验图 1-6)。

(1)超净工作台使用:①新安装或长期未使用的工作台,使用前必须用超净真空吸尘器或不产生纤维的物品认真进

实验图 1-6　超净工作台

行清洁工作。②接通电源,使用前应提前15~30 min同时开启紫外灯和风机组工作。③工作台面上禁止存放不必要的物品,以保持工作区的洁净气流不受干扰。④操作区内尽量避免做明显扰乱气流的动作。禁止在工作台面上记录书写,工作时应尽量避免做明显扰动气流的动作;禁止在预过滤进风口部位放置物品,以免挡住进风口造成进风量减少,降低净化能力。⑤使用结束后,用消毒液清理工作台面后打开紫外灯,15~30 min后关闭紫外灯,关闭工作台电源。⑥长期不使用的工作台请拔下电源插头。⑦操作区的使用温度不可以超过60 ℃。

(2)维护规程及维护方法:①定期(一般为一周)对环境周围进行灭菌工作,同时经常用纱布蘸酒精或丙酮等有机溶剂将紫外线杀菌灯表面擦干净,保持表面清洁,否则会影响杀菌效果。②根据环境的洁净程度,可定期(一般2~3个月)将粗滤布(涤纶无纺布)拆下清洗或给予更换。③当风速不能达到规定要求时,必须更换高效空气过滤器。

8. 生物安全柜

生物安全柜可用来保护操作者本人、实验室环境以及实验材料,避免受操作过程中可能产生的感染性气溶胶和溅出物的感染。

根据生物安全防护水平的不同,生物安全柜可分为一级、二级和三级。一级生物安全柜可保护工作人员和环境但是不保护样品,目前已较少使用。

二级生物安全柜是目前应用最为广泛的柜型。根据入口排气方式、气流风速和气体循环方式可分为4个级别:A1型、A2型、B1型和B2型。二级生物安全柜可保护工作人员、环境和产品(实验图1-7)。

三级生物安全柜用于4级实验室,柜体完全气密,工作人员通过连接在柜体的手套进行操作,俗称手套箱(Glove box),试验品通过双门的传递箱进出安全柜,适用于高风险的生物试验,如进行埃博拉病毒、SARS相关实验等。

9. 接种环

从检验标本或培养物中取材进行细菌涂片染色或接种时,必须使用接种环。接种环是细菌培养时常用的一种接种工具。有一个塑料柄,前端是一段长4~5 cm的白金丝或硬度适中的镍合金丝或电阻丝,细铁丝顶端弯曲成环状,

实验图1-7　生物安全柜

无环者则称接种针(实验图1-8)。

使用之前先用酒精灯将接种环(针)烧红灭菌,冷却后蘸取标本或细菌培养物。操作完毕,接种环(针)要烧灼灭菌。

(二)常用玻璃器材

微生物实验室所用玻璃器皿,应以中性硬质玻璃制成,因硬质玻璃能耐高热高压,同时其中玻璃碱含量较低,不致影响培养基的酸碱度。常用的种类如下:

(1)试管:要求管壁坚厚,管直而口平,配有盖

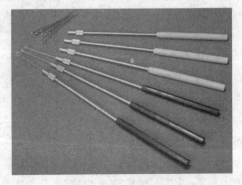

实验图1-8　接种环

子,常用的是硅胶塞。根据试管的直径和长度不同,试管划分为多种规格,用时选用合适的
规格。

(2)培养皿:主要用于细菌的分离培养。常用的培养皿大小(皿底直径)有 50 mm、
60 mm、75 mm、90 mm 数种。现在医院多采用一次性塑料培养皿(实验图 1－9)。

实验图 1－9　培养皿

(3)三角烧瓶:多用于贮藏培养基和生理盐水等溶液,有 50 ml、100 ml、150 ml、200 ml、
250 ml、300 ml、500 ml、1 000 ml、2 000 ml 等多种规格。

(4)定量刻度吸管:定量刻度吸管,简称吸管,用于吸取小量液体。其壁上有精细刻度,
常用的吸管容量有 1 ml、2 ml、5 ml、10 ml 等,做某些血清学试验亦常用 0.1 ml、0.2 ml、
0.25 ml、0.5 ml 等吸管。

(5)载玻片、凹玻片及盖玻片:载玻片供涂片等用。凹玻片供制作悬滴标本和血清学检
验用。盖玻片为极薄之玻片,用于覆盖载玻片和凹玻片上的标本。

(6)量筒、量杯:亦为实验常用试验器具,大小不一(有 50 ml、100 ml、200 ml、500 ml、
1 000 ml等规格),使用时不宜装入温度很高的液体,以防底座破裂。

(三)玻璃器材的清洗

新的玻璃器皿:因含有游离碱,应在清洁液或 2％盐酸内浸泡数小时,再用自来水冲洗干净。

(1)含油脂的试管:凡沾有凡士林或石蜡的试管、玻璃平皿,置 160～170 ℃烤箱 0.5 h,
取出后放入 5％碳酸氢钠水中煮两次,最后用肥皂水刷洗干净。

(2)培养细菌的试管:先经高压蒸汽灭菌后,置热水中用 5％肥皂水刷洗,然后用清水冲净。

(3)培养细菌的平皿:有细菌生长的培养皿,可将底盖分开,放入 5％碳酸氢钠水中,煮沸
30 min 灭菌。也可经高压蒸汽灭菌后,趁热倒出平皿内培养基,用热肥皂水刷洗,最后用自
来水冲净。

(4)吸管:可将吸管放入 3％来苏儿溶液浸泡 30 min,再用肥皂水洗涤一次,最后以清水
冲洗干净。

(5)玻片及盖片:浸入 5％来苏儿溶液或清洁液中过夜,取出后水洗。盖片用软布擦干
净。用于细菌染色的载玻片须放入 5％肥皂水中煮沸 10 min,然后用毛刷蘸肥皂刷洗,再经

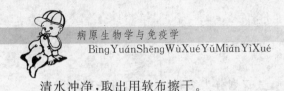
清水冲净,取出用软布擦干。

(房功思)

实验二　免疫器官与免疫细胞的观察

【实验目的】

1.认识胎儿的胸腺、鸡腔上囊结构。

2.观察吞噬细胞吞噬现象,了解实验方法。

3.观察 E 花环细胞,了解实验原理和临床意义。

4.观察 T 淋巴细胞转化后的形态特点,了解该实验方法及其应用。

【实验材料】

1.胎儿胸腺、鸡腔上囊标本。

2.吞噬细胞吞噬现象标本。

3.E 花环细胞标本、T 淋巴细胞转化实验标本。

【实验内容与方法】

1.观察 4 个月以上胎儿胸腺标本和鸡腔上囊标本(示教)。

(1)胸腺位于胸腔纵隔上部,胸骨后方,由不对称两叶合并在一起,胸腺表面有结缔组织被膜。

(2)腔上囊标本位于泄殖腔内背侧直肠外上方,为一个囊状淋巴组织。

2.油镜观察被中性粒细胞吞噬的细菌和被巨噬细胞吞噬的鸡红细胞的染色标本(示教)。

(1)中性粒细胞吞噬细菌的染色标本片:中性粒细胞核和细菌经瑞氏染色被染成紫色,中性粒细胞的胞浆被染成淡红色。

(2)巨噬细胞吞噬鸡红细胞的染色标本片:巨噬细胞经瑞氏染色后核着色较深,多为马蹄形,胞浆着色较浅。鸡红细胞为椭圆形,核淡红色。

3.油镜观察 E 花环细胞标本和 T 淋巴细胞转化实验染色标本片(示教)。

转化的淋巴细胞包括母细胞和过渡型细胞。母细胞的体积为正常细胞的 4~5 倍,核疏松呈网状结构并有 1~3 个核仁,胞浆丰富,嗜碱性,并可见空泡。过渡型细胞较正常细胞略大,核质较疏松,胞浆较多,嗜碱性。

【实验报告】

1.叙述胎儿胸腺、鸡腔上囊的形态特征。

2.绘出中性粒细胞吞噬细菌或巨噬细胞吞噬鸡红细胞的现象。

3.绘出 E 花环细胞、T 淋巴母细胞和过渡型淋巴细胞形态染色特征。

(房功思)

实验三　抗原抗体反应实验

一、玻片凝集试验

【实验目的】

掌握玻片凝集试验的原理,熟悉其方法和临床意义。

【实验材料】

1. 标本:伤寒沙门菌、大肠埃希菌。
2. 试剂:伤寒诊断血清、生理盐水。
3. 器材:玻片、蜡笔、接种环等。

【实验内容与方法】(演示)

1. 取玻片一张,用蜡笔划为三等份,左侧加生理盐水 1 滴,中间及右侧各加伤寒沙门菌诊断血清 1 滴。

2. 用接种环无菌操作取伤寒沙门菌培养物,分别与左侧盐水及中间伤寒沙门菌诊断血清混匀,同法取大肠埃希菌培养物与右侧伤寒沙门菌诊断血清混匀。操作步骤如图 3 - 1 所示。

生理盐水	诊断血清	诊断血清
＋	＋	＋
伤寒沙门菌	伤寒沙门菌	大肠埃希菌

实验图 3 - 1　玻片凝集实验操作步骤

3. 轻轻晃动玻片,1～2 min 后,观察结果。

【实验结果与评价】

中间伤寒沙门菌与相应抗体反应出现乳白色凝集块者为阳性反应,左右两侧呈均匀浑浊者为阴性反应。

取细菌培养物时不宜过多,与免疫血清混合时,必须将细菌涂散、涂均匀,但不宜将面积涂得过大,以免很快干涸而影响观察结果。

本方法为定性试验,敏感性较低。但操作简便,反应迅速,目前仍然是细菌分型鉴定和 ABO 血型鉴定的常规实验。

二、试管凝集反应(肥达反应)

【实验目的】

掌握肥达反应的原理,熟悉其方法和临床意义。

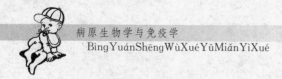

【实验原理】

用已知伤寒沙门菌 H、O 抗原及甲型、乙型副伤寒沙门菌的 H 抗原与患者血清做凝集反应,来检测患者血清中特异性 Ab 的效价,根据抗体效价及增长情况结合临床症状,辅助诊断伤寒及副伤寒。

【实验材料】

1. 标本:待检血清(1∶10 稀释)。

2. 试剂:伤寒沙门菌 H 和 O 抗原及甲型、乙型副伤寒沙门菌的 H 抗原诊断菌液、生理盐水。

3. 器材:恒温水浴箱、刻度吸管、试管、记号笔、试管架等。

【实验内容与方法】(演示)

操作程序和加入成分见实验表 3-1。

1. 取洁净试管 7 支,排列于试管架上,依次编号并做好标记。

2. 向各试管中均加入生理盐水 0.5 ml。

实验表 3-1　试管凝集反应操作步骤

试　管	1	2	3	4	5	6	7(对照)
生理盐水(ml)	0.5	0.5	0.5	0.5	0.5	0.5	0.5
血清(ml)	0.5	0.5	0.5	0.5	0.5	0.5	弃去 0.5
菌液(ml)	0.5	0.5	0.5	0.5	0.5	0.5	0.5
血清终稀释度	1∶40	1∶80	1∶160	1∶320	1∶640	1∶1280	对照

3. 置于 37 ℃水浴箱内,孵育 24 h。

4. 吸取 1∶10 待检血清 0.5 ml,加入第一管中,充分混合,吸出 0.5 ml 放入第二管;混合后取出 0.5 ml 放于第三管中……如此直至第六管,混匀后吸出 0.5 ml 弃去。第七管不加血清,为生理盐水对照。至此第 1～6 管的血清稀释度为 1∶20、1∶40、1∶80、1∶160、1∶320、1∶640。这种稀释方法称为倍比稀释法,是免疫学试验中常用的一种稀释法。

5. 向每管加入诊断菌液 0.5 ml,此时每管的液体总量为 1.0 ml,血清稀释度又增加 1 倍。

6. 摇匀置 37 ℃ 2～4 h,取出置 4 ℃或室温过夜后观察结果。

【实验结果与评价】

判断凝集试验的结果,要有良好的光源和黑暗的背景,先不振摇,观察管底凝集物和上清液的浊度。然后轻轻摇动试管,注意观察凝集颗粒的大小、均匀度等性状及液体的浑浊程度。

1. 生理盐水对照管应无凝集现象,轻轻摇动试管,细菌分散均匀浑浊。

2. 伤寒沙门菌 O 抗原凝集物呈颗粒状沉于管底,轻摇时不易散开;H 抗原凝集物呈絮状,疏松而大块地沉于管底,轻摇易散开。凝集分五级:以产生明显凝集(＋＋)的血清最高稀释度为其效价。凝集程度：

　　＋＋＋＋：液体清澈,细菌全部凝集,管底形成大片凝集物。

　　＋＋＋：液体轻浑,细菌大部分凝集,管底的凝集物较小。

　　＋＋：液体半澄清,细菌部分凝集,管底有较多细小凝集物。

　　＋：液体浑浊,仅少部分细菌凝集。

　　－:不凝集,液体呈乳状,与对照管相同。

　　3.本试验是一经典的定量凝集试验,敏感性不高,但操作方法简单,至今仍在使用。

【注意事项】

　　1.观察结果时,先看生理盐水对照管,可见管底有圆点状细菌的沉积,边缘整齐,轻摇则分散为浑浊的菌液。

　　2.注意两种凝集现象的区别,“O”菌液凝集物呈紧密颗粒状,不易摇起;“H”菌液的凝集物呈疏松棉絮状,轻摇即起。

【思考题】

　　1.什么是效价？为什么效价可表示血清中抗体的含量？

　　2.肥达反应中要用哪几种抗原？为什么？

　　3.怎样分析肥达反应结果？

三、乳胶凝集抑制实验

【实验目的】

以妊娠免疫试验为例,掌握乳胶凝集抑制实验原理,熟悉其方法和临床意义。

【实验原理】

　　将待测样品中的抗原与已知抗体作用后,再与相应抗原—乳胶颗粒混合。因没有游离抗体的存在,乳胶颗粒表面的抗原不能与抗体结合出现凝集现象,即凝集被抑制。孕妇尿液中含 HCG,用抗 HCG 与之结合后,再加 HCG—乳胶,则不出现凝集现象。

【实验材料】

　　1.标本:孕妇尿、非孕妇尿。

　　2.试剂:绒毛膜促性腺激素(HCG)乳胶抗原、抗 HCG 血清。

　　3.器材:载玻片、乳头滴管等。

【实验内容与方法】(演示或操作)

　　1.用乳头滴管取被检孕妇尿 1 滴加于玻片左侧,非孕妇尿 1 滴加于玻片右侧。

　　2.取另一滴管在玻片左右侧各加抗 HCG 血清 1 滴,轻轻摇动混匀。

　　3.再加 HCG 乳胶抗原各 1 滴于左右两侧液滴中,缓慢摇动混匀,3～5 min 后,置黑色背

景下肉眼观察结果。

【实验结果与评价】

呈均匀混浊乳状液的为妊娠实验阳性,出现明显白色细小凝集颗粒的为妊娠实验阴性(见实验图 3-2 乳胶妊娠实验结果)。用该法诊断妊娠简便快速,特异性强,但敏感性较低,一般在妊娠妇女停经后 40 天左右方可测出 HCG。

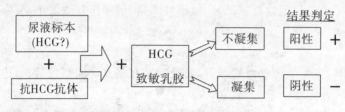

实验图 3-2 乳胶妊娠实验结果

四、单向琼脂扩散试验

【实验目的】

要求了解单向琼脂扩散试验原理,试验方法结果分析。

【实验原理】

单向琼脂扩散试验是一种定量试验,将一定量的抗体混合于琼脂内,倾注于玻片上,凝固后,在琼脂层上打孔,再将抗原加入孔中,使其向四周扩散。抗原抗体复合物形成的沉淀环直径与抗原的浓度成正比。如事先用不同浓度的标准抗原制成标准曲线,则未知标本中的抗原含量即可从标准曲线中求出。本试验主要用于检查标本中各种免疫球蛋白和血清 IgG 含量。

【实验材料】

1.标本:待检人血清、免疫球蛋白参考血清。

2.试剂:羊抗人 IgG 诊断血清、琼脂粉。

3.器材:三角烧瓶、载玻片、打孔器、吸管、滴管、水浴箱、微量加样器、湿盒等。

【实验内容与方法】(演示)

1.浇板:将诊断血清与预先融化的琼脂在 56 ℃水浴中混匀,取 4.5 ml 浇注载玻片,制成免疫琼脂板。注意浇板要均匀、平整、无气泡、布满整张载玻片。

2.打孔:待琼脂凝固后,用打孔器在琼脂板上打孔,孔径 3.5 mm,孔间距为 10~12 mm,孔边缘不要破裂,底部勿与载玻片脱离。

3.稀释参考血清:将参考血清用生理盐水倍比稀释成 1∶10~1∶80 共 4 个浓度。

4.加样:用微量加样器取不同浓度的参考血清及待检血清各 10 μl,分别加到各孔中。

5.将加样后的琼脂板放入湿盒,经 37 ℃ 24 小时后,观察结果。

6.绘制标准曲线:以各稀释度标准血清的沉淀环直径为横坐标,相应孔中 IgG 含量为纵坐标,在半对数纸上绘制标准曲线。

【实验结果与评价】

抗原孔四周出现白色沉淀环者为阳性。测量沉淀环直径,如果沉淀环不太圆,则取最大直径和最小直径的平均值。从标准曲线上查得相对应的 IgG 含量,乘以稀释倍数,即为待检血清中 IgG 含量。(实验图 3 - 3)

本方法比较稳定,易于操作;但观察时间太长,敏感性较低,每次试验均需做参考血清的标准曲线。

实验图 3 - 3   单项琼脂扩散实验结果示意图

五、双向琼脂扩散试验

【实验目的】

要求了解试验原理,试验方法结果分析。

【实验原理】

将抗原与抗体分别加入琼脂凝胶板上相邻近的小孔内,让它们相互向对方扩散。当两者在最适当比例处相遇时,即形成一条清晰的沉淀线。根据是否出现沉淀线,可用已知的抗体鉴定未知的抗原,或用已知的抗原鉴定未知的抗体。

【实验材料】

1.标本:待检人血清、阳性对照血清。

2.试剂:羊抗人 IgG 诊断血清、琼脂粉。

3.器材:三角烧瓶、吸管、载玻片、打孔器、滴管、微量加样器、湿盒等。

【实验内容与方法】(演示)

1.浇板:用 5～10 ml 吸管吸取溶化的 10～15 g/L 琼脂约 4 ml 浇注载玻片,制成免疫琼脂板。注意浇板要均匀、平整、无气泡、布满整张载玻片。

2.打孔:用打孔器在琼脂板上打孔(实验图 4),孔间距 6 mm。

3.加样:用微量加样器加羊抗人 IgG 诊断血清于中央孔中,上下 1、4 孔加阳性对照血清,第 2、3、5、6 孔加待检血清,每孔量均为 10 μl。

4.将加样后的琼脂板放入湿盒内,经 37 ℃ 24 h 后,观察结果。

【实验结果与评价】

琼脂板 1、4 孔为阳性对照,若待检血清标本孔与中央孔间出现沉淀线,且与阳性对照出现的沉淀线相吻合即为阳性,若无沉淀线或沉淀线与阳性对照交叉,则为阴性。(实验图 3-5)

此方法简便易行,结果稳定可靠,常用于定性检测,也可用于半定量检测;但敏感性低,试验所需时间长,适用于大量普查。

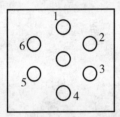

实验图 3-4 双向琼脂扩散梅花孔

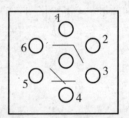

实验图 3-5 双向琼脂扩散结果

六、酶联免疫吸附试验(ELISA)

ELISA 是一种用酶标记抗原或抗体,在固相反应板上进行抗原抗体反应的方法。常用于检测体液中的微量抗原和抗体,具有灵敏度高、特异性强、操作简单、容易判断等优点。其检测方法、注意事项、结果分析等详见检测试剂的说明书。本实验以双抗体夹心法为例检测乙型肝炎病毒表面抗原,介绍如下。

【实验目的】

了解 ELISA 的类型,双抗体夹心法的操作方法、结果观察及实际应用。

【实验原理】

酶联免疫吸附试验有间接法、双抗体夹心法、抗原竞争法等三种类型。双抗体夹心法是将抗原结合于已预先包被的已知抗体上,再以酶标抗体与抗原结合,通过观察酶对底物的催化反应所产生的颜色变化,来判断抗原的存在及含量。

本实验采用双抗体夹心法原理检测人血清或血浆中的乙肝表面抗原(HbsAg)。

【实验材料】

1.标本:待检血清。

2.试剂:酶标抗体(抗 HBs)、HBsAg 阳性对照血清、阴性对照、洗涤液、显色剂 A、显色剂 B、终止液。

3.器材:已被抗体包被的微量反应板(48 孔)、微量移液管、酶标仪等。

【实验内容与方法】(演示)

1.在微量反应板每孔加入待检标本 50 μl,设阳性、阴性对照各 2 孔,每孔加入阳性(或阴性)对照各 1 滴,并设空白对照 1 孔。

2.每孔加入酶结合物 1 滴(空白对照除外),充分混匀,封板,置 37 ℃孵育 30 min。

3.弃去孔内液体,洗涤液注满各孔,静置 5～10 s,甩干,重复 5 次后拍干。

4.每孔加显色剂 A 液、B 液各 1 滴,充分混匀,封板,置 37 ℃避光孵育 15 min。肉眼观察各孔颜色变化。

5.每孔加终止液 1 滴,充分混匀。

6.用酶标仪读数,取波长 450 nm,先用空白孔校零,然后读取各孔 OD 值。

【实验结果与评价】

肉眼观察结果时,待检孔颜色与阴性对照孔颜色相同或更浅判为阴性;若待检孔颜色明显加深,判为阳性。用酶标仪检测时,以空白孔调零,先测阴性对照 OD 值(N),再测待检孔 OD 值(P),当 P/N≥2.1 时,判为阳性,P/N<2.1 时,判为阴性。

酶联免疫吸附试验是一种用酶标化抗原或抗体,以提高抗原抗体反应的灵敏度的免疫学检测方法。本技术具有敏感性高、特异性强、易观察结果、便于大规模检测的特点。

(房功思)

实验四　革兰染色观察细菌形态结构

【实验目的】

1.学会显微镜油镜的使用和保养方法。
2.掌握细菌涂片和革兰染色的操作方法。
3.学会在油镜下辨认细菌的形态和结构。

【实验材料】

菌种(葡萄球菌,大肠埃希菌)、接种环、酒精灯、载玻片、光学显微镜、香柏油、二甲苯、擦镜纸、革兰染液、生理盐水。

【实验内容与方法】

1.革兰染色法

(1)细菌涂片制备:基本步骤是涂片→干燥→固定。

①涂片:取一张干净载玻片,在玻片两侧分别滴一滴生理盐水,将接种环在酒精灯上烧灼灭菌后,挑取葡萄球菌菌落少许,涂于一侧生理盐水中,并研磨成细菌混悬液;再用同样方法在玻片另一侧制备成大肠埃希菌混悬液。

②干燥:涂片最好在室温下自然干燥或将玻片正面朝上,放在火焰上方慢慢烘干,形成菌膜。

③固定:将玻片快速通过火焰中央 3 次,杀死细菌,并使菌膜与玻片结合牢固。

(2)革兰染色：基本步骤为初染→媒染→脱色→复染。

①初染：在玻片两侧菌膜上各滴 1~2 滴结晶紫染液,静置 1 min,细流水洗。

②媒染：玻片两侧各滴 1 滴卢戈碘液,静置 1 min,细流水洗。

③脱色：两侧各滴数滴 95%乙醇,轻摇玻片至无紫色液体滴下为止,约 30 s 至 1 min,细流水洗。

④复染：两侧各滴 1 滴稀释复红染液,静置 30 s,细流水洗,自然干燥或用吸水纸吸干水分,待油镜观察。

2.显微镜油镜观察

(1)油镜的原理：因为油镜的物镜很小,从玻片透过的光线通过空气,因介质密度不同而发生折射现象,使射进镜筒的光线很少,物像不清。若在油镜与载玻片中间加入和玻璃折射率($n=1.52$)相近的香柏油($n=1.515$),则使通过的光线不致产生折射而损失,因此能清楚地看到物像(实验图 4-1)。

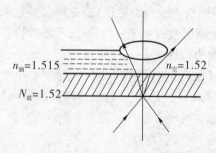

$n_{油}=1.515$ $n_{空}=1.52$

$N_{玻}=1.52$

实验图 4-1 油镜原理示意图

(2)油镜的使用和维护：

①油镜头的识别：油镜头的下缘,一般刻有一白色圈线,或有"油、×100"等字样。

②对光：将显微镜平稳放在实验台上,先将低倍镜对准聚光器,打开灯光电源并调节光线强弱。若于天然光线下观察时,应用平面反光镜;在人工灯光或弱光处则用凹面反光镜。

③观察：将载玻片放在载物台上,用压片夹固定,先用低倍镜找到标本所在处,再换油镜观察。使用油镜时,须先在载玻片标本上滴香柏油 1 滴,从显微镜侧面观察并转动粗螺旋使镜筒下降,使油镜头浸入油内接近标本表面,但不要碰到玻片。然后用目镜观察,并转动粗调节螺旋使载物台徐徐下降,至视野中看到标本轮廓,然后转动细调节螺旋至清晰物像出现。细调节螺旋是显微镜最精细而脆弱的部分,只能往复地回转,不要向同一方向转动数周以上。

④油镜维护：油镜使用完毕后,应立即用擦镜纸擦去镜头上的油;若油已干,可用少许二甲苯擦净,再用擦镜纸擦干。显微镜用毕,应将物镜转成"八"字形,聚光器稍下降,然后送入镜箱。

【实验提示】

1.细菌涂片不要太厚也不要太薄。

2.固定时菌体不要过分受热,否则会碳化。

3.脱色时间要充分,但也不要太长而造成过度脱色。

【实验结果】

在油镜下注意观察细菌的形态及染色,革兰阳性菌(G^+)被染成紫蓝色,革兰阴性菌(G^-)被染成红色。

【报告要求】

1.绘制镜下葡萄球菌和大肠埃希菌的形态、染色。

2.根据染色结果判断哪一个是革兰阳性菌(G^+),哪一个是革兰阴性菌(G^-)。

【思考题】

1.革兰染色的原理是什么?

2.革兰染色的意义有哪些?

（张　伟）

实验五　细菌的培养

【实验目的】

1.掌握常用培养基的细菌接种方法及结果的分析。

2.熟悉常用培养基的种类及用途。

3.了解培养基的基本制备过程。

【实验材料】

菌种(葡萄球菌、大肠埃希菌、枯草芽胞杆菌、链球菌),普通平板培养基,液体培养基,半固体培养基,接种环(针),酒精灯。

【实验内容与方法】

(一)培养基的制备

1.基本过程:配料→溶解→校正 pH→滤过→分装→灭菌→质检→保存备用。

2.普通培养基(肉膏汤)的制备过程:

(1)取牛肉膏 3 g、蛋白胨 10 g、氯化钠 5 g 加入 1 000 ml 蒸馏水中,加热熔解;

(2)冷却至 40～50 ℃时,校正 pH 至 7.6;

(3)再煮沸 3～5 min,过滤后分装;

(4)分装后用高压蒸汽灭菌法灭菌 20 min;

(5)放于冰箱 4 ℃储存。

(二)细菌接种法

1.固体平板培养基接种法

固体平板培养基用于细菌的分离培养,常用的有分区划线接种法。

(1)右手以持毛笔式握住接种环,在酒精灯火焰上烧灼灭菌;

(2)待接种环冷却后,以无菌操作方法挑取菌种;

(3)左手持平板培养基,在火焰上方打开平皿盖,打开角度不能超过 45°,将挑取菌种的接种环在平板培养基的边缘部分涂抹,自涂抹部分开始,做来回连续划线,第一区划线面积

约占平板的 1/4；

(4)烧灼灭菌接种环,冷却,将培养基转动 60°左右,进行第二区划线,第二区划线与第一区划线有 2～3 条相交。烧灼接种环后用相同的方法进行第三区、第四区划线(实验图 5-1);

(5)接种环烧灼灭菌,接种完毕。在平板底部做上记号,放入 37 ℃温箱中培育 24 h 后观察结果。

实验图 5-1　分区划线接种法

2.斜面培养基接种法

斜面培养基接种法主要用于移种纯种、保存菌种或观察细菌的生化反应。

(1)右手持接种环烧灼灭菌、冷却后以无菌操作法挑取菌种;

(2)左手持斜面培养基试管,用右手小指和无名指夹住试管盖打开试管盖(试管盖不能放到台面上);

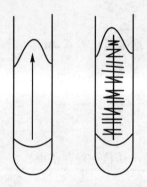

(3)培养基试管口在火焰上烧灼灭菌后,将挑取了菌种的接种环迅速伸入试管内,在斜面培养基上自底部先划一条直线,再由底向上进行蛇形划线(实验图 5-2);

(4)取出接种环,试管口烧灼灭菌,盖上试管盖,做上记号放入 37 ℃温箱中培育 24 h 后观察结果。

3.液体培养基接种法

液体培养基接种法主要用于增菌、细菌生长现象和生化反应的观察。此实验分 3 组,每组分别挑取不同菌种,如一组葡萄球菌,一组枯草芽胞杆菌,一组链球菌。

实验图 5-2　斜面培养基接种法

(1)右手持接种环烧灼灭菌、冷却后以无菌操作法挑取菌种;

(2)左手持液体培养基试管,用右手小指和无名指夹住试管盖打开试管盖(试管盖不能放到台面上);

(3)培养基试管口在火焰上烧灼灭菌后,将挑取了菌种的接种环迅速伸入试管内,在接近液面的管壁上轻轻研磨使菌落充分混合于液体培养基内(实验图 5-3);

(4)取出接种环,试管口烧灼灭菌,盖上试管盖,做上记号放入 37 ℃温箱中培育 24 h 后观察结果。

4.半固体培养基接种法

半固体培养基接种法用于检查细菌的动力及保存菌种,常用穿刺接种法。此实验分 2 组,一组用葡萄球菌,另一组用大肠埃希菌。

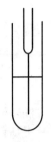

实验图 5 - 3 液体培养基接种法和半固体培养基接种法

(1)右手持接种针烧灼灭菌、冷却后以无菌操作法挑取菌种；

(2)左手持斜面培养基试管，用右手小指和无名指夹住试管盖打开试管盖(试管盖不能放到台面上)；

(3)培养基试管口在火焰上烧灼灭菌后，将接种针从培养基中心垂直刺入(不能刺穿培养基底部)，在培养基中部形成一条穿刺线；

(4)接种针沿原路退回，试管口烧灼灭菌，盖上试管盖，做上记号放入 37 ℃温箱中培育 24 h 后观察结果(实验图 5 - 3)。

【实验提示】

1.实验过程中要严格无菌操作，防止菌种被污染。

2.分区划线接种时，每区划线只能与前一区划线接触，最后一区绝对不能与第一区接触。

【实验结果及分析】

1.细菌在固体培养基上的生长现象：主要观察菌落或菌苔的颜色、大小、形态、湿润度、光滑度和透明度。

2.细菌在液体培养基中的生长现象：有均匀混浊生长(大多数细菌)、菌膜生长(专性需氧菌)、沉淀生长(链状细菌)。

3.细菌在半固体培养基中的生长现象：细菌只沿穿刺线生长，穿刺线清晰，周围培养基澄清透明，说明细菌没有运动能力，即细菌无鞭毛结构；如细菌由穿刺线向周围扩散生长，穿刺线模糊，整个培养基变混浊，说明细菌具有运动能力，即细菌具有鞭毛结构。

【报告要求】

1.描述各菌种在各个培养基中的生长现象。

2.根据生长现象反映其微生物学意义。

【思考题】

1.培养基的分类方法及种类有哪些？

2.人工培养细菌的意义是什么？

（张　伟）

实验六 细菌的分布与消毒灭菌

【实验目标】

1. 掌握常用消毒灭菌方法,药物敏感试验的原理、方法、结果判断与意义。
2. 熟悉细菌在自然界与人体的分布,树立无菌观念,实施无菌操作技术。
3. 了解常用的消毒灭菌器及滤菌器的使用方法。

【实验材料】

1. 菌种:葡萄球菌、大肠埃希菌肉汤培养物或斜面培养物、枯草芽胞杆菌肉汤培养物。
2. 培养基:普通琼脂平板、肉汤培养基、血平板。
3. 化学消毒剂:75%酒精。
4. 各种抗生素干燥滤纸片:青霉素、庆大霉素、链霉素、磺胺等。
5. 其他:无菌水、95%酒精、酒精灯、接种环、灭菌棉签(装在试管内)、小镊子、米尺、紫外线灯、灭菌黑纸片、记号笔(或蜡笔)。

【实验内容与方法】

一、细菌的分布检查(操作)

(一)空气中细菌的检查

取普通琼脂平板一个,将盖打开,暴露于空气中 5 min 或 10 min,然后盖上盖,于平板底面注明标志(班级、组别、空气),送 37 ℃温箱培养 18～24 h 后,观察结果。

(二)水中细菌的检查

用无菌试管取水(塘水或河水)约 5 ml,用灭菌接种环取水一环,划线接种于普通琼脂平板,在平板底面注明标记,37 ℃温箱培养 18～24 h 后观察结果。

(三)土壤中细菌的检查

取泥土少许,放入 10 ml 无菌水中混匀成泥土悬液,静置数分钟后,吸取上清液 0.1 ml 滴于普通琼脂平板表面,用无菌接种环划线接种,在平板底面注明标记,37 ℃温箱培养 18～24 h 后观察结果。

(四)咽喉部细菌的检查

以下两法任选一种。

1. 咽喉拭子法

每两位同学互相用无菌棉签于咽喉部涂抹采集标本,无菌操作涂于血平板一边,再用接种环划线接种。在平板底面注明标记,置 37 ℃温箱培养 18～24 h 后,观察结果。

2. 咳碟法

取血平板一只,将盖打开,置于距口 10 cm 处,用力咳嗽数次,将盖盖好,在平板底面注明标记,置 37 ℃温箱 24 h,观察结果。

(五)物品表面细菌的检查(硬币、笔、门旋钮等)

取普通琼脂平板一个,取出棉签,将其插入无菌水中,在管壁上挤压除去过多的水分,用湿棉签在硬币或其他物品表面擦拭,再将棉签在琼脂平板顶端接种(滚动一下),最后用接种环进行分区划线接种。在平板底面注明标记,置 37 ℃温箱培养 18～24 h 后,观察结果。

二、消毒灭菌试验

(一)皮肤消毒试验(操作)

每四位同学取一个普通琼脂平板,用蜡笔在平板底部划分为"米"字形,注上 1、2、3、4,四人用手指在培养基上各涂一格,然后用 75%酒精消毒手指后再各涂另一格,盖好盖,注明各人消毒前后所涂格号及班级、组别,置 37 ℃温箱培养 18～24 h 后观察结果。

(二)煮沸消毒试验(操作)

取 4 支无菌肉汤管,标记 1、2、3、4,1、2 号管种大肠埃希菌,3、4 号管种枯草芽胞杆菌,将 1、3 号管放水浴锅中煮沸 5～10 min,最后将 4 支肉汤管送 37 ℃温箱培养 18～24 h 后观察结果。

(三)紫外线杀菌试验(操作)

取普通琼脂平板一个,用接种环密集划线接种大肠埃希菌后,以无菌镊子夹一长方形黑纸片贴于平板中央,将平板置于紫外线灯下 20～30 cm 照射 30 min,除去黑纸(丢于消毒液中或烧掉,勿乱丢),放 37 ℃温箱培养 24 h,观察结果。

(四)常用消毒灭菌器及滤菌器的使用(示教)

1.高压蒸汽灭菌器

(1)加水:使用前在锅内加入适量的水,加水不可过少,以防将灭菌锅烧干,引起炸裂事故。加水过多有可能引起灭菌物积水。

(2)装锅:将灭菌物品放在灭菌桶中,不要装得过满。盖好锅盖,按对称方法旋紧四周固定螺旋,打开排气阀。

(3)加热排气:加热后待锅内沸腾并有大量蒸汽自排气阀冒出时,维持 2～3 min 以排除冷空气。如灭菌物品较大或不易透气,应适当延长排气时间,务必使空气充分排除,然后将排气阀关闭。

(4)保温保压:当压力升至 0.1 MPa,温度达 121 ℃时,应控制热源。保持压力,维持 30 min 后,切断热源。

(5)出锅:当压力表降至"0"处,稍停,使温度继续降至 100 ℃以下后,打开排气阀,旋开固定螺旋.开盖,取出灭菌物。

2.薄膜滤菌器

取注射器一支,吸取一定量的大肠埃希菌的培养物,将已灭菌的针头滤器的前端与注射器相连,推动注射器内筒,使液体通过滤膜,用无菌的试管接滤液,然后,将滤液接种于肉汤培养基中,37 ℃,培养 24 h,观察有无细菌生长,以判断滤过除菌的效果。

三、药物敏感试验(纸片法)(操作)

(一)原 理

纸片法是将干燥的浸有一定浓度抗菌药物的滤纸片放在已接种一定量某种细菌的琼脂平板上,经培养后,可在纸片周围出现无细菌生长区,称抑菌圈。测量抑菌圈的大小,即可判定该细菌对某种药物的敏感程度。体外药敏结果可作为患者治疗选用药物的参考。

(二)方 法

1.用接种环取大肠埃希菌或葡萄球菌液体培养物,密集划线涂布于整个琼脂平板表面。

2.待平板上菌液稍干后,用镊子蘸取95%酒精在酒精灯上烧灼灭菌,待冷后分别夹取各种抗生素纸片,贴于已接种好细菌的平板培养基表面(若抗生素纸片未印字,须于平板底面注上抗生素名称),一次贴,不得移动。每取一种滤纸片前,均须先灭菌镊子,并待稍凉后再取。每张药敏纸片中心间距应大于24 mm,纸片中心距平板边缘不少于15 mm,直径为90 mm的平板可贴6张纸片。

3.将平板放入37 ℃温箱培养24 h后观察结果。测量抑菌圈直径的大小,结合药物的性质,一般以敏感、中度敏感、耐药3个等级报告结果。实验结果判断标准参考见实验表6-1,查表即可得出细菌对该药物的敏感度。

实验表6-1　纸片法药敏试验结果判断

抗菌药物	纸片含药量	抑菌圈直径(mm)		
		耐药	中度敏感	敏感
青霉素葡萄球菌	10U	≤20	21~28	≥29
其 他 细 菌	10U	≤11	12~21	≥22
链 霉 素	10μg	≤11	12~14	≥15
氯 霉 素	30μg	≤12	13~17	≥18
红 霉 素	15μg	≤13	14~17	≥18
庆 大 霉 素	10μg	≤12	13~14	≥15
卡 那 霉 素	30μg	≤13	14~17	≥18
四 环 素	30μg	≤14	15~18	≥19
磺 胺	300μg	≤12	13~16	≥17

【报告要求】

1.记录细菌的分布检查试验结果。

2.记录消毒灭菌试验结果:

(1)皮肤消毒试验。

(2)煮沸消毒试验。

(3)紫外线杀菌试验示教结果观察。

3.药物敏感试验(纸片扩散法)结果记录

【思考题】

1. 细菌的分布实验对你所学专业有什么意义?
2. 各种物理灭菌方法的适用范围是什么?
3. 药物敏感试验有什么临床意义?

（潘丽红）

实验七　球菌与肠道杆菌

球菌和肠道杆菌是临床常见的两大类细菌,种类较多,其鉴定依据包括形态结构观察、生长现象观察、生化反应、血清学试验等。

一、球　　菌

【实验目的】

1. 掌握血浆凝固酶试验的原理、方法、结果判断及临床意义。
2. 学会观察常见球菌的形态及染色特点。
3. 学会认识金黄色葡萄球菌、表皮葡萄球菌、甲型溶血性链球菌、乙型溶血性链球菌及肺炎链球菌在血琼脂平板上菌落及溶血环特点。

【实验材料】

1. 葡萄球菌、链球菌、肺炎链球菌、脑膜炎奈瑟菌和淋病奈瑟菌的革兰染色示教片,肺炎链球菌荚膜染色示教片。
2. 金黄色葡萄球菌、表皮葡萄球菌、甲型溶血性链球菌、乙型溶血性链球菌及肺炎链球菌血琼脂平板。
3. 金黄色葡萄球菌、表皮葡萄球菌普通琼脂平板培养物、人或兔血浆、生理盐水、载玻片等。
4. 其他:普通光学显微镜、香柏油、二甲苯、擦镜纸、酒精灯、接种环等。

【实验内容与方法】

(一)球菌形态及染色特征的观察(示教)

分别取葡萄球菌、链球菌、肺炎链球菌、脑膜炎奈瑟菌和淋病奈瑟菌革兰染色示教片,置显微镜下,用油镜观察细菌的染色、形态、排列方式及有无特殊结构。注意肺炎链球菌的荚膜(荚膜染色)。

1. 金黄色葡萄球菌:革兰染色阳性,菌体呈球形,葡萄串状排列,也可单独散在排列。
2. 链球菌:革兰染色阳性,菌体呈球形或卵圆形,链状排列。
3. 肺炎链球菌:革兰染色阳性,菌体呈矛头状,常成双排列,宽端相对,尖端向外,也可见短链状排列,荚膜染色可见有明显的荚膜。
4. 脑膜炎奈瑟菌:革兰染色阴性,在脑脊液涂片标本中,脑膜炎奈瑟菌常位于中性粒细

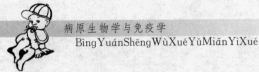

胞内,菌体呈肾形,成双排列,凹面相对。

5.淋病奈瑟菌:革兰染色阴性,常成双排列,两球菌的接触面平坦,似一对咖啡豆,在脓液涂片标本中,常位于中性粒细胞内。

(二)球菌生长现象观察(示教)

分别取金黄色葡萄球菌、表皮葡萄球菌、甲型溶血性链球菌、乙型溶血性链球菌、肺炎链球菌及脑膜炎奈瑟菌血琼脂平板18～24 h培养物,观察各菌单个菌落的形态、大小、表面、边缘、透明度、色素及溶血环特征。

1.两种葡萄球菌的菌落均为中等大小(直径2～3 mm)、圆形、凸起、表面光滑、边缘整齐、湿润、不透明。金黄色葡萄球菌产生金黄色脂溶性色素,菌落呈金黄色,菌落周围有宽大透明的溶血环;表皮葡萄球菌产生白色或柠檬色脂溶性色素,菌落呈白色或柠檬色,菌落周围无溶血环。

2.两种链球菌在血琼脂平板上形成圆形凸起、表面光滑、湿润、边缘整齐、半透明或不透明的灰白色、细小菌落。甲型溶血性链球菌菌落周围有直径1～2 mm的草绿色溶血环(α溶血),乙型溶血性链球菌落周围有直径2～4 mm宽大透明的溶血环(β溶血)。

3.肺炎链球菌在血琼脂平板上形成圆形、扁平、光滑、湿润、边缘整齐、透明或半透明细小菌落。在菌落周围有草绿色溶血环(α溶血),与甲型溶血性链球菌相似。培养时间稍久,因本菌产生自溶酶,出现自溶现象,使菌落中央凹陷,呈脐状。

4.脑膜炎奈瑟菌在血琼脂平板上形成直径1～2 mm、光滑、湿润的菌落。

(三)血浆凝固酶试验——玻片法(操作)

1.原理及临床意义:血浆凝固酶是使含有抗凝剂的人或兔血浆发生凝固的酶类,多数致病性葡萄球菌能产生这种酶,而非致病性葡萄球菌一般不产生,故该酶可作为鉴别葡萄球菌有无致病性的重要指标。血浆凝固酶包括两种:一种是游离型血浆凝固酶,分泌到菌体外;另一种是结合型血浆凝固酶,二者均可使纤维蛋白原转变为纤维蛋白,从而使血浆凝固。玻片法用于测定结合型血浆凝固酶。

2.方法

(1)取洁净载玻片一张,于两端各加生理盐水一滴。

(2)以无菌接种环分别取金黄色葡萄球菌和表皮葡萄球菌菌落少许,置于生理盐水中,制成均匀的细菌悬液,观察有无自凝现象。

(3)若无自凝,则于每滴悬液中分别加入血浆各1滴,轻轻摇动玻片以混匀,观察结果,若出现颗粒状凝集现象,即为阳性,反之呈均匀混浊则为阴性。

3.结果:金黄色葡萄球菌能产生血浆凝固酶,此试验为阳性,表皮葡萄球菌不能产生血浆凝固酶,此试验为阴性。

【实验提示】

1.观察球菌形态及染色特征时应注意区别其排列方式。

2.观察球菌生长现象应注意区别溶血环特征及菌落大小。

3.血浆凝固酶试验注意无菌操作,每取一种细菌前接种环都应消毒,避免将金黄色葡萄球菌带入表皮葡萄球菌中出现假阳性。细菌应与生理盐水混匀,以免未混匀的细菌被误判为凝集颗粒。

【报告要求】

1.绘出球菌镜下形态图并作简单描述。

2.记录金黄色葡萄球菌、链球菌、肺炎链球菌、脑膜炎奈瑟菌在血琼脂平板上的生长情况(菌落特征及溶血性)。

3.记录血浆凝固酶试验(玻片法)的结果,分析其意义。

【思考题】

1.鉴定金黄色葡萄球菌的方法有哪些?

2.列表比较几种球菌的溶血环特征。

二、肠 道 杆 菌

【实验目的】

1.学会认识常见肠道杆菌的生长现象。

2.学会观察肠道杆菌鉴定常用生化反应结果。

3.掌握肠道杆菌血清学鉴定的方法及结果判断。

【实验材料】

1.选择培养基:SS琼脂平板、麦康凯琼脂平板、中国蓝琼脂平板、EMB琼脂平板。

2.菌种:大肠埃希菌、痢疾志贺菌、伤寒沙门菌。

3.变形杆菌在普通琼脂平板的培养物。

4.肠道杆菌生化反应培养基(KIA、糖发酵管、蛋白胨水)。

【实验内容与方法】

(一)常见肠道杆菌生长现象观察(示教)

将大肠埃希菌、痢疾志贺菌、伤寒沙门菌分别接种至SS平板、伊红美蓝(EMB)平板、麦康凯(MAC)平板、中国蓝平板上,置37℃恒温箱培养18~24 h,观察结果见实验表7-1。

实验表 7-1　肠道杆菌在各种培养基上的菌落特征

细菌名称	SS平板	麦康凯(MAC)	中国蓝	伊红美蓝(EMB)
大肠埃希菌	粉红色、较大	红色、较大	蓝色、不透明、较大	紫黑色并有金属光泽、较大
痢疾志贺菌	无色、半透明、较小	无色、半透明、较小	无色或淡红色、半透明、较小	无色、半透明、较小
伤寒沙门菌	无色、较小,中心黑色	无色、半透明、较小	无色、半透明、较小	无色、较小

注:伤寒沙门菌的菌落中心黑色是因为该菌产生 H_2S,进一步生成黑色沉淀。

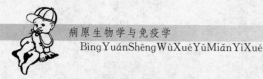

(二)常见肠道杆菌生化反应结果(示教)

各种细菌所具有的酶不完全相同,对营养物质的分解能力亦不相同,因而代谢产物也不一样。据此可通过生化反应来鉴别不同的细菌。

1. 双糖铁试验

双糖铁试验是检测细菌是否分解乳糖、葡萄糖及产生 H_2S 气体的组合试验。若细菌既分解葡萄糖也分解乳糖产酸产气,使斜面与底层均呈黄色(酚红指示剂),往往为非致病菌。若细菌只分解葡萄糖而不分解乳糖,因葡萄糖含量较少,只有乳糖的十分之一,产生少量的酸使斜面和底层均先变成黄色,但斜面部分因接触空气而氧化,并且细菌在繁殖时利用含氮物质生成碱性化合物,也可中和产生的少量酸,故斜面部分变成碱性而呈红色,底层由于缺氧,不足以中和形成的酸而仍保持黄色,所以斜面呈红色(碱性)而底部呈黄色(酸性)者往往为致病菌。若细菌分解含硫氨基酸,可产生硫化氢,和硫酸亚铁反应变为黑色的硫化亚铁沉淀。

将大肠埃希菌、痢疾志贺菌、伤寒沙门菌分别接种至克氏双糖铁培养基中(KIA),37 ℃培养 18~24 h 后观察结果见实验表 7-2。

实验表 7-2　几种肠道杆菌在 KIA 培养基中的生长现象

菌　名	斜　面		底　层		
	颜色	乳糖	颜色	葡萄糖	H_2S
大肠埃希菌	黄色	⊕	黄色	⊕	－
痢疾志贺菌	红色	－	黄色	＋	－
伤寒沙门菌	红色	－	黄色、变黑	＋	＋

注:"⊕"表示产酸产气,"＋"表示产酸不产气,"－"表示不分解。

2. 糖发酵试验

不同的细菌含有发酵不同糖类的酶,因而其分解各种糖类的能力及产物各不相同。有的能分解糖产酸产气,有的只产酸不产气,而有些细菌则不能分解糖,据此可以鉴别细菌的种类。根据指示剂的酸碱反应及是否有气体出现判断结果。将细菌接种至含糖的发酵管中(实验室常用葡萄糖发酵管及乳糖发酵管),并加入一支倒置小玻璃管,经37 ℃ 18~24 h 培养后观察结果,若细菌分解糖产酸则指示剂(溴甲酚紫)呈酸性反应(变黄),若产气则倒置小管顶部有气泡,若细菌不分解糖则指示剂呈碱性反应(不变色,为紫色)。将大肠埃希菌、痢疾志贺菌、伤寒沙门菌分别接种于葡萄糖、乳糖发酵管内,置 37 ℃培养 18~24 h后观察。细菌分解糖后产酸产气以"⊕"表示,只产酸不产气以"＋"表示;细菌不分解糖以"－"表示。

3. 靛基质试验(吲哚试验)

某些细菌具有色氨酸分解酶,能分解培养基中的色氨酸,产生吲哚,与对二甲基氨基苯甲醛结合,生成玫瑰吲哚而呈玫瑰红色。将大肠埃希菌、痢疾志贺菌、伤寒沙门菌分别接种到两支蛋白胨水中,37 ℃培养 18~24 h 后,沿管壁缓慢加入吲哚试剂,轻摇试管,观察结果。液面出现玫瑰红色,为阳性,用"＋"表示;液面不出现红色,为阴性,用"－"表示。

【实验提示】

部分细菌致病性较强,观察结果时应注意避免细菌污染环境和引起感染。

【报告要求】

1.记录大肠埃希菌、伤寒沙门菌、痢疾志贺菌在 SS 琼脂平板、麦康凯琼脂平板、中国蓝琼脂平板及 EMB 琼脂平板上的生长现象。

2.记录大肠埃希菌、伤寒沙门菌、痢疾志贺菌的糖发酵试验结果。

3.记录大肠埃希菌、产气肠杆菌的吲哚试验结果。

【思考题】

1.在肠道选择培养基上如何区别肠道致病菌与非致病菌?

2.在双糖铁培养基上如何区别志贺菌与沙门菌?

(楼　研)

实验八　人体寄生虫学实验

一、线　　虫

【实验目的】

1.掌握蛔虫卵、蛲虫卵、钩虫卵、鞭虫卵的主要特点。

2.了解班氏微丝蚴与马来微丝蚴的区别,美洲钩虫与十二指肠钩虫口囊、交合伞的区别。

3.熟悉蛔虫、蛲虫、钩虫等成虫形态特征。

4.学会粪便直接涂片法和饱和盐水漂浮法,辨认旋毛虫囊包的特点。

【实验材料】

1.蛔虫、蛲虫、钩虫等虫卵及成虫标本。

2.班氏微丝蚴与马来微丝蚴玻片标本。

3.旋毛虫囊包标本。

4.线虫寄生病理标本。

5.其他:普通光学显微镜、生理盐水、饱和盐水、擦镜纸、载玻片、漂浮杯、竹签、粪便。

【实验内容与方法】

(一)形态观察(示教或操作)

1.虫卵:镜下观察。注意虫卵大小、形态、颜色、卵壳薄厚、内含物等。

2.成虫:肉眼观察。注意虫体形态、大小、颜色、雌雄虫区别等。

3.病理标本:肉眼观察。

4.微丝蚴:镜下观察。注意体态、头间隙、体核排列及形态、有无尾核。

5.旋毛虫囊包:镜下观察。注意囊包长轴与肌肉纤维平行。

(二)粪便直接涂片法(操作)

在洁净的载玻片上滴1～2滴生理盐水。用竹签挑取绿豆大小的粪便,置于生理盐水中

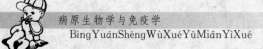
涂抹均匀，粪膜的厚度以透过玻片隐约可辨认书上字迹为宜。先用低倍镜观察，如转换高倍镜，需加上 1 张盖玻片。

（三）粪便饱和盐水漂浮法（示教）

用竹签挑取黄豆粒大小的粪便，置于漂浮杯中，加入少量饱和生理盐水搅匀，再慢慢加入饱和生理盐水至瓶口，以不外溢为宜。在瓶口覆盖一张载玻片使与液面接触，静置 15 min 后，将载玻片提起并迅速翻转，镜检。

（四）镜下观察虫卵（操作或示教）

在载玻片中央滴加 1 滴混合线虫虫卵（蛔虫卵、蛲虫卵、钩虫卵及鞭虫卵等）悬液，用低倍镜观察，发现可疑虫卵，转换高倍镜观察。

【实验提示】

1. 涂片不易太厚，以能透见报纸上字为宜。
2. 检查时载物台要平放，镜检时光线要稍暗。
3. 观察时按顺序移动视野。

【报告要求】

1. 绘蛔虫卵（受精卵及未受精卵）、蛲虫卵、钩虫卵及鞭虫卵形态图。
2. 指出雌雄线虫在外形上的区别。

【实验思考】

1. 蛔虫感染最常用的实验诊断方法是什么？粪检阴性是否能排除蛔虫感染？
2. 为什么粪便检查钩虫卵不用直接涂片法，而常用饱和盐水漂浮法？
3. 检查蛲虫患者为何只用肛门拭子法，而不用粪便检查？何时检查为佳？
4. 旋毛虫病的实验诊断方法是什么？查什么阶段？早期如何诊断？

附

棉签拭子法

将含有生理盐水的棉签擦拭肛门周围，随后将棉签放入盛有饱和生理盐水的试管中，用力搅动，挤干水分后将棉签弃去，再加饱和生理盐水至管口，覆盖一张载玻片使与液面接触，静置 5 min 后，将载玻片提起并迅速翻转，镜检。

透明胶纸法

用长 3～5 cm 的透明胶纸胶面，粘贴在受检者肛门周围皮肤，然后揭下透明胶纸贴在载玻片上镜检。

二、吸 虫

【实验目的】

1.掌握华支睾吸虫虫卵、卫氏并殖吸虫虫卵及日本血吸虫虫卵的形态。

2.了解华支睾吸虫、卫氏并殖吸虫及日本血吸虫成虫的形态。

3.熟悉吸虫毛蚴、胞蚴及尾蚴的形态,吸虫的中间宿主,吸虫受染动物的病理标本。

4.学会水洗沉淀法及毛蚴孵化法。

【实验材料】

1.吸虫虫卵及成虫标本。

2.吸虫毛蚴、胞蚴及尾蚴标本。

3.吸虫中间宿主标本及受染动物的病理标本。

4.其他:普通光学显微镜、显微油镜、擦镜纸、载玻片、量杯、烧瓶、竹签、粪便等。

【实验内容与方法】

(一)形态观察(示教或操作)

1.虫卵:镜下观察。注意虫卵大小、形态、颜色、卵壳及卵盖特征、内容物等。

2.成虫:肉眼观察。注意成虫形态、大小、颜色、口腹吸盘位置、睾丸分支情况、抱雌沟特点(日本血吸虫)等。

3.病理标本:主要观察家兔肠系膜静脉中日本血吸虫的虫体及肝脏病变特点。

4.毛蚴及尾蚴:镜下观察其特点。

5.中间宿主:肉眼观察外形。主要包括豆螺、沼螺、川卷螺、钉螺等某些螺类,淡水鱼虾,蜊蛄、溪蟹等。

(二)粪便水洗沉淀法(示教)

用竹签挑取粪便 30 g 置入烧杯中,加 100 ml 清水,搅拌成糊状。将粪液通过粪筛滤入 500 ml 量杯中,加清水至 500 ml,静置 20～30 min 后,倒去上清液。再加入清水至 500 ml,静置 20～30 min 后,再倒去上清液。如此反复数次,直至上清液澄清为止,倒去上清液,取沉渣涂片镜检。

(三)毛蚴孵化法(示教)

用竹签取粪便 30 g,经重力沉淀法浓集处理,将其沉淀物倒入三角烧瓶中,加清水(去氯水)至瓶口;在 20～30 ℃的条件下,经 2～6 h 后用肉眼或放大镜观察结果。如水面下有白色小体作直线运动,即是毛蚴。必要时用吸管将毛蚴吸出置于载玻片上镜检。如无毛蚴,在 24 h 内每隔 4～6 h 观察 1 次。气温较高时,毛蚴则在短时间内孵出,因此用 1.2%食盐水或冰水冲洗粪便,最后 1 次改用清水冲洗。

【实验提示】

1.换水时应避免沉渣浮起,使虫卵随上清液流失。

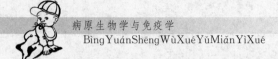

2.毛蚴孵化的最适温度为 25～28 ℃,10 ℃以下或 30 ℃以上毛蚴不易孵出。

【报告要求】

1.绘华支睾吸虫虫卵、卫氏并殖吸虫虫卵及日本血吸虫虫卵的形态图。

2.列出 3 种吸虫的中间宿主。

【实验思考】

1.线虫卵与吸虫卵的主要不同点是什么? 形态易于混淆的虫卵有哪些?

2.华支睾吸虫、卫氏并殖吸虫病在实验室诊断时可采用哪些方法? 取材是否相同?

3.确认日本血吸虫病为什么采用粪便沉淀孵化法?

三、绦　　虫

【实验目的】

1.掌握带绦虫虫卵、囊尾蚴及棘球蚴砂的形态。

2.了解链状带绦虫、肥胖带绦虫成虫外形特征。

3.熟悉链状带绦虫、肥胖带绦虫头节及孕节的区别。

【实验材料】

1.绦虫虫卵及成虫标本。

2.绦虫头节、孕节、囊尾蚴及棘球蚴标本。

3.其他:普通光学显微镜、载玻片、盖玻片等。

【实验内容与方法】

(一)形态观察(示教或操作)

1.虫卵:镜下观察。注意虫卵大小、形态、颜色、胚膜及六钩蚴特点。

2.成虫:肉眼观察。注意成虫大小、长度、颜色、分节及节片透明情况。

3.头节:镜下观察。注意头节形状、吸盘特点、有无顶突及小钩。

4.孕节:镜下观察。注意节片大小及子宫分支情况。

5.囊尾蚴:肉眼观察。注意囊尾蚴大小、形态、颜色、囊壁厚薄及囊内头节的特点等。

6.棘球蚴砂:镜下观察。注意其内的原头蚴数目及构造。

7.病理标本:肉眼观察。注意链状带绦虫寄生的猪肉(米猪肉)及肥胖带绦虫寄生的牛肉特点,棘球蚴寄生的动物肝脏标本。

(二)直接涂片法(操作)

在载玻片中间滴 1 滴绦虫虫卵悬液,盖上盖玻片,先用低倍镜检查,发现可疑虫卵,换高倍镜观察。

【实验提示】

1.观察结果时应按一定顺序,以免遗漏。

2.天气炎热时,要注意观察的速度,以防悬液干燥,影响观察的结果。

【报告要求】

1.绘绦虫虫卵的形态图。

2.简述链状带绦虫与肥胖带绦虫成虫的区别。

【实验思考】

1.服用南瓜子和槟榔驱除绦虫后,如何判断是否彻底治愈?

2.诊断棘球蚴病患者采用什么方法较为适宜?

四、原　　虫

【实验目的】

1.掌握间日疟原虫在红细胞内各期形态、恶性疟原虫环状体及配子体形态。

2.了解溶组织阿米巴、刚地弓形虫、蓝氏贾第鞭毛虫及阴道毛滴虫形态。

3.学会碘液染色法、金胺-酚改良抗酸染色法、薄血膜及厚血膜制作、姬氏染色法及瑞氏染色法。

【实验材料】

1.间日疟原虫、恶性疟原虫、溶组织阿米巴、刚地弓形虫、蓝氏贾第鞭毛虫及阴道毛滴虫的玻片标本。

2.混合肠道原虫包囊标本。

3.其他:普通光学显微镜、显微油镜、擦镜纸、载玻片、盖玻片、竹签、二甲苯、香柏油、滴管等。

【实验内容与方法】

(一)形态观察(示教或操作)

1.滋养体:镜下观察。溶组织阿米巴标本注意大小、内外质分界、胞质内含物、是否有被吞噬红细胞、核的数目及特点。蓝氏贾第鞭毛虫标本注意外形、核数目及特征、鞭毛数目及吸盘等。刚地弓形虫标本注意外形、假包囊等。

2.包囊:镜下观察。注意包囊大小、囊壁特征、核的数目、鞭毛特点(蓝氏贾第鞭毛虫)。

3.阴道毛滴虫:镜下观察。注意其大小、形态、核的位置及大小、鞭毛数目、波动膜和轴柱特点。

4.疟原虫:镜下观察。注意疟原虫的细胞核、细胞质及疟色素的形态和颜色特点,寄生红细胞的变化;注意环状体大小、核数目,配子体形态、细胞核、细胞质及疟色素的形态及颜

色特点。

(二)碘液染色法(示教或操作)

在洁净的载玻片上滴 1～2 滴生理盐水。用竹签挑取黄豆粒大小的粪便,置于生理盐水中涂抹均匀。加盖盖玻片,沿盖玻片一侧滴入碘液,另一侧仍为生理盐水。片中滴碘液侧查包囊,一般被染成浅黄色或黄绿色;另一侧查活滋养体,保持原色。

碘液配方:碘化钾 4 g、碘 2 g、蒸馏水 100 ml。

(三)金胺-酚改良抗酸染色法

取新鲜粪便或经 10％福尔马林固定保存(4 ℃ 1 个月内)含卵囊粪便,自然沉淀后用吸管取底部粪便,于载玻片上涂成粪膜,晾干后使用。

金胺-酚染色法:滴加第一液于干燥的粪膜上,10～15 min 后水洗;再滴加第二液,1 min后水洗;滴加第三液,1 min 后水洗,待干后置于荧光显微镜下观察。第一液(1 g/L 金胺-酚染液):金胺 0.1 g,石炭酸 5.0 g、蒸馏水 100 ml;第二液(3％盐酸):盐酸 3 ml,95％酒精100 ml;第三液(5 g/L 高锰酸钾液):高锰酸钾 0.5 g,蒸馏水 100 ml。

改良抗酸染色法:滴加第一液于干燥的粪膜上,1.5～10 min 后水洗;再滴加第二液,1～10 min 后水洗;滴加第三液,1 min 后水洗,待干后置于显微镜下检查。第一液(石炭酸复红染液):碱性复红 4 g,95％酒精 20 ml,石炭酸 8 ml,蒸馏水 100 ml;第二液(10％硫酸溶液):纯硫酸 10 ml,蒸馏水 90 ml;第三液(20 g/L 孔雀绿液)20 g/L 孔雀绿原液,蒸馏水 10 ml。

金胺-酚改良抗酸染色法:先用金胺-酚染色后,再用改良抗酸染色,克服了金胺-酚染色法和改良抗酸染色法的缺点。

(四)薄血膜制作

在载玻片 1/3 与 2/3 处滴 1 滴血,将推片的一端置于血滴之前,两载片间角度为30°～45°,血液沿推片端缘扩散后,自右向左推成。

(五)厚血膜制作

在载玻片另 1/3 处滴 1 滴血,以推片一角将血滴自内向外做螺旋形旋转,使血滴成为直径为 0.8～1 cm,薄厚均匀的厚血膜,其厚度约为薄血膜的 20 倍。

(六)姬氏染色法

用 pH7.0～7.2 的缓冲液稀释姬氏染液,比例约为 1 份姬氏染液加 15～20 份缓冲液。用蜡笔画好染色范围,将稀释姬氏染液滴于固定的薄血膜或厚血膜上,30 min 后用缓冲液冲洗,待干后镜检。染液配制:甲醇 50 ml,纯甘油 50 ml,姬氏染剂粉 1 g。将姬氏染剂粉置于研钵中,加少量甘油研磨,直至 50 ml 甘油加完为止,倒入棕色瓶中,然后分几次用少量甲醇冲洗研钵中的甘油染粉,直至 50 ml 甲醇用完,塞紧瓶塞,充分摇匀,置于室温 1 周或 65 ℃温箱·24 h 后过滤备用。

(七)瑞氏染色法

用蜡笔画好染色范围,在薄厚血膜上滴加染液,0.5～1 min 后滴加等量蒸馏水,轻轻摇晃载玻片使之混合均匀,3～5 min 后水洗,待干后镜检。染液配制:甲醇 97 ml,甘油 3 ml,瑞氏染剂粉 0.1～0.5 g。将瑞氏染剂置于研钵中,加甘油充分研磨,然后分几次用少量甲醇冲洗研钵中的甘油染粉,倒入瓶中,直至用完为止,塞紧瓶塞,充分摇匀,1 d 后过滤备用。

【实验提示】

1.改良抗酸染色法中,配制硫酸溶液时,应边搅拌边徐徐将硫酸倾倒水中。

2.在制作薄血膜时,推动速度应适宜,不宜过快或过慢。

【报告要求】

1.绘出间日疟原虫的环状体、裂殖体及配子体的形态。

2.绘出溶组织阿米巴、刚地弓形虫、蓝氏贾第鞭毛虫滋养体及包囊形态。

【实验思考】

1.用什么方法检查溶组织内阿米巴带虫者为好?

2.阴道毛滴虫可用什么方法进行病原学诊断?

（王慧勇）

参 考 文 献

[1] 陈兴保.病原生物学与免疫学[M].5 版.北京:人民卫生出版社,2004:14 - 22.

[2] 许正敏.病原生物与免疫学基础[M].北京:人民卫生出版社,2004:227 - 235.

[3] 任云青.病原生物与免疫[M].北京:高等教育出版社,2005:12 - 19.

[4] 姚智.病原生物与免疫学[M].北京:清华大学出版社,2007:238 - 244.

[5] 白慧卿,陈育民,安云庆.医学免疫学与微生物学学习指导[M].北京:北京大学医学出版社,2006:
15 - 23.

[6] 刘宇鸽,陆家海.免疫球蛋白在治疗感染性疾病中的应用[J].热带医学杂志,2007,7(8):828 - 832.

[7] 赵娜,韩小艳,王永祥.补体片段 C3d 在疫苗应用上的研究进展[J].河北医科大学学报,2007,28(5):
379 - 382.

[8] 夏和先.病原生物学与免疫学基础[M].南京:东南大学出版社,2006.

[9] 何维.医学免疫学[M].北京:人民卫生出版社,2005.

[10] 陈慰峰.医学免疫学[M].4 版.北京:人民卫生出版社,2005.

[11] 龚非力.医学免疫学[M].2 版.北京:科学出版社,2004.

[12] 陶义训.免疫学和免疫学检验[M].2 版.北京:人民卫生出版社,2001.

[13] 刘荣臻.病原生物与免疫学[M].2 版.北京:人民卫生出版社,2006:257 - 268.

[14] 李雍龙.人体寄生虫学[M].6 版.北京:人民卫生出版社,2004:221 - 273.

[15] 吴观陵.人体寄生虫学[M].3 版.北京:人民卫生出版社,2005:797 - 1057.

[16] 李朝品.医学蜱螨学[M].北京:人民军医出版社,2006.

[17] 李朝品.医学昆虫学[M].北京:人民军医出版社,2006.

[18] 张佩,李咏梅.医学微生物学[M].北京:科学出版社,2007.

[19] 周正任.医学微生物学[M].6 版.北京:人民卫生出版社,2004 .

[20] 刘荣臻.病原生物与免疫学[M].2 版.北京:人民卫生出版社,2007.

[21] 洪秀华.临床微生物学和微生物试验指导[M].2 版.北京:人民卫生出版社,2003.

[22] 肖运本.医学免疫学与病原生物学[M].上海:上海科学技术出版社,2006.

[23] 贾文祥.医学微生物学[M].北京:人民卫生出版社,2003.

[24] 谢明权,李国清.现代寄生虫学[M].广州:广东科学技术出版社,2003:464 - 525.

[25] 刘荣臻.病原生物与免疫学.2 版.北京:人民卫生出版社,2007:24 - 30.

[26] 许正敏.病原生物与免疫学基础.北京:人民卫生出版社,2004:14 - 42.

[27] 肖运本.医学免疫学与病原生物学.上海:上海科学技术出版社,2006:21 - 40.

[28] 周正任.医学微生物学.6 版.北京:人民卫生出版社,2004:86 - 108.

[29] 贾文祥.医学微生物学.北京:人民卫生出版社,2003:64 - 74;154 - 171.

[30] 倪语星.微生物学和微生物学检验实验指导.北京:人民卫生出版社,2003.

[31] 唐建民.医学微生物学及免疫学实验指导.北京:人民军医出版社,2004.

[32] 陈兴保.病原生物学和免疫学实验指导.北京:人民卫生出版社,2005.

[33] 许正敏.病原生物与免疫学基础.北京:人民卫生出版社,2004:308 - 314.

[34] 李雍龙.人体寄生虫学.6 版.北京:人民卫生出版社,2004:278 - 293.

[35] 吴观陵.人体寄生虫学.3 版.北京:人民卫生出版社,2005:1075 - 1120.

[36] 谢明权,李国清.现代寄生虫学.广州:广东科学技术出版社,2003:1 - 463.